Kyss by rowohlt POLARIS

KELLY MORAN

LIEBE HAT TAUSEND SEITEN

Bookish Belles

Roman

Aus dem Englischen
von Vanessa Lamatsch

Kyss

Die englische Originalausgabe erschien 2024
unter dem Titel «In This Moment».

Deutsche Erstausgabe
Veröffentlicht im Rowohlt Taschenbuch Verlag, Hamburg, März 2025

Lektorat Christiane Wirtz

Covergestaltung ZERO Werbeagentur, München
Coverabbildung Shutterstock
Satz aus der Garamond Pro
bei CPI books GmbH, Leck
Druck und Bindung GGP Media GmbH, Pößneck
ISBN 978-3-499-01094-1
Kontaktadresse nach EU-Produktsicherheitsverordnung:
produktsicherheit@rowohlt.de

FSC www.fsc.org MIX Papier | Fördert gute Waldnutzung FSC® C014496

Liebe Leserinnen und Leser,

ich wende mich hiermit an euch, meine wunderbaren, treuen Leserinnen und Leser auf der ganzen Welt. Ich danke euch sehr dafür, dass ihr eine weitere Serie von mir lesen mögt. Ich freue mich, dass ihr den Bookish Belles eine Chance gebt, und hoffe von Herzen, euch gefallen ihre Geschichten. Diese Serie liegt mir sehr am Herzen. Nachdem mein Ehemann 2018 gestorben war, bin ich mit meinen drei Söhnen aus Wisconsin in den Süden der Vereinigten Staaten gezogen, um näher bei meiner Familie zu sein. Es war für uns eine gute Veränderung und ein wahrer Segen.

Die fiktive Stadt Vallantine liegt in den Südstaaten der USA, in Georgia. Ich lebe in South Carolina, das direkt an Georgia angrenzt. In den Vereinigten Staaten kann das Klima sehr unterschiedlich sein, und es gibt verschiedene Dialekte und Traditionen. Der Süden, besonders der zentrale Süden und der Südosten, kann daher wie ein völlig anderes Land wirken, und es gibt dort Redewendungen, die wir *Southernisms* nennen und die manchmal für den Rest der Welt schlichtweg keinen Sinn ergeben. Ich finde sie wahnsinnig komisch, daher werdet ihr in dieser Serie eine Menge davon entdecken. Wie immer gibt es in meinen Geschichten viel Herz, heiße Szenen und Humor. Und natürlich spielen auch unsere geliebten pelzigen Haustiere eine Rolle! Familie und Freundschaften sind unglaublich wichtig, und sie stehen im Mittelpunkt dieser Serie. Neu und erfrischend an Vallantine ist die Liebe zu Büchern, die bei allem mitschwingt: eine

Bibliothek, in der es spukt (wenn auch nicht auf unheimliche Art), und drei starke Protagonistinnen, die nach literarischen Heldinnen benannt sind. Was kann man sich mehr wünschen? Na ja, Liebe natürlich. Und davon gibt es in Vallantine jede Menge.
Viel Spaß beim Lesen!

Kelly Moran
XOXO

Liebe Besucherinnen und Besucher,

willkommen in Vallantine, Georgia, wo nur die Einwohner noch bezaubernder sind als die «Belle of Georgia»-Pfirsiche, die uns berühmt gemacht haben.

Gegründet 1870 von William und Katherine Vallantine, bietet unser gemütliches, pittoreskes Städtchen 2500 Leuten ein Zuhause. Das idyllische Vallantine liegt zwischen Statesboro und Savannah und schmiegt sich an den Ogeechee River. Für einen geruhsamen Schlaf stehen je nach Wunsch drei Pensionen und zwei B&Bs oder ein Hotel kurz hinter der Stadtgrenze zur Auswahl, und mehrere familiengeführte Restaurants bieten für jeden Geschmack kulinarische Genüsse an.

Bei Ihrem Besuch sollten Sie unbedingt an unserem Marktplatz vorbeischauen. Außerdem erwarten Sie 45 außergewöhnliche, inhabergeführte Geschäfte in den kleinen gepflasterten Straßen. Gönnen Sie sich eine Flussschifffahrt bei Sonnenuntergang oder eine Kutschenfahrt durch das historische Plantagenviertel. Genießen Sie einen Spaziergang über den Vallantine-Friedhof oder durch den Peach Park, wo Statuen an wichtige historische Persönlichkeiten erinnern und hundertjährige Eichen, überwuchert von Louisiana-Moos, Schatten spenden. Sie können sogar die ursprüngliche, immer noch erhaltene Bibliothek besichtigen, die William 1875 für seine Bücher liebende Katherine erbaut hat. Manche sagen, sie hätte das Gebäude nie wirklich verlassen und man könne zwischen den Regalen immer noch ihrem

Geist begegnen, wie sie in einem ihrer Lieblingsbücher liest, nur darauf wartend, einem Besucher auf der Suche nach Erkenntnis behilflich zu sein.

Vielleicht sind Sie vom jährlichen Pfirsichfest oder dem Pekannuss-Festival in die Stadt gelockt worden, aber unser Südstaatencharme wird dafür sorgen, dass Sie am liebsten nie wieder abreisen würden. Gastfreundlichkeit ist unser zweiter Vorname. Vergessen Sie nicht, vor Ihrer Abreise auf jeden Fall Miss Katie Hallo zu sagen – dem ersten «Belle of Georgia»-Pfirsichbaum, der je in der Stadt gepflanzt wurde, benannt nach der hochgeschätzten Katherine Vallantine. In unserer Gegend ist man davon überzeugt, dass einem dies Glück und ein Leben voller Liebe beschert. Und hin und wieder, wenn sie in der richtigen Stimmung ist, erfüllt Miss Katie sogar Wünsche.

Ich hoffe, Sie alle bald wiederzusehen!

Gunner Davis,
Bürgermeister von Vallantine

1

Der heutige Tag war ein Desaster. Sie hatte in ihren achtundzwanzig Jahren auf dieser Erde schon viele schreckliche Tage erlebt – mehr als die Hälfte dieser Jahre hatte sie in genau dieser Stadt verbracht –, aber der heutige Tag war wirklich der Tiefpunkt.

Rebecca Moore stand im Vorgarten des bescheidenen Hauses ihrer Großmutter und kaute auf ihrer Wange. Sie trug nach der Beerdigung noch immer das schwarze Kleid, und ihre hochhackigen Schuhe baumelten an den Riemen von ihren tauben Fingern. Sie sollte reingehen. Sie musste Dinge regeln und ihr Leben in Ordnung bringen. Beides erschien ihr beängstigend, als würde es ihre Kräfte überschreiten. Also rührte sie sich nicht vom Fleck.

Die Schmerzen aufgrund ihrer verdammten Fibromyalgie waren schlimm in diesem Moment. Die quälenden Verspannungen in ihrem Nacken und ihren Schultern, die niemals weggingen, waren wahrscheinlich durch den Stress und den Schlafmangel noch verstärkt worden. Außerdem hatte sie heute Morgen vergessen, ihre Vitamine zu nehmen und ihre Dehnübungen zu machen. Sie war selbst schuld. Eine tiefe Erschöpfung lähmte sie geradezu – ein weiterer Nebeneffekt der Fibro, aber heute dreimal schlimmer als sonst.

In vollkommener Ignoranz ihrer schlechten Laune brannte die Sonne auf sie herunter. Die schwüle Luft war erdrückend. Zikaden zirpten, und eine rote Spottdrossel sang in einem Magnolienbaum ihr dreitöniges Lied. Die Luft roch nach Regen, den Rosenbüschen ihrer Großmutter und ein wenig nach dem Barbecue eines Nachbarn, der in seinem Garten grillte. Irgendwo in der Ferne brummte ein Rasenmäher. Aus der anderen Richtung trug der Wind das Lachen spielender Kinder heran.

Rebecca sollte eigentlich nicht hier sein. Für einen kurzen Besuch jederzeit. Aber nicht langfristig. Nicht für immer. Und besonders nicht, weil sie versagt hatte oder weil Gammy …

Ihre Kehle war wie zugeschnürt, und sie schluchzte leise. Heiße Tränen rannen über ihre Wangen und verschleierten ihren Blick.

Gammy war tot. Die Frau, die sie nach dem tragischen Unfalltod ihrer Eltern aufgenommen hatte, die sich um ihre Wehwehchen genauso gekümmert hatte wie um ihr gebrochenes Teenagerherz, war weg. Sie hätte nicht sterben dürfen. Vor allem nicht ohne Rebecca an ihrer Seite, die ihre Hand hielt.

Und trotzdem, sie hatten Gammy heute beerdigt.

Das letzte Mal war Rebecca an Weihnachten zu Hause gewesen. Vor nur wenigen Monaten. Und Gammy war fit wie ein Turnschuh gewesen. Sie hatte einen glasierten Schinken gemacht, Süßkartoffelauflauf, frittierte Okraschoten und Gingerbread-Cookies mit jeder Menge Zuckerguss, weil das Rebeccas Lieblingsessen war. Es hatte keine Rolle gespielt, dass sie nur zu zweit waren und die nächsten zwei Tage Reste essen mussten. Sie hatten nichts anderes gebraucht als die Gesellschaft der anderen, gut gefüllte Bäuche und ein Dach über dem Kopf.

Die Tatsache, dass sie nie wieder Gammys Cookies essen würde, versetzte ihr einen schmerzhaften Stich ins Herz. Das Leben war so vergänglich. Rebecca hatte es für selbstverständlich genommen.

Das Haus lag nicht unbedingt im besten Teil der Stadt, aber in Vallantine, Georgia, musste niemand seine Türen verschließen. Ein kleiner Bungalow mit zwei Schlafzimmern und einem winzigen Garten. Ein Durchschnittshaus wie alle anderen in dieser Straße, mit weiß-blauen Fensterläden, deren Farbe mit jedem Jahr mehr verblasste. Auf der Treppe zum Eingang standen mindestens zwanzig Auflaufformen, eine tröstende Geste von Bekannten und Nachbarn. Das tat man nun mal im Süden, wenn jemand starb. Man kochte. Riesige Mengen. Mehr, als eine Person jemals essen konnte. Das hatte sie nach ihrem Umzug in den Norden fast vergessen.

Sie fragte sich, ob sie mittlerweile ein Yankee geworden war. Sie hatte ihre kleine, pittoreske Heimatstadt direkt nach der Highschool verlassen, um in Boston aufs College zu gehen. Dann hatte sie sofort nach dem Abschluss einen Job bei einer Zeitung ergattert, mit großen Hoffnungen und einem Funkeln in den Augen. Sie hatte Großes erreichen wollen, die Welt verändern. Wie dumm von ihr.

Es war zehn Jahre her, dass sie Vallantine verlassen hatte, und sie hatte versagt. Sie hatte ihren lebenslangen Traum, eine preisgekrönte Journalistin zu werden, nicht verwirklichen können.

Vielleicht gehörte sie nirgendwohin.

Ein lauter Knall, gefolgt von dem Dröhnen eines Auspuffs, der auf dem letzten Loch pfiff, riss Rebecca aus ihren Gedanken. Es dauerte eine Sekunde, bis sie das Geräusch einordnen konnte. Sie schüttelte den Kopf, dann blickte sie mit einem Seufzen zu Boden.

Der gute alte Harold. Lieber Himmel, er lebte noch? Er musste schon hundert Jahre alt gewesen sein, als Rebecca in die Grundschule gekommen war. Das Einzige, was älter sein konnte als er, war die Erde. Oder sein Pick-up-Truck.

Sie beobachtete, wie eine alte Rostlaube die Straße entlangtuckerte, wobei der Wagen immer wieder anhielt, damit Harold die Post in die Briefkästen stecken konnte. Er winkte den Kindern zu, die ein paar Häuser entfernt im Garten spielten. Eine Welle der Nostalgie schlug über Rebecca zusammen, als Harold an ihrem Briefkasten anhielt und den Kopf aus dem Fenster streckte. Sein weißes Haar wurde vom Wind zerzaust, und die Sonne ließ die Falten in seinem Gesicht wie Schluchten wirken.

«Miss Rebecca, so wahr ich lebe.»

Ja, sie war ebenfalls überrascht, dass er noch am Leben war. «Schön, Sie zu sehen, Harold. Wie geht es Ihnen, Sir?»

«Ich komme zurecht, komme gut zurecht. Tut mir leid, dass Mavis gestorben ist.»

Ihr tat es auch leid. Sie hatte es von Scarlett, einer ihrer beiden besten Freundinnen, am Telefon erfahren müssen. «Danke, Sir.»

Er streckte den Arm aus dem Fenster, einen Stapel Umschläge in der Hand. «Wie lang wirst du bleiben?»

Sie nahm ihm die Post ab. «Dauerhaft.» Sie hütete sich, die Gerüchteküche anzufeuern, indem sie ihre Aussage weiter ausführte. Kleinstädte liebten Tratsch, und Vallantine war da nicht anders.

«Die Bookish Belles sind also wieder vereint.»

«Ja, Sir.» Das war das einzig Positive. Rebecca und ihre zwei besten Freundinnen waren quasi seit ihrer Geburt unzertrennlich. Ihre Mütter hatten gemeinsam den ersten Buchclub der Stadt gegründet und ihre Töchter nach literarischen Südstaatenheldinnen benannt. Die Stadt hatte sie drei schon im Kindergarten die Bookish Belles getauft, und der Spitzname war hängen geblieben. «Es ist schön, wieder zu Hause zu sein.»

Eine Wahrheit, die eine Lüge verschleierte.

«Darauf wette ich, Schätzchen.» Er kniff die Augen zusammen. «Du wirst dich jetzt nicht wie ein Yankee aufführen, oder?»

Seltsam, dass ihr selbst dieser Gedanke auch schon gekommen war. «Das würde mir nicht im Traum einfallen, Sir.»

Sie war der Ansicht, dass sich ein großer Teil der Bewohner der Südstaaten benahm, als befänden sie sich noch mitten im Bürgerkrieg. Oder als hätten sie nicht verloren.

«Freut mich zu hören. Ich wünsche dir einen schönen Tag.»

«Ihnen ebenfalls.»

Am Haus neben Gammys schlug die Fliegengittertür zu. Als sie hinübersah, entdeckte sie einen Mann auf der Treppe, die Hände in die Hüften gestemmt. Seltsamerweise trug er einen grauen Anzug, trotz der Wärme des späten Frühlingsmorgens. Die meisten Leute in dieser Gegend kleideten sich eher leger. Sein schwarzes Haar war oben relativ lang, an den Seiten aber kurz geschnitten. Er schien in ihrem Alter zu sein. Ein Bartschatten lag auf Wangen und Kinn. Von hier aus konnte sie seine Augen nicht erkennen, aber seine Schultern wirkten verkrampft, während er steif und breitbeinig dort stand. Sie hatte ihn noch nie gesehen, aber in einer Stadt mit zweitausendfünfhundert Einwohnern und einer ständigen Flut von Touristen konnte sie nicht jeden kennen.

Harold rollte am Briefkasten des Nachbarn vorbei, warf die Post ins Gras und fuhr weiter.

Rebecca versuchte, ihr Lachen zu unterdrücken, versagte aber kläglich.

«Verdammt noch mal!» Der Mann sprang die drei Stufen seiner vorderen Veranda nach unten und stapfte zum Briefkasten. «Was zur Hölle soll das? Ich bin es langsam wirklich leid ...»

Harold bog um die Ecke, dann verschwand er mit einem Winken aus dem Blickfeld.

«...mit mir selbst zu reden.» Der Mann ließ die Arme frustriert sinken, sodass seine Hände gegen seine Schenkel schlugen.

Rebecca grinste. «Süßkram.»

Der Mann drehte sich um, dann schossen seine Augenbrauen vor Überraschung in die Höhe, als er sie entdeckte. «Hi.»

Grün. Seine Augenfarbe war atemberaubend grün, wie bei einem irischen Teufelsbraten. Und dazu besaß er einen tollen Körper mit breiten Schultern und schmalen Hüften und war einen guten Kopf größer als sie – was hieß, dass er ungefähr einen Meter fünfundachtzig groß sein musste. Sein Akzent verriet, dass er nicht von dieser Seite der Mason-Dixon-Linie stammte. Aus dem Mittleren Westen vielleicht?

Sie lächelte, immer noch amüsiert. «Hallo.»

Er kratzte sich das Kinn. «Süßkram?»

«Ja.» Sie deutete auf die Post auf dem Boden. «Harold liebt Süßkram und hasst Neuankömmlinge. Legen Sie Cookies in Ihren

Briefkasten und lassen Sie die Klappe offen. Er wird es als Zeichen des Respekts deuten und schon bald freundlicher zu Ihnen sein.»

Er starrte sie an, als hätte er einmal zu oft einen Schlag an den Hinterkopf bekommen. «Cookies», wiederholte er ausdruckslos.

«Am besten wären selbst gebackene Kekse. Sie wollen sicher nicht alles noch schlimmer machen, oder?»

«Selbst gebackene Kekse.» Wieder starrte er sie an. Nach einer Weile rieb er sich das Gesicht. «Was für ein Quatsch!»

«Sie sind nicht aus dieser Gegend, oder?»

«Nein. Wo ich herkomme, stecken die Postboten die Post einfach in die Briefkästen und müssen nicht mit Süßigkeiten bestochen werden. Ich sollte das Postamt anrufen und mich beschweren.»

Da war jemand aber wirklich streitlustig.

«Harold *ist* das Postamt. Das *gesamte* Postamt.»

Er verschränkte die Arme vor der Brust, die Augenbrauen ungläubig zusammengezogen. «Wie bitte?»

Sie zuckte mit den Achseln. «Es gibt noch ein paar Leute, die Pakete sortieren oder ans Telefon gehen. Andere liefern die Post an die Läden und Firmen aus. Aber letztendlich schmeißt er den Laden allein.»

Der Mann stieß ein trockenes, absolut humorloses Lachen aus. «Natürlich. Wie hätte ich in diesem hinterwäldlerischen Kaff auch etwas anderes erwarten sollen?»

Jetzt zeigte er sein wahres Gesicht. Verärgerung ließ ihre Schläfen pochen. Er war wahnsinnig attraktiv mit seinem kantigen Gesicht und dem breiten Kinn, den dichten Wimpern und vollen Lippen, aber er trug die Nase so hoch, dass er in einem Gewitter wahrscheinlich ertrinken würde.

«Wir mögen in Ihren Augen einfache Leute sein, aber mit Honig fängt man Fliegen. Das sollten Sie nicht vergessen, wenn Sie hier zurechtkommen wollen.»

Sie war fertig mit ihm, also ging sie mit großen Schritten zum

Haus. Sie hatte schon die Veranda erreicht und wühlte in ihrer Tasche nach dem Schlüssel, als er hinter ihr rief: «Haben Sie das Haus gekauft?»

Sie drehte sich um und starrte ihn böse an, gab sich jedoch nicht die Mühe zu antworten. Er hatte kein Recht, die Nase in ihre Angelegenheiten zu stecken.

«Mavis' Sachen wurden noch gar nicht ausgeräumt.»

Mit schief gelegtem Kopf überlegte sie sich eine Antwort. Wenn er auch nur ein schlechtes Wort über ihre Gammy verlor, würde sie ihn an Ort und Stelle filetieren.

«Dessen bin ich mir bewusst. Kannten Sie sie?» Gammy hatte ihn in ihren wöchentlichen Telefonaten nie erwähnt.

«Ja.» Er kam ein paar Schritte näher und verschränkte wieder die Arme vor dem Körper. «Sie war schließlich meine direkte Nachbarin und gehörte zu den wenigen Lichtblicken in Vallantine bisher. Ich habe ihr jeden Sonntag den Rasen gemäht, und sie hat Pfirsichkuchen für mich gebacken.»

Nun, sie wollte verdammt sein. Vielleicht besaß er hinter dieser schlecht gelaunten Fassade ja doch ein Herz.

«Das war sehr nett von Ihnen.»

«Nicht wirklich. Es gehörte sich einfach. Sie war nicht mehr die Jüngste und sollte sich wirklich nicht mit einem Rasenmäher rumschlagen. Abgesehen davon würde ich alles für ihre Kuchen tun. Haben Sie je einen probiert? Es gibt nichts Besseres.»

Überwältigende Trauer, so tiefgehend und so schmerzhaft, schnürte Rebecca die Kehle zu, bis sie kaum mehr atmen konnte. Gammy hatte tatsächlich den weltbesten Pfirsichkuchen gebacken, und Rebecca würde ihn nie wieder essen können. Ihre Augen brannten, also schloss sie einen Moment die Lider, um sich zu sammeln.

«Mir war nicht klar, dass das Haus verkauft wurde.»

«Das wurde es auch nicht.» Sie räusperte sich und atmete einmal tief durch. «Ich bin ihre Enkelin.»

Sie wartete seine Antwort nicht ab. Der heutige Tag war schrecklich gewesen und hatte sie völlig überfordert – wie eigentlich die gesamte letzte Woche. Ihre Schmerzen waren in diesem Moment lähmend. Sie wollte einfach nur von Gammy getröstet werden, wollte allein sein. Sie schloss die Tür auf, betrat das Haus und drückte sie sofort hinter sich zu.

Dann presste sie die Stirn gegen das Holz und atmete tief durch, um die Tränen zurückzudrängen. Allerdings half das wenig, weil sie damit die vertrauten Gerüche ihres Zuhauses in sich aufnahm. Zitronenreiniger und Weichspüler. Gammys Gardenien-Parfüm und – seltsamerweise – Taschentücher. Dieser weiche, frische Geruch, den sie immer verbreiteten: vertraut und normalerweise beruhigend. Heute jedoch erinnerte sie das alles nur daran, was sie verloren hatte. Schuldgefühle machten ihr das Herz schwer.

Sie wandte sich um, lehnte sich gegen die Tür und schleuderte ihre Schuhe auf die Fußmatte. Das kleine Wohnzimmer – eingerichtet mit einer weiß-golden karierten Couch, zwei gelben Lehnsesseln, einem Flatscreen-Fernseher und ein paar kleinen Eichentischen mit Lampen darauf – sah genauso aus, wie Gammy es zurückgelassen hatte. Familienfotos in nicht zueinander passenden Rahmen hingen an den elfenbeinfarbenen Wänden, und auf den Tischen standen Kristallschalen und Vasen. Rebecca hatte vor ungefähr fünf Jahren die Kosten dafür getragen, den Teppichboden gegen Parkett austauschen zu lassen, als sie ihre Antrittsprämie bei der Zeitung bekommen hatte. Gammy hatte schon vor Jahren ihren Beruf als Friseurin aufgegeben und sich zur Ruhe gesetzt und daher nicht viel Geld besessen.

Seit Rebecca in Vallantine angekommen war, hatte sie die meiste Zeit in ihrem alten Schlafzimmer verbracht und sich kaum im Rest des Hauses aufgehalten. Es war ihr einfach zu schwergefallen. Selbst jetzt rechnete sie fast damit, dass Gammy aus einem anderen Raum trat, Rebecca in die Arme zog und ihr etwas zu essen anbot, mit einem Kommentar darüber, dass sie zu dünn war. Aber wenn Rebecca nicht wahnsinnig werden wollte, durfte sie der Situation nicht länger aus dem Weg gehen.

Aber zuerst: gemütliche Klamotten.

Sie stieß sich von der Tür ab und ging den Flur zur Rechten entlang, vorbei an Gammys Zimmer und dem Bad. Sie erreichte ihr Schlafzimmer, das sich seit ihrem Weggang zum College nicht verändert hatte. Ein breites Bett mit einer Tagesdecke mit purpurfarbenen Blüten darauf stand zwischen den zwei Fenstern an der hinteren Wand. Links stand eine hohe, weiße Kommode neben einem winzigen Schreibtisch, ein Schrank rechts davon. Die Wand mit der Tür verschwand hinter Bücherregalen. Sie wusste, ohne hinzusehen, dass sie alles von Klassikern über Krimis bis zu Young-Adult-Liebesromanen enthielten. Bücher, ihre Zuflucht vor der Welt. Bücher enttäuschten sie nie und hatten auch keine Erwartungen an sie.

Sie zog die Vorhänge vor, dann kramte sie ein Paar Jogginghosen und ein T-Shirt aus der Kommode und warf ihr Kleid in den Wäschekorb. Auf dem Weg ins Bad band sie sich das Haar zu einem Pferdeschwanz. Die grauen Fliesen waren kalt unter ihren nackten Füßen und erinnerten sie daran, Socken anzuziehen. Die minzgrüne Matte vor der Badewanne passte farblich zum Duschvorhang, den sie heute Morgen offen gelassen hatte, weil sie in Eile gewesen war, um rechtzeitig zur Beerdigung zu kommen.

Gammys Duschsachen starrten Rebecca an, als forderten sie sie auf, sich um sie zu kümmern – sie entweder wegzuwerfen oder als Erinnerungsstücke verstauben zu lassen. Sie selbst verwendete diese Produkte nicht, aber sie fühlte sich noch nicht bereit, sie wegzuräumen. Stattdessen schloss sie den Vorhang, wusch sich das Make-up aus dem Gesicht und kehrte in ihr Zimmer zurück, um Socken zu suchen.

Sie ging durch den Flur ins Wohnzimmer und dann in die Küche, um eine Kanne Kaffee aufzusetzen. Dunkelblaue Schränke und weiße Fliesen. Die Küche war alt, aber wie jeder andere Raum im Haus blitzblank. Kein Krümel, kein Staubkorn. In einer Ecke stand ein kleiner Tisch für zwei Personen mit einer Obstschale darauf. Rebecca schluckte schwer, als die Erinnerungen in ihr aufwallten.

Genau an diesem Tisch hatten sie gesessen, als Gammy der am Boden zerstörten achtjährigen Rebecca erklärt hatte, dass ihre Eltern auf dem Heimweg vom Abendessen bei einem Unfall gestorben waren. Nach ihrer Date-Night. Ihre Eltern waren jeden Monat einmal miteinander ausgegangen, und Rebecca durfte in diesen Nächten immer bei Gammy übernachten. Es hatte an diesem Abend schrecklich geregnet, die Ausläufer eines Hurrikans, der knapp an ihrer Stadt vorbeigezogen war. Selbst heute noch fühlte Rebecca sich bei Gewittern unbehaglich. Himmel, wie sie geschluchzt und geschrien und sich aufgeführt hatte. In diesem Alter war sie zu sehr in ihrem eigenen Schmerz gefangen gewesen, um sich Gedanken darüber zu machen, wie ihre Großmutter sich fühlte oder wie niederschmetternd die Situation für sie gewesen sein musste. Sie hatte ihren einzigen Sohn und dessen Ehefrau beerdigen müssen, und das sollte kein Elternteil je erleben. Dennoch hatte Rebecca sich keinen Moment gefürchtet. Gammy hatte sich um sie gekümmert, sie hatte sich um alles gekümmert. So wie immer.

Gammy war allein gestorben. Sie war einfach eingeschlafen und nicht wieder aufgewacht. Rebecca konnte sich keinen friedlicheren Tod vorstellen, aber trotzdem quälten sie Schuldgefühle, weil sie nicht hier gewesen war. Ihre Freundinnen Scarlett und Dorothy, die mehrfach die Woche bei Gammy vorbeigekommen waren, hatten sie gefunden.

Jetzt gab es niemanden mehr, der sich um sie kümmerte. Ihre gesamte Familie war tot. Die Eltern ihrer Mutter hatten in South Carolina gelebt und waren so früh gestorben, dass Rebecca keine Erinnerung an sie besaß. Ihr Großvater vonseiten ihres Vaters, Gammys Ex-Ehemann, hatte sich von ihr scheiden lassen, als Daddy noch ein Junge war. Er hatte das Eheleben einfach sattgehabt und war verschwunden und niemals zurückgekehrt. Gammy hatte ihren Sohn ganz allein großgezogen, nur mit dem Gehalt einer Friseurin, und das in einer Zeit und einer Stadt, wo so etwas mit Stirnrunzeln registriert wurde. Damals ließ man sich nicht scheiden. Gammy war die stärkste Person, die Rebecca je kennengelernt hatte. Rebecca selbst mochte inzwischen erwachsen sein, aber sie hatte ihr Leben definitiv nicht auf der Reihe. Tief in ihrem Inneren war sie davon ausgegangen, dass Gammy immer da sein würde, um die Scherben aufzusammeln, weise Ratschläge zu geben und sie im Arm zu halten, wenn sie Trost brauchte.

Ein energisches Klopfen und das Geräusch der aufschwingenden Eingangstür sorgten dafür, dass Rebecca den Blick vom Tisch losriss und aufblickte. Ihr Pulsschlag beschleunigte sich.

«Rebecca? Wo bist du, Süße?»

Ein Seufzen, dann lächelte sie. Es war nur Scarlett. Offenbar hatte Rebecca zu lange in der Großstadt gelebt, da sie plötzlich in Panik geriet, weil jemand in Vallantine einfach so ihr Haus betrat.

«Wir haben eine Stärkung mitgebracht.» Dorothy war bei ihr.

Gott, wie sehr sie ihre besten Freundinnen vermisst hatte.

«Ich bin hier», rief Rebecca und trat ins Wohnzimmer. Was für ein wunderbarer Anblick. Sie hatte den beiden auf der Beerdigung gesagt, sie sei in Ordnung und die beiden bräuchten nicht vorbeizuschauen. Offensichtlich kannten sie sie zu gut.

Dorothy hielt eine braune Papiertüte an die Brust gedrückt und trug einen schlichten weiß-blauen Pyjama. Ihr rotes Haar reichte ihr nur noch knapp über die Schultern – eine Neuerung seit Rebeccas Besuch an Weihnachten. Die Videotelefonate jede Woche konnten persönliche Treffen einfach nicht ersetzen.

Sie hätte fast gelacht bei Scarletts Anblick in ihrem leuchtend roten, glitzernden Pyjama. Sie hielt eine Plastiktüte in der einen Hand und strich sich mit der anderen ihre langen kakaofarbenen Locken über die Schulter nach hinten. Nur sie konnte Make-up mit einem Pyjama tragen und dabei gut aussehen.

«Was habt ihr mitgebracht?» Rebecca nahm Dorothy die Tüte ab und schaute hinein. *Yesss.* Alkohol. Gammy hatte keinen im Haus. «Gott segne dich.»

Scarlett hob ihre Tüte an. «Und Snacks, aber, ähm …» Sie deutete mit dem Daumen Richtung Tür. «Weißt du, dass auf deiner Treppe quasi das komplette Angebot eines Restaurants steht?»

«Mist! Das hatte ich ganz vergessen.» Rebecca stellte die Tüte auf einen Beistelltisch. «Helft mir, das Zeug reinzutragen, ja? Ich hatte es so eilig, dem neuen Nachbarn zu entkommen, dass ich nicht mehr daran gedacht habe.»

Scarlett stemmte eine Hand in die Hüfte. «Wieso wolltest du deinem neuen Nachbarn entkommen?»

«Weil er ein Yankee-Arschloch ist.»

Scarlett presste die Hand an die Brust und keuchte. «Wie voreingenommen von dir. Das gefällt mir.»

Dorothy öffnete die Tür, schnappte sich zwei Aufläufe und trug sie in die Küche. Scarlett und Rebecca kümmerten sich um den Rest der Gerichte, bis alles im Kühlschrank untergebracht war. Danach machten sie es sich im Wohnzimmer gemütlich.

«Also, was hat es mit dem Nachbarn auf sich? Name, Alter, Details. Wenn du das Wort Yankee in den Mund nimmst, obwohl du seit einem Jahrzehnt selbst im Norden wohnst, muss das etwas bedeuten.» Scarlett wedelte mit ihrer manikürten Hand herum. «Spuck es aus.»

«Dieses Gespräch erfordert Cocktails.» Und wahrscheinlich auch Schokolade.

«Ich kümmere mich darum.» Dorothy stand auf und wühlte in den Tüten herum. Sie holte Gläser aus Gammys Geschirrschrank, dann mischte sie Pfirsichschnaps, Brandy, Grenadine und Zitronenlimonade für ihren üblichen Georgia Sunset. Nur gut, dass sie die

Aufgabe übernommen hatte, weil Scarlett, laut Dorothy, immer zu viel Alkohol verwendete.

Sie reichte ihnen jeweils ein Glas. «Bitte schön!»

Rebecca nippte an ihrem Cocktail. «Verdammt, das tut gut.» Sie zog die Beine unter den Körper und lehnte sich in ihrem Sessel zurück. «Ich kenne den Namen des Nachbarn nicht, aber er ist ungefähr in unserem Alter. Er hat Vallantine ein hinterwäldlerisches Kaff genannt.»

Dorothy verzog das Gesicht. «Das ist übel.»

«Definitiv.» Scarlett legte den Kopf schief. «Aber wenn man es mit den Augen eines Neuankömmlings betrachtet, kann ich ihn ein bisschen verstehen. Wie lange ist er schon hier?»

«Weiß ich nicht. Er hat sich aufgeregt, weil Harold seine Post auf den Boden geworfen hat, statt sie in den Briefkasten zu stecken.»

«Ah, also noch nicht lange genug, um zu wissen, dass er Harolds Vorliebe für Süßes ausnutzen muss.» Scarlett nickte verständnisvoll. «Vielleicht sollte man nachsichtig mit ihm sein. Sieht er gut aus?»

Dorothy warf ihr einen bitterbösen Blick zu. «Inwiefern spielt das eine Rolle?»

Rebecca lachte. Wie sehr sie ihre Freundinnen doch vermisst hatte – das alles hier. Sie waren drei sehr verschiedene Frauen mit sehr verschiedenen Persönlichkeiten, doch sie passten einfach zusammen. Sie ergänzten einander und unterstützten und ermunterten sich gegenseitig. In der Gesellschaft ihrer Freundinnen fühlte Rebecca sich immer, als warte sie auf die Pointe eines Witzes.

Eine Blondine, eine Brünette und eine Rothaarige gehen in eine Bar …

«Also? Sieht er gut aus?»

Rebecca seufzte. «O ja. Er ist definitiv attraktiv.» Aber er war auch der Meinung, dass die Sonne nur aufging, um ihn krähen zu hören. Nein, vielen Dank.

2

Graham Roberts saß in einer beliebten Kneipe im Touristenviertel an einem Ecktisch und starrte in sein Bier. *Tipsy Turtle* – ehrlich, so hieß der Laden. Er lag zwischen dem *What a Pickle*-Deli und dem mexikanischen Restaurant *Guac On* in dem Teil von Vallantine, der als historische Altstadt galt. Für die Stadtbewohner war es der Marktplatz.

Eine alte Bibliothek, heruntergekommen und baufällig, stand an dem einen Ende dieses Platzes, flankiert von einem Park und einem Friedhof. Ein Stück davor erhob sich ein riesiger, hundertfünfzig Jahre alter Pfirsichbaum, der keine Früchte mehr trug. Die Einwohner nannten ihn «Miss Katie», nach der Ehefrau des Stadtgründers. Sie und der Baum waren in der Gegend ziemliche Legenden. Den Stamm umgab ein schmiedeeiserner Zaun, und es standen Bänke davor, sodass man die Schönheit des Baums genießen konnte. Als Graham die Geschichte zum ersten Mal gehört hatte, waren ihm fast die Augen aus dem Kopf gefallen, weil er sie so heftig verdreht hatte. Die Bibliothek hatte früher den Nachkommen der Vallantine-Familie gehört, aber inzwischen war das Gebäude im Besitz anderer Leute. In den zwei Monaten, die er nun hier lebte, hatten sie nichts daran gemacht. Offenbar spukte in dem Gebäude dieselbe Frau, nach der der Baum benannt war, aber nicht auf *unheimliche* Art. Noch ein Augenrollen.

Um den Marktplatz herum und in den benachbarten Straßen gab es kleine Läden und Restaurants mit farbenfrohen Markisen, gepflasterte Wege, altmodische Laternenpfähle aus Gusseisen und sogar Blumenkästen auf den Bürgersteigen. Die Kirschbäume standen in voller Blüte und verteilten ihre Blütenblätter überall. Eine pittoreske Kleinstadt. Das musste er Vallantine lassen – der Ort war hübsch und die Einwohner freundlich. Und das Wetter war weitaus besser als in Minnesota, das war mal sicher.

«Du trinkst ja gar nicht.»

Er sah Forest an, der neben ihm saß, bevor er den Blick wieder auf sein unberührtes Ale richtete. Sie waren gemeinsam auf dem College gewesen und hatten Kontakt gehalten, als Forest hierher in seine Heimat zurückgezogen war, während Graham in Minneapolis geblieben war. Und hätte es Forest nicht gegeben, hätte Graham nach dem Skandal wirklich in der Scheiße gesessen.

«Tut mir leid. Ich war in Gedanken woanders.» Er nippte an seinem Bier und sah sich um.

Die Tische, Bar und der Boden waren aus poliertem dunklem Holz, die Wände in einem dunklen Blau gestrichen, mit einer Decke in Aquamarin und einem Gemälde aus Strudeln, Luftbläschen und einer riesigen Meeresschildkröte. Auf den Tischen standen kleine Laternen aus Metall, und die Deckenbeleuchtung waren neonblaue Hängelampen. Es war ein hübscher Laden, so wie er es aus der Stadt kannte – und weniger wie die Bars der Einheimischen in den Vororten.

Die Klientel stammte überwiegend nicht von hier, zumindest schloss er das aus den T-Shirts der Gäste und den Gesprächen, die er hören konnte.

«Geht's dir gut, Mann?»

Graham musterte seinen Freund, mit seinem kurz geschnittenen, lockigen braunen Haar und dem Bartschatten auf dem breiten Kinn. Angesichts der Sorge, die aus Forests dunkelbraunen, fast schwarzen Augen leuchtete, verkrampfte sich Grahams Magen reuevoll. Er versuchte, ein neues Leben zu beginnen und seine Karriere wiederaufzubauen, während Forest gerade eine hässliche Scheidung hinter sich hatte. Sie gaben ein jämmerliches Paar ab.

«Ja, Mann. Tut mir wirklich leid.» Er entschuldigte sich ständig, es war erbärmlich. «Wie läuft es bei der Arbeit?»

Forest hatte auf Wunsch seines Vaters an der Alma Mater seines Dads studiert, damit er eines Tages die Bank übernehmen konnte. Momentan war er für die Kreditabteilung verantwortlich, bis sein Vater in den Ruhestand ging. Er sprach nur selten, wenn überhaupt je, über seinen Job, daher hatte Graham den Eindruck, dass er nicht wirklich glücklich mit seiner Situation war.

«Ach.» Forest zuckte mit den Achseln. «Alles beim Alten. Nichts Aufregendes. Aber ich werde mir bald für die Historische Gesellschaft die Renovierungspläne der Bibliothek ansehen. Darauf freue ich mich schon.»

«Renovierung?» Graham hatte in der Stadt ein paar Gesprächsfetzen zu dem Thema aufgeschnappt, aber sie ergaben für ihn noch kein komplettes Bild. Seit er hier angekommen war, war das Gebäude geschlossen. «Was soll denn damit passieren?»

«Ich bin mir noch nicht sicher. Ich habe am Montag ein Treffen mit den Belles.»

Die Belles? War das eine Art Gartenclub?

Forest nahm einen Schluck von seinem Bier, dann bemerkte er Grahams fragende Miene. «Manchmal vergesse ich, dass du dich nicht allzu gut hinter den Kulissen von Vallantine auskennst.» Er lachte leise, dann lehnte er sich auf seinem Stuhl zurück. «Also, die Vallantine-Bibliothek wurde vom Gründer der Stadt, William Vallantine, für seine Ehefrau Katherine erbaut, die eine begeisterte Leserin war. Die Bibliothek stand auf dem Anwesen der beiden, bis 1898 ein Hurrikan das Herrenhaus zerstört hat, wobei einige Mitglieder der Familie ums Leben kamen. Dort befindet sich jetzt der Park. Die Bibliothek blieb unversehrt. Vor ungefähr einem halben Jahr hat der letzte lebende Nachkomme, Sheldon Brown, beschlossen, dass er sich nicht mehr darum kümmern kann. Also haben er und seine Frau Rosemary die Bibliothek den Bookish Belles überschrieben.»

Teile davon wusste Graham aus Gesprächen in der Stadt oder mit seinen Angestellten, aber … «Bookish Belles?» Das gab es nur in den Südstaaten. Manchmal fühlte er sich hier wirklich wie in einem anderen Land.

«Ja. Rosemary Fillmore – oder jetzt Brown – war meine Lehrerin in der achten Klasse, und die Belles waren ihre Lieblingsschülerinnen. Wir waren im selben Abschlussjahrgang. Sie lieben alles, was mit Literatur zu tun hat. Ihre Mütter haben vor langer Zeit sogar einen Buchclub gegründet. Keine Ahnung, ob es den Club noch gibt. Da müsste ich Mama fragen.»

Ah, okay. Wenn das so war, waren diese Frauen wahrscheinlich genau die richtigen Personen, um die Verantwortung für eine historische Bibliothek zu übernehmen.

«Wenn man von den Teufelinnen spricht.» Forest deutete mit dem Kinn Richtung Bar. «Da sind sie.»

An der Bar drängten sich einige Leute, aber nur eine Dreiergruppe Frauen. Sie trugen Pyjamas.

«Eine Blondine, eine Brünette und eine Rothaarige. Klingt nach dem Anfang eines Witzes.»

Forest lachte schnaubend. «Die Rothaarige ist Dorothy, benannt nach dem *Zauberer von Oz*. Sie ist Buchhalterin. Die Brünette, die aussieht, als wäre sie mit Photoshop bearbeitet? Das ist Scarlett, aus *Vom Winde verweht*, offensichtlich. Witzigerweise gehört ihr eine Plantage in der Gegend, von dort führt sie ihre Event-Agentur. Die Blondine ist Rebecca aus …»

«*Huckleberry Finn*. Tom Sawyers temperamentvolle Freundin.»

Das war Grahams Lieblingsbuch. Er konnte ihr Gesicht nicht sehen, weil sie mit dem Rücken zu ihm stand, aber sie ähnelte sehr Mavis' Enkelin von nebenan. Heute Nachmittag hatte er sich ihr gegenüber wie ein Trottel benommen. Nicht absichtlich, aber trotzdem.

«Genau die. Sie ist nach dem Tod ihrer Großmutter gerade erst wieder in die Stadt gezogen.» Die Erkenntnis blitzte in Forests Miene auf. «Deine alte Nachbarin.»

Graham brummte. Dann war sie es also wirklich. «Ich schulde ihr eine Entschuldigung. Ich bin vorhin bei ihr ins Fettnäpfchen getreten.»

«Ach ja? Was hast du getan?»

«Nichts, was sich nicht in Ordnung bringen ließe.» Und er *wollte* es in Ordnung bringen. Er hatte vorschnell geurteilt und schlecht gelaunt Blödsinn von sich gegeben, statt sich zurückzuhalten. Dabei hatte sie nur versucht, ihm Tipps zu geben. Wenn sich das herumsprach, wäre das noch ein Grund mehr für die Bewohner dieser Stadt, ihn zu meiden … abgesehen davon, dass er der Neue aus dem Norden war.

Irgendwann wandte Rebecca sich von der Bar ab und reichte ihren Begleiterinnen Tüten mit Essen zum Mitnehmen. Sie wirkte ganz anders als die Frau, die er im Vorgarten kennengelernt hatte. Die sorgfältig gestylte Frisur ihres champagnerfarbenen Haares, das perfekte Make-up und das elegante schwarze Kleid waren verschwunden. Stattdessen trug sie eine graue Jogginghose, ein pinkfarbenes T-Shirt, keinerlei Schminke, und ihr Haar war zu einem unordentlichen Dutt gebunden. Doch am auffälligsten war, dass ihre von Trauer gezeichnete Miene einem sorglosen Lächeln gewichen war. Einem Lächeln, das ihre Augen zum Strahlen brachte.

Es waren wunderschöne Augen. Babyblau und fast zu groß für ihr Gesicht. Diese Augen forderten Aufmerksamkeit und hatten ihm heute Nachmittag den Wind aus den Segeln genommen.

Aber Rebecca so, wie sie jetzt war? Verdammt. Nichts war heißer als eine Frau in all ihrer Natürlichkeit, ohne jeglichen Schnickschnack.

Sie entdeckte ihn quer durch den Raum, und ihre Blicke trafen sich. Für einen Moment blieb die Zeit stehen, und ihm wurde heiß, weil er ein Kribbeln in seiner Brust verspürte.

Ihr Lächeln verblasste, und da wusste er, dass sie nicht dieselbe magnetische Anziehungskraft spürte wie er. Zu schade.

Sie drehte den Kopf, um etwas zu ihren Freundinnen zu sagen, dann kam sie in seine Richtung. Die beiden anderen folgten ihr. Zusammen erinnerten sie ihn an eine Mädchenclique in der Highschool.

Sie schlenderte lässig auf seinen Tisch zu. Ihre Hüfte schwang nach rechts, nach links. Toller Körper. Volle Brüste, die Katz und Maus mit dem V-Ausschnitt ihres T-Shirts spielten. Unendlich lange Beine. Sie war schlank, fast schon zart, aber sein Instinkt verriet ihm, dass in diesem zerbrechlichen Körper ein Rückgrat aus Stahl steckte, das unnachgiebig war.

Starke Frauen waren sexy.

Sie stützte eine Hand auf den Tisch – kein Ring, wie er bemerkte – und lehnte sich vor. «Forest, schön, dich zu sehen. Ist eine Weile her.» Sie richtete ihren Blick auf Graham. «Du solltest sorgfältiger darauf achten, in welcher Gesellschaft du dich bewegst.»

«Wow.» Ein Lachen, dann lehnte Forest sich zurück und verschränkte die Hände hinter dem Kopf. «Du hast sie wirklich gegen dich aufgebracht, mein Freund.»

Gnade. Sie war heiß wie die Hölle und hatte einen hitzigen Charakter, genau wie ihre literarische Namensgenossin. Bei ihrer ersten Begegnung hatte er nur einen leichten Anflug von Akzent gehört, kaum wahrnehmbar, aber jetzt verstärkte sich der gedehnte Südstaatenakzent, als wappne sie sich für einen Kampf. Die Hitze in seinem Bauch wanderte tiefer.

Auf keinen Fall konnte er gerade eine Frau oder eine Beziehung in seinem Leben gebrauchen … aber Rebecca faszinierte ihn. Auch wenn sie keineswegs wirkte, als wäre sie auch nur im Geringsten an ihm interessiert.

«Das habe ich in der Tat.» Graham musterte sie einen Moment. Heller Teint. Schmales, kantiges Gesicht. Hohe, leicht gerötete

Wangenknochen. Mit einem Mal wollte er dafür sorgen, dass ihr gesamter Körper errötete, und damit war ihm sofort klar, dass er in Schwierigkeiten steckte. Aber aus irgendeinem Grund interessierte es ihn nicht die Bohne. «Ich habe jede Bestrafung verdient, die sie für angemessen hält.»

Faszinierend. Er war seit gut sechs Monaten nicht mehr Teil der menschlichen Rasse gewesen und hatte auch kein Interesse daran gehabt, sich ihr wieder anzuschließen. Außerdem verhieß Lust auf den ersten Blick selten etwas Gutes. Und doch saß er jetzt hier in dieser Bar und flirtete mit einer atemberaubenden Blondine.

Die Brünette – Scarlett? – fächelte sich mit einer Hand Luft zu. «Ihr beide seid heißer als blaue Flammen.»

Südstaatler und ihre Redewendungen. Irgendwann – wenn die Hölle gefror – würde er sich daran gewöhnen.

«Ich glaube, wir haben uns einander noch nicht richtig vorgestellt.» Er stützte die Ellbogen auf den Tisch, den Blick unverwandt auf Rebecca gerichtet. «Graham Roberts. Und du bist …?»

«Sie ist ziemlich wütend», murmelte Forest leise.

Ihre Augen wurden schmal, und sie ignorierte alle anderen. «Rebecca Moore. Was treibst du hier überhaupt in unserem hinterwälderischen Kaff? Hast du keine Angst, dass Dummheit ansteckend sein könnte?»

Die Augenbrauen der Rothaarigen schossen nach oben, bis sie fast ihren Haaransatz berührten, dann wandte sie den Blick kopfschüttelnd zur Decke.

«Und auch das habe ich verdient.» Er nickte. «Ich entschuldige mich für das, was ich gesagt habe, als ich verärgert war.»

Seine Worte schienen sie zu überraschen. Sie richtete sich auf, und ihre Miene wurde nachdenklich.

«Was genau hast du denn gesagt?», fragte Forest, während er von Graham zu Rebecca sah.

«Ich habe Vallantine und seine Einwohner beleidigt.» Bevor sein

Kumpel ihm einen Vortrag halten konnte, hob Graham die Hand, ohne den Blick von Rebecca abzuwenden. «Und ich habe mich dafür entschuldigt. Das war falsch von mir.» Wenn er sich hier einleben wollte und sein Neuanfang wirklich gelingen sollte, dann musste er sich anpassen.

«Wie faszinierend. Ein Mann, der zugeben kann, dass er einen Fehler gemacht hat. Ich dachte, die wären längst ausgestorben.» Die Brünette streckte die Hand aus. «Ich bin Scarlett.»

«Ist mir ein Vergnügen», sagte er und schüttelte ihre Hand. Es kostete ihn einige Mühe, aber er schaffte es, den Blick von Rebecca loszureißen, um ihre Freundin anzusehen. Sie war attraktiv, löste aber nichts bei ihm aus. Sie wirkte wie der Typ Frau, die viel Aufmerksamkeit forderte.

«Dorothy.» Die Rothaarige nickte höflich, ohne ihm die Hand entgegenzustrecken. «Willkommen in Vallantine.»

«Danke.» Sie war ebenfalls hübsch, auf eine augenzwinkernd schüchterne Art. Ebenfalls nicht sein Ding.

Dabei konnte er nicht mal sagen, wieso genau das eine Rolle spielte. Er hatte kein Interesse an einer Beziehung.

Unbeeindruckt deutete Rebecca mit dem Finger auf ihn. «Du siehst vielleicht aus wie ein großer Schluck Wasser, aber …»

Kurz sah er zu Forest. «Ist das ein Kompliment?»

«Auf jeden Fall!»

Graham grinste sie an. «Dann vielen Dank.»

Aber dieses Glück war ihm nicht vergönnt. Sie war noch nicht fertig.

«*Aber* … du bist so jämmerlich wie eine Schlange in einer Wagenspur.»

Wieder wandte er sich an Forest. «War das eine Beleidigung?»

«Auf jeden Fall!»

«Verdammt.» Graham schnappte sich sein Handy vom Tisch und suchte rasch im Internet. «Ich finde, du bist so hübsch wie vierfach gespaltenes Froschhaar», las er vom Display ab. Dann hob er stirnrunzelnd den Blick. «Das klingt wirklich nicht nach einem Kompliment. Laut Google ist es aber eins.»

Forest ließ lachend den Kopf in die Hände sinken.

«Danke.» Ihre Miene verriet, dass sie das Wort nur mit Mühe herausbrachte, aber ihre gute Erziehung zwang sie zu einer angemessenen Reaktion. «Wir sollten besser nach Hause gehen, bevor das Essen kalt wird.»

Apropos … «Stand da nicht massenweise Essen auf deiner Veranda?»

Er hatte überlegt, die Aufläufe in seinen Kühlschrank zu stellen, damit das Essen nicht schlecht wurde, bevor jemand es brauchen konnte, aber sie war nur wenige Minuten nach ihm aufgetaucht. Es war genug gewesen, um eine ganze Armee zu versorgen.

«Sicher. Aber wenn eine Frau einen Tag hatte wie ich heute, dann braucht sie Comfort Food. Und da gibt es nichts Besseres als die Onion Rings aus dem *Tipsy Turtle.*»

Frittierte Zwiebelringe. Er hatte sie auf der Karte gesehen und Lust darauf gehabt. «Dann guten Appetit.»

«Danke.» Sie drehte sich noch mal um, während ihre Freundinnen bereits zur Tür gingen. «Du solltest sie bestellen. Sie passen gut zu Bier.»

Sie hatte bereits zwei Schritte gemacht, bevor er ihren Namen rief.

«Das mit Mavis tut mir wirklich leid. Sie hat ständig von dir gesprochen.»

Trauer und Schuldgefühle warfen dunkle Schatten auf ihr Gesicht, sodass sie fast aussah wie bei ihrer ersten Begegnung im Vorgarten. Beinahe hätte er seinen Kommentar bereut, aber dann erschien ein leichtes Lächeln auf ihren Lippen.

«Danke dir.»

Forest seufzte, sobald die drei verschwunden waren. «Du hast nicht gerade den besten Eindruck bei ihr hinterlassen, hm?»

Graham nickte. Ja, das stimmte. Aber hoffentlich würde sie seine Entschuldigung akzeptieren, und er würde sich von nun an mehr bemühen. Er war immer schon ein ziemlicher Hitzkopf und dabei ziemlich launisch gewesen. Sie hatte recht. Hier mochte einiges anders laufen, als er es gewohnt war, aber das hieß noch lange nicht, dass es schlechter war. Seine miese Laune an der Stadt auszulassen würde ihm weder dabei helfen, sich hier einzuleben, noch würde es etwas an seiner Vergangenheit ändern.

«Wo wir gerade beim Thema sind: Ich möchte dich um einen Gefallen bitten.» Forest wischte mit dem Daumen das Kondenswasser von seinem Glas. «Ich bin mir nicht sicher, ob es passieren wird ... aber falls sie dich nach einem Job bei der *Gazette* fragt, wäre ich dir dankbar, wenn du eine Aufgabe für sie finden könntest.»

Die *Vallantine Gazette* war die kleine Zeitung der Stadt. Sie gehörte dem Bürgermeister, Gunner Davis. Er hatte Graham als Chefredakteur eingestellt, verantwortlich für die Angestellten und den Inhalt. Aber er würde nicht einfach irgendwen einstellen. Seltsam, dass Forest Graham um diesen speziellen Gefallen bat.

«Hat sie Arbeitserfahrung?»

Forest nickte. «Sie war irgendwo im Nordosten auf dem College. New York oder Jersey oder Boston. Ich habe vergessen, wo genau, und dann hat sie bei einer Zeitung gearbeitet. Als ihre Großmutter gestorben ist, bin ich davon ausgegangen, dass sie nur hergekommen ist, um Mavis' Angelegenheiten zu regeln, aber dann hat Dorothy mir erzählt, dass sie bleiben wird.»

Okay. Damit war sie bereits besser qualifiziert und hatte mehr Erfahrung als seine aktuellen Angestellten. «Ich werde schauen, was ich tun kann.»

«Wie ich schon sagte, ich hab keine Ahnung, ob sie sich an dich wenden wird. Aber vielen Dank.»

Sie bestellten die Onion Rings, ließen sich den Snack zu ihrem Bier schmecken, und danach trennten sich ihre Wege.

Da er direkt nach seiner Begegnung mit Rebecca mit Forest verabredet gewesen war, war Graham zu Fuß zur Kneipe gegangen. Sie lag nicht weit entfernt, und er hatte einen klaren Kopf bekommen wollen. Auf dem Heimweg atmete er nun tief die Düfte des Frühlings ein, während er die Main Street entlangging, vorbei an dem Büro der *Gazette* und einigen Läden, bevor er in seine Straße abbog. Das dämmrige Licht der Laternen beleuchtete seinen Weg. Grillen zirpten, und Blätter raschelten, aber abgesehen davon war es still. Keine Autohupen. Keine Sirenen. Ein Sternenhimmel, der nicht hinter Smog oder Gebäuden verschwand.

Die meisten Orte in Vallantine konnte er zu Fuß erreichen. Es sei denn, er wandte sich in Richtung der Plantagen hinter dem Park und dem Friedhof – oder in Richtung Flussufer. Das Leben hier war so völlig anders als der hektische Großstadtalltag, und er musste sich eingestehen, dass es ihm gefiel. Hier war alles entspannter. Man traf auf freundliche Gesichter, und das Klima war milder. In Minnesota läge vielleicht noch immer Schnee, und die Luft wäre beißend kalt. Das Gras würde noch nicht wachsen, die Bäume wären kahl, und nichts würde blühen. Hier hingegen lagen die Temperaturen um die achtzehn Grad, und es wehte eine warme, feuchte Brise.

Jeden Tag, manchmal sogar öfter als einmal, freute er sich über Kleinigkeiten, die er entdeckte, weil er plötzlich offener war und seine Laune grundsätzlich besser. Das Glas war nun halb voll. Er hatte sich auf Forests Anregung hin bei der *Gazette* beworben, hatte Gunner Davis' Angebot angenommen und war tausend Kilometer von zu Hause weggezogen, um neu anzufangen. Zum Teil war das Ganze nicht seine eigene Entscheidung gewesen, aber er hatte zu seinen Fehlern gestanden, und diese hatten ihn hierhergeführt. Er musste die Dinge nehmen, wie sie kamen, oder er würde als unglücklicher Mensch enden.

Er bemühte sich wirklich, aber dennoch fühlte er sich ständig wie ein Fisch auf dem Trockenen.

Ihm war gar nicht bewusst, dass er schon den ganzen Weg gegangen war, als er Rebeccas Haus passierte und vor seiner eigenen Haustür stehen blieb. In ihrem Haus brannte Licht, aber die Vorhänge vor dem Panoramafenster zum Vorgarten waren geschlossen.

Er fragte sich, warum sie zurückgekehrt war, abgesehen von der Beerdigung ihrer Großmutter. Wenn sie als Südstaatlerin im Norden gelebt hatte, hatte es ihr dort nicht gefallen? Hatte sie ihre Heimat vermisst? Er war ein paar Leuten begegnet, die wegen eines Jobs oder ihrer Familie nach Vallantine gezogen waren, aber der Großteil stammte von hier, aus alteingesessenen Familien.

Sie schien weder zu der einen noch zu der anderen Gruppe zu gehören. Man konnte Anflüge eines Akzents hören, wenn sie sprach – zumindest, wenn sie nicht wütend war –, aber das wirkte eher wie Show. Ihre Sprechweise war eine Mischung aus nördlicher Ostküste und tiefstem Süden. Städtische Kultiviertheit gepaart mit der entspannten Freundlichkeit und den Eigenheiten der Südstaaten. Welch interessanter Widerspruch.

Er öffnete seine Haustür und rief nach seinem Hund Twain, während er weiter darüber nachdachte, wie Rebecca wohl tickte. Mal abgesehen von der körperlichen Anziehungskraft, die sie auf ihn ausübte, fand er sie … interessant. Er hatte in ihren Augen denselben Kummer erkannt, mit dem er selbst auch schon viel zu lange lebte.

Krallen kratzten über den Holzboden, dann erschien der Mischling, den er bei sich aufgenommen hatte, um ihn zu begrüßen. Er war zum Teil Jagdhund, zum Teil Schäferhund, zum Teil was auch immer. Graham hatte Twain in seiner ersten Nacht in diesem Haus gefunden, weil er lautstark in den Mülltonnen im Garten gewühlt hatte. Er hatte dem Hund eine Hälfte seines Cheeseburgers angeboten, die dieser sofort akzeptiert hatte, und seitdem waren sie Freunde – nach einem Besuch beim Tierarzt und einer Flohbehandlung.

Graham liebte den kleinen Chaoten sehr. Er streichelte das weiche, recht lange braun-schwarz-weiße Fell und sagte dem aufgeregten Tier, dass auch er ihn vermisst hatte. Seelengefährten. Twain benahm sich, als bestünde der Sinn seines Lebens darin, Grahams Hund zu sein. Er blieb bei Spaziergängen stets in seiner Nähe, kuschelte sich auf der Couch an ihn und himmelte ihn mit Blicken an, auch wenn Graham schlechte Laune hatte. Seine Anwesenheit hatte die Einsamkeit gelindert, die sich in Grahams Brust eingenistet hatte.

Das Haus war nicht schlecht, besonders im Vergleich zu seinem winzigen Apartment in Minneapolis. Die vorherigen Besitzer hatten es renoviert, sodass es zu seinem Glück sofort einzugsbereit gewesen war. Überall war hellgraues Birkenholzparkett verlegt, abgesehen von dem Teppichboden in den Schlafzimmern. Marineblaue Vorhänge hatte er passend zu seinen zwei Sofas gewählt. Die weißen Wände waren kahl. Er sollte Bilder aufhängen oder irgendwas. Es gab auch keinerlei Deko auf den Beistelltischen, um das Haus gemütlicher zu machen. Jedes Mal, wenn er eintrat, schossen ihm dieselben Gedanken durch den Kopf. Er musste das Haus wohnlicher gestalten, ihm eine persönliche Note verleihen, aber bisher hatte ihn eine seltsame kleine Stimme in seinem Hinterkopf davon abgehalten.

Er seufzte. Wahrscheinlich würde er sich in diesem Haus erst richtig einleben, wenn er sich in der Stadt und seinem Job wohlfühlte. Seine Situation fühlte sich noch immer vorübergehend und im Wandel an, so als könnte ihm alles wieder genommen werden.

So, wie es in Minnesota geschehen war.

Er ging in die Küche, die ebenfalls völlig neu war mit schwarzen Schränken und Arbeitsplatten aus grauem Granit. Während er den Hund fütterte, erzählte er Twain von seinem Tag, wie er es sich angewöhnt hatte. Der Mischling schien ihn zu verstehen, legte den Kopf schief oder bellte, um seine Meinung kundzutun.

«Ich habe die neue Nachbarin getroffen. Sie ist hübsch. Ich glaube, du wirst sie mögen. Sie ist clever und schlagfertig.»

Wuff.

«Wahrscheinlich hast du recht. Sie wird dich mehr mögen als mich. Ich habe mich entschuldigt, aber ich glaube nicht, dass ich sie schon für mich gewonnen habe. Wir werden sehen …»

Wuff.

«Du hast recht. Ich bleibe dran.»

Er lachte. Graham warf ein paarmal den Ball für Twain, dann zog er seine Arbeitskleidung aus und schlüpfte in eine Jogginghose. Mit der Fernbedienung in der Hand machte er es sich auf dem Sofa gemütlich und schaltete gerade rechtzeitig das Braves-Spiel ein, um das neunte Inning zu sehen. Der Hund lag neben ihm, mit dem Kopf in seinem Schoß.

Aber er konnte sich nicht auf das Spiel konzentrieren. Immer wieder drängte sich Rebecca in seine Gedanken, ihre Wortwechsel, ihre beiden Treffen.

«Hey.» Er sah auf den Hund herunter. «Du weißt nicht zufällig, wie man Chocolate-Chip-Cookies backt, oder?»

Wuff.

«Hm. Ich auch nicht.»

3

Rebecca stand mit Dorothy vor der Bibliothek. Sie warteten auf Scarlett und Forest, um über die Renovierung zu sprechen. Sie genoss die Sonne und eine leichte Brise auf ihrer Haut und legte den Kopf in den Nacken, um den wolkenlosen Himmel zu betrachten. Es war ein wunderschöner Tag, und er wurde noch besser, weil sie endlich mit Phase eins ihres Projekts starteten.

Die Tatsache, dass sie die Bibliothek geerbt hatten, hatte Rebecca und ihre besten Freundinnen vor ein paar Monaten ziemlich umgehauen. In den letzten fast hundertfünfzig Jahren war das Gebäude stets im Besitz der Familie Vallantine gewesen. Und dann: *Zack!* Dorothy hatte sich auf Wunsch von Bürgermeister Davis mit ihm getroffen, ohne den Grund dafür zu kennen, um zu erfahren, dass Sheldon und Rosemary Brown ihnen drei die Bibliothek überschrieben hatten. Außerdem hatten sie ihnen einen durchaus beträchtlichen Scheck ausgestellt, den Scarlett auf ein neues Konto in ihrer aller Namen eingezahlt hatte.

Rebecca schüttelte den Kopf. Als Mädchen hatten sie und ihre Freundinnen immer davon geträumt, eines Tages die Bibliothek zu besitzen. Sie hatten sich ausgemalt, darin einen Buchladen zu eröffnen, und Pläne geschmiedet, was sie sonst noch alles damit anstellen könnten. Niemals in einer Million Jahren hätte Rebecca damit gerechnet, dass diese Träume einmal Realität werden würden. Und doch standen sie jetzt hier.

Als Rebecca noch in Boston gelebt hatte, hatten Dorothy, Scarlett und sie über Zoom vorsichtig Ideen entwickelt, und Dorothy hatte Kostenvoranschläge von Bauunternehmern, Klempnern und

Elektrikern eingeholt, damit sie sich einen Überblick über die Kosten der Renovierung verschaffen konnten. Es waren astronomische Summen, die ihnen nicht viel Spielraum ließen.

Dorothy seufzte, den Blick auf die Bibliothek gerichtet. «Ich kann nicht glauben, dass wir hier stehen.»

«Ich auch nicht.» Rebecca hakte sich bei Dorothy unter und lehnte sich an sie. «Ich kann nicht sagen, ob ich mich freue oder nervös bin.» Schließlich konnte die ganze Sache auch schiefgehen.

«Geht mir genauso.»

Die Bibliothek war ein wirklich heruntergekommenes zweistöckiges Gebäude im alten Kolonialstil, mit einem winzigen Parkplatz davor, gerade groß genug, um fünf Autos Platz zu bieten. Sechs, wenn sie kreativ wurden. Die weiße Fassade war unzählige Male gestrichen worden, aber der letzte Anstrich war Jahre her, und die Farbe blätterte bereits ab. Die Fensterläden waren allesamt verschwunden. Auf der kleinen Veranda aus Beton standen keinerlei Möbel, sodass sie ungemütlich wirkte, und neben der Treppe wuchsen nur ein paar verwilderte Ilex-Büsche. Zwei griechische Säulen neben der Tür stützten das Vordach, zwei weitere erhoben sich an den Rändern der Veranda. Das Giebeldach und die symmetrischen Fenster waren ebenso typisch für diesen Architekturstil wie die Verzierungen entlang des Dachfirstes und Dachgauben.

Die Bibliothek war eine der Hauptattraktionen von Vallantine, zum Teil wegen ihrer Geschichte, aber auch weil sie am Ende des Marktplatzes stand und die Läden überragte wie eine Wächterin. Dahinter erstreckten sich die Straßen, die zu den älteren Teilen der Stadt führten, zum Friedhof und zu den Plantagen.

Erinnerungen überwältigten Rebecca und schenkten ihr Glücksgefühle, wie sie sie viel zu lange nicht empfunden hatte. Sie hatte es nicht bemerkt, bevor sie nach Hause zurückgekehrt war, aber die letzten Jahre hatte sie lediglich existiert und sich damit zufriedengegeben, irgendwie klarzukommen. Sie hatte nicht *gelebt*.

«Erinnerst du dich, wie wir jeden Samstag hergekommen sind und auf der muffigen Couch im hinteren Teil gesessen haben? Wir haben gelesen und über Jungs getratscht.»

Dorothy schob sich eine rote Haarsträhne hinters Ohr. Ihr engelsgleiches Gesicht erstrahlte, weil die Erinnerung so amüsant war. «Und wir haben den armen Mr Brown fast in den Wahnsinn getrieben.»

Rebecca lachte. «Ja. Man sollte den Mann heiligsprechen dafür, dass er uns ertragen hat.» Sie hoffte, dass er und Mrs Brown auf ihrer Reise mit dem Camper viel Spaß hatten.

«Nun, wir waren so ziemlich die Einzigen, die damals die Bibliothek besucht haben. Außerdem haben wir die beiden verkuppelt.»

«Stimmt.» Und weil sie zwei introvertierten Bücherwürmern zu ihrem persönlichen Happy End verholfen hatten, hatten die beiden ihnen die Bibliothek geschenkt. Zumindest hatte es so in deren Brief gestanden. Ein weiterer Grund war, dass sie die Einzigen gewesen waren, die die Geschichte der Bibliothek respektiert hatten und sie in Ehren halten würden. «Himmel, was haben wir uns damals alles ausgemalt, was wir einmal machen würden, wenn wir groß sind. Wie wir die Welt im Sturm erobern würden.»

Es schien so lange her zu sein, dass sie junge Mädchen mit glänzenden Augen und Hoffnung im Herzen gewesen waren. Doch dann waren sie tatsächlich erwachsen geworden, und das Leben und die Umstände und die Realität hatten plötzlich ein Wörtchen mitgeredet.

«Du und Scarlett wolltet die Welt im Sturm erobern. Ich wollte einfach nur ein Haus und Kinder.»

Rebecca lächelte sie an. «Eins von zwei ist keine schlechte Quote. Und für den Rest hast du noch jede Menge Zeit.»

«Vielleicht.» Dorothy legte den Kopf schief. «Du hast deinen Abschluss in Journalismus gemacht und für eine große Zeitung gearbeitet. Scarlett hat die Plantage bekommen und ihre eigene Firma gegründet. Scheint, als hättet ihr beide alles bekommen, was ihr wolltet.»

Nicht alles. «Trotzdem bin ich jetzt hier und stehe wieder ganz am Anfang.»

«Es gibt schlimmere Orte als Vallantine, Rebecca.» Dorothy sah sie mit verständnisvollem Blick an. «Ich weiß nicht, was passiert ist, dass du wieder nach Hause zurückgekehrt bist. Vielleicht wirst du uns die Geschichte eines Tages erzählen. Aber du wirktest in Boston nicht glücklich. Seit langer Zeit schon nicht mehr.»

Sie hatte recht. So recht. An Vallantine gab es nichts auszusetzen. Es war eine ruhige, charmante Stadt in einer schönen Umgebung. Alles hier war ihr vertraut … und genau das brauchte Rebecca gerade. Außerdem lebten ihre besten Freundinnen hier.

Dorothy hatte als Mädchen nie von großen Abenteuern geträumt. Sie hatte immer nur eine kaufmännische Ausbildung, ein Haus, einen Ehemann und Kinder gewollt. Die einfachen Dinge, die die meisten Leute für selbstverständlich nahmen. Dorothy erledigte die Buchführung für die Hälfte der Läden in der Stadt.

Scarlett war schon immer aktiv und gesellig gewesen. Vielleicht sehnte sie sich nach einem heißen Liebhaber für noch heißere Nächte, der nicht versuchte, sie festzunageln. Sie hatte sich dank ihres Organisationstalents und ihrer Sozialkompetenz eine florierende Event-Agentur aufgebaut, die sie von der alten Plantage ihrer Familie aus führte. Ihre Liebhaber kamen und gingen.

Rebecca war die Einzige der drei gewesen, die den Drang verspürt hatte, Vallantine zu verlassen. Sie war in ihrer Heimatstadt nicht unglücklich gewesen, aber Storys und Skandale waren nun mal woanders zu finden. Innerhalb dieser Stadtgrenzen gab es keine Action – außer man zählte Gerüchte mit. Sie hatte zwei ihrer drei Ziele erreicht und sollte stolz auf sich sein. Doch sie fühlte sich wie eine Versagerin. Gemessen an ihren eigenen hohen Standards hatte sie nichts von Bedeutung erreicht.

«Du bist so weise.» Rebecca klimperte mit den Wimpern und drängte ihre Enttäuschung in die Tiefen ihrer Seele zurück.

«Das bin ich. Ich bin die Bodenständige, Kluge von uns dreien.» Dorothys trockener Tonfall zeigte deutlich, dass sie diese Einschätzung sowohl langweilig als auch unangenehm fand.

«Was ist denn daran falsch?»

Bevor Dorothy antworten konnte, bog ein roter Pick-up-Truck auf den Parkplatz und stoppte.

Forest Truman. Ehemaliger Highschool-Star-Quarterback und ein absolut feiner Kerl. Bis zu diesem Abend in der Bar hatte Rebecca ihn seit Ewigkeiten nicht mehr gesehen. Als Teenager war er schon ziemlich süß gewesen, und er hatte sich zu einem sehr attraktiven Mann entwickelt.

Das erinnerte sie an etwas ... «Schwärmst du immer noch für ihn?»

Dorothy warf ihr einen bösen Blick zu. «Muss das sein? Das ist doch ewig her.»

Hmmm. Rebecca kniff die Augen zusammen und musterte Dorothy, während diese Forest beim Aussteigen beobachtete. Sie zog den Kopf ein, wich seinem Blick aus und räusperte sich, wie sie es so oft tat, wenn sie nervös war.

Völlig klar. Sie stand immer noch auf ihn.

«Meine Damen. Wie geht es Ihnen an diesem schönen Tag?» Sein Grinsen könnte auf einem Werbeplakat für Zahnpasta prangen, so strahlend weiß leuchteten seine Zähne. Er hatte sich nach Samstag offensichtlich rasiert, sein ziemlich langes hellbraunes Haar aber anscheinend nur mit den Fingern gekämmt. Die hellbraune Stoffhose und das blaue Polohemd deuteten darauf hin, dass er nach dem Meeting in die Bank zurückkehren würde. «Tolles Wetter.»

«Ja, in der Tat.» Dorothy lächelte höflich, sah jedoch die Straße hinunter. «Scarlett kommt zu spät.»

Er lachte nur. «Das ist ja nichts Neues. Möchtet ihr ohne sie anfangen?»

Dorothy kümmerte sich um den finanziellen Teil der Angelegenheit. Rebecca war gut in Sachen Marketing. Scarlett war diejenige mit dem Blick fürs Design, also sollte sie besser anwesend sein. Bevor Rebecca darauf hinweisen konnte, zog Dorothy eine Mappe aus ihrer Handtasche und klappte sie auf.

«Scarlett hat den Schlüssel zur Bibliothek, aber wir können schon mal ein paar Dinge gleich hier besprechen.»

Forest sah auf die Unterlagen in Dorothys Hand und nickte, als sie ihm eine Zusammenfassung lieferte.

«Also, das Dach müssen wir vollkommen neu machen. Der Kriechkeller ist in Ordnung, und dasselbe gilt für die Veranda. Aber wir werden die Fenster erneuern müssen. Bei der Holzverkleidung sind einige Bretter ziemlich verrottet. Der Plan ist, diese Bretter abzulösen und auszutauschen. Der Maler hat vorgeschlagen, die unzähligen Farbschichten abzuschleifen, das Holz zu behandeln, es neu zu streichen und dann zu versiegeln. Über die Rohre und die Elektrik sprechen wir dann drinnen.»

Er brummte verständnisvoll. «Bisher klingt das alles gut. Das Dach muss originalgetreu mit traditionellen Materialien neu gemacht werden, also auch wieder mit schwarzen Schindeln. Dasselbe gilt für die Verkleidung – sie bleibt weiß. Die Fenster könnten ein Problem darstellen, wenn ihr auch das im oberen Loft austauschen wollt.»

Rebecca dachte an das große Buntglasfenster, die einzige Lichtquelle im Obergeschoss. Es zeigte ein Buch im Gras unter einem Pfirsichbaum und erstreckte sich fast über die gesamte Wand. Sehr hübsch. William Vallantine hatte es selbst entworfen, als er die Bibliothek für seine Ehefrau Katherine erbaut hatte.

«Oh, nein. Dieses Fenster ist in sehr gutem Zustand, und wir würden nicht im Traum daran denken, es auszubauen. Es ist ein

Blickfänger, wie Scarlett es ausdrücken würde.» Dorothy blätterte um. «Zurück zur Veranda. Es gibt vier Stufen, und damit sind wir nicht rollstuhlgerecht. Wir möchten gerne eine Rampe neben der Treppe errichten.»

Forest sah mit zusammengekniffenen Augen zur Bibliothek. «Das dürfte kein Problem darstellen.»

«Toll.» Dorothy deutete rechts neben das Gebäude, wo sich eine Grasfläche erstreckte. «Wir würden gerne die Fläche dort drüben betonieren, um Parkplätze zu schaffen, damit diese fünf hier als Behindertenparkplätze reserviert werden können. Wir brauchen nicht die gesamte Fläche, aber vielleicht die Hälfte. Laut dem Bauunternehmer könnten wir dort ungefähr zehn bis zwanzig Fahrzeuge unterbringen.»

Rebeccas Magen verkrampfte sich, als sie mit angehaltenem Atem auf Forests Reaktion wartete.

Forest nickte langsam, den Blick in die angegebene Richtung gewendet. «Tolle Idee. Momentan gibt es kaum Parkplätze. Und dort müsstet ihr weder das Gebäude verändern noch andere Elemente oder Bäume entfernen. Ganz zu schweigen davon, dass damit mehr Parkplätze auf der Straße vor den Läden zur Verfügung stehen würden. Das finde ich gut.»

Okay, wunderbar. Damit war eines der drei Themen, um die sie sich bei ihrem Plan die größten Sorgen gemacht hatten, erledigt. Rebeccas Schultern sanken erleichtert nach unten, dann zwinkerte sie Dorothy zu, während sie einen kurzen Gott-sei-Dank-Blick wechselten. Alle großen Veränderungen, die nicht zum ursprünglichen Erscheinungsbild gehörten, mussten von der Historischen Gesellschaft genehmigt werden, weil das Gebäude und das Gelände Wahrzeichen der Stadt waren. Und ein Parkplatz war eine große Veränderung.

«Lasst uns nach hinten gehen.» Dorothy nickte auffordernd. «Dann können wir besprechen, was wir dort vorhaben.»

Sie gingen um die Bibliothek herum. Rebeccas Sneakers sanken tief in das weiche Gras ein. Sobald sie die Hinterseite des Gebäudes erreicht hatten, verschränkte sie die Arme vor der Brust und sah sich um.

Als Mädchen waren sie nie hier gewesen. Hätten Scarlett und Dorothy ihr nicht Bilder geschickt, bevor sie nach Hause zurückgekehrt war, hätte Rebecca nicht den blassesten Schimmer gehabt, wie das restliche Anwesen aussah. Zwischen der Bibliothek und den Bäumen am hinteren Ende des Grundstücks erstreckte sich mindestens ein halber Hektar kniehohes Gras und Unkraut. Jede Menge ungenutzter Platz, wie Scarlett in einem ihrer Zoom-Calls angemerkt hatte.

Dorothy wechselte einen besorgten Blick mit Rebecca. Dieser Teil war der zweite Sorgenpunkt bei den Veränderungen, die sie vornehmen wollten. Alles hing vom Urteil der Historischen Gesellschaft ab.

«Hier hinten», setzte Dorothy an, «würden wir gerne einen Anbau an das Gebäude errichten. Die Bibliothek selbst ist recht klein. Wir haben schon Ideen, wie wir den Platz besser nutzen können. Allerdings reicht er nicht für Tische, Computerplätze oder einen Sitzbereich. Das ist ungünstig, denn die Besucher brauchen Plätze, an denen sie recherchieren oder ihre Bücher ablegen können, einfach zum Sitzen und Lesen.»

Forest presste die Lippen aufeinander. «Ich bin mir nicht sicher, ob ihr damit durchkommen werdet. Was habt ihr euch vorgestellt?»

Dorothy zog die Pläne heraus. «Also, es wäre ein einstöckiger Anbau, der ungefähr zwei Drittel des Platzes hier einnehmen würde. Nicht breiter als das Gebäude. Somit würde man ihn von der Straße aus nicht sehen. Der Anbau hätte ein geneigtes Dach, das aussieht wie ein natürliches Element oder ein Nebenflügel, weil manche Kolonialbauten so etwas hatten, und die Verkleidung und die

Schindeln wären dieselben wie beim restlichen Gebäude. Allerdings müsste ein Teil der hinteren Mauer geöffnet werden, um große Doppeltüren in den Anbau zu ermöglichen.»

Rebecca kaute mit angehaltenem Atem auf der Innenseite ihrer Wange. Wenn der Anbau nicht genehmigt wurde, müssten sie einen Großteil ihrer Pläne noch mal überdenken. Sie hatten vorgehabt, die Rechercheplätze im vorderen Teil des neuen Flügels einzurichten, die Sitzecke ganz hinten, und dann bliebe noch genug Raum für einen Kinderbereich. Bisher fehlten ihnen die Mittel für diesen Teil des Projekts, aber Scarlett wollte das Geld vorschießen und den Anbau nach der Taylor-Familie benennen. Sie konnte es sich leisten. Sie stammte aus einer sehr wohlhabenden Familie, und ihre Event-Agentur boomte.

«Das klingt, als würde der Anbau nichts am ursprünglichen Grundriss ändern und auch die Architektur nicht beeinflussen.» Forest rieb sich stirnrunzelnd das Kinn. «Ich werde es der Gesellschaft vorschlagen und die Abstimmung abwarten müssen.»

Rebecca stieß den Atem aus. Das war keine grundsätzliche Absage.

«Ich hatte mir schon gedacht, dass du so was sagen wirst.» Dorothy lächelte. «Hier ist eine Kopie der Pläne für die Gesellschaft. Auf der Rückseite ist eine Auflistung der Materialien, die wir verwenden wollen, bis hin zu den Böden, Lampen und der Wandfarbe.»

Er nickte. «Das dürfte helfen.»

«Es tut mir leid! Tut mir leid, dass ich zu spät komme, Leute!» Scarlett rannte auf sie zu. Sie trug ein rotes Cocktailkleid in derselben Farbe wie ihr Lippenstift und ihre High Heels und hatte ihre dunkelbraunen Locken zu einem hohen Pferdeschwanz gebunden, der im Takt mit ihren hastigen Trippelschritten wippte. Irgendwie schaffte sie es, dabei elegant auszusehen. «Betty Lou Jorgensen hat das Farbschema für ihre Brautparty zum dritten Mal in ebenso vielen Tagen geändert. Ich schwöre, sie und ihre zukünftige Schwiegermutter werden mich noch frühzeitig ins Grab bringen. Was habe ich verpasst?»

Forest stieß ein schnaubendes Lachen aus.

Dorothy seufzte. «Wir sind die Pläne für hier draußen durchgegangen. Ich erzähle es dir nachher.»

«Perfekt.» Scarlett grinste. Offensichtlich platzte sie fast vor Begeisterung. Sie hob einen Schlüssel hoch. «Bereit, reinzugehen?»

«Ja, Ma'am. Nach Ihnen.»

«Also, Forest. Ich bin doch sicherlich nicht alt genug, um mit Ma'am angesprochen zu werden.» Mit schräg gelegtem Kopf klimperte Scarlett heftig genug mit den Wimpern, um Wind zu erzeugen.

Er kratzte sich betreten am Hinterkopf. «Mein Fehler.»

«Herrgott.» Rebecca verdrehte die Augen und führte Scarlett an der Bibliothek vorbei nach vorne. «Du weißt genau, dass die Anrede nur höflich gemeint war und nicht beleidigend.» Rebecca senkte die Stimme. «Und wieso in aller Welt flirtest du ausgerechnet mit Forest Truman?»

Es war egal, wie lange es her war, dass Dorothy für ihn geschwärmt hatte. Denn vielleicht tat sie es sogar noch. Beste Freundinnen ließen die Finger von verbotenen Früchten.

Scarlett schnappte empört nach Luft. «Ich habe nicht mit ihm geflirtet.»

Vielleicht nicht. Sie war extrovertiert und offen. Bei ihr war das schwer einzuschätzen.

Rebecca warf ihr im Gehen einen Blick zu. «Wenn du es sagst.» Sie sah über ihre Schulter zurück und bemerkte, dass Forest und Dorothy ein paar Schritte zurückgeblieben waren und sich unterhielten. «Der Parkplatz, die Rampe zur Veranda, das Dach und die Wandverkleidung sind genehmigt. Wegen des Anbaus muss er die Historische Gesellschaft abstimmen lassen.»

Scarlett machte einen kleinen Hüpfer. «Das ist ja fantastisch.»

«Absolut. Hoffentlich werden sie zu unseren Gunsten entscheiden. Und jetzt benimm dich.»

«Ich zeige mich immer von meiner besten Seite.»

Rebecca brummte zweifelnd. «Du hast keine beste Seite.»

«Du liebst mich trotzdem.» Scarlett warf ihr einen Luftkuss zu, dann stieg sie die Stufen zur Veranda rauf und schloss die Tür auf.

Rebecca folgte ihr hinein, dann sah sie sich im Inneren um, während Dorothy und Forest den Papierkram auf dem weißen Marmortresen in der Mitte des Raums ausbreiteten, an dem Mr Brown immer gesessen hatte.

Es war Ewigkeiten her, seitdem Rebecca hier gewesen war, und nostalgische Gefühle schnürten ihr die Kehle zu. Dieses wunderbare Gebäude war in ihrer Kindheit der Rückzugsort der Freundinnen gewesen. Hier hatten sie gelesen, getratscht und Pläne für die Zukunft geschmiedet. Hier hatte sie sich Tagträumen über ihre Arbeit bei einer großen Zeitung hingegeben und sich die Artikel ausgemalt, die sie schreiben würde. Sie hatten über die Jungs gesprochen, die sie mochten und die ihnen die Herzen gebrochen hatten. Das Gebäude sah schlechter aus, als sie es in Erinnerung hatte, aber das würden sie in Ordnung bringen. Die Bibliothek würde wieder in ihrer alten Pracht erstrahlen, und die Bookish Belles würden sich ihrer würdig erweisen. Rebecca schloss für einen Moment lächelnd die Augen. Himmel, es roch sogar wie damals: altes Papier, altes Holz und Staub.

Das Erdgeschoss hatte ungefähr eine Grundfläche von zweihundertdreißig Quadratmetern, plus noch mal die Hälfte derselben Fläche im ersten Stock, mit offenem Grundriss. Eine schmiedeeiserne Wendeltreppe mit passendem Geländer führte nach oben, und auch von unten konnte man einen Blick auf den oberen Teil des Buntglasfensters werfen. Das Loft stand jedoch schon seit langer Zeit leer. Es gab eine Kassettendecke aus Kupferplatten, und der Boden bestand aus Kirschholzparkett. Deckenhohe Bücherregale zogen sich rechts, links und hinten an den Wänden entlang. Sie waren leer, und der Anblick machte Rebecca traurig. Dorothy hatte erklärt, viele der Bücher seien in einem Raum im hinteren Teil eingelagert. Mr und Mrs Brown hatten nur die Bücher aus dem Familienbesitz mitgenommen. Trotzdem gab es nichts Traurigeres als ein leeres Bücherregal.

Sie roch Staub und einen Anflug von Schimmel. Ein Hinweis darauf, dass die Zeit unerbittlich voranschritt. Darum würden sie sich ebenfalls kümmern.

«In Ordnung», meinte Dorothy seufzend. «Das Parkett hätte schon vor zwei Jahren abgeschliffen werden müssen. Das steht auf der Liste.» Sie sah auf. In dem riesigen Kronleuchter an der Decke hing inzwischen Spinnwebe an Spinnwebe. «Der Kronleuchter ist noch original, und wir wollen ihn behalten, aber wir werden ihn reinigen lassen. Dasselbe gilt für die Kupferkassetten an der Decke. Rohrleitungen und Kabel wurden seit dem Beginn des zwanzigsten Jahrhunderts nicht erneuert. Der Elektriker wird den Sicherungskasten mit Schutzschaltern aufrüsten und zusätzliche Sicherungen einbauen, außerdem alle nötigen Vorkehrungen fürs Internet treffen. Der Klempner hat vor, mehrere Rohre auszutauschen. Und wir wollen die Toiletten erneuern, aber die ursprünglichen Fliesen behalten.»

Forest musterte die Unterlagen. «Für mich klingt das gut.»

«Jetzt wird es schwierig. Um eine Heizung und eine Klimaanlage einzubauen, müssen wir Lüftungsrohre im Kriechkeller verlegen und dann Löcher für die Gitter in den Boden schneiden.» Dorothy musterte Forest mit gerunzelter Stirn.

Es wäre bitter, wenn sie nicht modernisieren durften. Die Bibliothek hatte nie eine Heizung oder Klimaanlage besessen. Rebecca beobachtete Forest gespannt, als er sich die Pläne genau ansah, auf denen der Bauunternehmer verzeichnet hatte, wo die Öffnungen hinsollten.

«Ehrlich gesagt», meinte er nach einer Weile. «Ich sehe da kein Problem. Die Besucher werden es bequemer haben, und die Lüftungsgitter scheinen den allgemeinen Eindruck nicht zu stören. Könnte ich einen Vorschlag machen? Ich würde altmodische Gitter in Betracht ziehen, wie sie für diese Zeit typisch waren.»

Scarlett stemmte nickend die Hände in die Hüften. «Gefällt mir. Gute Idee.»

Dorothy blätterte durch die Papiere. «Oben ist eine Menge Putz von der Wand gefallen. Der Bauunternehmer meinte, das könnte er in Ordnung bringen – oder zumindest Gipskarton geschickt einfügen. Aber die griechischen Säulen unter dem Loft sind wahrscheinlich nicht mehr tragfähig.»

Eine davon neigte sich bereits gefährlich nach links. Rebecca sah nach oben, weil sie bisher nur die Fotos kannte. Es gab zwei Säulen, die den Überhang des Lofts hielten und die den Säulen draußen auf der Terrasse ähnelten. Dahinter standen weitere Regale an der Wand. Die Couch, auf der sie als Teenager immer gesessen hatte, war verschwunden. Sie hatte diese Ecke immer besonders gemütlich gefunden.

Forest verzog nachdenklich das Gesicht. «Was denkt ihr?»

«Wir sollten sie ganz neu machen.» Dorothy verschränkte die Arme vor der Brust. «Wir können versuchen, sie an die bestehenden Säulen anzupassen, aber auf keinen Fall wird es eine exakte Rekonstruktion.»

«Das ist okay für mich, solange ihr keine Metallpfeiler verwendet oder irgendwas, was nicht zum Design passt. Aber die Bibliothek muss ja eine gesunde Bausubstanz haben, also macht nur.»

Rebecca verlagerte ihr Gewicht. «Sheldon Browns Urgroßmutter hat als kleines Mädchen ihren Namen in eine der Säulen geritzt. Er wurde überstrichen, aber man kann noch etwas erkennen. Wir hatten vor, diesen Teil herauszuschneiden und rahmen zu lassen.»

«Das wusste ich nicht.» Er rieb sich das Kinn. «Wenn ich als Mitglied der Historischen Gesellschaft nichts davon wusste, dürften darüber nicht viele Leute Bescheid wissen. Aber mir gefällt die Idee, diesen Teil der Geschichte der Bibliothek zu erhalten.»

Alle drei waren erleichtert. Rebecca wechselte einen Blick mit Scarlett, die ebenso dankbar wirkte, dass die Säulen kein Problem darstellten. Jetzt hatten sie alle Themen angesprochen bis auf eines – aber das war eine große Sache.

«Und zu guter Letzt …» Dorothy räusperte sich. «Die Lichtsituation ist nicht ausreichend. Bisher gab es nur den einzelnen Kronleuchter, abgesehen von zusätzlichen Lampen im Lager und im Bad. Wir möchten Leuchten in die Decke einlassen … hier, hier, hier und hier.» Sie deutete auf den Plänen auf die vier Bereiche, die sie über Zoom besprochen hatten: unter dem Übergang des Lofts, zwei im Loft selbst und zwei rechts und links an den Wänden vor den Regalen. «Versenkte Leuchten passen nicht zur Architektur, aber sie wären die unauffälligste Lösung, bieten am meisten Licht und verursachen uns die wenigsten Kosten.»

«Hmmmm.» Forest atmete einmal tief durch. «In diesem Punkt bin ich mir nicht sicher.» Er trommelte mit den Fingern auf den Tresen. «Ich werde die Gesellschaft abstimmen lassen. Das kann so oder so ausgehen. Einerseits will niemand, dass es hier drin zu dunkel ist, aber andererseits muss die Beleuchtung zum Stil passen.»

Scarlett schnippte mit den Fingern. Ihre Miene wirkte erleuchtet, denn sie hatte eine Idee. «Wie wäre es, wenn wir Deckenrosetten um jede Lampe herum anbringen? Das wäre im Stil der Zeit und würde die Lampen verbergen. Zudem würden sie gut zu der Kassettendecke passen.»

Im Geiste klopfte Rebecca Scarlett anerkennend auf die Schulter. Die Idee war brillant. Sie konnten die Deckenrosetten für wenig Geld in jedem Baumarkt kaufen. Und es war eine Win-win-Situation für sie und die Gesellschaft.

«Okay, das könnte die Abstimmung positiv beeinflussen.» Er

machte sich ein paar Notizen auf seine Kopie der Unterlagen. «Das sollte es gewesen sein. Ich hätte allerdings eine Frage, die nichts mit euren Plänen zu tun hat.» Er grinste, sorglos und fast jungenhaft. «Spukt es in der Bibliothek wirklich?»

Scarlett warf lachend den Kopf in den Nacken.

Rebecca schüttelte lächelnd den Kopf. Der Legende zufolge hatte Katherine Vallantine Bücher geliebt. Deswegen hatte ihr hingebungsvoller Ehemann die Bibliothek ja überhaupt für sie gebaut. Über die Jahre hatte sich die Geschichte verbreitet, dass sie nach ihrem Tod hier im Gebäude herumgegeistert sei und dass sie allen half, die auf der Suche nach Erkenntnis herkamen. Rebecca und ihre Freundinnen hatten den Geist nie gesehen, aber Mrs Brown hatte erzählt, dass einmal Katherines Tagebuch wie aus dem Nichts vor ihr und Mr Brown erschienen war, bevor sie geheiratet hatten. Alles war möglich.

«Ich bezweifle es.» Dorothy schob die Papiere zurück in die Mappe.

«Ach, komm schon.» Scarlett presste sich grinsend eine Hand auf die Brust. «Wer weiß …»

Sie begleiteten Forest nach draußen und verriegelten die Tür. Dorothy und Scarlett mussten zurück zur Arbeit, was Rebecca an die nächste Aufgabe auf ihrer To-do-Liste erinnerte. Sie musste in den sauren Apfel beißen.

Sobald alle verschwunden waren, musterte sie ihr Spiegelbild im Autofenster. Sie hatte sich nur dezent geschminkt, ihr Haar trug sie offen, und ihr Outfit bestand aus einer lavendelfarbenen Bluse und einer hellen Caprihose. Hübsch, aber leger. Es würde reichen müssen.

Sie seufzte, dann schnappte sie sich ihre Unterlagen vom Beifahrersitz und ging die Main Street entlang. Gammys Haus war nicht mit einer Hypothek belastet, aber so langsam stapelten sich die Rechnungen. Es wurde Zeit, dass sie sich einen Job suchte.

4

Graham lehnte sich in seinem Bürostuhl zurück. Der Computerbildschirm vor ihm zeigte eine Tabelle voller Zahlen. Sie sahen auch jetzt nicht besser aus als während der vergangenen zwanzig Minuten, die er sie nun schon grimmig anstarrte. Aber es musste etwas geschehen. Vielleicht würde wie im Comic eine Glühbirne über seinem Kopf aufleuchten, wenn er nur lange genug auf diese Tabelle starrte. Er war verzweifelt genug, um fast alles zu versuchen.

Sechs Monate. So lange hatte Gunner Davis, Bürgermeister der Stadt und Besitzer der *Vallantine Gazette*, ihm Zeit gegeben, um die Situation der Zeitung zu verbessern. Die Abonnentenzahlen waren im Keller, Werbeeinnahmen fast nicht vorhanden, und es gab kaum genug Nachrichten, um täglich eine Seite der Zeitung zu füllen. Sein fantastisches Zwei-Personen-Team bestand aus Joan Hornady und Jefferson McCraw. Joan schrieb eine Klatschkolumne und kümmerte sich um den Wetterbericht für die Gegend um Atlanta. Sie war eine Babyboomerin, die den Großteil ihrer Zeit damit verbrachte, durch Facebook zu scrollen. Jefferson kümmerte sich um den Sport und manchmal um lokale Neuigkeiten … wenn es denn etwas zu berichten gab. Doch das kam nicht oft vor. Er war über siebzig und hielt nachmittags oft ein Nickerchen. Beide arbeiteten in Teilzeit.

Graham hatte keine Ahnung, wofür er die beiden eigentlich bezahlte, aber wenn er zwei Monate nach seinem Jobantritt die gesamte Belegschaft feuerte, würde er sich damit keine Freunde machen.

Mit einem Seufzen starrte Graham an die Decke. Er war einfach nicht gut in so was. Verwaltung? Sicher. Eine gute Geschichte schreiben? Klar. Redigieren? Kein Problem. Marketing, Abonnenten gewinnen und ein vermutlich dauerhaft geschädigtes System in einer Kleinstadt mit zweitausendfünfhundert Einwohnern in Ordnung bringen? Nicht seine Stärke.

Magensäure brannte in seiner Kehle. Wenn er versagte, saß er in der Klemme. Es gab in den fünfzig US-Bundesstaaten keine Zeitung und keinen Blog, die ihn nach dem Skandal, der ihn seinen Job in Minneapolis gekostet hatte, anstellen würden.

Ein Bimmeln verkündete, dass jemand die Tür zur Main Street geöffnet hatte. Wahrscheinlich gönnte Joan sich eine Zigarettenpause – schon wieder. Er sparte sich die Mühe nachzusehen.

Aber dann hörte er statt Stille eine vertraute Stimme aus dem vorderen Teil des Raums.

Die Wand, die sein Büro vom Rest der Redaktion trennte, war aus Glas. Auf der anderen Seite standen sechs Schreibtische, an zwei davon saßen Joan und Jefferson. Rebecca Moore trat nun in den Gang zwischen den Tischen und unterhielt sich mit den beiden.

Ehrlich, bis sie hier aufgetaucht war, hätte Graham beim Leben seiner Mutter geschworen, dass Jefferson unfähig war zu lächeln. Der ältere, schwarze Mann tauchte dreimal die Woche zur Arbeit auf, in gestärkten Stoffhosen und einem kurzärmligen Hemd, nickte ihm zur Begrüßung zu und ließ sich in seinem Stuhl nieder. Er gehörte definitiv zur alten Schule. Doch jetzt grinste er nicht nur, sondern unterhielt sich auch angeregt. Graham hatte bisher nicht mehr als einsilbige Antworten aus ihm herausbekommen.

Joan, die in Jogginganzügen in verschiedenen Farben zur Arbeit erschien, stets geschminkt wie ein Clown war und ihre brünett gefärbten Haare in einer Achtzigerjahre-Frisur trug, war hingegen schwer aufzuhalten, wenn sie einmal in Fahrt gekommen war. Sie plauderte über alles, von Nagellackfarben über die Namen ihrer Enkel bis hin zu ihren Hobbys. Daher versuchte Graham ein Gespräch mit ihr zu vermeiden, wenn er es nicht beenden wollte oder konnte. Was auch immer Joan Rebecca gerade erzählte, sie unterstrich es mit heftigen Gesten, während ihre Zuhörerin mit einem höflichen Lächeln lauschte.

Etwas Seltsames geschah mit seinem Herzen. Vielleicht fing es wieder an zu schlagen, keine Ahnung, aber Rebecca war hinreißend. Sie besaß diese klassische Schönheit, die keinerlei künstliche Unterstützung brauchte. Das Sonnenlicht, das durch das große Panoramafenster fiel, brachte ihr blondes Haar zum Leuchten und erzeugte eine Art Heiligenschein um ihren Kopf. Sofort musste er an einen Engel denken, aber ihre temperamentvolle Art ihm gegenüber passte nicht zu diesem Bild. Vermutlich verlor er langsam den Verstand, weil er sich einbildete, Seraphim würden aus dem Himmel herabsteigen.

Sie rückte den Riemen der Tasche über ihrer Schulter zurecht, dann legte sie Jefferson auf ihrem Weg zu Graham leicht die Hand auf den Arm.

Ihr Gang passte zu ihrer Persönlichkeit. Entschlossen. Selbstbewusst. Ungefähr auf halbem Weg zu seinem Büro hob sie den Blick und sah ihn an. Ihre Schritte gerieten kurz aus dem Takt. Verwirrt runzelte sie die Stirn und wurde langsamer. Sobald sie die Tür erreicht hatte, betrachtete sie das Namensschild neben der Tür, dann sah sie erneut ihn an, dann wieder das Schild. Sie schloss kurz die Augen und ließ im Anschluss mit einem Seufzen das Kinn auf die Brust sinken.

Er wollte lachen und konnte sich kaum zurückhalten. Anscheinend hatte sie nicht gewusst, dass er der neue Chefredakteur war. «Hallo, Rebecca.»

«Mr Roberts.» Sie starrte ihn ausdruckslos an.

Er lächelte. Das war eigentlich gar nicht so schwer, trotzdem fühlte es sich fremd an. «Du kannst mich Graham nennen. Schließlich sind wir Nachbarn.»

«Stimmt, das sind wir. Also Graham. Hättest du einen Moment Zeit?»

Für sie hatte er den ganzen Tag Zeit. «Natürlich. Komm rein. Setz dich.»

Sie nahm auf einem der schwarzen Lederstühle gegenüber von seinem Schreibtisch Platz, zog die Tasche auf ihren Schoß und sah sich um. Ihr Blick glitt über die gerahmten Diplome und Artikel an der Wand hinter ihm, dann zu den schwarzen Regalbrettern, auf denen Bücher und Erinnerungsstücke standen.

«Was kann ich für dich tun?» Nach seinem Gespräch mit Forest neulich abends bildete Graham sich ein zu wissen, warum sie gekommen war, aber er hatte gelernt, niemals voreilige Schlüsse zu ziehen.

«Ich bin auf der Suche nach einem Job.» Sie öffnete ihre Tasche und legte eine Mappe auf seinen Tisch. «Hier drin sind mein Lebenslauf, Referenzen und Empfehlungsschreiben.»

Anders als in der Bar, als sie wütend auf ihn gewesen war, war ihr Südstaatenakzent in diesem Moment kaum hörbar. Sie klang kühl und höflich. Schade. Ihm gefiel ihre feurige Seite besser.

«Das schau ich mir gern an.» Wenn er ehrlich war, brannte er darauf, mehr über sie zu erfahren.

Er überflog die Dokumente. Sie hatte drei Jahre lang für die Collegezeitung gearbeitet und ihr Journalismusstudium unter den besten zehn Prozent ihres Jahrgangs abgeschlossen. Dann hatte sie direkt bei der Zeitung in Boston angefangen, wo sie offenbar bis vor ein paar Wochen gearbeitet hatte. Wieder fragte er sich, wieso sie von einem riesigen Zeitungskonzern in einer Großstadt zu einer kleinen Zeitung in einer noch kleineren Stadt wechseln wollte. In seiner Rolle als Chefredakteur musste er seine Fragen vorsichtig formulieren.

«Wieso hast du deine vorherige Stellung verlassen?» So. Eine übliche Frage.

«Meine Fähigkeiten wurden dort nicht bestmöglich genutzt, und es war Zeit für eine Veränderung.»

Eine sehr diplomatische Antwort, die bewies, wie professionell sie war. Die meisten Leute in dieser Gegend sprachen bei Vorstellungsgesprächen, als säßen sie mit Verwandten beim Abendessen und diskutierten den neuesten Tratsch. «Du warst dort fast sieben Jahre lang. Warum war es Zeit für eine Veränderung?»

Rebecca senkte den Blick und schluckte. Für einen Moment herrschte Stille, bevor sie tief durchatmete und erneut seinem Blick begegnete. Er erkannte Zurückhaltung in ihren blauen Augen, die aussahen wie der kobaltblaue Herbsthimmel. «Es gab keine Möglichkeiten zur Weiterentwicklung.»

Eine weitere Standardantwort.

Frustriert betrachtete er erneut ihre Unterlagen. Er wollte, dass sie offen mit ihm sprach. «Welche Position hattest du in Boston?» In ihrem Lebenslauf standen nur die Daten ihrer Anstellung.

Sie blinzelte langsam, und er hatte fast den Eindruck, dass sie durch ihn hindurchsah. Ihre Mundwinkel sanken nach unten. «Sterbeanzeigen und Nachrufe. Manchmal, wenn jemand im Urlaub war, durfte ich mich um Anzeigen kümmern.»

Oh. Das war quasi eine Beleidigung ihrer Ausbildung. Kein Wunder, dass sie sich verändern wollte. Jeder musste irgendwo anfangen, aber nach so vielen Jahren hätte sie längst befördert werden müssen.

«Hast du eine Probe deiner Arbeit dabei?» Vielleicht war sie nicht besonders gut. Aber das bezweifelte er.

Sie zog eine weitere Mappe heraus und reichte sie ihm.

Die Artikel aus ihrer Collegezeit reichten von politischen Kommentaren bis zu Berichten über Security-Probleme auf dem Campus und verschiedene Protestbewegungen. Sie formulierte präzise, unterlegte alles mit Beweisen, und trotzdem lasen sich die Texte wie eine Unterhaltung mit einem Whiskey vor einem Kaminfeuer. Sehr einladend. Sie hatte ihren Stil offensichtlich gefunden und wusste, was sie tat. Einige Journalisten brauchten Jahre, bis sie an diesen Punkt kamen. Ihre Arbeitsprobe von der Zeitung in Boston war ein

Artikel über einen verstorbenen prominenten Galeriebesitzer. Zusätzlich hatte sie noch eine Kopie der Seite mit Traueranzeigen beigelegt.

«Ich vermute, du warst mit deiner Stellung in Boston nicht zufrieden? Hast du versucht, andere Storys einzureichen?»

«In den ersten Jahren, ja. Danach hatte ich verstanden, dass sie mich genau dort haben wollten, wo ich war. Ich wurde auch bei Beförderungen übergangen.»

Er war sich nicht sicher, was er damit anfangen sollte. Sie war talentiert und hatte einen guten Blick. Vielleicht würde sie ihm mehr anvertrauen, wenn er sie besser kennenlernte, aber für den Moment ließ er es gut sein.

Er legte die Unterarme auf den Schreibtisch und lehnte sich vor. «Wie stellst du dir deine Arbeit hier vor? Willst du Vollzeit arbeiten, Teilzeit oder auf Auftragsbasis?»

Sie starrte mit ausdrucksloser Miene auf seine Tischplatte. «Vollzeit wäre mir am liebsten, aber ich bin bereit, jeden Job anzunehmen, der verfügbar ist, egal auf welcher Basis.»

Verdammt, diese Version von ihr gefiel ihm gar nicht. Ihre früheren Arbeitgeber oder Chefs hatten sie kleingehalten und ihr berufliches Selbstvertrauen zerstört. Aber unter dieser Oberfläche schlummerte Talent und – zumindest hoffte er das – ein Teil der Entschlossenheit, mit der sie Vallantine seinerzeit auf der Suche nach Herausforderungen verlassen hatte. Niemand zog aus der amerikanischen Pampa in eine vibrierende Großstadt, um dort mittelmäßig zu sein. Er suchte nach einem Weg, ihren Kampfgeist hervorzukitzeln, den er bei ihren vergangenen Begegnungen erlebt hatte.

«Und wenn die einzige verfügbare Position die einer Sekretärin wäre?»

Wieder schloss sie für einen Moment die Augen, sodass ihre dichten Wimpern Schatten auf ihre Wangen warfen. Offensichtlich versuchte sie, ihre Gefühle zu kontrollieren. Das Zittern ihrer Unterlippe verriet ihm jedoch, dass sie mit den Tränen kämpfte. «Jeder Job, den du hast, wäre in Ordnung.»

Er wusste nicht, ob er weinen oder sie an den Schultern packen und schütteln sollte. Er wollte verdammt sein, wenn er sich der Reihe der Personen anschloss, die auf ihr herumgetrampelt hatten, also lehnte er sich in seinem Stuhl zurück und entschied sich für schonungslose Ehrlichkeit.

«Die *Gazette* steht kurz vor der Pleite.»

Sie starrte ihn mit großen Augen an, sagte aber kein Wort.

Er nickte und stand kurz auf, um die Tür zu schließen, bevor er sich wieder setzte. «Gunner Davis hat mich eingestellt, um das zu verhindern, weil er sonst die Printausgabe einstellen wird. Anscheinend schreibt sie schon seit einem Jahrzehnt keine schwarzen Zahlen mehr. Er hat nur noch nicht aufgegeben, weil die Zeitung seit fünfundsiebzig Jahren zur Stadt gehört. Er hat mir sechs Monate gegeben – inzwischen sind es nur noch vier –, um der Zeitung neues Leben einzuhauchen.» Er stieß den Atem aus und rieb sich das Gesicht, bevor er sie ansah. «Die beiden dort draußen habe ich geerbt.» Er deutete auf Joan und Jefferson. «Aber sie wollen einfach nur ihre jetzigen Jobs machen und haben keine Verbesserungsvorschläge. Du bist die erste Person, die überhaupt um einen Job bittet, egal, mit welcher Arbeitserfahrung. Ich bin ein Journalist, der zum Herausgeber geworden ist, kein Marketingexperte.»

Sie starrte ihn weiter an, aber inzwischen kaute sie nachdenklich auf ihrer Unterlippe. «Ich kann mir Vallantine nicht ohne die *Gazette* vorstellen.»

Gunner Davis hatte etwas Ähnliches gesagt.

«Du hast noch mehr zu sagen.» Er erkannte es daran, dass sie an die Stuhlkante gerutscht war. «Was denkst du?»

Ihr hübscher, perfekter Mund mit den vollen Lippen öffnete und schloss sich mehrmals, bevor sie den Kopf schüttelte und anfing, in ihrer Tasche herumzuwühlen. Sie legte eine Ausgabe der Zeitung von heute auf seinen Tisch. «Das sind nur zwei Seiten.»

«Richtig.»

«Kaum Artikel, hauptsächlich Füllstoff.»

«Auch richtig.»

Ihre Augen wurden schmal. «Kann ich offen sprechen?»

Endlich machten sie Fortschritte. «Natürlich.»

«Eine Kleinstadtzeitung unterscheidet sich von Zeitungen in den großen Städten. Sie muss aus einer Mischung aus Persönlichem und Informativem bestehen, um ihre Leserschaft anzusprechen. Alles hier drin», sie tippte auf die Zeitung, «kann jeder mit seinem Handy googeln. Warum also sollte man für eine Zeitung bezahlen? Und die Zeiten sind gerade nicht einfach mit all den wirtschaftlichen Problemen und den Nachwirkungen der Pandemie. Die *Gazette* braucht bessere Storys, besseren Zugang und eine größere Reichweite. Ganz zu schweigen von mehr Einnahmen.»

Verdammt, ja! Da war sie, die Frau, die er vor seinem Haus und in der Bar getroffen hatte. Die temperamentvolle, superheiße Blondine, die ihre Meinung vertrat.

Sie straffte die Schultern. «Wieso lächelst du so?»

Wider besseres Wissen lachte er, bevor er sich am Kinn kratzte. «Ich mag diese Version von Rebecca lieber. Außerdem hast du recht. Irgendwelche Ideen, wie wir erreichen können, was du gerade vorgeschlagen hast?»

Sie musterte ihn abschätzend. «Zuerst einmal sollten wir beim Inhalt die Touristen ebenfalls berücksichtigen. Komplett mit strategischem Marketing und einem Blick darauf, wo wir die Zeitung anbieten. Die *Gazette* hat keine Accounts in den sozialen Medien, und es gibt auch keine Onlineausgabe.»

Er presste die Fingerspitzen aneinander und grinste. «Was noch?»

Ausdrucksloser Blick. «Bin ich eingestellt?»

Sie hatte den Job schon sicher gehabt, bevor sie überhaupt sein

Büro betreten hatte. «Ich kann dir nicht das Gehalt zahlen, das du in Boston bekommen hast.»

«Okay.»

«Und angesichts der aktuellen Lage kann ich dir auch keine Jobgarantie bieten.»

«Okay.»

Das wusste sie alles sicherlich schon, aber er musste es trotzdem klarstellen. «Wie lauten deine Bedingungen?»

«Vollzeit, zwei Wochen bezahlter Urlaub im Jahr, fünf Krankheitstage, ein Festgehalt statt eines Stundensatzes, Zugang zu den Archiven und die Zusage, dass ich jede Story schreiben kann, die ich will, innerhalb vernünftiger Grenzen.»

Sie hatte sich vorbereitet. Sein Grinsen wurde so breit, dass seine Wangen schmerzten. «Geht klar.»

«Wenn du mich anstellst, werde ich dir helfen, die Zeitung wieder zu etwas Besonderem zu machen, aber dafür musst du mir vertrauen. Manche meiner Methoden mögen unorthodox wirken.»

«Kein Problem.»

Nach einer weiteren Viertelstunde intensiven Gesprächs zweifelte er keinen Moment mehr daran, dass sie das hinkriegen würde. Sie kannte die Stadt wie ihre Westentasche und wusste, wie eine Zeitung funktionierte. Außerdem war sie ganz offensichtlich fit in Marketing, was seine Schwachstelle war. Sie würden ein gutes Team abgeben.

«Es könnte sein, dass du erst Geld ausgeben musst, um Geld zu verdienen.»

Er schob das Kinn vor. Gunner hatte Graham ein Budget zur Verfügung gestellt, das er bisher nicht angerührt hatte. Ehrlich gesagt hatte er keine Ahnung gehabt, wie er das Geld einsetzen sollte, um die *Gazette* nach vorne zu bringen. Er hatte bisher nicht mal die Hälfte der geplanten Artikel geschrieben und auch keine großen Veränderungen angestoßen, weil es bisher einfach keine Leser gab.

«Ich stimme zu, wenn du dich an ein Budget hältst.»

«Okay.» Sie räusperte sich. «Ich würde vorschlagen, Joan und Jefferson nicht Teilzeit zu beschäftigen, sondern auf Auftragsbasis. Das dürfte Geld sparen. Es gibt keinen Grund, wieso wir beide uns nicht um das meiste kümmern können. Auftragsbasis hätte den Vorteil, dass wir sie nicht einfach feuern müssen. Außerdem wirst du ihnen etwas genauer sagen müssen, welche Artikel dir ein Honorar wert sind, damit du anständige Texte bekommst und nicht nur aufgeplusterten Füllstoff.»

Er hatte sie noch nicht mal offiziell eingestellt, und sie lagen bereits auf einer Wellenlänge. «Was würdest du vorschlagen? In Bezug auf die Artikel?»

Sie schaute mit nachdenklicher Miene an die Decke. «Joan schreibt bisher hauptsächlich Meinungsartikel. Ich würde sie zweimal die Woche eine Restaurant- oder Produktkritik schreiben lassen. Das würde Aufmerksamkeit auf die Geschäfte und Restaurants lenken und wäre damit in unserem Sinne.»

Er hob die Augenbrauen. «Verdammt gute Idee.»

«Danke. Und was Jefferson angeht … Er schreibt bisher über Sport, aber letztendlich liefert er nur kurze Spielzusammenfassungen. Wir könnten genauso gut einfach die Ergebnisse der Teams aus Georgia auflisten, was kaum Zeit kosten und seinen Job mehr oder minder überflüssig machen würde. Aber wie wäre es, wenn er sich stattdessen auf die Sportevents der Grundschule und der Highschool konzentriert? Vielleicht behält er auch die Spiele von ein paar State Colleges im Auge? Das interessiert die Gemeinde und liefert ihm einen eigenen Bereich, der eng mit der Stadt verknüpft ist.»

Nickend fragte er sich, wo sie die letzten zwei Monate gewesen war, während er sich hier abgemüht hatte. Ohne dass neue Angestellte erforderlich waren, hatte sie der Zeitung gerade zwei bis vier neue Ressorts hinzugefügt, die die Einwohner der Stadt ansprechen würden. Ganz zu schweigen von der Tatsache, dass … Intelligenz sexy war. «Großartige Idee. Ich werde das noch heute Nachmittag mit den beiden besprechen. Sie können diese Woche noch Teilzeit arbeiten, danach werden sie Mitarbeiter auf Honorarbasis.»

Sie nickte höflich, aber er sah, wie in ihren Augen Hoffnung aufblühte.

«Was noch?», hakte er nach.

«Ich habe jede Menge Ideen, aber sie sind nicht ausgereift.»

Wie geschickt die kleine Hexe der Frage ausgewichen war. «Wie zum Beispiel?»

Sie musterte sein Gesicht, als suchte sie nach Fehlern in seinem Charakter. «Bin ich eingestellt?»

Gott möge ihm beistehen. «Natürlich. Wann kannst du anfangen?»

Langsam breitete sich ein Grinsen auf ihrem Gesicht aus, und er hatte das Gefühl, als würde ihm der Boden unter den Füßen weggerissen werden. «Gestern.»

Er lachte, dann rollte er in seinem Stuhl zu einem Aktenschrank, um ihr schließlich einen Stapel Dokumente für die Einstellung zu reichen. «Füll die bitte aus. Während du damit beschäftigt bist, werde ich einen Laptop für dich einrichten.»

Er ging zu der Abstellkammer neben dem Redaktionsraum, schnappte sich einen der drei verbliebenen Laptops und setzte sich wieder an seinen Schreibtisch. Als Gunner ihn engagiert hatte, hatte Graham neue Hardware zur Bedingung gemacht. Auf vier der sechs Schreibtische standen neue Computer. Die anderen beiden waren leer. In seinen Augen eine schreckliche Platzverschwendung.

«Da wir an den meisten Tagen allein im Büro sein werden, würde ich gerne deine Meinung über den Redaktionsraum hören.»

Sie sah nicht auf. «Ich hätte da ein paar Ideen.»

Natürlich hatte sie die. Er hätte darauf gewettet, dass ihr Hirn auch im Schlaf arbeitete. Sie würden später darüber sprechen.

Er konzentrierte sich darauf, alle nötigen Programme zu installieren und ihr einen Mailaccount bei der *Gazette* einzurichten, dann schob er ihr den Laptop hin, damit sie ein Passwort vergab.

«Ich brauche Zugang zum Server der Webseite.» Sie gab ihm den Laptop zurück. «Sie braucht dringend ein Update. Ich werde um Erlaubnis fragen, bevor ich irgendetwas umsetze.»

Sie stürzte sich kopfüber in die Arbeit, hm? Was für eine Erleichterung. «Geht klar. Richte ich sofort ein.»

Sie legte die Papiere zur Seite und lehnte sich in ihrem Stuhl zurück. «Haben wir eine E-Mail-Liste der aktuellen und früheren Abonnenten?»

«Ja.» Er hatte schon eine Onlineausgabe der *Gazette* geplant, bevor sie den Vorschlag gemacht hatte, aber mit dem bisherigen Inhalt hatte sich das einfach nicht gelohnt. «Ist alles in einer CSV-Datei. Ich werde sie auf dem Desktop speichern.» Er tippte auf seiner Tastatur herum, dann steckte er einen USB-Stick in den Laptop. «Erledigt. Was noch?»

«Wo befindet sich das physische Zeitungsarchiv?»

«Oben.» Es gab einen kleinen Lagerbereich über der Redaktion. Seit seinem Einstellungsgespräch war er nicht mehr dort gewesen. «Warum?»

Sie sah über die Schulter in den Redaktionsraum. «Wieso warten? Gunner hat dir sechs Monate gegeben, und davon sind nur noch vier übrig, also sollten wir uns an die Arbeit machen.»

Es hätte geholfen, ansatzweise zu wissen, was sie plante, aber so, wie die Dinge lagen, konnte keine ihrer vagen Ideen die aktuelle Lage schlimmer machen.

Mit einem Nicken erhob er sich. Er streckte den Kopf durch die Tür und schickte Joan und Jefferson für heute nach Hause. Er würde morgen mit ihnen über alle Neuerungen reden.

Sobald sie verschwunden waren, verschränkte er die Arme vor der Brust. «Okay, Obi-Wan. Ich gehöre ganz dir.» Die Fahnen für die Zeitung von morgen waren bereits bei der Druckerei, also hatte er nichts Eiliges zu tun.

Rebecca lächelte über den Spitznamen und stand auf. Sie stellte ihre Tasche auf den Stuhl und schlenderte in die Redaktion. Dort verriegelte sie die Eingangstür, drehte das Schild auf GESCHLOSSEN und sah sich erneut um.

Graham folgte ihr geduldig. Es war erbärmlich, aber dies war der aufregendste Tag seit seinem Umzug nach Vallantine.

Der Redaktionsraum war in zwei Hälften geteilt, mit drei Schreibtischen auf jeder Seite. Zusätzlich standen noch zwei unbenutzte Stühle herum. Das war es auch schon – abgesehen von einer kleinen Abstellkammer und der Unisex-Toilette. Die Wände bestanden aus alten Ziegeln – was er sehr hübsch fand –, aber sie waren leer, und den Boden bedeckten elfenbeinfarbene Fliesen. Insgesamt standen der Redaktion ungefähr neunzig Quadratmeter zur Verfügung. Unter dem großen Panoramafenster zur Straße erstreckte sich ein tiefes Fensterbrett mit Platz für Schaufensterauslagen, aber momentan war dieses ebenso leer wie die Wände.

Nach einem quälend langen Moment brummte sie leise. «Können wir kurz nach oben gehen?»

Er schnaubte amüsiert. «Sicher.»

Die Tür zum ersten Stock lag in seinem Büro, also gingen sie zurück. Er nahm die Schlüssel aus seinem Schreibtisch, öffnete die Tür und legte einen Lichtschalter um.

Mit einer Geste ließ er ihr den Vortritt. «Nach dir.»

Die Treppe war schmal, steil und schlecht beleuchtet, sodass sie schäbig wirkte.

Sobald Rebecca oben angekommen war, stemmte sie mit großen Augen die Hände in die Hüften. «Heilige Scheiße.»

Er folgte ihrem Blick, brummte und schaltete die Neonleuchten an der Decke ein. «Oh ja.»

Vor ihnen lag ein großer, offener Raum. Holzboden. Unverputzte

Wände. Die Decke war recht niedrig, nicht mehr als zwei Meter zehn hoch. Holzbalken. Tausend Jahre Staub. An der Wand zur Straße standen Kartons unordentlich aufgestapelt, im hinteren Teil alte Möbelstücke.

Sie ging zu einer der Kisten und hockte sich hin, um sie sich anzusehen. «Die Archive reichen bis 1948 zurück? Bis zum allerersten Jahr?»

«Ja. Und ich weiß ja nicht, was du gerade denkst, aber sie sind organisierter, als es aussieht. Auf jedem Karton stehen die Daten. Wenn ich Gunner richtig verstanden habe, gibt es eine Kopie von jeder Ausgabe, die jemals erschienen ist. Er hatte vor Ewigkeiten mal jemanden beauftragt, sie zu sortieren. In meinem Büro steht ein Karton mit den Ausgaben seit meiner Einstellung.»

«So viel Geschichte», flüsterte sie. «Das ist fantastisch. Die Bibliothek hat die Ausgaben der *Vallantine Gazette* nicht aufbewahrt. Das könnte uns zugutekommen.»

Graham verstand nicht, in welcher Hinsicht.

Sie ging zur anderen Seite des Raums und musterte die Möbel. Ein paar Schreibtische, ein Rednerpult. Ein paar Ohrensessel. Ein Sekretär. Es gab auch eine Glasvitrine und ein paar Bücherregale. Irgendwann musste der Redaktionsraum mal abgetrennte Arbeitsplätze gehabt haben, weil es Trennwände in verschiedenen Höhen und Längen gab, die an mehreren leeren Posterrahmen lehnten.

Und das Seltsamste? Es gab einen riesigen Vogelkäfig, vor dem Rebecca lächelnd stehen blieb.

«Als ich ein kleines Mädchen war, hatte Mr Forester, der alte Herausgeber, einen gelben Kanarienvogel, der in diesem Käfig auf dem Fensterbrett im Schaufenster stand. Sein Name war Plucky, und alle haben ihn geliebt. Er hat sich irgendwie zu einer Art kuriosem Maskottchen der Stadt entwickelt. Selbst Touristen haben vor dem Fenster angehalten, um ihn zu begrüßen.» Sie lachte. «Er hat immer gesungen, wenn die Tür sich geöffnet hat.»

Interessant. «Wir sollten uns einen neuen Vogel besorgen.» Die Viecher waren laut, und er mochte sie nicht besonders, aber wenn der alte Plucky so einen Eindruck hinterlassen hatte … warum nicht?

Sie sah ihn an, und da war es wieder. Dieses Klicken zwischen ihnen, als wäre die Zeit stehen geblieben. Angesichts der nostalgischen Erinnerungen waren ihre sonst so entschlossenen Gesichtszüge weich geworden, und ein sanftes Lächeln umspielte ihre Lippen. Wenn er sich nicht irrte, leuchtete da Respekt aus ihren Augen – als hätte er gerade etwas getan, womit er ihn sich verdient hatte.

«Was für ein wunderbarer Gedanke.» Sie sah wieder den Käfig an und blinzelte. «Wir sollten uns einen neuen Plucky besorgen.»

Er nickte, weil er zu allem anderen nicht fähig war. Diese seltenen Momente, in denen sie ihm ihre Verletzlichkeit zeigte, raubten ihm den Atem.

Sie seufzte, dann klatschte sie in die Hände. «Möchtest du jetzt meine Ideen hören?»

5

Ein paar Stunden später brannte Rebecca darauf, ihre Ideen umzusetzen. Sie hatten den Vogelkäfig nach unten getragen, einige Stellwände, das Rednerpult, zwei Bücherregale und – sehr vorsichtig – die Glasvitrine. Ihr Körper protestierte gegen die körperliche Anstrengung, sodass ihr Nacken und ihre Schultern mehr schmerzten als gewöhnlich. Während Graham damit beschäftigt gewesen war, das Pult zu reinigen, hatte sie ein paar Schmerzmittel geschluckt und ihre Muskeln gedehnt. Sie würde sich heute Abend eine heiße Badewanne gönnen.

Aber das hier war die Muskelverspannungen wert. Nicht nur hatte Graham all ihre Ideen gutgeheißen, er hatte sie auch bei jeder sich bietenden Gelegenheit gelobt. Jahrelang war sie zur Arbeit ins Redaktionsgebäude der Bostoner Zeitung gegangen, hatte sich an ihrem winzigen Eckschreibtisch niedergelassen und dort wenig mehr getan, als Atemluft zu verbrauchen. Die Hälfte der Kollegen und Kolleginnen hatten sie für eine Hilfskraft gehalten und sie Kaffee holen geschickt, wann immer sie nicht an ihrem Schreibtisch saß. Niemand hatte sie erkannt oder sich je ihre Ideen für Artikel angehört. Niemand hatte ihr eine Chance gegeben.

Dann hatte sie eine halbe Stunde in Grahams Büro verbracht, um sich um einen Job zu bewerben, *irgendeinen* Job, und er hatte sich nicht nur ihre Vorschläge angehört, sondern er befürwortete sie auch alle. Anscheinend hatte er einfach jemanden gebraucht, der die Dinge mit frischem Blick betrachtete und neue Ideen hatte, um ihn aus seinem Trott zu reißen. Sein Erfolg, der *Gazette* neues Leben einzuhauchen, würde auch ihr Erfolg sein.

Er sah zu den Möbeln, die sie aus dem Lager nach unten getragen hatten. «Wo sollen wir anfangen?»

Gepriesen sei dieser Mann, der Anweisungen folgen konnte.

«Lass uns zuerst die Reporterbereiche einrichten. Danach wissen wir, wie viel Platz uns noch bleibt.»

«In Ordnung.»

Zusammen schoben sie Möbel aus dem Weg, um Platz zu schaffen. Ihr Plan sah vor, zwei Schreibtische an der Glaswand zu Grahams Büro aufzustellen, einen auf jeder Seite seiner Tür, mit dem Blick nach vorne, und sie mit den Abstellwänden vom Rest des Redaktionsraums zu trennen. Ein Schreibtisch für sie und einen für Joan und Jefferson. Sie konnten ihn sich teilen, wenn sie mal in die Redaktion kamen – was nicht oft der Fall sein dürfte, wenn sie auf Honorarbasis arbeiteten.

Sie probierten einiges aus, aber letztendlich entschieden sie sich für ein Bücherregal an den Ziegelwänden neben den beiden Arbeitsplätzen, mit einem zusätzlichen Tisch an der Seite. So hatten die Reporter auch einen Ablageplatz für ihr Material. Während sie Joans und Jeffersons Sachen von ihren Schreibtischen in das Bücherregal umräumte, hängte Graham Namensschilder außen an die Raumtrenner.

«Ich werde morgen ein Namensschild für dich in Auftrag geben.»

«Ich habe eines, aber danke.» Sie schleppte den Computerbildschirm von Joans altem Schreibtisch zu ihrem neuen. «Meine Sachen bringe ich dann morgen mit.»

«Okay. Ich werde dir auch einen Schlüssel besorgen.» Er begann, den Bildschirm anzuschließen. «Du hast zwar den Laptop, aber wir werden Jeffersons Computer auf deinen Schreibtisch stellen, damit du daran arbeiten kannst, wenn du hier bist. Um die Dateien und Programme kümmern wir uns morgen.»

Das war für sie in Ordnung. Sie ließ den Kopf kreisen, um ihren Nacken zu dehnen. Verdammt, sie hatte wirklich Schmerzen.

«Geht's dir gut?»

Sie hatte nicht bemerkt, dass er sie beobachtete. Auch wenn ihre Krankheit nicht bedrohlich war, sollte sie ihm wahrscheinlich davon erzählen, weil er nun ihr Chef war. Aber sie fühlte sich noch nicht bereit, darüber zu sprechen.

«Alles okay. Danke.»

Während Graham sich weiter am Computer zu schaffen machte, wollte sie sich eigentlich einen Plan zurechtlegen, wie es weitergehen sollte. Aber schließlich ertappte sie sich dabei, wie sie die Aussicht bewunderte. Er sah wirklich ziemlich gut aus. Als sie angefangen hatten, Möbel zu schleppen, hatte er sein Jackett und die Krawatte ausgezogen und die Ärmel seines weißen Hemdes aufgerollt. Tolle Arme. Sehnig und stark, die Adern traten deutlich hervor. Gebräunte, olivfarbene Haut. Große Hände. Sie hätte ihr rechtes Bein darauf verwettet, dass er genau wusste, was er mit diesen Händen anstellen musste. Da er gerade unter dem Schreibtisch kauerte, spannte sich die graue Anzughose über seinem wirklich hübschen Hintern. Schmale Hüften. Breite Schultern.

Beruhige dich! Jetzt sofort.

Sie unterdrückte ein Seufzen und fächelte sich Luft zu, weil ihr plötzlich heiß war. Und das hatte nichts mit ihrer Fibromyalgie zu tun. Die Wärme in ihrem Bauch war eindeutig: Sie fühlte sich zu ihm hingezogen – und das war gar nicht gut. Er war ihr neuer Boss und ihr Nachbar. Es gab kaum bessere Gründe, sich zurückzuhalten, als diese.

Sie hatte nach ihren ersten Begegnungen keinen besonders guten Eindruck von ihm gehabt, aber so langsam wurde er ihr immer sympathischer. Immerhin hatte er sich entschuldigt. Abgesehen davon, dass er ihr einen Job gegeben hatte, war er sofort offen gewesen für ihre Veränderungsvorschläge. Ein Mann musste schon sehr in sich ruhen, um dazu in der Lage zu sein. Bisher hatte er kein einziges Mal die Chefkarte gezogen oder sie wie eine Untergebene behandelt.

Das gab ihr aber noch lange nicht das Recht, ihn so anzugaffen.

«Was denkst du?»

Sie schüttelte den Kopf, um sich wieder zu konzentrieren. Sie hatte nicht einmal bemerkt, dass Graham den Computer fertig angeschlossen und mit ihr geredet hatte.

«Ich war in Gedanken versunken.» Oder vielmehr in unartigen Tagträumen. «Tut mir leid. Was hast du gesagt?»

Er grinste sie an. Verflucht sollte er sein. «Mir passiert das auch oft, dass ich mich einfach in meinem Kopf verliere. Ist wahrscheinlich eine Journalistenkrankheit.»

Hm-mm. Das stimmte, aber sie musste sich selbst nicht bloßstellen, indem sie ihm erklärte, dass sie in diesem Moment aus anderen Gründen gedankenverloren gewesen war.

«Ich habe gesagt, ich glaube, die Glasvitrine sähe gut vor dem Rednerpult dort drüben aus.» Er deutete zu der Wand links vom Panoramafenster.

Das war eine gute Ecke dafür, ja.

«Das finde ich auch.» Sie wollten ältere Zeitungen in Plastikhüllen in der Vitrine ausstellen, um so Besuchern die Geschichte der *Gazette* näherzubringen. Ein Minimuseum. Graham hatte die Idee begeistert angenommen. Auf dem Pult sollte bald eine Registrierkasse stehen, um Kunden abzukassieren. «Aber statt eine Registrierkasse zu kaufen, könnten wir einfach ein Kassenprogramm auf einem der bereits vorhandenen Computer einrichten. Das dürfte billiger sein.»

«Gute Idee. Ich werde mich morgen deswegen schlaumachen.» Er musterte die Ansammlung von Schreibtischen in der Mitte des Raums. «Wie willst du die Ausdrucke arrangieren? Bisher habe ich deine Vision nicht ganz verstanden.»

Jetzt, wo sie die Arbeitsplätze für die Reporter eingerichtet hatten, musste sie ihr angedachtes Feng-Shui neu arrangieren. Der Raum war etwas kleiner als gedacht. Zuvor war ihr die Idee gekommen, alte Zeitungsartikel zu kopieren und an Besucher zu verkaufen, damit sie in Fotoalben eingeklebt oder gerahmt an die Wand gehängt werden konnten, als Souvenirs für Touristen oder auch Erinnerungsstücke für die Einwohner der Stadt. Das würde der *Gazette* nicht viel Geld bringen, aber trotzdem wäre es eine zusätzliche Einnahmequelle, würde Leute in die Redaktion locken und Interesse an der Zeitung wecken.

Sie runzelte die Stirn. «Ich bin mir nicht sicher.»

«Lass uns als Erstes das Pult aufstellen, und dann schauen wir weiter.»

Während sie weiter räumten, machten sie Small Talk. Sobald die Möbel standen, richtete er sich auf. «Du wurdest also von deiner Großmutter großgezogen?»

Das war die erste persönliche Frage, die er ihr stellte. Sie zögerte kurz, doch dann wurde ihr bewusst, dass ihr sein Interesse nichts ausmachte. Er mochte nicht aus Vallantine stammen, aber es war eine kleine Stadt. Es gab keinen Grund, ihre Schutzmauern aufrechtzuerhalten. Sie war zu Hause. Allerdings war das leichter gesagt als getan. Sie hatte so lange in der Großstadt gelebt, dass solche Fragen sie sofort in die Defensive trieben.

«Vergiss, dass ich gefragt habe.» Er wedelte mit der Hand. «Es geht mich nichts an.»

«Nein, nein. Ist okay.» Sie hob die Arme über den Kopf, um ihren Rücken zu strecken. Die Vitrine war schwer gewesen. «Ja, meine Großmutter hat mich aufgenommen, nachdem meine Eltern gestorben waren. Sie ist die Mutter meines Dads.» Sie stockte, weil sie plötzlich einen Kloß im Hals hatte. «War, meine ich. Sie *war* die Mutter meines Dads.» Es fühlte sich so falsch an, in der Vergangenheitsform über Gammy zu reden.

Ehrliches Mitgefühl lag in seinem Blick. «Verdammt, das ist wirklich schlimm. Tut mir leid. Wie alt warst du, als sie gestorben sind?»

Nachdem weder Frage noch Tonfall aufdringlich auf sie wirkten, antwortete sie sofort. «Ich war acht. Es war ein Autounfall.»

Er schüttelte leicht den Kopf. «Das muss schrecklich gewesen sein.»

«Ja, das war es. Zum Glück hatte ich Gammy.» Aber nun nicht mehr. Sie war weg. Tränen brannten in ihren Augen. Rebecca wandte den Blick ab und starrte die Wand an.

«Hast du sonst noch Familie?» Seine raue Stimme glitt sanft über ihre Haut, und gleichzeitig fühlte sich sein offensichtliches Mitgefühl an wie eine warme Umarmung.

Fast hätte sie die Kontrolle verloren, aber dann konzentrierte sie sich auf Grahams Frage und verdrängte den Schmerz. «Nein. Aber ich habe meine besten Freundinnen.»

Als er lächelte, erschienen kleine Fältchen in den Winkeln seiner grünen Augen, und ein Grübchen wurde in seiner Wange sichtbar. «Die Bookish Belles.»

Sie lachte. Keine Ahnung, wie das möglich war. «Ja. Ich kenne die beiden seit meiner Geburt.»

Er nickte, dann fuhr er sich mit der Hand durch die nachtschwarzen Haare. «Freunde sind die beste Familie, weil man sie sich selbst aussucht.»

Was für ein wunderbarer Gedanke. «Genau.»

«Forest und ich haben uns am ersten Tag am College getroffen. Uns wurde ein gemeinsames Wohnheimzimmer zugeteilt, und seitdem stehen wir uns nahe.» Die Zuneigung zu seinem Freund war deutlich aus seiner Stimme zu hören und strahlte aus seinen Augen.

«Er ist ein feiner Kerl. Bist du so in Vallantine gelandet?»

Seine gesamte gute Laune verpuffte von einem Moment auf den anderen. «Im Grunde schon.» Er stieß den Atem aus und wandte den Blick ab. «Was kommt als Nächstes, Obi-Wan?»

Unsicher, was seinen Stimmungswechsel ausgelöst hatte, warf sie einen Blick auf die verbliebenen Möbel. Vielleicht würde sie später nachfragen. «Ich glaube, wir sollten die Ohrensessel von oben in diese Ecke stellen.» Sie zeigte auf die Ecke gegenüber der Vitrine, rechts von der Eingangstür. Die Sessel hatten ein schönes Marinemuster und waren in gutem Zustand. Sie mussten nur gründlich abgestaubt und mit Textilspray behandelt werden. «Das bringt den Raum in ein gewisses Gleichgewicht, und Besucher haben eine Sitzgelegenheit. Wir können auch den Couchtisch aus dem Lager dazwischen stellen.»

Er zeigte ihr den gehobenen Daumen. «Dann werde ich sie holen.»

Während er weg war, dachte sie darüber nach, wie sie die Zeitungsdrucke im Raum präsentieren wollte. Angesichts der langen Geschichte der Zeitung bräuchten sie eine Menge Regale, und das klang nach Geldverschwendung. Außerdem boten Regale keine Stütze. Aber sie hatten noch vier Schreibtische übrig. Es musste eine andere Lösung geben, als die Zeitungsausdrucke zu rahmen.

Graham kehrte mit einem Sessel zurück, auf dem eine Kiste mit Zeitungen stand.

Und da kam ihr eine Idee. «Comicständer.»

«Wie bitte?» Er stellte den Sessel ab und die Kiste auf einen Schreibtisch.

«Im College hatte ich einen Freund, der Comics gesammelt hat. Er hat sie in Plastikhüllen gesteckt, um sie zu schützen, und dann in Comicständer gestellt. Sie sehen so ähnlich aus wie Aktenkisten, und man kann Trenner einlegen. Wir könnten die Tische rechts und links in Zweiergruppen aufstellen und die Ausdrucke in Klarsichtfolien in ein paar Comicständern präsentieren?»

Er stemmte die Hände in die Hüften. «Das müsste funktionieren. Wir können die Boxen mit den jeweiligen Jahreszahlen beschriften und mit den Trennern das Blättern erleichtern. Damit haben wir allerdings eine ziemliche Lücke in der Mitte des Raums.»

«Stimmt.» Sie brauchten etwas Kleineres, worin sie Ausdrucke präsentieren konnten, ohne dass es zu aufdringlich wirkte. Vielleicht konnten sie ein paar Drucke bereits rahmen. «In der Bibliothek gab es früher diese Magazinständer. Ungefähr einen Meter fünfzig hoch. Ich frage mich, ob die noch irgendwo sind. Wir könnten sie Rücken an Rücken aufstellen, in der Mitte des Raums.»

Er murmelte «Gute Idee», während sie ihr Handy aus der Tasche zog, um eine Nachricht in den Gruppenchat mit Scarlett und Dorothy zu tippen.

Haben wir immer noch diese Magazinständer im Lager der Bibliothek? Und wenn ja, kann ich sie mir klauen? Übrigens, ich habe einen Job bei der Vallantine Gazette*!!!*

Scarlett: *OMG! Gratulation! Ja. Es gibt zwei Ständer. Mir ist egal, ob du sie klaust. Diebin.*

Eine Sekunde später antwortete auch Dorothy. *Gratulation. Sie können sich glücklich schätzen, dich zu haben. Nimm dir die Ständer ruhig. Ich glaube nicht, dass wir sie benutzen werden. Und wenn doch, können wir immer noch neue kaufen. Keine große Sache.*

Rebecca schickte ihnen ein *Danke*, dann sah sie Graham an. «Alles klar. Zwei Magazinständer. Aber in mein Auto werden sie nicht reinpassen.»

«Ich rufe Forest an, denn bei mir passen sie auch nicht rein. Aber er hat einen Truck.»

Während sie auf die Antwort warteten, schoben sie die vier leeren Schreibtische an die Wände, zwei auf jeder Seite. Tischtücher sähen hübsch darauf aus, aber die waren leicht zu besorgen und nicht teuer.

Grahams Handy meldete eine Nachricht. Während er antwortete, musterte sie die leeren Ziegelwände. Im Lager oben gab es eine Menge leere Posterrahmen. Die Zahnräder in ihrem Kopf begannen sich zu drehen.

«Forest meint, er kann sich um 17.15 Uhr mit dir an der Bibliothek treffen.» Er sah auf die Uhr. «Das ist in einer Stunde.»

«Okay. Ich werde noch ein paar Sachen besorgen und mich dann mit ihm treffen. Könntest du ein paar Dinge erledigen, während ich unterwegs bin, um Zeit zu sparen?»

«Ich muss kurz nach Hause, um meinen Hund zu füttern, aber das wird nicht lange dauern. Was brauchst du?»

Es gab zwei große Kopierer im Büro. «Können die Kopierer auf A3 vergrößern? Und haben wir Papier in diesem Format?»

«Ja und ja.»

Im Kopf ging sie den Lagerbestand im ersten Stock durch. «Vielleicht holst du ein paar der Rahmen nach unten und auch zwei Kisten mit den ältesten Ausgaben? Suche nach schönen Titelseiten und kopiere sie so groß, dass sie in die Rahmen passen. Die können wir dann an die Wände hängen. Wäre das in Ordnung?»

Er starrte sie einen Moment lang an, dann drehte er sich zur Wand um. «Du hast eine gute Idee nach der anderen. Ich lege sofort los, sobald ich zurück bin.»

«Danke.» Sie ging in sein Büro, um ihre Sachen zu holen, dann fiel ihr etwas ein. «Wir können das auch morgen machen, wenn es dir lieber wäre? Ich will dich von nichts abhalten.» Nur weil sie gerade nichts Besseres zu tun hatte, hieß das noch lange nicht, dass dasselbe für ihn galt.

«Für mich ist das okay. Magst du Hunde und Pizza?»

Verwirrt zögerte sie. «Gleichzeitig?»

Er rieb sich lachend die Augen. «Ich könnte uns Pizza zum Abendessen holen. Und macht es dir etwas aus, wenn ich meinen Hund mitbringe?»

«Oh.» Sie lachte und war plötzlich nervös. Wie dumm. Sie hatten schließlich den ganzen Nachmittag harmonisch zusammengearbeitet. «Beides ist in Ordnung.»

Er zog sein Portemonnaie aus der hinteren Hosentasche und nahm eine Kreditkarte heraus. «Wenn du etwas für die *Gazette* kaufen willst, bezahl damit. Was magst du auf deiner Pizza?»

«Alles außer totem Fisch.»

Ein weiteres Lachen. Volltönend und von Herzen. Langsam begann sie, das Geräusch zu mögen. Warm, freundlich.

«Keine Anchovis. Verstanden.»

Rebecca ging zurück zur Bibliothek und holte ihr Auto, dann fuhr sie zu Scarlett, um sich den Bibliotheksschlüssel geben zu lassen.

Sobald sie wieder in der Stadt war, stoppte sie an dem kleinen Eisenwarenladen, um Schlüssel für sich und Dorothy anfertigen zu lassen und ein paar Haken, Nägel und einen Hammer zu kaufen.

Nebenan gab es einen kleinen Trödelladen, den sie seit ihrer Collegezeit nicht mehr betreten hatte. Warum eigentlich nicht? Vielleicht fand sie etwas Nützliches.

Mit einem Achselzucken stellte sie die Tüte mit ihren Einkäufen ins Auto und betrat den *Twice But Nice*-Laden. Die Besitzerin war eine ältere Frau, die Rebecca bekannt vorkam, aber sie konnte sich nicht an ihren Namen erinnern. Da sie an der Kasse beschäftigt war, winkte Rebecca ihr nur kurz zu.

Während sie sich zwischen den Regalen mit den unterschiedlichsten Dingen umsah, umgab sie der Geruch von Staub und Vergangenheit. In ihren Augen war eine Menge der angebotenen Sachen unbrauchbar, aber andere empfanden das vielleicht nicht so. Es gab jedoch einige A4-Bilderrahmen, in die sie die Ausdrucke der *Gazette* einlegen konnten, die sie verkaufen wollten. Sie ging weiter, bog in den zweiten Gang ab – und da stand eine alte Schreibmaschine. Seegrün und mit hochstehenden Tasten. Ein fantastisches Relikt.

«Die funktioniert nicht mehr, Liebes.»

«Oh.» Rebecca wirbelte zu der Ladenbesitzerin herum. Die Frau reichte Rebecca nur bis zur Schulter, aber sie hatte es geschafft, sich unbemerkt anzuschleichen. «Ich hatte Sie gar nicht bemerkt.»

«Tut mir leid, wenn ich Sie erschreckt habe. Diese Schreibmaschine steht schon seit Ewigkeiten hier. So was benutzt heute niemand mehr. Alle haben nur noch Handys und Computer und andere Spielereien. Eine Schande, wenn Sie mich fragen. Aber ich rede zu viel … Auf jeden Fall funktioniert sie nicht.»

Rebecca betrachtete erneut die Schreibmaschine. Es war ein schönes, altes Stück, und für ihre Zwecke musste sie nicht funktionstüchtig sein. Der Preis war mit fünf Dollar ausgezeichnet.

«Ich kaufe sie.»

Die Besitzerin legte den Kopf schräg, aber in ihrem weißen Haar bewegte sich keine Strähne. «Sind Sie sich sicher, Liebes?»

«Ja, Ma'am. Und ich würde gerne auch ein paar dieser Bilderrahmen mitnehmen.»

«In Ordnung.»

Rebecca trug die Schreibmaschine zum Tresen, dann holte sie mehrere Rahmen. Sie kosteten nur einen Dollar und würden schon bald zum Einsatz kommen.

Die Besitzerin tippte alles in die Kasse ein und bot Rebecca einen Karton an. «Vielen lieben Dank und noch einen schönen Tag. Kommen Sie bald wieder.»

«Das werde ich auf jeden Fall.» Sie wandte sich zur Tür. «Oh.» Rebecca wirbelte noch einmal herum. «Gibt es diese Tierhandlung beim Café noch?»

«*Bark & Beyond*? Aber ja. Inzwischen wird er von Clives Enkel geführt.»

«Vielen Dank noch mal.»

Rebecca stellte den Karton ins Auto, fuhr die Main Street entlang und parkte dann in einer Nebenstraße. *Uncommon Comics* hatte seltsame Öffnungszeiten, weil sie ihre Geschäfte überwiegend online abwickelten, aber sie hatte Glück. Sie kannte den Verkäufer nicht, und er schien sich auch nicht besonders für sie zu interessieren. Sie kaufte sechs schlichte weiße Comicboxen und zwei Packungen, auf denen «Tüten und Trenner» stand. Letztendlich waren darin weiße Kartoneinlagen, um die Comics zu stützen, und Klarsichtfolien.

Danach traf sie sich mit Forest an der Bibliothek, half ihm, die Magazinständer in den Truck zu tragen, und bedankte sich tausendmal.

Als Rebecca damit fertig war, hatte die Tierhandlung bereits geschlossen. Sie war ein wenig enttäuscht, würde aber morgen wieder vorbeischauen, bevor sie in die Redaktion ging. Der kleine Laden für Partydekoration hatte allerdings noch eine halbe Stunde geöffnet, also sprang sie hinein und kaufte dunkelblaue Tischdecken, die gut zu den Ohrensesseln passen würden.

Zufrieden und aufgeregt fuhr Rebecca zurück zur *Gazette* und parkte in der Gasse hinter dem Gebäude. Es war so lange her, dass sie eine Aufgabe gehabt oder sich nützlich gefühlt hatte, dass sie das Kribbeln in ihrem Bauch fast nicht bemerkt hätte. Die *Gazette* war schon lange vor ihrer Geburt ein wichtiger Teil von Vallantine gewesen. Rebecca hatte über die Jahre hinweg ihren Niedergang beobachtet, und es hatte ihr fast das Herz gebrochen. Hoffentlich würde es die *Gazette* wieder zu ihrem alten Glanz führen und das Interesse der Stadtbewohner wecken, wenn sie den Redaktionsraum auch als Verkaufsstelle nutzten und die Geschichte der Zeitung erlebbar machten. Abgesehen von den Veränderungen an der Zeitung selbst.

Zwischen den Renovierungsarbeiten an der Bibliothek – einem lang gehegten Traum von ihr – und ihrem neuen Job bei der *Gazette* sprudelte ihr Hirn quasi über vor Ideen. Doch wenn sie ehrlich war, verspürte sie endlich wieder Hoffnung, weil sie sich nicht mehr unsichtbar fühlte. Jahrelang war sie ein anonymes Gesicht in der Menge gewesen. Nutzlos. In einer Sackgasse. Nur eine Frau in einer Stadt mit unzähligen Menschen. Als sie noch ein Mädchen war, hatte sie sich eine Zukunft in Vallantine nicht vorstellen können, aber sie würde sich anpassen. Es gab mehr als einen Weg, Spuren in der Welt zu hinterlassen.

Forest und Graham hatten die Magazinständer bereits hereingetragen, als sie das Büro betrat. Sie entdeckte sie Pizza essend in Grahams Büro, die Füße auf dem Schreibtisch.

Als die Hintertür ins Schloss fiel, sprang der Hund, der vor Grahams Regal gelegen hatte, sofort auf, um Rebecca zu begrüßen. Sie beugte sich vor, streichelte sein weiches Fell und redete liebevollen Unsinn. Er war wirklich süß und himmelte sie vertrauensvoll an. Mit seinem schwarz-braun-weiß gescheckten Fell wirkte er wie ein Mischling.

«Du bist ja ein ganz Süßer. Wie heißt du denn?»

«Twain.» Graham stellte die Füße auf den Boden und schob einen Pizzakarton an den Rand des Tisches. «Nimm dir ein Stück.»

«Ein toller Name.» Aus dem Karton stiegen köstliche italienische Düfte in ihre Nase. Und ja … sie war am Verhungern. «Danke.» Sie nahm sich ein Stück mit Peperoni. Oh, wie sie *Pizza My Heart* vermisst hatte. Sie sprach mit vollem Mund: «Ich habe noch einige Sachen in meinem Auto, aber die können warten, bis wir fertig gegessen haben.»

Graham hob die Augenbrauen. «Was hast du gekauft?»

Sie wühlte in ihrer Tasche herum, dann reichte sie ihm die Quittungen und erklärte, was sie alles besorgt hatte. «Ich habe auch eine tolle alte Schreibmaschine fürs Schaufenster gekauft.»

«Darauf wäre ich nie gekommen», murmelte er, während er mit gerunzelter Stirn die Quittungen musterte. «Das kann nicht stimmen. Du hast weniger als hundert Dollar ausgegeben?»

Sie schluckte und war mit einem Mal unsicher. «Zu viel? Ich kann mich beteiligen, wenn du …»

«Nein. Ich hatte mit einer viel höheren Summe gerechnet, wenn man bedenkt, was du alles gekauft hast.» Er legte die Belege zur Seite. «Ganz abgesehen davon, dass wir überwiegend Zeug benutzt haben, das wir sowieso schon hatten. Ich muss zugeben, ich war ein wenig nervös, als ich dir die Kreditkarte in die Hand gedrückt habe.»

Forest warf lachend den Kopf in den Nacken. «Wie sexistisch von dir.»

Sie grinste. «Was für ein Klischee.»

«Absolut richtig.» Forest prostete ihr mit einer Dose Cola zu.

«Übrigens finde ich es großartig, was ihr bisher hier gemacht habt. Sehr clever.»

Sein Kompliment trieb ihr die Röte in die Wangen. Natürlich war das albern, aber es war so lange her, dass jemand ihr ein Kompliment gemacht hatte, dass sie nicht mehr wusste, wie sie damit umgehen sollte. «Danke. Ich hoffe, es hilft.»

«Das kann nur die Zeit zeigen, aber ich denke, das klappt.» Er zwinkerte ihr zu.

Graham beobachtete seinen Freund und Rebecca aus zusammengekniffenen Augen.

Nachdem sie nicht wusste, wie sie diesen Blick deuten sollte, wechselte sie das Thema. «Hast du es geschafft, ein paar Poster auszudrucken?»

«Ja, klar.» Graham stand auf und warf dem Hund seinen Pizzarand zu, der ihn aus der Luft fing. «Wir haben sieben Posterrahmen. Eine ungerade Zahl, wenn du vorhast, sie an beiden Seiten des Raums aufzuhängen. Damit meine Zwangsneurose damit klarkommt, habe ich um der Symmetrie willen nur sechs Titelseiten ausgedruckt.»

Sie nickte. «Du bist auch zwangsneurotisch?»

Forest lachte.

Graham warf ihm einen bösen Blick zu. «Ein bisschen.»

«Ich auch. Ich kann den letzten Rahmen für etwas anderes verwenden. Oder wir lagern ihn erst mal wieder ein.»

«Forest hat angeboten, uns zu helfen.» Graham klappte den Pizzakarton zu und streckte sich. «Ich dachte, es kann nicht schaden.»

«Das wäre toll.» Sie hatten eine Menge zu tun: alle Kartons durchgehen, Zeitungen kopieren, die Ausdrucke eintüten. «Heute Abend werden wir nicht alles schaffen. Wir sollten die Redaktion morgen schließen und Donnerstag eine kleine Ausgabe herausgeben. Aber am Freitag schaffen wir es vielleicht, die großen Veränderungen anzugehen und eine Ankündigung zu veröffentlichen.»

«Für mich ist das in Ordnung.» Er schaute hinaus in den Redaktionsraum. «Du glaubst, bis dahin werden wir fertig?»

Vielleicht. Es hing davon ab, wie schnell sie vorankamen. «Ich könnte für morgen Verstärkung anfordern.» Wenn Scarlett und Dorothy nicht zu beschäftigt waren, konnten sie scannen und ausdrucken. Dann hätte sie selbst mehr Zeit, um mit Graham an der Zeitung, der Webseite und dem Mailverteiler zu arbeiten.

«Sicher.» Mit einem Achselzucken schlenderte Graham aus dem Büro.

Forest folgte ihm. «Ich kann morgen nach der Arbeit wieder vorbeischauen.»

«Toll, danke!» Rebecca schrieb ihren Freundinnen, dann stemmte sie die Hände in die Hüften und betrachtete das Chaos. «Dann holen wir mal die Sachen aus meinem Auto.»

Den restlichen Abend fügten Forest und Graham die Poster in die Rahmen ein und hängten sie auf, während Rebecca Tischdecken auf den Schreibtischen ausbreitete, die für die Comicboxen bestimmt waren, und den Vogelkäfig säuberte und ins Panoramafenster hängte. Nachdem sie die Schreibmaschine auf dem Fensterbrett positioniert hatte, wirkte das Schaufenster immer noch ein wenig kahl für ihren Geschmack, also musste sie sich morgen etwas einfallen lassen, wie sie den verbliebenen Platz füllen konnte.

Es war ein unglaublich gutes Gefühl, wieder Teil von etwas zu sein und etwas Neues aufzubauen, statt nur einen Status quo aufrechtzuerhalten. Mit der Rettung der *Gazette* und der Renovierung der Bibliothek würde sie gut beschäftigt sein, und dieser Gedanke machte sie glücklich.

Als sie für den Abend einpackten, sah sie auf ihr Handy. «Dorothy hat den ganzen Tag Zeit, und Scarlett wird nach ihrem Vormittagstermin kommen, wahrscheinlich gegen Mittag.»

«Toll.» Graham seufzte. «Gute Arbeit, Obi-Wan. Aber jetzt bin ich fix und fertig.»

Rebecca ging es genauso. Sie spürte eine seltsame Mischung aus Aufregung und lähmender Müdigkeit. Wenn sie zu Hause war, würde sie sich eine heiße Badewanne gönnen und dann ins Bett gehen.

Allerdings hatte sie auf halber Strecke zu Gammys Haus einen Geistesblitz, was sie mit dem letzten Posterrahmen anfangen konnte, und sie verbrachte die halbe Nacht damit, daran zu arbeiten.

6

Graham warf die Schlüssel von einer Hand in die andere, als er auf die Büroräume der *Gazette* zuging. Zur Abwechslung einmal freute er sich wirklich auf die Arbeit. Er konnte sich kaum erinnern, wann das das letzte Mal der Fall gewesen war. Eine kleine Zeitung, keine reißerischen Schlagzeilen, die meiste Zeit allein an seinem Schreibtisch, während die Säure in seinem Magen kochte, weil er sich solche Sorgen um die Zukunft der *Gazette* machte.

Rebeccas Vorstellungsgespräch hatte alles verändert. Heute hatte es ihn keine Mühe gekostet, aus dem Bett zu kommen. Natürlich war noch nicht sicher, ob ihre Ideen wirklich zum Erfolg führen würden, aber zumindest gaben sie sich Mühe.

Moment …

Er hielt inne, trat ein paar Schritte zurück und stellte sich auf dem Bürgersteig vor das Schaufenster. Vögel zwitscherten in den Bäumen, und er spürte die frische Brise, die leicht nach dem Fluss am Stadtrand roch, während er verdattert das Fenster anstarrte.

Wann hatte sie das alles getan? Am Abend zuvor hatte Rebecca nur den Vogelkäfig und die Schreibmaschine hineingestellt. Einen leeren Vogelkäfig … in dem aber jetzt ein gelber Kanarienvogel fröhlich auf einer Schaukel wippte. Der Käfig hing mittig im Fenster, und auf einem kleinen laminierten Schild am unteren Rand des Käfigs stand: *Plucky II.* Links davon stand ein hölzerner Kinderstuhl auf dem Fensterbrett. Auf der Sitzfläche lag ein alter Filzhut mit der Aufschrift *Presse*, und an jeder Seite standen zwei Töpfe mit irgendwelchen Pflanzen. Sie hatte die Schreibmaschine unter dem Käfig aufgestellt, mit einer alten, zusammengeklappten Lesebrille davor. Und rechts davon … Nun, offensichtlich hatte sie eine Verwendung für den siebten Posterrahmen gefunden. Die Kopfzeile bestand aus dem Logo der *Gazette* mit dem Jahr der Gründung und der Webseite. Darunter prangte Gunners Foto über dem Titel des Herausgebers, Grahams Foto als Chefredakteur, ihr eigenes Bild als Journalistin und dann noch die Namen von Joan und Jefferson mit ihren jeweiligen Ressorts, allerdings ohne Fotos. Zusätzlich waren alle E-Mail-Adressen verzeichnet und die allgemeine E-Mail-Adresse der Zeitung. Der Rahmen ruhte auf einem der vielen Buchständer, die sie im Lagerraum gefunden hatten, sodass man die Schrift mühelos vom Gehweg aus sehen und lesen konnte.

Verdammt, das sah großartig aus. Das Schaufenster war ein Blickfang und passte insgesamt zu einer Zeitung. Er hatte das Gefühl, dass Touristen und Stadtbewohner nicht länger einfach nur vorbeigehen würden, ohne einen Blick in das Fenster zu werfen. Und das verdankte er nur ein paar Dollar und einer einfallsreichen Frau.

Mit einem Kopfschütteln schloss er die Tür auf. Sofort stieg ihm der Duft von frischem Kaffee in die Nase.

Aber sie besaßen gar keine Kaffeemaschine.

Anscheinend hatte sich auch das geändert.

Neben den Ohrensesseln stand ein kleiner Beistelltisch mit einer dieser Maschinen, die einzelne Tassen brühten. Daneben gab es einige Kaffeebecher und einen kleinen Aufsteller mit Pads, Kaffeesahne und Zuckertütchen.

In seinem Büro brannte Licht.

Er öffnete den Mund, um nach Rebecca zu rufen, aber bevor er das tun konnte, bemerkte er die Magazinständer in der Mitte des Raums. Sie hatte sie Rücken an Rücken aufgestellt. Alle Rahmen, die sie gestern gekauft hatte, waren darauf ausgestellt, mit verschiedenen Titelseiten der Zeitung darin. Ein laminiertes Schild auf dem Regal verkündete den Preis der gerahmten Ausdrucke.

Also hatte sie nicht nur das Schaufenster vervollständigt, eine Kaffeemaschine besorgt und die Ständer aufgestellt, sondern sie hatte auch alte Titelseiten ausgedruckt und gerahmt. Wann genau war sie heute Morgen zur Arbeit erschienen? Zur Hölle, er selbst war schon eine halbe Stunde zu früh dran.

Er sah sich um, weil er sich fragte, was sie noch alles getan hatte, und konnte nur lachen. Die Vitrine. Natürlich hatte sie die auch fertig eingerichtet. Er trat näher und entdeckte weitere Buchständer aus der Abstellkammer mit alten Zeitungsseiten in Klarsichtfolien. Sie hatte sogar kleine Notizbücher mit Bleistiften danebengelegt, auf denen jeweils das Druckdatum stand. Ein eigener Schaukasten zur Geschichte der *Gazette*.

Er hörte Schritte.

Graham drehte sich um. Rebecca trat mit zwei Kartons in den Armen aus seinem Büro in die Redaktion. «Oh, gut, dass du kommst.»

«Wie es aussieht, bist du gar nicht weg gewesen.» Rasch nahm er ihr die Boxen ab und stellte sie zu dem Stapel, den sie in seiner Abwesenheit offenbar bereits aufgetürmt hatte. «Wann zur Hölle hast du das alles geschafft?»

«Ich war ziemlich früh hier, und es hat nicht lange gedauert.» Sie wedelte mit der Hand, als hätte sie nicht im Alleingang die gesamte Redaktion umgestaltet. In nur einem Tag. «Dorothy hat gesagt, sie kommt um neun Uhr. Ich dachte, ich hole die hier schon mal runter, damit sie gleich mit dem Kopieren anfangen kann.»

«Hmm-mmm.» Na so was, jemand hatte ihn anscheinend mit Stummheit geschlagen. «Das Schaufenster gefällt mir gut.»

«Danke.»

«Und der Kaffeetisch.»

«Danke. Die Maschine hatte ich Gammy vor zwei Jahren geschenkt, aber sie hat sie nie aus dem Karton geholt. Sie mochte ihre alte Kaffeemaschine. Und ohne Kaffee ist es einfach keine richtige Redaktion.»

«Da kann ich dir nur zustimmen. Und die Magazinständer mit den Rahmen sehen auch toll aus.»

«Danke.»

«Und die Vitrine. Sehr kreativ.»

«Danke. Sobald ich einmal angefangen hatte, konnte ich nicht mehr aufhören.» Sie lachte. «Ich hatte noch so viele Ideen, nachdem wir nach Hause gegangen sind, und ich …»

«Wie viel Kaffee hast du denn getrunken?» Musste er sich Sorgen machen? Sie sah gut aus: die blonden Haare zu einem hohen Pferdeschwanz gebunden, dezentes Make-up, ein grünes Top zu einer schwarzen Leggins. Sie sah sogar besser als gut aus. Atemberaubend. Aus ihren riesigen blauen Augen leuchtete Entschlossenheit, ein Lächeln lag auf ihren pinken Lippen, die Wangen waren vor Aufregung gerötet …

«Letzte Nacht oder heute Morgen?»

«Wie bitte?» Er wollte sie wirklich unbedingt küssen. Der Gedanke kam aus dem Nichts und traf ihn wie ein Schlag. Sie roch nach Jasminblüten und Orange. Es musste ihr Parfüm oder Duschgel oder so was sein. Der Duft war gleichzeitig erfrischend und berauschend. Bisher hatte er ihn nicht bemerkt, aber ab diesem Moment wollte er verdammt noch mal nichts anderes mehr einatmen.

«Egal.» Sie lachte. «Ich habe erst zwei Tassen getrunken.»

Tassen? Ach, richtig. Sie hatten über Koffein gesprochen – und er brauchte definitiv mehr davon.

«Auf jeden Fall sieht alles richtig toll aus. Ich bin wirklich sprachlos.» Und zwar nicht nur angesichts ihres Talents für Inneneinrichtung.

«Das weiß ich zu schätzen. Vielen Dank. Wenn dir etwas nicht gefällt, sag es mir einfach.»

Er bezweifelte, dass das je geschehen würde. «Das werde ich.» Sie hatte bereits einige Punkte auf der Liste für heute abgearbeitet. «Wie lautet der weitere Plan, Obi-Wan?»

Der Kanarienvogel zwitscherte leise im Hintergrund.

«Nun», meinte sie mit einem Seufzen. «Ich hatte gedacht, wir lassen Dorothy und Scarlett die Aufmacher und auch andere Seiten der Zeitungen kopieren. Sie können sie in Hüllen stecken und zum Verkauf in den Boxen anordnen. Ich wollte gerne an der Webseite arbeiten und einen Mailverteiler aufbauen.»

Er nickte. «Ich muss die Zeitung für morgen vorbereiten, aber wenn wir die Neuerungen in der Ausgabe von Freitag ankündigen wollen, sollten wir auch daran arbeiten.»

«Klingt gut. Hast du schon mit Joan und Jefferson geredet?»

Verdammt. «Nein. Ich werde sie jetzt sofort anrufen.»

«Frag, ob Joan uns eine kurze Produktbesprechung liefern und Jefferson vielleicht einen Artikel über die kommende Highschool-Baseballsaison schreiben kann. Beides könnten wir für die Ausgabe am Freitag brauchen.»

Sie war wirklich brillant. «Guter Gedanke.» Er warf einen Blick auf die Kartons. «Ich helfe dir kurz, den Rest für deine Freundinnen nach unten zu tragen, dann können wir uns an die Arbeit machen.»

Als sie alle Kartons mit den alten Ausgaben der *Gazette* ins Erdgeschoss gebracht hatten, sah der Redaktionsraum aus, als hätte eine Bombe eingeschlagen. Dorothy kopierte eifrig, und später würde Scarlett sich ihr anschließen. Rebecca saß an ihrem Schreibtisch auf der anderen Seite der Glaswand und zauberte was auch immer sie für richtig hielt, um die *Gazette* zu retten.

Es herrschte wunderbare Geschäftigkeit. Seiten wurden umgeblättert, Geräte brummten und piepten, Tastaturen klapperten. Der Kanarienvogel sang dazu. Obwohl Graham sein gesamtes Arbeitsleben bisher in Redaktionen verbracht hatte, war es lange her, dass er ein Teil davon gewesen war. Ein seltsames Gefühl von Melancholie überkam ihn bei dem Gedanken, dass er niemals wieder ein echter Journalist sein würde – nicht in dem Sinne, wie er es sich immer vorgestellt hatte.

Er seufzte, dann griff er nach dem Telefonhörer, um Joan und Jefferson anzurufen.

Zu seiner Überraschung wirkten beide fast erleichtert, ab jetzt auf Honorarbasis zu arbeiten und mit dem Schreiben konkreter Artikel beauftragt zu werden. Graham hätte schon früher auf die Idee kommen und wie ein echter Chefredakteur agieren und Aufträge verteilen sollen, statt sich in Selbstmitleid zu suhlen. Auch wenn er dankbar für Rebeccas Erscheinen war, hätte es eigentlich nicht nötig sein dürfen, um ihm Feuer unter dem Hintern zu machen.

Er würde sich bessern und sich mehr anstrengen.

Er öffnete das Programm für die Druckerei, lud die Texte hoch, die ihm zur Verfügung standen, verschob einiges, bis es passte, und schickte alles ab. Zwei Seiten mit bedeutungslosen Lückenfüllern. Genau wie in den letzten zwei Monaten.

Ab Freitag würde sich das ändern. Dank Rebecca. Er fragte sich, ob sein Interesse für sie seiner Dankbarkeit entsprang, aber dann schüttelte er den Kopf. Er hatte sie schon vor ihrem Vorstellungsgespräch attraktiv gefunden.

Er lehnte sich in seinem Stuhl zurück und starrte Rebecca durch die Glaswand an. Trotz ihres fast zerbrechlichen Äußeren wirkte sie wie ein zäher Knochen. Ihre Eltern in so jungen Jahren zu verlieren – auch wenn sie eine liebende Großmutter gehabt hatte – musste unglaublich schwer gewesen sein. Sicherlich hatte sie sich oft allein gefühlt. Außerdem hatte sie eine Kleinstadt verlassen, in der Sicherheit und Ruhe herrschten, geradezu abgeschirmt von der Außenwelt, und hatte sich hinausgewagt in das große Unbekannte, im Gepäck nur Hoffnungen und Träume. Diese Frau hatte ein Rückgrat aus Stahl. Sie schien sich von niemandem etwas gefallen zu lassen, ihn selbst eingeschlossen. Zudem war sie hartnäckig und mehr als nur ein bisschen stur.

Er wusste nicht, womit er es an diesem Punkt seiner quasi toten Karriere verdient hatte, sie als Angestellte zu gewinnen, aber er würde sich darüber freuen, solange es eben dauerte. Als er den Job angenommen hatte, war er davon ausgegangen, dass es im Vergleich zu der Hektik der Großstadt ein Zuckerschlecken werden würde. Hinweisen nachgehen, Storys schreiben, der ständige Druck, den Konkurrenten zuvorkommen zu müssen, Deadlines, kaum Schlaf und Mahlzeiten aus Papiertüten, die er meist im Gehen aß. Mehr als eine Beziehung war an dem ständigen Stress zerbrochen.

Wie sehr er sich doch geirrt hatte. Die *Vallantine Gazette* zu führen, war schwerer. Viel schwerer. Rebecca hatte recht gehabt. Kleinstadtzeitungen spielten in einer ganz anderen Liga und erforderten ein anderes Tempo. Rubriken, die man in anderen Zeitungen fand, spielten hier einfach keine Rolle. Einige konnten bleiben, aber er war einfach noch nicht nah genug am Puls der Stadt, um zu wissen, welche Richtung er einschlagen sollte. Ganz zu schweigen davon, dass seine Angestellten keine Profis waren.

Also hatte er nichts getan.

Aber das würde sich jetzt ändern.

Himmel, sie war wunderbar. Ihr langer, eleganter Hals, das blonde Haar mit einem Hauch Karamell, die schlanke Gestalt. Sie stand mit dem Rücken zu ihm, also konnte er ihr Gesicht nicht sehen, aber ein Blick aus ihren Augen konnte die Zeit zum Stillstand bringen. Und dieser Mund. Er flehte ihn förmlich an, ihn zu küssen.

Graham atmete zitternd durch. Büroromanzen waren schon in guten Zeiten eine schlechte Idee. Außerdem hatte sie ihm keinen Hinweis geliefert, dass sie an ihm interessiert wäre. Beides sollte er niemals vergessen.

Der Gesang des Kanarienvogels riss ihn aus seinen Gedanken.

Plötzlich fiel ihm auf, wie ruhig es im Raum war. Er warf einen kurzen Blick in Dorothys Richtung, die ihn offensichtlich dabei ertappt hatte, wie er Rebecca anstarrte. Zumindest ließen ihr leichtes Lächeln und die gehobenen Augenbrauen diesen Schluss zu. Die Andeutung eines Nickens, dann wandte sie sich wieder dem Kopierer zu, ohne ihn weiter zu beachten. Nun fragte er sich, ob ihre Reaktion ein Zeichen der Kenntnisnahme oder gar eine Zustimmung war.

Dorothy war ein sanfter Charakter. Ruhig. Sie hatte eine ganz eigene Ausstrahlung. Naturrotes Haar, kurvige Figur. Er kannte sie noch nicht lange, hatte sie im Grunde nur im Vorbeigehen kennengelernt, aber bisher mochte er sie. Sie wirkte intelligent und ehrlich, aufrichtig und einfühlsam.

Wieso konnte er sich nicht von ihr angezogen fühlen? Da gäbe es keinerlei Komplikationen. Sie war hübsch.

Aber bei ihrem Anblick kribbelte es nicht in seinem Magen, und es wurde ihm auch nicht der Wind aus den Segeln genommen. Sie hatte keinerlei Einfluss auf ihn, im Gegensatz zu Rebecca. Er hätte das Phänomen nicht erklären können, wenn man ihm eine Woche Zeit und zehn Journalisten zur Verfügung gestellt hätte, um es zu analysieren. Er war der Frau erst vor ein paar Tagen zum ersten Mal begegnet. Bisher hatten sie gerade mal an der Oberfläche ihrer jeweiligen Persönlichkeiten gekratzt. Diese Anziehung ergab absolut keinen Sinn.

Später. Er würde später darüber nachdenken. Jetzt hatte er jede Menge Arbeit zu erledigen.

Er erhob sich, verließ sein Büro und zog einen leeren Stuhl neben ihren Schreibtisch. «Was tust du gerade?»

So, wie es aussah, hatte sie ungefähr tausend Tabs geöffnet.

«Zuerst einmal ist da die Webseite.» Sie bewegte die Maus und rief das Serverprogramm auf. «Bisher gibt es nur die Startseite mit dem Logo und eine Vorstellungsseite.» Sie klickte weiter. «Ich habe eine Kontaktseite hinzugefügt, mit unseren Bildern und Mailadressen, wie auf dem Schild im Schaufenster. Ist das okay?»

«Aber natürlich. Sieht gut aus.» Das tat es wirklich. Sie hatte den schlichten blauen Hintergrund zu Elfenbeinweiß geändert und das Layout einer Zeitung angepasst, mit *Vallantine Gazette* als Überschrift auf allen Seiten. Clever. «Ich würde auf die Vorstellungsseite ein Bild vom Schaufenster setzen, und vielleicht noch von den Magazinständern und der Vitrine.»

«Gute Idee.» Sie hielt inne und sah auf den Bildschirm. «Ich habe eine Facebook-Seite eingerichtet und einen Twitter-Account angelegt. Links dazu erscheinen auf allen Seiten. Ich denke, jedes Mal, wenn wir eine Ausgabe verschicken oder drucken, sollten wir die Highlights in beiden Accounts posten. Zum Beispiel», sie rief Twitter auf, «habe ich gerade das hier gepostet.»

Heute haben wir in Vallantine tolles Wetter. Findet heraus, ob sich das in der kommenden Woche ändern wird …

«Hmmm. Clever.» Sie hatte den Tweet wiederum mit der Seite der *Gazette* verlinkt. Der Post machte den Leser neugierig, sodass er vielleicht weiterklicken würde.

«Und das machen wir für alle Rubriken. Eine verkürzte Schlagzeile mit einem Cliffhanger, der die Leserschaft zum Anklicken animiert.»

«Brillant. Kannst du mir die Log-in-Infos schicken?»

«Die habe ich dir schon gemailt. Meine Nachricht an Joan und Jefferson hatte nur die Links.» Sie wechselte die Seiten. «Als Nächstes habe ich die Webseite aktualisiert. Nichts Großes. Ich habe eine Seite mit den wichtigen Infos eingerichtet, damit uns Geschäfte schreiben können, wenn sie Werbung schalten möchten. Ich habe Preise für Viertelseiten und halbe Seiten angegeben, mit zwei verschiedenen Varianten: Druckausgabe und Online oder nur E-Paper. Und hier wird es spannend.» Eine leere Seite erschien auf dem Monitor. «Wenn wir ein E-Paper herausgeben, werden wir Links einfügen wollen, die weiterführend die Hintergründe beleuchten. Ich denke, damit sollten wir mit der Druckausgabe am Freitag starten. Also erscheinen hier Links, ergänzt durch die Erscheinungsdaten.»

Er kratzte sich nachdenklich am Kinn. «Wie gehen wir bei dem

E-Paper vor?» Bisher hatte er sich nie um die technische Seite kümmern müssen. Aber ihnen fehlte das Budget, um dafür jemanden zu engagieren.

Und ihr Jasminduft lenkte ihn schrecklich ab.

«Seltsamerweise ist das das Einfachste.» Sie rief eine Admin-Seite auf. «Unser Webserver besitzt eine Option für E-Mail-Marketing. Die Preise sind nach der Zahl der Adressen gestaffelt. Da Vallantine nur zweitausendfünfhundert Einwohner hat, werden wir Stufe zwei nicht übersteigen. Und damit zahlen wir nur fünfzig Dollar im Jahr.» Ein Klick, und die nächste Seite erschien. «Letztendlich wäre unser E-Print ein Newsletter, und jeder von uns kann ihn versenden. Letztendlich müssten wir nur *Copy and Paste* mit allem machen, was wir an die Druckerei senden, angeordnet in einer langen Spalte, inklusive einer Inhaltsangabe mit Hyperlinks.»

Bei ihr klang das so einfach, dass er sich dumm fühlte, weil er nicht selbst darauf gekommen war. «Wie abonnieren die Leute, und wie kommen wir an unser Geld?»

Gunners Leute kümmerten sich um die Printausgabe und auch um die Bezahlung. Darum hatte sich Graham nie Gedanken machen müssen.

«Ich habe zwei Anmeldeformulare online angelegt. Eines für die Printausgabe, sodass das Geld monatlich eingezogen wird. Diese Variante ist teurer.» Sie deutete auf den Bildschirm. «Der Preis liegt am unteren Ende des nationalen Durchschnitts. Die Leute geben einfach ihre Mailadresse und ihre gewünschte Zahlungsweise ein. Neben der Bezahlung per Kreditkarte gibt es auch eine PayPal-Option.» Sie wechselte die Ansicht. «Dieses Formular ist für die E-Paper-Mail, die das hier kosten würde.» Sie deutete auf eine Zahl. «Wieder mit einer monatlichen Abbuchung. Und wenn sich jemand abmeldet, wird das Programm ihn am Ersten des nächsten Monats automatisch von der Liste entfernen und die Abbuchung stoppen. Das Update der Seite wird Freitagnacht um ein Uhr online gehen.

Du müsstest mir von Gunner die Bankdaten besorgen, damit das Geld wirklich eingezogen werden kann.»

Er schickte sofort eine Nachricht an Gunner, um die nötigen Informationen zu bekommen. Dann lehnte er sich in seinem Stuhl zurück und ließ die Fingerknöchel knacken. «Du bist wirklich eine beeindruckende Frau. Aber das Schwerste dürfte sein, Abonnenten zu finden.»

«Ich habe einen Plan.»

Er lachte. «Natürlich.»

Sie öffnete eine weitere Ansicht auf dem Bildschirm. «Auf der Webseite der Stadt sind alle Läden und Restaurants aufgeführt, mit Adresse, Webseiten und Kontaktdaten. Diese Infos habe ich in eine CSV-Datei exportiert. Ich habe eine E-Mail für Freitagmorgen terminiert, die an alle örtlichen Geschäfte geht und den Relaunch der *Gazette* verkündet. Darin enthalten sind zudem unsere Anzeigenpreise, Links zu den sozialen Medien und eine Anleitung, wie man ein Abo abschließt. Außerdem habe ich um Vorschläge für Produktbesprechungen oder Restaurantkritiken gebeten mit deiner Adresse als Ansprechpartner, damit du Joan sofort beauftragen kannst.»

Sie machte ihn völlig verrückt. «Wow. Tolle Idee.»

Als Nächstes erzählte sie ihm noch von einer zweiten, kleineren E-Mail-Liste, deren Mitglieder ebenfalls am Freitag eine Nachricht erhalten sollten. Gerichtet an die Verwaltung der Grundschulen und Highschools von Vallantine und Umgebung, umfasste die Nachricht Grahams Kontaktdaten und die Bitte, jegliche Ankündigungen für Schulevents oder Sportereignisse an die *Gazette* zu melden, damit sie darüber berichten konnte.

Ihm war unbegreiflich, wo sie all diese Ideen hernahm. Allein die Läden und Schulen vor Ort könnten genug Einnahmen generieren, um die Zeitung zusammen mit Werbung und Abonnenten zurück in die schwarzen Zahlen zu führen. Die dritte Liste beinhaltete Einwohner der Stadt, die die Zeitung bereits abonniert hatten oder sich irgendwann einmal per Mail angemeldet hatten. Zweihundertsiebenundachtzig Leute. Das waren gemessen an der Einwohnerzahl nicht besonders viele, aber hoffentlich würden die Abonnentenzahlen bald steigen. Dabei half hoffentlich auch ihre Idee, die Freitagsausgabe kostenlos an alle drei Mailverteiler zu schicken, um die Stadtbewohner über die Veränderungen bei der *Gazette* zu informieren und sie zu animieren, ein Abo abzuschließen.

Er rieb sich das Kinn. «Die Freitagsausgabe muss fantastisch werden.»

«Ja, Sir.» Sie öffnete den Mund, um noch etwas zu sagen, aber ein Klopfen an der Tür hielt sie davon ab.

Dorothy trat aus seinem Büro. «Das ist Scarlett. Ich werde sie reinlassen. Macht ruhig weiter.»

Sobald der Aufruhr von Hurrikan Scarlett verklungen war, bat Graham Rebecca, eine Tabelle zu erstellen. «Lass uns eine Liste für den Inhalt anlegen. Ich denke, wir sollten die Aufgaben genau verteilen, damit die Leute wissen, wem sie ihre Tipps schicken müssen.»

Sie nickte, dann sausten ihre Finger über die Tastatur. «Teile und herrsche.»

«Genau.» Er hielt ihr den erhobenen Zeigefinger entgegen. Punkt eins. «Das Wetter, offensichtlich. Wieso übernehmen wir nicht täglich die Vorhersagen für Atlanta und Savannah?»

«Das kann ich machen. Dann kann ich auch über nahende Sturmfronten oder Hurrikans berichten, die uns betreffen könnten.»

«Perfekt.» Im Kopf ging er weitere Punkte durch. «Wir brauchen einen ansprechenden Titel für Joans Inhalte.»

Sie schürzte nachdenklich die Lippen – einfach hinreißend. «*In aller Munde?* Schließlich prüft sie Produkte, schreibt aber auch Restaurantkritiken?»

«Nett. Lass uns das nehmen.»

Sie tippte es in die Tabelle, gefolgt von *Sport* für Jeffersons Beiträge.

«Ich glaube, wir sollten wieder Horoskope in die Zeitung aufnehmen. Sie werden nicht viel Platz füllen, aber ich kenne eine Menge Leute, die sie gerne lesen. Wir könnten eine Kooperation mit spirituellen Bloggern in Georgia eingehen. Sie schicken uns täglich ein Horoskop, und im Gegenzug setzen wir als kostenlose Werbung ihre Webadresse unter die Rubrik. So entstehen uns keine Kosten.»

Warum nicht? «Okay. Kennst du jemanden?»

«Ich werde das später recherchieren.» Sie setzte es auf die Liste. «Wortsuche-Rätsel? Die waren früher wirklich ein Renner, und Gammy hat sie immer gemacht. Es gibt eine kostenlose Webseite, die solche Rätsel generiert. Man muss nur die Worte eingeben, die man verwenden will. Einige Kollegen in Boston haben so was manchmal für Junggesellenabschiede und Babypartys verwendet. Wir könnten jeden Tag ein anderes Thema wählen.»

Er nickte in Richtung des Bildschirms. «Trag es ein. Gute Idee.»

Hinter ihnen erklangen Schritte.

«Wir stören nur ungern.» Scarlett klimperte mit den Wimpern. «Aber wir haben unweigerlich mitgehört.» Sie und Dorothy stellten sich vor dem Schreibtisch auf. «Wollt ihr unsere Vorschläge hören?»

«Auf jeden Fall!» Er verschränkte die Arme vor der Brust. «Jede Hilfe ist willkommen.»

Dorothy schob sich eine rotbraune Strähne hinters Ohr. «Als wir Kinder waren, gab es in der *Gazette* eine Rubrik mit dem Titel *Künstler des Tages*. Schülerinnen und Schüler konnten sich bewerben und wurden ausgewählt und in der Zeitung vorgestellt.»

«Oh, stimmt!» Rebecca trug ihren Vorschlag in die Liste ein. «Das nehme ich in die Mail an die Verwaltungen und Einwohner auf. Hoffentlich stößt das auf Interesse.»

Da fiel Graham etwas ein. «In Minneapolis hat der Regionalsender die Leute immer gebeten, ihre schönsten Wetterbilder des Tages einzusenden.»

Rebecca nickte. «Das ist gut. Und vielleicht ein kleiner Kasten mit *Haustier des Tages*? In der ersten Ausgabe könnten wir Plucky II vorstellen.»

Scarletts Daumen huschten über ihr Handydisplay. «Ich werde dir ein Wetterbild schicken, das ihr Freitag verwenden könnt. Ich habe neulich ein tolles Sonnenuntergangsbild gemacht.»

Rebeccas Handy vibrierte. «Danke dir.»

«Ich glaube, ihr beide solltet euch in der ersten neuen Ausgabe vorstellen.» Dorothy sah zwischen Graham und Rebecca hin und her. «Wir wussten bisher gar nicht, dass du der neue Chefredakteur bist. Die Stadt sollte dich besser kennenlernen.»

Ohne zu zögern, trug Rebecca auch diesen Punkt in die Liste ein. «Gut. Was noch?»

«Wisst ihr, was wir wirklich brauchen?» Scarlett stemmte eine Hand in die Hüfte. «Buchbesprechungen. Jetzt, wo die Bibliothek renoviert wird, könnten sich mehr Besucher für uns interessieren, sobald wir wieder geöffnet haben. Ich kann Mamas Buchclub eine Mail schreiben und ihn neu beleben. Bis die Bibliothek wieder benutzbar ist, können wir uns auf der Plantage treffen, danach gibt es monatliche Treffen in der Bibliothek.»

Graham grinste. «Der Belles-Buchclub.»

«Ja!» Scarlett klatschte in die Hände und strahlte begeistert. «Ich werde die Mail noch heute Abend rausschicken. Erstes Treffen ist am Freitagabend um sieben Uhr. Könnt ihr eine Ankündigung in die Zeitung setzen?»

«Darauf kannst du Gift nehmen», murmelte Rebecca, die bereits tippte. «Könntest du gleich das erste Buch auswählen, damit ich den Titel in den Artikel aufnehmen kann?»

«Ich werde dir bald einen Vorschlag schicken.»

Das brachte Graham auf eine Idee. «Du solltest auch ein wöchentliches Update zu den Renovierungsarbeiten schreiben.» Er sah Rebecca an, die wie wild tippte, um alles zu notieren. «So ist die Stadt immer auf dem neuesten Stand und fühlt sich nicht ausgeschlossen. Du könntest jedes Mal ein wenig von der Geschichte des Gebäudes einfließen lassen.»

«Wunderbar. Ich werde für Freitag gleich etwas schreiben.»

Dorothy verschränkte die Finger und stützte ihr Kinn darauf. «Was ist mit dem Gartenclub? Vielleicht Pflanztipps?»

Sofort platzte Scarlett mit der nächsten Idee heraus. «Schießt Bilder von den Veränderungen in den Redaktionsräumen hier. Ihr müsst verkünden, dass das Zeug, das wir gerade kopieren, gekauft werden kann.»

Graham schüttelte den Kopf. Wie er das vermisst hatte, diesen Ideenaustausch, das gemeinsame Planen, wieder Teil von etwas zu sein. Rebeccas Freundinnen hatten tolle Ideen. «Man darf euch drei wirklich nicht unterschätzen.»

Scarlett schnalzte mit der Zunge. «Vergiss das nie.»

«Das könnte ich nicht mal, wenn ich es wollte.» Graham schlug sich mit den Händen auf die Schenkel und stand auf. «Ich werde Joans und Jeffersons Artikel anfordern und den Gartenclub kontaktieren.» Er deutete auf Rebecca. «Schick mir den Link für das Rätsel, dann übernehme ich das auch. Und du suchst jemanden für die Horoskope und bereitest die ganzen Ankündigungen vor?»

«Geht klar, Boss. Außerdem werde ich einen kurzen Vorstellungsartikel über mich selbst schreiben. Vergiss deinen nicht.»

Er seufzte, dann wandte er sich in Richtung seines Büros. «Ja, Ma'am.»

Er konnte ihr Grinsen förmlich hören. «So langsam lernst du dazu.»

7

Rebecca und Graham verbrachten den gesamten nächsten Tag damit, Artikel zu schreiben, die Ausgabe für Freitag vorzubereiten und die gemeinsamen Pläne zu koordinieren. Alle Comicboxen waren mit alten Ausgaben zum Verkauf gefüllt – dank Scarlett und Dorothy, die ununterbrochen kopiert und alles in Klarsichtfolien gesteckt hatten. Auf dem Pult hinter der Vitrine stand jetzt einer der übrig gebliebenen Computer, auf dem ein Kassenprogramm installiert war, sodass sie ihre Verkäufe eingeben konnten, und eine Kassenschublade, die sie Forest verdankten. Die *Gazette* war bereit für den großen Neuauftritt morgen früh.

Rebecca war irrsinnig aufgeregt.

Am Abend zuvor hatte Forest Graham vorgeschlagen, die Verkaufsständer in der Stadt wieder mit Zeitungen zu bestücken. Rebecca hatte keine Ahnung, seit wann das nicht mehr gemacht wurde, aber Forest schätzte mindestens fünf Jahre. Es hatte Graham eine Stunde gekostet herauszufinden, wie man die Ständer auf den richtigen Preis einstellte, und eine weitere Stunde, wie man sie jeden Morgen von der Druckerei füllen lassen konnte. Es hatte für große Erheiterung gesorgt, als sie dabei festgestellt hatten, dass in den Automaten noch fünfunddreißig Dollar in Vierteldollarstücken vergessen worden waren.

Aber es war eine tolle Idee. Scarlett hatte allerdings darauf hingewiesen, dass viele Leute nicht mal bemerken würden, dass die Automaten wieder genutzt werden konnten, nachdem sie so lange leer gestanden hatten. Also hatte Graham farbenfrohe Schilder gedruckt und sie laminiert, um sie außen an den Kästen anzubringen. Momentan lagen sie noch auf seinem Schreibtisch zwischen ihm und Rebecca, weil er sie nicht zu früh aufhängen wollte.

Graham hatte auch vorgeschlagen, vor der Redaktion einen Kasten aufzuhängen, in den die Leute ihre Wetter- und Haustierbilder und Kinderzeichnungen einwerfen konnten, für diejenigen, die sie nicht mailen wollten. Nach einem kurzen Ausflug in den Eisenwarenladen hing der besagte Kasten jetzt draußen neben der Tür, unter der Markise.

Rebecca saß zusammengesackt auf dem Stuhl gegenüber von seinem Schreibtisch und starrte ausdruckslos an die Decke.

«Ich weiß ja nicht, wie es dir geht, aber ich bin total fertig.» Und ihre Muskeln taten weh. Vor ungefähr einer Stunde war die Sonne untergegangen.

«Ich auch. Ich fühle meine Finger nicht mehr.»

Sie lachte. «Mir gefällt deine Idee für eine Rubrik zum Thema *Gesundes Leben*. Clevere Idee, sich jeden Tag Tipps von der Klinik zu holen.»

Das nächstgelegene Krankenhaus war in Savannah, aber Vallantine hatte eine Notfallklinik und eine Arztpraxis. Für einen Großteil der Einwohner gab es keinen jährlichen Gesundheitscheck. Grahams erster Artikel für morgen beschäftigte sich mit den Anzeichen eines Herzinfarkts und gab Ratschläge, was man dann unternehmen sollte.

«Danke. Angesichts all der Themen, die wir besprochen haben, erschien mir das passend.» Er hielt inne. «Mir gefällt deine Idee für ein *Rezept des Tages*. Allein dafür könnten manche Leute die Zeitung abonnieren.»

Nachdem sie sich heute Morgen um E-Mails und Anrufe gekümmert hatte, war sie kurz nach Hause gefahren, um Gammys Pfirsichkuchenrezept zu holen. «Wir haben gute Arbeit geleistet, Boss.»

«Dank dir. Wir geben ein gutes Team ab.»

«Das stimmt.» Sie seufzte. «Aber ich war das nicht allein.»

«Nein, in der Tat. Deine Freundinnen waren sehr hilfreich. Ich mag sie.»

Rebecca lächelte, aber selbst das war anstrengend. «Ich auch. Aber ich meinte eigentlich, dass du ebenfalls tolle Ideen geliefert hast. Es war Teamwork.»

«Aber auch das verdanken wir dir.»

Sie kaute auf ihrer Wange, während sie über seine Antwort nachdachte, bis sie zu dem Schluss kam, dass sie ihr nicht gefiel.

«Ich bin in Vallantine groß geworden, also kenne ich die Stadt und weiß, was die Leute hier interessiert. Aber man hat dir ein defektes System übergeben. Das in Ordnung zu bringen war anspruchsvoller, als nur Füllstoff zu finden oder mehr Artikel zu schreiben. Ja, ich habe geholfen … aber bitte stell dein Licht nicht unter den Scheffel. Ein guter Chefredakteur hört sich Vorschläge an, verteilt dementsprechend Aufträge, sucht Rat, wenn es nötig ist, und unterstützt seine Angestellten. In den letzten Tagen hast du all das und noch mehr getan, ganz zu schweigen von den Ideen, die du selbst beigetragen hast. Du hast dich nicht wie ein Diktator aufgeführt, obwohl du das hättest tun können, und du hast deine Dankbarkeit gezeigt.» Sie atmete einmal tief durch. «Teamwork, Graham.»

Er schwieg so lange, dass Rebecca sich fragte, ob er nach dem Adrenalinrausch eingeschlafen war. Sie hob den Kopf, nur um festzustellen, dass er sie anstarrte.

Sie konnte seine Miene nicht deuten, aber er wirkte nachdenklich. Seine smaragdgrünen Augen hielten einen langen Moment ihren Blick, und an seinem Kiefer zuckte ein Muskel. Abgesehen davon bewegte er sich überhaupt nicht. Allmählich wurde sie unsicher, weil sie den seltsamen, fast unheimlichen Eindruck hatte, dass er in ihren Kopf schauen konnte und sie analysierte.

Sie hatten in den letzten Tagen unglaublich viel Zeit miteinander verbracht. Graham hatte ihr bewiesen, dass ihr erster Eindruck falsch gewesen und er ein anständiger Kerl war. Im Grunde wirkte er wie ein Fisch auf dem Trockenen. Sie hatte keine Ahnung, was ihn in ihre winzige Stadt geführt hatte, aber sie war wirklich interessiert an einer Antwort auf diese Frage. Sie wollte ihn kennenlernen und verstehen, was ihn antrieb. Was wünschte er sich, wovon träumte er? Ihre Freundinnen mochten ihn. Und wenn Forest mit ihm befreundet war, musste Graham in Ordnung sein.

Nicht zum ersten Mal nahm sie seinen Duft wahr. Bergamotte oder etwas Ähnliches. Zitronig und würzig. Sauber, erfrischend. Maskulin, ohne aufdringlich zu sein. Passend, denn genauso würde sie auch seine Persönlichkeit beschreiben. Zumindest nach allem, was sie bisher erfahren hatte. Erneut spürte sie, wie ihr Interesse an ihm wuchs – seit dem Moment ihrer ersten Begegnung. Aber diesmal ignorierte sie diese Gefühle nicht, sondern analysierte sie.

Oh, er sah wirklich gut aus. Mitternachtsschwarzes Haar, ein dunkler Bartschatten. Lange Wimpern, die an einen Mann fast verschwendet waren. Feste Lippen, die sich zu einem atemberaubenden Lächeln verziehen konnten. Was allerdings nicht oft geschah. Markantes Gesicht. Breite Schultern. Und seine Hände … Die Hände eines Mannes waren Rebeccas große Schwäche. Sie waren einfach sexy. Ihre Größe, ihre Stärke, sanft oder bestimmend. Sie hätte darauf gewettet, dass er wusste, wie er sie einsetzen musste, um einer Frau Vergnügen zu bereiten.

Es war viel zu lange her, dass sie einen Liebhaber gehabt hatte.

Auf keinen Fall sollte sie sich nach ihrem Boss verzehren. Aber gegen gewisse Emotionen war man eben machtlos, dazu gehörte auch diese Art von Anziehung. Aber um ihrer geistigen Gesundheit willen würde sie es versuchen. Sie musste vorsichtig sein.

Graham starrte sie immer noch an.

Im Redaktionsraum begann Plucky leise zu singen. Sie hatte sich bereits so daran gewöhnt, dass sie seinen Gesang kaum noch hörte, wenn sie sich konzentrierte.

Sie räusperte sich. «Stimmt etwas nicht?»

Graham schüttelte langsam den Kopf, blieb aber stumm.

Verzweifelt überlegte Rebecca, was sie sagen konnte, um dieses Schweigen zu durchbrechen. So langsam entwickelte es nämlich eine eigene Persönlichkeit.

«Wir haben noch einige von diesen großen Metallkörben oben.» Sie wusste nicht, wofür sie früher verwendet worden waren, aber sie hatten Beine und waren dadurch fast einen Meter hoch. «Da wir nur von Montag bis Freitag eine Ausgabe herausbringen, könnten wir die Körbe vor dem Fenster aufstellen, einen für jeden Tag der Woche, und darin die unverkauften Ausgaben der letzten Woche zum halben Preis anbieten. Für den Fall, dass jemand vergessen hat, eine Zeitung zu kaufen, und sie noch haben will.»

«Mmm-hm.» Er musterte sie mit forschendem Blick. Schon wieder. Oder immer noch. «Dein Hirn hört nie auf zu arbeiten, oder?»

War das eine Beleidigung? Sie war sich nicht sicher. «Selten.»

«Das hatte ich mir schon gedacht.» Endlich wandte er den Blick ab, und sie war merkwürdigerweise enttäuscht. «Noch eine tolle Idee. Ich werde die Dinger morgen runterholen.» Er rieb sich das Kinn. Das kratzende Geräusch war deutlich zu hören, und erst da wurde ihr bewusst, wie still es mittlerweile im Büro geworden war. «Ich sollte jetzt die Schilder an den Verkaufsboxen anbringen.» Er deutete mit einem Nicken auf den Stapel auf seinem Schreibtisch.

Wieder einmal wünschte sie sich, sie würde ihn besser kennen, denn sie konnte nicht sagen, ob das ein Hinweis an sie war, endlich zu gehen, oder ob er sich einfach nur für diese Aufgabe aufraffen musste.

«Möchtest du mich loswerden?» Sie lächelte in der Hoffnung, mit Humor mehr über ihn zu erfahren.

Er musterte sie aus zusammengekniffenen Augen. «Wieso zur Hölle sollte ich das tun?»

Nun gut. «Hast du eine Klette unterm Sattel, Boss?»

Seine Augenbrauen schossen nach oben. «Du solltest ein Buch über Southernisms schreiben. Manchmal klingen sie wie eine vollkommen andere Sprache.»

Sie dehnte lachend ihren Nacken. «Dasselbe könnte man doch über jede Gegend in Amerika sagen. Ihr Leute aus Minnesota und Wisconsin habt auch euren ganz eigenen Dialekt. Nich waaahr?», neckte sie in ihrer besten *Fargo*-Imitation.

Seine Reaktion war hinreißend. Er warf den Kopf in den Nacken und lachte herzlich. Unerwartet, heiser und zehn Sekunden lang. Hitze schoss in ihren Unterleib, gefolgt von einem aufregenden Kribbeln. Das sollte er öfter tun.

«Touché.» Seine Erheiterung legte sich, und er seufzte. «Wie kommt es, dass du nach zehn Jahren dort nicht den schroffen Boston-Akzent übernommen hast? Wie oft warst du dort im Paahk?»

Sie schlug sich die Hand vor den Mund und kicherte fast hysterisch. Es stimmte. Bostoner ersetzten jedes «r» durch «ah» oder «aw». Seine Imitation war gar nicht schlecht. Rebecca hatte Ewigkeiten gebraucht, um sich daran zu gewöhnen.

Sie fächelte sich mit der Hand Luft zu, dann atmete sie tief durch. «Ich vermute, ich hatte einfach Glück.»

Er brummte zustimmend. «Aber mal ganz ehrlich, dein Akzent ist seltsam. Gedehnter Südstaatenslang, wenn du wütend bist, eher Nordstaaten, wenn du konzentriert bist, und den Rest der Zeit ist es eine Mischung aus beidem. Wenn du dich über etwas amüsierst, kommt der Singsang von Georgia durch.»

Interessante Beobachtung. Die meisten Leute hätten das nicht bemerkt. Das musste der Reporter in ihm sein.

«Gutes Gehör.» Sie verschränkte die Arme und lehnte sich wieder in ihrem Stuhl zurück. «Ich habe mich sehr bemüht, den Südstaatenakzent hinter mir zu lassen, besonders nach dem College. Mein direkter Vorgesetzter und meine Kollegen haben mich jedes Mal seltsam angeschaut, wenn ich etwas gesagt habe. Leider haben sie sich mehr auf meinen Dialekt konzentriert als auf meine Worte. Im ganzen Land gibt es das Vorurteil, dass Menschen mit Südstaatenakzent ignorant und ungebildet sind. Das treibt mich zur Weißglut. Als würden wir alle ständig nur Spanferkel hinter unseren heruntergekommenen Wohnwagen über einem offenen Feuer grillen, Banjo spielen, heimlich Schnaps brennen und auf einem Zahnstocher herumkauen.» Sie schüttelte den Kopf. «Einmal hat so eine hochmütige Zicke aus der Beauty-Redaktion mir den Kopf getätschelt und gesagt, ich solle auf meine Plantage zurückkehren, um mir das Haar zu toupieren.»

«Wow.» Er beugte sich vor und stützte die Ellbogen auf den Tisch. «Weilt sie noch unter den Lebenden?»

Kluger Mann. «Ja. Sie war die Redaktionsleiterin, und ich war ein Niemand. Es hätte nichts gebracht, mich an die Personalabteilung zu wenden. Auf jeden Fall vermute ich, dass das der Grund für meinen seltsamen Akzentmix ist.»

Graham nickte langsam, dann musterte er sie erneut. «Wir Yankees sind nicht alle so herablassend.» Er lächelte so bedächtig, dass sie an die Grinsekatze denken musste. «Ich habe eine Schwäche für deinen wütenden Südstaatentonfall.»

Flirtete er etwa mit ihr? Es wirkte zumindest so. «Willst du damit sagen, dass du es magst, wenn ich so wütend auf dich bin wie eine nasse Henne?»

Seine Nasenflügel blähten sich, als er scharf einatmete. «Ich muss die Aussage verweigern.» Er erhob sich schnell, als wollte er aus der Situation fliehen. «Und nur fürs Protokoll: Du bist kein Niemand. Was hältst du von mexikanisch?»

Bei seinem rasanten Themawechsel bekam sie ein Schleudertrauma. «Keine Ahnung, mit den Dialekten im Spanischen kenne ich mich nicht aus.»

«Klugscheißerin.» Er nahm die laminierten Schilder in die Hand.

«Ich möchte dir ein Abendessen spendieren. Wie drückt man in den Südstaaten aus, dass jemand sich den Hintern aufgerissen und gearbeitet hat wie eine Irre?»

Sie stand ebenfalls auf, dann zählte sie an den Fingern ab: «Man rennt quer durch die Hölle. Man ist geschäftig wie eine einbeinige Katze in einem Sandkasten. Man rotiert wie eine Motte in einem Handschuh.»

Er hob lachend die Hände. «Klar, genau das. Ich würde dir gerne danken. Abendessen?»

«Ja zum Abendessen. Ich weiß den Dank zu schätzen, aber eine Belohnung ist nicht nötig. Das ist mein Job, und wir haben alle hart gearbeitet.»

Das kleine Mädchen, das immer noch in Rebecca lebte, genoss das Lob, da sie so was im Lauf ihrer Karriere selten gehört hatte, aber ihr professionelles Ich hielt die Aufmerksamkeit für unnötig. Trotzdem freute sie sich, dass er ihren Einsatz bemerkt hatte.

Er ging zur Tür, dann wartete er, bis sie das Büro verlassen hatte, bevor er das Licht ausschaltete. «Ich muss nur erst die Schilder anbringen.»

«Ich werde dir helfen.» Auf dem Gehweg drehte sie sich zu ihm um, als er die Bürotür abschloss. «Was ist mit deinem Hund? Musst du nicht nach Hause?»

«Forest kümmert sich heute um ihn, weil klar war, dass wir lange arbeiten würden.»

Sie nickte, dann machten sie sich nebeneinander auf dem gepflasterten Bürgersteig auf den Weg. «Du solltest Twain mit zur Arbeit bringen.»

«Denkst du?» Er stoppte vor der ersten Verkaufsbox. «Wirkt das nicht unprofessionell?»

«Absolut nicht.» Sie hielt das Schild fest, während er es mit Klebeband befestigte. «Vielleicht, wenn du in einer Bank oder am Gericht arbeiten würdest, aber nicht in der *Gazette*. Außerdem ist

Twain freundlich und sanftmütig. Er könnte zu einem weiteren inoffiziellen Maskottchen werden, wie Plucky.»

Während sie zum nächsten Zeitungskasten weitergingen, rollte sie den Kopf leicht hin und her, um ihren Nacken zu lockern. Die Schmerzen wurden schlimmer, und die Erschöpfung zwang sie allmählich in die Knie, da die Aufregung des Tages nachließ.

«Ja, okay. Ich werde Twain ein paarmal mitbringen und mir anschauen, wie es läuft. Wahrscheinlich fände er es wunderbar, immer dabei zu sein.»

Es waren nur noch wenige Leute unterwegs, denn die meisten Läden hatten für den Abend geschlossen. Abgesehen natürlich von den Bars und Restaurants. Vallantine klappte bei Einbruch der Dunkelheit die Bürgersteige hoch, und sie würde sich erst wieder daran gewöhnen müssen. Boston hingegen schien niemals zu schlafen.

Eine kühle Brise, geschwängert mit dem Geruch des Flusses und dem Duft des Frühlings, wehte ihnen entgegen. Die Kirschbäume, die den Gehweg flankierten, blühten in voller Pracht, sodass ein Teppich aus rosafarbenen Blütenblättern die Pflastersteine bedeckte. Altmodische Laternen aus Gusseisen spendeten gelbliches Licht, während purpurfarbene und weiße Stiefmütterchen in Blumentöpfen mit den Köpfen wippten. Die Sterne funkelten am Himmel, zu viele, um sie zu zählen.

Sie hatte das alles vermisst. Mehr, als ihr bewusst gewesen war. Sie hatte es vermisst, so viele Sterne sehen zu können und am Frühlingsanfang durch die Straßen zu schlendern, ohne dabei fünf Schichten Kleidung tragen oder ständig über die Schulter schauen zu müssen, um sicherzustellen, dass ihr niemand folgte. Selbst die farbenfrohen Markisen, die Gebäude der Jahrhundertwende und die Schaufensterdekorationen hatte sie vermisst – ganz zu schweigen von den bekannten Gesichtern, die ihr zuwinkten.

Abgelenkt warf sie einen Blick zu Graham und stellte fest, dass er sie anstarrte. Schon wieder. Er stoppte neben dem nächsten Zeitungskasten, ohne den Blick von ihr abzuwenden. Ein leises Lächeln zauberte Fältchen in seine Augenwinkel, auch wenn seine Lippen noch nicht so weit waren.

«Tut mir leid.» Sie zuckte mit den Achseln. «Ich war in Erinnerungen versunken.»

«Daran ist nichts Falsches. Weißt du eigentlich, dass du die Nase rümpfst, wenn du verlegen bist?»

Mist. Tat sie das wirklich? Das hatte ihr noch nie jemand gesagt. Sie hob die Hand, um den verräterischen Körperteil zu verbergen, aber er umfasste sanft ihr Handgelenk und zog ihren Arm nach unten.

«Mach das nicht. Es ist süß. Außerdem muss ich in Bezug auf dich jeden Vorteil nutzen, der sich mir bietet.»

Er hatte die Stimme gesenkt, sodass sie verführerisch tief klang, und war näher getreten, daher berührten sich ihre Fußspitzen nun fast. Und er hielt noch immer ihr Handgelenk fest. Seine Hände waren warm, leicht schwielig, und er blickte sie nachdenklich aus diesen verflixt grünen Augen an. Im dämmrigen Licht erinnerten sie an Moos. Und bei Gott, sein Duft war so verlockend.

Einer von ihnen musste etwas sagen, also sprach sie das Erste aus, was ihr in den Kopf kam. Total dämlich. Das hatte sie seit Kindertagen nicht mehr getan. Außerdem hatte sie keinen blassen Schimmer, was sie gerade von sich gegeben hatte, weil sie zu sehr davon abgelenkt gewesen war, seine Lippen anzustarren.

«Er war ein Streuner.»

Wie bitte? Blinzelnd sah sie ihm in die Augen. Aber seine Antwort ergab immer noch keinen Sinn. Wahrscheinlich, weil sie einfach nicht wusste, was sie selbst gesagt hatte.

«Du hast gefragt, wo ich Twain herhabe.» Sein Mundwinkel hob sich zu einem halben Lächeln, als wüsste er, dass ihre Gedanken kurzzeitig auf Abwege geraten waren. «In einer der ersten Nächte in meinem neuen Haus habe ich ihn dabei erwischt, wie er die Mülltonnen durchsucht hat. Ich hatte in meiner Kindheit einen Hund, aber nicht mehr, seitdem ich allein gelebt habe. Keine Ahnung, wieso ich ihn behalten habe. Es hat einfach gepasst mit uns, vermute ich. Ich liebe diesen Chaoten.»

Oooh. «Ihr wart füreinander bestimmt.»

Mit einem Brummen drehte Graham sich um und ging weiter. «Sag bitte nicht, dass du einer von den Menschen bist, die an das Schicksal und Vorhersehung glauben.»

Während sie mit ihm Schritt hielt, dachte sie kurz darüber nach. «Da bin ich mir nicht sicher. Vielleicht. Manchmal gibt es Situationen, in denen ich mich frage, ob nicht wirklich eine höhere Kraft am Werk ist oder der Einfluss der Planeten eine Rolle spielt.»

Mit einem leisen Lachen ging er vor der nächsten Verkaufsbox in die Hocke. «Oder alles ist einfach nur Zufall, weil die Entscheidungen, die wir treffen, uns in die eine oder andere Richtung lenken.»

«Stimmt.» Also war er nicht spirituell veranlagt, sondern dachte eher in Schwarz-Weiß. Sie fragte sich, wie viele Schattierungen von Grau er in der Lage war zu sehen. «Manche Dinge kann man nicht erklären.»

Er grinste, dann schüttelte er den Kopf, als sie weitergingen. «Aber die meisten schon.»

Sie näherten sich der Ecke des Marktplatzes, wo der berühmte Pfirsichbaum der Stadt stand. Ihr kam eine Idee.

«Wie erklärst du dann das?»

Seine dunklen Brauen schossen nach oben. «Den Baum?»

Sie lächelte, den Blick auf ihr aktuelles Gesprächsthema gerichtet. Um den Stamm war ein schwarzer Zaun errichtet, mit einem gepflasterten Weg davor. In dem kleinen Park standen Laternen und Bänke um den Baum herum verteilt, den der Stadtgründer William Vallantine für seine Ehefrau Katherine gepflanzt hatte. Daher sein Name: Miss Katie. Er zeigte die typischen Charakteristika eines

«Belle of Georgia»-Pfirsichbaums, mit der runden Krone, den nach oben gestreckten Ästen und dunkelgrünen Blättern, die er im Winter abwarf. Momentan, wie jeden Frühling, leuchteten dunkelrote Blüten in dem frischen Blattwerk. Sehr hübsch.

Aber damit endete die Ähnlichkeit mit einem normalen Pfirsichbaum. Miss Katie war ein Wunder.

Mit schräg gelegtem Kopf musterte Rebecca Graham. «Der Baum wurde 1875 gepflanzt. Damit ist er fast hundertfünfzig Jahre alt.»

«Okay …» Er kniff offensichtlich unbeeindruckt die Augen zusammen. «Und?»

«*Und* ‹Belle of Georgia›-Pfirsichbäume haben gewöhnlich eine Lebensdauer von fünfzehn bis zwanzig Jahren.»

Er verschränkte die Arme vor der Brust, einige laminierte Schilder immer noch in der Hand, dann stellte er sich breitbeinig hin, als rechnete er mit einem Rededuell. «Er ist einfach stark.» Ein Achselzucken.

«Gewöhnlich werden diese Bäume nicht höher als fünf bis sieben Meter, mit einer Spannweite von sechs Metern. Aber selbst diese Größe erreichen sie selten.»

Sie bemerkte eine leichte Veränderung in seiner Miene, als hätte sie ihn gerade wirklich überrascht, dann richtete er seine Aufmerksamkeit wieder auf Miss Katie. «Dieser Baum ist wahrscheinlich … zehn Meter hoch und die Krone vielleicht sieben Meter breit? Anscheinend ist das hier ein wirklich guter Standort.»

Sturer Mann. «Der Hurrikan von 1898, der William und Katherine getötet und ihr Herrenhaus dem Erdboden gleichgemacht hat, hat diesen Baum und die Bibliothek verschont. Beide haben seitdem unzähligen Tropenstürmen und Hurrikans standgehalten.»

Er nickte. «Das Wetter ist immer unberechenbar, und das gilt besonders für Stürme und die Schäden, die sie anrichten. Das sind sehr spezielle Phänomene.» Ein Seufzen. «Ich muss zugeben, dass das eine Menge Zufälle sind, aber die Stadt hat sich offensichtlich sehr gut um den Baum gekümmert. Sie haben dem verdammten Ding quasi einen Schrein errichtet.»

«Das haben wir in der Tat. Geschichte ist wichtig, auch wenn sie mit Legenden ausgeschmückt wird. Der Gartenclub düngt Miss Katie jedes Frühjahr. Tatsächlich sind alle Läden um sie herum entstanden.» Sie sah den Baum an, bewunderte Miss Katies prachtvolle Blüten und die Stärke ihrer Äste. «Es heißt, sie erfüllt Wünsche, weißt du?»

Kopfschüttelnd stieß er ein Lachen aus. «Erzähl mir nicht, dass du daran glaubst.»

«Früher einmal, vielleicht.» Wehmütig erinnerte sie sich daran, wie sie als kleines Mädchen mit jeder Sorge zu Miss Katie gelaufen war. Sie hatte sich gewünscht, ihre Eltern wären noch am Leben, ein gewisser Junge würde sie mögen, dass ihr College sie annahm und sie in ihrem Beruf Karriere machte. Nichts davon war geschehen. «Man weiß nie.» Vielleicht hatte sie einfach nicht die richtigen Wünsche geäußert.

Oder vielleicht hatte sie es einfach nicht verdient gehabt, dass ihre Wünsche erfüllt wurden.

«Okay.» Graham wandte sich ab, um weiterzugehen. «Ich werde dir entgegenkommen und zugeben, dass man es nie genau wissen kann.» Ein schelmisches Grinsen ließ seine Augen leuchten. «Bist du auch abergläubisch? Sieben Jahre Pech, wenn man einen Spiegel zerbricht und so etwas?»

«Nicht besonders.» Sie dachte einen Moment darüber nach, um eine ehrliche Antwort geben zu können. «In meinen Augen stellt sich da die Frage nach der Henne und dem Ei, findest du nicht auch? Gibt es Aberglauben, weil solche Dinge wirklich passieren, oder interpretieren genügend Leute die Dinge falsch, sodass solche Schlussfolgerungen entstehen?»

Er nickte kurz, als wäre er beeindruckt von ihrer Antwort. «Guter Punkt.»

Sie klebten ein Schild an die Verkaufsbox vor der Bibliothek, und er hielt kurz inne, um das Gebäude zu betrachten. Rebecca bemühte sich, es mit den Augen eines Fremden zu sehen.

Es war kein großes Gebäude, verglichen mit der üblichen Kolonialarchitektur. Dafür war es mit Liebe errichtet worden, mit dem Ziel, eine Privatbibliothek zu beherbergen. Aber die Bibliothek brauchte viel Unterstützung. Oder vielleicht brauchte sie einfach wieder jemanden, der sie liebte. Rebecca hatte immer den Eindruck gehabt, dass Mr Brown eine Art Hassliebe für die Bibliothek empfand. Er hatte nicht viel Hilfe und auch keine Gelder vonseiten der Stadt erhalten, um sie offen zu halten. Sie fragte sich, ob sein Vater und sein Großvater vor ihm ähnlich empfunden hatten – all die Vallantine-Erben. Vielleicht hatte die Bibliothek diese Ablehnung gespürt. Und ebenfalls kapituliert.

«Glaubst du, Gebäude haben eine Seele?» Sie konnte Grahams Blick auf ihrem Profil spüren, aber sie hielt die Augen nach vorne gerichtet. Die Bibliothek erinnerte in gewisser Weise an alte Gerichtsgebäude aus der Kolonialzeit. Ein Spitzdach. Griechische Stützsäulen. Rechteckiger Grundriss. Sie stand frei, erhob sich vor einem dunkelblauen Himmel, an dem die Sterne funkelten, mit Bäumen dahinter und umgeben von weiten Grasflächen. Irgendwie wirkte sie einsam. «Es könnte doch sein, dass sie die Energie um sich herum aufnehmen oder die Energie der Menschen, die einst dort gelebt haben?»

«Hmmm», brummte er nachdenklich. «Ehrlich? Nein. Gebäude sind einfach nur ein Gerüst. Holzpfeiler und Glas und Mauern. Ich glaube, dass sie über die Jahre eine eigene Persönlichkeit entwickeln, im weitesten Sinn des Begriffs – ausgehend von ihrem Architekturstil und dem, was die Bewohner damit angestellt haben. Aber besitzen Gebäude Gefühle? Nein.»

Sie lächelte. «Also glaubst du nicht an Geister?»

«Ha.» Er wechselte die Straßenseite, um sich um die andere

Hälfte der Verkaufskästen zu kümmern, und sie folgte ihm. «Nein, ich glaube nicht an Geister. Auch nicht an Tarotkarten und andere Pseudowissenschaften.»

«Viele Berichte bestätigen es aber. Wer weiß schon, was mit uns geschieht, wenn wir sterben?»

«In diesem Punkt stimme ich dir zu. Aber meiner Meinung nach entspringen Geister einer Art Massenhysterie und beruhen auf Angst oder Entsetzen. Der momentane Erfolg von paranormalen Sendungen bestärkt das nur noch.»

Alles klar, der Mann dachte wirklich in Schwarz-Weiß.

Rebecca genoss dieses Gespräch sehr, die Tiefe und Aufrichtigkeit ihres Austauschs. «Berichte über Spukerscheinungen und Übersinnliches sind älter als das Fernsehen oder Filme.»

«Mythen waren dazu gedacht, etwas zu beweisen, eine Geschichte zu erzählen oder Kinder genug zu verängstigen, dass sie gehorchten.»

Interessante Sichtweise. «Im Grunde meinst du damit nur, dass du noch nie eine paranormale Erfahrung gemacht hast.»

Er senkte das Kinn und schüttelte den Kopf. «Du schon?»

«Nein.» Sie zwinkerte ihm zu. «Ich bin noch jung.»

«Ich höre da ein unausgesprochenes *Aber.*» Er deutete auf sie, als hätte sie gerade sein Argument bestätigt. «Das bedeutet, du bist beeinflussbar. Nimm zum Beispiel deine Bibliothek. Du hast als Kind und Jugendliche viel Zeit dort verbracht, bist dem angeblichen Geist von Katherine Vallantine aber nie begegnet. Man sollte meinen, wenn es sie wirklich gibt, wäre sie dir inzwischen erschienen.»

Vielleicht. Vielleicht auch nicht. «Sie hilft allen, die auf der Suche nach Erkenntnis in die Bibliothek kommen. Ich vermute, ich habe einfach nie die richtigen Fragen gestellt.»

Er seufzte, aber sie hörte leise Erheiterung heraus. «Wir werden uns darauf einigen müssen, dass wir uns in diesem Punkt nicht einigen können.»

Ihr kam der Gedanke, dass die Welt ein besserer Ort wäre, wenn mehr Leute genau dazu fähig wären: Glauben als Privatsache ansehen, ein ruhiger Meinungsaustausch, der anderen Seite zuhören und anerkennen, dass andere Leute anderer Meinung waren. Keine Beleidigungen, keine Beschimpfungen. Einfach nur verschiedene Sichtweisen.

Sie überquerten die Straße erneut, um zur *Gazette* zurückzukehren. Ein Blick auf die Uhr verriet ihr, dass eine ganze Stunde verflogen war, während sie alle Schilder aufgehängt hatten. Dabei erschien es ihr, als wären sie gerade erst aufgebrochen.

Und sie hatten noch gar nicht zu Abend gegessen.

8

Graham wartete, bis die Frau, die sie zu ihrem Tisch geführt hatte, gegangen war, bevor er sich umsah. *Guac On* lag fast direkt gegenüber der *Gazette*. Die Räumlichkeiten waren nicht besonders groß, aber das Restaurant hatte den vorhandenen Platz bestmöglich ausgenutzt. An der Bar links von der Tür gab es nur acht Plätze, in der Mitte standen hohe Stehtische, und rechts gab es Sitznischen. Dunkler Parkettboden. Gelbe Wände mit Bildern von Leguanen darauf.

«Ich habe das Restaurant noch nie so leer gesehen.» Es waren nur ein paar andere Gäste anwesend. Er rieb sich das Kinn. «Ich hole mir hier ein paarmal die Woche etwas zum Mitnehmen.»

«Der Andrang zum Abendessen ist vorbei.» Sie sah auf die Uhr. «Es ist fast acht. In einer Stunde schließen sie. Außerdem ist es ein Wochentag. Zur Mittagszeit und zum Abendessen ist es hier extrem voll.»

Ja, das konnte er bestätigen. Mittlerweile bestellte er sein Essen telefonisch vor.

Maria, eine der Besitzerinnen, die oft Grahams Bestellungen aufnahm, kam mit Block und Stift in den Händen zu ihnen, ihr grau meliertes Haar zu einem lockeren Dutt gebunden. «Rebecca Moore. Seit wann bist du wieder in Vallantine?» Ihr Grinsen zeigte, dass die Frage freundlich gemeint war.

Rebecca wirkte ebenfalls erfreut über die Begegnung. «Erst seit Kurzem. Ich bin so froh, dass Sie und Juan das Restaurant immer noch führen. Wie geht es Veronica? Ich habe sie seit Ewigkeiten nicht gesehen.»

«Oh.» Maria wedelte mit der Hand. «Sie ist im Moment sehr beschäftigt. Sie wohnt jetzt in Charlotte mit ihrem Ehemann. Und ein *niño* ist auch unterwegs. Wir sind sehr aufgeregt.»

«Das glaube ich Ihnen. Richten Sie ihr liebe Grüße aus.»

«Werde ich machen.» Maria musterte Graham. «Nett, dass du heute zum Abendessen Gesellschaft hast.» Ein Zwinkern. «Ihr gebt ein schönes Paar ab.»

Rebecca lachte. «Es ist ein Arbeitsessen, Miss Maria.»

«Mm-hmm. Was möchtet ihr Turteltäubchen denn trinken?»

Rebecca rieb sich die Stirn, dann lachte und seufzte sie gleichzeitig. «Einen Erdbeer-Daiquiri, bitte.»

«Ich nehme eine Margarita on the Rocks.»

Sobald Maria verschwunden war, studierte Rebecca die Karte. «Sie hatten früher wirklich tolle Enchiladas. Ich war mit Marias Tochter in der Schule. Wir standen uns nicht nahe, aber sie war cool.»

«Ich hole mir oft die Enchiladas.» Graham schob die Karte zur Seite, weil er bereits wusste, was er bestellen wollte. Dann versuchte er, sich eine jüngere Version von Rebecca vorzustellen. «Ich vermute, du warst in der Highschool eines der coolen Mädchen.»

Sie warf ihm über die Karte hinweg einen Blick zu. «Wir hatten nicht viele Cliquen oder Beliebtheitshierarchien. Kleiner Jahrgang.»

Das bezweifelte er. Also die Sache mit der Beliebtheit, nicht die Größe ihres Jahrgangs, aber er hakte nicht nach. «Keine Ahnung, wie es dir geht, aber ich könnte gerade meine rechte Hand essen.» Sie hatten das Mittagessen ausgelassen.

«Und ich mein linkes Bein.»

Sie hatte immer eine schlagfertige Antwort auf Lager, die ihn entweder amüsierte oder total durcheinanderbrachte. «Nur dein linkes?»

«Für den Moment.» Sie legte die Karte auf den Tisch und lehnte sich vor. «Weißt du, was wir tun sollten? Einen wöchentlichen Pro- und-Kontra-Artikel schreiben. Über verschiedenste Themen. Unsere

Diskussion vorhin über Geister und Gebäude hat mich auf den Gedanken gebracht.»

Er fragte sich, ob sie je aufhörte zu denken. Obwohl ihre Unterhaltungen bewiesen, wie unterschiedlich sie waren, fand er ihren Verstand faszinierend. Sie reagierte auf seine gegenteiligen Meinungen immer respektvoll und zeigte diesen Respekt auch in ihren Antworten. «Du bist Schlafwandlerin, richtig? Ich wette, du redest auch im Schlaf.»

Sie richtete sich auf. «Rede ich zu viel?»

«Das wollte ich nicht mal andeuten.» Sie hätten sich über die Farbe Blau streiten können, und er hätte ihr gerne zugehört. Sie würde wahrscheinlich zehn Argumente anführen, die er noch nie gehört hatte, um ihre Ansicht zu untermauern. Er hätte nur ein Argument … und das würde sich auf ihre Augen beziehen.

«Nun, ich schlafwandele nicht, und soweit ich weiß, rede ich auch nicht im Schlaf.» Sie trommelte geistesabwesend mit den Fingern auf den Tisch. «Allerdings habe ich seit einer heißen Minute nicht mehr mit jemandem im selben Raum geschlafen, also kann ich das nicht verifizieren.»

Wie lange genau war eine «heiße Minute»?

Maria kehrte mit ihren Getränken zurück, dann nahm sie ihre Bestellung auf. Rebecca wählte einen Steak-Fajita-Salat und er die Tacoplatte mit Reis. Jetzt, wo er sich nicht mehr auf die Arbeit konzentrieren musste, knurrte sein Magen.

Er brauchte eine Ablenkung, aber sie kam ihm mit einer Frage zuvor.

«Bist du in Minnesota aufgewachsen? Wohnt deine Familie noch dort?»

«Ja und ja. Meine Eltern leben in einem Vorort von Minneapolis. Dads Eltern sind verstorben, aber Moms leben ganz in der Nähe. Ich habe ein paar Tanten und Onkel auf beiden Seiten und mehrere Cousins und Cousinen.»

Sie lächelte. «Eine große Familie. Ich wette, Feiertage waren immer lustig.»

«O ja.» Und laut. Wieder wurde ihm bewusst, dass sie keinerlei Familie mehr besaß. Er konnte sich ein Leben ohne seine Verwandtschaft kaum vorstellen, selbst wenn er sie nicht oft besuchte. «Ist es dir schwergefallen, fürs College und die Arbeit so weit von deiner Großmutter wegzuziehen?»

«Zuerst schon.» Sie setzte diese bezaubernde nachdenkliche Miene auf, die er schon ein paarmal bei ihr beobachtet hatte. «Ich hatte immer Aufgaben im Haushalt, und sie hat mir das Kochen beigebracht, also war ich durchaus fähig, auf eigenen Beinen zu stehen, aber es war trotzdem schwierig zu wissen, dass sie plötzlich nicht mehr im nächsten Raum war. Ich bin so oft nach Hause gekommen, wie ich konnte, und wir haben fast täglich telefoniert.» Sie senkte mit kummervoller Miene den Blick. «Seitdem sie gestorben ist, habe ich unzählige Male den Mund geöffnet, um nach ihr zu rufen, ihr eine Frage zu stellen oder ihr von meinem Tag zu erzählen … und dann ist mir wieder eingefallen, dass sie nicht mehr da ist.»

Sie schüttelte geistesabwesend den Kopf, doch der Schmerz in ihren babyblauen Augen blieb.

«Es tut mir leid.» Und das stimmte. Es tat ihm von Herzen leid. Solche allgemeinen Beileidsbekundungen halfen den Trauernden nur selten, aber etwas Besseres fiel ihm einfach nicht ein. Er konnte ihre Situation nur vage nachvollziehen, da er noch nie jemanden verloren hatte, den er so sehr liebte. Aber er konnte sich vorstellen, wie hart es ihn treffen würde, seine Eltern zu verlieren. Allerdings hätte er selbst dann noch weitere Verwandte, um gemeinsam mit ihnen zu trauern.

Vielleicht kamen er und Rebecca sich langsam näher, oder es war durch die intensive Zusammenarbeit eine Bindung zwischen ihnen entstanden. Er hatte jedenfalls keine andere Erklärung für den Kloß in seiner Kehle oder diesen absurden Impuls, sie in den Arm zu nehmen.

Sie räusperte sich leicht und lächelte höflich. «Wie sind deine Eltern so?»

«Ziemlich fantastisch, ehrlich gesagt.» Dankbar für den Themenwechsel nippte er an seiner Margarita. Verdammt, die war gut. Genau die richtige Mischung aus Tequila und Limette. Die meisten Bars verbockten das Verhältnis. «Mom ist Anwältin für Immobilienrecht, und Dad macht sozusagen ein bisschen von allem. Er ist in meiner Kindheit zu Hause geblieben, um sich um mich zu kümmern, hat hier und dort die unterschiedlichsten Jobs angenommen.»

«Ein Alleskönner.»

«Ja.» Glücklicherweise war das Strahlen in ihre Augen zurückgekehrt, und er freute sich darüber. «Wenn irgendwas kaputt ist, kann er es wahrscheinlich in Ordnung bringen. Oder neu installieren.»

Sie lächelte, während sie einen Schluck von ihrem Daiquiri nahm. «Ungewöhnlich für unsere Elterngeneration, dass sie die Rollen entgegen der Stereotype verteilt haben. Ich finde das toll.»

«Als Kind habe ich nie darüber nachgedacht, aber ja. Mom hat gearbeitet, Dad ist zu Hause geblieben, und ich fand das vollkommen normal. Er hat gekocht, mir bei den Hausaufgaben geholfen, im Garten mit mir Ball gespielt und meine Pausenbrote geschmiert. Aber beide haben mich immer unterstützt.»

«Das ist wunderbar.»

Das war es, und niemals wieder würde er das für selbstverständlich nehmen. Er konnte sich nicht im Entferntesten vorstellen, wie es für sie gewesen sein musste, schon als Kind ihre Eltern zu verlieren.

«Ich wette, sie sind sehr stolz auf dich.»

Das waren sie tatsächlich, auch wenn er dasselbe von sich selbst nicht behaupten konnte. «Ich glaube schon.»

Maria brachte ihr Essen, und sie stürzten sich sofort darauf.

Sie aßen eine Weile stumm, aber es war ein angenehmes Schweigen. Viele Leute verspürten den Drang, Stille mit Small Talk zu füllen. Nicht so Rebecca. Sie schien die Ruhe zu genießen, wenn sie sich ergab, statt sie unangenehm zu finden. Und wenn sie sich unterhielten – auch wenn es nicht um die *Gazette* ging –, dann führten sie interessante Gespräche oder Diskussionen.

Sie stach ihre Gabel in den Salat, bevor sie damit auf ihn zeigte. «Was hat dich dazu gebracht, nach Vallantine zu ziehen, wenn deine Familie im Norden lebt? Ich weiß, dass du seit dem College mit Forest befreundet bist, aber trotzdem.»

Musste das sein? Fast wäre ihm der Appetit vergangen. Aber sie meinte es ja nicht böse. Sicher, er kannte sie noch nicht gut, aber es war eine naheliegende Frage.

Er zwang sich, den letzten Bissen runterzuschlucken, dann wischte er sich mit der Serviette den Mund ab. «Lange Geschichte.»

Ihre Brauen schossen nach oben, aber sie sagte nichts.

Er starrte stumm und nachdenklich auf seinen Teller. Wenn sie eine intensivere Google-Suche startete, würde sie es sowieso herausfinden. Er hatte einfach noch nicht mit vielen Leuten darüber gesprochen. Seiner Familie hatte er die Kurzversion erzählt, Forest die etwas längere Version. Beim Einstellungsgespräch mit Gunner Davis hatte er nur das absolut Notwendigste preisgegeben. Er trank noch einen Schluck Margarita, um Zeit zu schinden.

«Du musst es mir nicht erzählen.»

«Ist schon okay.» Er hob eine Hand. «Ist nicht unbedingt mein stolzester Moment.» Tatsächlich hatten die Geschehnisse ihn seine Karriere gekostet. Aber wo sollte er anfangen? Sie würde es besser nachvollziehen können, wenn er ihr mehr Hintergrundwissen lieferte. «Schon seit meiner Kindheit wollte ich Journalist werden. Ich habe mit Mom die Nachrichten geschaut und mir gedacht: Genau das will ich tun, wenn ich groß bin. Ich wollte die unterschiedlichsten Menschen treffen, reisen und über interessante Themen schreiben. Aber in den Nachrichten wurden selten persönliche Geschichten erzählt, und wenn doch, dann wurden sie nur kurz angerissen und standen im Zusammenhang mit irgendwelchen Katastrophen. Erdbeben, Tornados, Feuer, Krieg. Mich hingegen interessierten dabei vor allem die Menschen, die davon betroffen waren.»

Sie lächelte, und ihre Miene verriet ihm, dass sie ihn verstand, noch bevor sie etwas dazu sagte. «Wenn du also Edgar Allan Poe interviewen würdest, würdest du ihn weniger zu seinem schriftstellerischen Werk befragen, sondern dich eher nach seinen Militärerfahrungen und seinem Liebesleben erkundigen, um zu verstehen, warum er einen so makabren Charakter entwickelt hat.»

«Ja! Genau.» Sie verstand es wirklich.

«Klingt, als interessiertest du dich brennend für Lebensgeschichten.»

«Das stimmt.» Sie hatte absolut recht. «Auf jeden Fall habe ich von meinen Professoren im College das Handwerkszeug gelernt und anschließend meine Nische gesucht, indem ich mich immer bemüht habe, wirklich zum Kern eines Themas vorzudringen. Danach hat eine Zeitung mich als Kolumnist engagiert. Unglücklicherweise habe ich aufgrund meiner Fähigkeiten hauptsächlich politische Kommentare geschrieben. Nicht wirklich, was ich wollte … aber ich konnte trotzdem Geheimnisse aufdecken und fand immer einen besonderen Blickwinkel, den die meisten nicht gesehen haben. Ich habe mich immer bemüht, in Interviews Themen anzusprechen, die die Allgemeinheit betrafen, und außergewöhnliche Fragen zu stellen, die andere Reporter vergaßen.»

Sie nickte aufmunternd, vollkommen auf ihn konzentriert. Ihr Essen war vergessen.

«Mit der Zeit hatte ich mir einen wirklich guten Ruf erarbeitet. Politiker und ihre Mitarbeiter nahmen meine Anrufe an und redeten mit mir, bis hin zum Stadtrat. Ich hatte einige Informanten gewonnen und Hintertüren gefunden, durch die ich exklusive Informationen erhielt.» Sein Magen verkrampfte sich selbst jetzt noch, wenn er daran dachte, wie tief er gefallen war.

«Im Hinterland gab es ein kleines County und einen Bürgermeister, von dem einige behaupteten, der Generalstaatsanwalt würde ihn zu seinem Nachfolger aufbauen. Staatsanwälte werden gewählt, aber es ist möglich, dass jemand ohne Konkurrenz antritt oder auf Empfehlung gewählt wird. Zeitgleich standen auch bei ein paar anderen einflussreichen Positionen Neuwahlen an, zusätzlich zu vielen untergeordneten Posten. Es war eine sehr angespannte politische Situation, und es wurde nonstop darüber berichtet. Spekulationen. Beschuldigungen auf allen Seiten. Ich hatte über einen Zeitraum von sechs Monaten immer wieder darüber berichtet.»

Er rieb sich das Kinn, weil er nicht genau wusste, wie er das Ganze verständlich erklären sollte. «Aber irgendetwas an der Situation in diesem County stimmte nicht. Das habe ich einfach gespürt. Wegen anderer Ereignisse zur gleichen Zeit war diese Story in den Augen der Kollegen jedoch uninteressant. Ich habe mit meiner Chefredakteurin darüber gesprochen, und sie hat mir grünes Licht gegeben.»

Er stieß den Atem aus und lehnte sich zurück. «Dieser Bürgermeister kam aus einer Vom-Tellerwäscher-zum-Millionär-Familie. Es gab quasi keine Informationen darüber, wie sie ihr Geld gemacht hatte, aber ein paar Gerüchte über zwielichtige Geschäfte. Es war schwer zu verstehen, wieso der Generalbundesanwalt sich ausgerechnet für diesen Kerl interessieren sollte.» Er zuckte mit den Achseln. «Ich habe das Büro des Bürgermeisters kontaktiert, mir in den nächsten Wochen ihr Vertrauen erarbeitet und eine Reihe von Interviews geführt. Der Bürgermeister dachte, das könnte seine Karriere vorantreiben, also hat er zugestimmt. In der Zwischenzeit hat mein Informant mir Infos geliefert, um die Sache aufzudecken. Ich habe diese Infos dreimal wöchentlich in meine Artikel einfließen lassen. Zum Beispiel wurde eine Anklage mit einundzwanzig wegen Trunkenheit am Steuer unter den Teppich gekehrt. Der Unfallgegner war im Rollstuhl gelandet.»

«Blut weckt immer Interesse.»

«Richtig. Genau deswegen habe ich diese Geschichte als Erstes gewählt, um sein Netz von Lügen aufzudröseln.» Graham starrte seinen halb vollen Teller an, erfüllt von Selbsthass. «Danach folgte alles Weitere, was der Informant mir erzählt hatte. Eine außereheliche Affäre, in der er seine Geliebte zur Abtreibung gezwungen hatte. Rassistische Fehltritte. Insgesamt fünf Artikel. Es gab einen öffentlichen Aufschrei, und meine Artikel fanden landesweite Beachtung.»

Sie brummte und warf ihm einen mitfühlenden Blick zu. «In der heutigen Zeit ist die Gesellschaft schon so gespalten, dass derlei Vorfälle der Öffentlichkeit fast egal sind.»

Wie wahr. «Auf jeden Fall war dieser Kerl total dubios.» Er schüttelte den Kopf. «Mein Insider hatte sich als zuverlässige Quelle etabliert. Ich habe seine Infos immer überprüft, und es war alles korrekt.»

Graham schwieg kurz, weil ihm übel war. «Ich war so ein Idiot. Ein paar Tage lang herrschte Funkstille. An einem Abend packte ich gerade meinen Koffer, weil ich nach Hause fahren wollte, da scheinbar nichts mehr passieren würde – da rief der Informant an. Er hat mir erklärt, unser Kerl habe sein Geld mit Drogenhandel verdient und dies mit einigen legalen Geschäften als Fassade verschleiert. Ich hatte mir die Finanzen des Bürgermeisters bereits angesehen, und irgendetwas stimmte da nicht, aber ich konnte nie genau herausfinden, wo das Problem lag. Ich bin mit den Details zu meiner Chefredakteurin gegangen, und sie hat gesagt, ich solle die Story machen.»

«Oh, nein», hauchte Rebecca mit weit aufgerissenen Augen. «Die Infos der Quelle waren falsch?»

«Der Informant verfolgte seine eigenen Ziele und hat mich benutzt. Ich habe den Artikel geschrieben.»

Sie presste sich eine zitternde Hand auf den Mund. «Oh, nein.»

Er leerte den Rest seiner Margarita in einem Zug und wünschte sich, es wäre Whiskey. «Er hatte sich mein Vertrauen erworben und mir Fakten geliefert. Aber dann waren es plötzlich keine Fakten mehr.» Graham rieb sich die Augen. «Alle waren daran beteiligt: der Informant, der Bürgermeister … und ich vermute, auch der Generalstaatsanwalt.»

Sie starrte ihn mit offenem Mund an. «Sie waren sich bewusst, dass man sich für die Vergangenheit dieses Typen interessieren würde, sobald er ein höheres politisches Amt anstrebte.» Langsam und fassungslos schüttelte sie den Kopf. «Also haben sie dich benutzt, um alles an die Öffentlichkeit zu bringen, um dann eine Story zu diskreditieren, sodass die Öffentlichkeit alles andere auch in Zweifel ziehen würde?»

«Genau.» Und Graham war komplett darauf reingefallen.

«Das ist ja schrecklich. Aber du wusstest es nicht. Du hattest eine Quelle, die etwas anderes behauptet hat.»

«Das spielte keine Rolle. Es war eine große Story, weil ich selbst sie so aufgezogen hatte, und dann habe ich etwas geschrieben, was frei erfunden war. Sie haben eine Verleumdungsklage gegen die Zeitung angestrengt. Ich wurde öffentlichkeitswirksam und auf dramatische Art gefeuert. Und mein Informant? Der hat zwei Wochen später seine Kandidatur für den Stadtrat verkündet.»

Sie schlug mit der Hand auf den Tisch. «Heilige Scheiße!»

«Tja. Die Zeitung hat alle Artikel zurückgezogen und eine öffentliche Entschuldigung veröffentlicht. Die Klage wurde innerhalb einer Woche außergerichtlich mit einer Strafzahlung geregelt. Mein Ruf war ruiniert.» Er dehnte seinen Nacken. «Ich bin für ein halbes Jahr untergetaucht.» Er hatte seine gesamten Ersparnisse aufbrauchen und Teile seiner Altersvorsorge auflösen müssen, um sich über Wasser zu halten. «Ich dachte, ich könnte mich woanders bewerben, wenn Gras über die Sache gewachsen war.» Aber das war nicht passiert. Jede Redaktion, bei der er sich beworben hatte, hatte ihn als untragbar abgewiesen.

Ihr Blick drückte tiefes Mitgefühl aus, das er seiner Ansicht nach nicht verdient hatte. «Das tut mir unglaublich leid.»

«Mein Fehler.» So war das Leben. *Sein* Leben.

Ihre Miene verriet ihm, dass sie anderer Meinung war. «Der Beruf des Journalisten wurde drei Jahre in Folge zum schlimmsten Job gewählt – wegen der belastenden Atmosphäre, den niedrigen Gehältern, dem Stress und den langen Arbeitszeiten. Du hast deiner Chefredakteurin die Story vorgelegt. Du hast über die Tatsachen geschrieben, die dir präsentiert worden waren. Du hattest eine Quelle. Du hast einfach deinen Job gemacht.»

Und doch war er jetzt hier, in einer Kleinstadt im Nirgendwo von Amerika, und gab eine Zeitung heraus, obwohl seine einzige Reporterin in ihrem kleinen Finger mehr Ideen und Kompetenz besaß als er in seinem ganzen Körper.

Trotzdem war er dankbar für ihre mitfühlende Reaktion. Ehrlich gesagt hatte er befürchtet, sie könnte ihn nach seiner Geschichte hassen. «Danke.»

Sie nippte an ihrem Daiquiri. «Deine Chefredakteurin hätte dich unterstützen müssen, statt dich den Wölfen zum Fraß vorzuwerfen.»

Vielleicht, aber angesichts der Verleumdungsklage und der negativen Berichterstattung konnte er ihr ihre Reaktion nicht übel nehmen. «Sie hat getan, was sie tun musste.»

Rebecca starrte mit schief gelegtem Kopf angestrengt in ihren Drink. «Und dann hast du dich für die Position bei der *Gazette* beworben? Nachdem du gewartet hattest, dass Gras über die Sache wächst?»

«Na ja, so ungefähr.» Niemand anders wollte ihm einen Job geben. «Bei Forest war gerade die Scheidung durch, und er hat mich für ein langes Wochenende besucht. Ich habe ihm erzählt, was passiert ist, und er hat erwähnt, dass der Bürgermeister auf der Suche nach einem Chefredakteur sei. Ich habe Gunner angeschrieben, und wir hatten ein paar Videotelefonate. Er wusste von dem Skandal, aber das schien ihn nicht zu interessieren. Er wollte einfach nur, dass jemand die *Gazette* wieder auf Vordermann brachte.»

«Ich bin froh, dass er es weiß, damit dir die Sache nicht noch mal vor die Füße fallen kann.»

Plötzliche Verärgerung ließ seine Schläfen pulsieren. «Ich bin ein ehrlicher Mensch. Ich hätte es ihm gesagt, wenn Forest es nicht schon zuvor erwähnt hätte. Aber in einem unserer Gespräche habe ich das Thema trotzdem angesprochen.»

Sie sah ihn aus großen Augen überrascht an. «So habe ich das nicht gemeint.»

Das hatte er zu spät erkannt, um seine Reaktion noch zu unterdrücken.

«Entschuldige.» Nachdem er ihre Reaktion gesehen und sich selbst daran erinnert hatte, was sie alles für ihn und die Zeitung getan hatte und wie sie auf seine Geschichte reagiert hatte, glaubte er ihr. Sie machte ihm keine Vorwürfe, auch wenn er selbst das tat. «Heikles Thema.»

Tatsächlich war Rebecca bis jetzt die einzige Person, der er wirklich *alles* erzählt hatte. Er wusste nicht, wieso ausgerechnet ihr, aber vielleicht hatte es etwas damit zu tun, dass sie ebenfalls nicht glücklich in der Branche gewesen und letztendlich wieder in Vallantine gelandet war. Sie verstand einfach, was es bedeutete, Journalist zu sein.

«Ich wollte nur sagen, dass man dich einmal hintergangen hat und ich nicht will, dass dir so was Ähnliches noch mal passiert.»

Er wusste einfach nicht, was er darauf sagen sollte – das war ihm in Gesprächen mit ihr schon mehrmals passiert –, also starrte er sie nur an. Es hatte ihn im Büro fast umgehauen, als sie ihn verteidigt hatte – gegen ihn selbst. Sie hatte ihn gelobt und ermutigt, statt das ganze Verdienst für sich zu beanspruchen. Diese verdammt verrückte Frau hatte auf der anderen Seite seines Schreibtisches gesessen und voller Leidenschaft all die Punkte aufgezählt, warum sie ihn für einen guten Chef hielt.

Maria kam an den Tisch, sammelte ihre Teller ein und fragte, ob sie noch etwas trinken wollten.

Sie hatten gar nicht bemerkt, dass sie nun schon seit einer Stunde hier saßen, also bat Graham um die Rechnung und zahlte. *Guac On* hatte eigentlich schon längst geschlossen.

Draußen atmete er einmal tief durch. Er konnte ihr Auto nirgendwo entdecken. «Wo hast du geparkt?»

«Gewöhnlich stelle ich meinen Wagen hinter das Redaktionsgebäude, aber heute bin ich zu Fuß gelaufen.»

Genau wie er. «Darf ich dich nach Hause begleiten?»

«Sicher.» Sie lächelte amüsiert und rückte den Riemen ihrer Tasche zurecht.

Eine Weile schlenderten sie schweigend nebeneinanderher, und ihm wurde einmal mehr bewusst, wie ruhig es in Vallantine am Abend wurde. Alle Läden hatten geschlossen. Die Laternen warfen geheimnisvolle gelbe Lichtpfützen aufs Pflaster. Es waren kaum Fußgänger unterwegs, und abgesehen von dem Zirpen der Grillen und dem Rauschen der Blätter im Wind war es auffallend still.

Eines Tages würde er sich vielleicht daran gewöhnen.

«Was für ein Glück», er warf ihr einen kurzen Seitenblick zu, «dass ich hier war, um dich nach Hause zu bringen. Diese Gegend kann wirklich gefährlich werden, sobald es dunkel wird.»

Sie stieß ein unendlich sinnliches Lachen aus, das ihm durch und durch ging. Er konnte nur mit Mühe ein Stöhnen unterdrücken.

«Hey. Mach dich nicht über unser wunderbares Vallantine lustig. Hin und wieder gibt es auch hier Kriminalität.»

Ha. «Klatsch und Tratsch? Hat im Friseursalon jemand eine hässliche Dauerwelle bekommen? Wurde ein Gentleman bei einer Partie Golf betrogen? Gab es Leute, die im *Tipsy Turtle* kein anständiges Trinkgeld gegeben haben?»

«Oooh, du denkst schon wieder in Klischees.» Sie blickte weiter nach vorne, wirkte aber amüsiert. Und dieser wunderbare, gedehnte Südstaatenakzent, den er so mochte, blitzte wieder auf. «Alles üble Verbrechen, in der Tat. Aber nein. Überwiegend Kleinkriminalität. Manchmal Vandalismus durch Auswärtige oder Diebstahl. Ich glaube, wir hatten seit den Zwanzigerjahren keinen Mord mehr.»

«Also 2020?»

«1920 natürlich. Wenn ich mich recht entsinne, war es ein Streit zwischen Brüdern um eine Frau.»

«Wow.» Scherz beiseite, das war wirklich überraschend. «Aber ich bin trotzdem froh, dass du nicht alleine gehst.»

«Der große, starke Mann wird mich beschützen», brummte sie spöttisch.

Er lachte. Sie war wirklich eine Nummer. «Genau.»

Sie wühlte in ihrer Tasche herum und zog einen kleinen pinkfarbenen Gegenstand heraus. «Pfefferspray. Außerdem hatte ich im College ein paar Selbstverteidigungskurse belegt. Ich kann mich selbst schützen.»

«Daran habe ich nie gezweifelt.» Er schob die Hände in die Hosentaschen. «Irgendwann musst du mir das beibringen.»

Sie blieb abrupt stehen und stemmte die Hände in die Hüften. «Flirtest du mit mir?»

Verflixt, das tat er, oder?

«Ich verweigere die Aussage.» Nachdem sie eher erheitert als vor den Kopf gestoßen wirkte, ging er weiter. «Nur so viel werde ich eingestehen, Miss Moore: Sie sind ein kluges Köpfchen.» Und schön noch dazu.

«Danke.»

«Gern geschehen.» Er kämpfte kurz mit sich selbst, dann beschloss er, es darauf ankommen zu lassen. «Und hübsch.»

«Danke. Du selbst kannst dich auch sehen lassen.»

Es war eine Weile her, seitdem er dieses Spiel gespielt hatte, aber er hätte schwören können, dass sie … «Flirtest du mit mir?»

«Ich verweigere die Aussage», gab sie spöttisch zurück.

Dieses kleine Biest.

Sie bogen um eine Ecke, ließen die Main Street hinter sich und näherten sich ihrem Viertel. Die gepflasterten Bürgersteige gingen in asphaltierte Gehwege über, und statt der altmodischen Laternenmasten spendeten moderne LED-Lampen Licht. Blühende Magnolienbäume säumten ihren Weg.

Je länger das Schweigen anhielt, desto mehr juckte es Graham in den Fingern, Rebecca zu berühren. Ihre blütenzarte helle Haut. Die blonden Locken, die in Wellen über ihren Rücken fielen. Ihre vollen Lippen flehten ihn geradezu an, geküsst zu werden. Schon bei ihrer ersten Begegnung hatte er sie hübsch gefunden, und da er sie nun immer besser kennenlernte, wuchs sein Interesse mit jeder gemeinsam verbrachten Minute.

Und irgendetwas an ihrer Ausstrahlung vermittelte ihm den Eindruck, dass er mit diesem Gefühl nicht allein war. Er konnte das Knistern zwischen ihnen förmlich sehen, fühlen und hören.

Aber er wusste verdammt noch mal nicht, wie er damit umgehen sollte. Schließlich war er ihr Boss und Nachbar, und ganz davon abgesehen befand er sich gerade wahrlich nicht in der besten Position, um …

Sie war stehen geblieben.

Er wandte sich ihr zu. Das Mondlicht tauchte sie in ein unwirkliches Licht. So wunderschön. Sternenlicht – richtiges, echtes Sternenlicht – brachte ihre Augen zum Funkeln, während sie auf dem Gehweg stand und offensichtlich auf etwas wartete.

Er schüttelte den Kopf, weil ihm die Worte fehlten und er nicht wusste, was sie wollte.

Grillen zirpten. Eine Eule rief.

Sie rümpfte leicht die Nase, dann zeigte sie nach links.

Oh, verdammt. Okay … Sie waren zu Hause angekommen, und er hatte es nicht bemerkt.

Ein Lächeln. «Gute Nacht, Graham. Bis morgen.»

Mit einem schweren Seufzen sah er zu, wie sie ihr Haus betrat.

9

Es war Wahnsinn. Chaotischer Wahnsinn.

Rebecca verriegelte die Tür zum Büro der *Gazette* gegen Mittag und drehte das Schild für ihre Pause auf Geschlossen. Zwischen E-Mails, Telefonaten, dem Verkauf von Zeitungsseiten und unzähligen persönlichen Gesprächen war es den Vormittag über zugegangen wie in einem Tollhaus. Die Leute hatten die Regale mit den gerahmten Drucken leer gekauft. Die meisten einfachen Kopien in Klarsichtfolien waren ebenfalls weg. Anscheinend hatte all die Mühe sich gelohnt. Zumindest, was die Laufkundschaft in der Redaktion anging. Sobald sie die Tür um neun Uhr aufgeschlossen hatten, waren die ersten Leute eingetreten, und der Besucherstrom war den ganzen Vormittag über nicht abgerissen.

Die beiden hatten kaum Zeit zum Durchatmen gehabt. Rebecca hatte bislang weder online die Zahlen checken noch ihre Artikel für die Montagsausgabe vorbereiten können. Graham hatte schon nach einer Stunde im Büro sein Jackett und die Krawatte ausgezogen, beides auf ihren Schreibtisch geworfen und die Ärmel aufgerollt. Selbst Plucky hatte den ganzen Vormittag gesungen, auch wenn er jetzt offenbar auf seiner Stange ein Nickerchen hielt.

«Heiliger Bimbam.» Sie betrat Grahams Büro. Twain hob den Kopf von seinem Platz neben dem Schreibtisch. «Das war irre.»

«Wenn du das schon für irre hältst, schau dir mal das hier an.» Er deutete mit dem Kinn auf den Computerbildschirm.

Graham verschränkte die Hände hinter dem Kopf und lehnte sich in seinem Stuhl zurück, sodass der weiße Stoff seines Anzughemdes über seinem Brustkorb spannte. Rebecca bemühte sich sehr, ihn nicht anzustarren, versagte aber kläglich. Breite Brust. Die Andeutung eines Sixpacks. Sie hätte ihr kleines Barvermögen darauf verwettet, dass er regelmäßig trainierte – oder wirklich gute Gene besaß.

Konzentrier dich! Sie zog einen Stuhl neben ihn und setzte sich.

Und da war er wieder, dieser Bergamotteduft, der Bilder und Fantasie in ihr weckte und sie ablenkte. Sie hatte die halbe Nacht lang wach gelegen und an Graham und ihr gemeinsames Abendessen gedacht. Noch nie in ihrem ganzen Leben hatte der Duft eines Aftershaves sie dermaßen aus dem Konzept gebracht.

Aber vielleicht war es auch Grahams Duft und nicht irgendein Parfüm. Die Chemie zwischen ihnen stimmte, sie konnten miteinander lachen und anspruchsvolle Gespräche führen. Er war gut aussehend und freundlich und hatte genug Ecken und Kanten, um für sie interessant zu sein, ohne dass er problembelastet wirkte. Ihr Puls begann zu rasen, und ihr wurde warm in der Brust. Wäre er der Typ, der einfach alles zur Seite schob und sie direkt hier auf dem Schreibtisch nahm? Oder wäre er traditioneller und würde sie nach Hause fahren, damit sie es in einem Bett tun konnten? Heiße Begierde, stehend an einer Wand, oder langsames, sorgfältiges Liebesspiel?

«Ich sehe schon – du bist in Ehrfurcht erstarrt.» Erheiterung schwang in seiner dunklen Stimme mit, die trotzdem ihre Sinne benebelte und ihr Blut zum Kochen brachte.

Sie blinzelte, dann sah sie auf den Monitor und atmete einmal tief durch. Sie musste sich wirklich zusammenreißen, wenn sie sich gemeinsam in einem Raum aufhielten. Er hatte sein Mailprogramm geöffnet, aber keine spezielle E-Mail. Doch dann verstand sie, worauf er hinauswollte.

Zweihundert Mails. Und noch während sie den Bildschirm anstarrte, wurden es mehr.

«Ach herrje. Ich frage mich, wie viele Mails ich wohl habe. Ich habe bisher nicht die Zeit gefunden nachzuschauen.» Sie hatte es gerade mal geschafft, ihren Computer hochzufahren, als sie ins Büro gekommen war.

«Nachdem du es so eingerichtet hast, dass jeder von uns Ansprechpartner für bestimmte Themen ist, würde ich darauf wetten, dass es bei dir ähnlich aussieht.»

«Wahrscheinlich.» Das war ein wirklich gutes Zeichen, dass die Stadtbewohner wieder Interesse an der *Gazette* zeigten. Oder immer noch. «Lass uns schauen, wie sich die Abonnentenzahlen entwickeln.»

Seine langen Finger huschten flink über die Tastatur, und sie gab ihr Bestes, den Blick nicht vom Bildschirm abzuwenden.

Er brummte. «Ich bin mir nicht sicher, wonach ich suchen soll oder welche Seite ich öffnen soll.»

«Darf ich?» Sie deutete auf seine Maus.

Er zuckte mit den Achseln, als wollte er sagen: *Tu dir keinen Zwang an.*

Sie zeigte ihm die verschiedenen Schritte, um den Newsletter und die Listen aufzurufen. «Oh mein Gott!»

Graham lehnte sich mit zusammengekniffenen Augen vor. «Das kann nicht stimmen. Gestern hatten wir knapp unter dreihundert Abonnenten.»

«Für die Printausgabe. Jetzt sind wir bei fast sechshundert.» Und dabei war erst Mittag. Hoffentlich würde es so weitergehen. Mundpropaganda war in Vallantine sehr einflussreich, wie in jeder Kleinstadt. «Und es gibt auch die ersten Interessenten für die digitale Ausgabe. Da lag unsere Abonnentenzahl ja bei null, weil wir schlichtweg keine hatten.»

«Fast einhundert.» Er schüttelte fast ehrfürchtig den Kopf. «Und wir haben die Verkaufskästen noch nicht kontrolliert.»

Sein tiefes Lachen erfüllte den Raum, dann drehte er sich in seinem Stuhl zu ihr. Ein kurzer Blick in ihre Richtung, und er stützte die Hände in die Seiten, beugte sich nach vorne und lachte noch heftiger.

Sie verstand nicht recht, was diesen Lachanfall ausgelöst hatte, daher starrte sie nur auf sein schwarzes Haar – wenige Zentimeter vor ihrem Schoß, an den Enden leicht gelockt. Am liebsten hätte sie die Finger durch die Strähnen gleiten lassen, um herauszufinden, ob sie so weich waren, wie sie aussahen. Würde er sich darauf einlassen oder sich höflich zurückziehen? Würde er diese Berührung genießen oder etwas anderes vorziehen?

Sie hatten geflirtet. War da von seiner Seite aus mehr gewesen? Rebecca hatte das andere Geschlecht noch nie gut einschätzen können. Wenn man sie in einen Raum voller Leute schickte, konnte sie die Dynamiken erkennen und die Körpersprache, die Mienen und das Auftreten deuten. Das war eine Gabe, die sie über die Jahre perfektioniert hatte. Doch wenn es um jemanden ging, für den sie sich interessierte – oder den sie im Gegenteil nicht mochte –, dann löste sich diese Fähigkeit in Luft auf. Normalerweise nahm sie ihr Schicksal selbst in die Hand. Sie bestimmte ihr Leben und packte es an. Zumindest, wenn es um Dinge ging, die sie kontrollieren konnte. Aber in Beziehungen? Da folgte sie der Führung des Mannes.

Ehrlich gesagt, sie war nie besonders gut gewesen in Sachen Liebe. Der beste Beweis dafür? Ihre längste Beziehung hatte nur knapp über ein Jahr gehalten.

Interesse an einem Mann war eine Sache … aber bei Graham schien sie diese Grenze bereits hinter sich gelassen zu haben und stattdessen ein starkes Verlangen zu entwickeln. Das war nicht das erste Mal, dass sie so empfand, aber so intensiv waren diese Gefühle noch nie gewesen. Sie wollte ihn kennenlernen. Im biblischen Sinn. Diese Erkenntnis traf sie aus dem Nichts und schnürte ihr augenblicklich die Kehle zu.

«Hab Erbarmen, Rebecca.» Er hob den Kopf, und plötzlich schwebten ihre Gesichter ganz nah voreinander. In seinen grünen

Augen funkelten goldene Flecken, die sie nie bemerkt hätte, wären sie sich nicht so nahe gewesen. Warme Hände umfassten ihr Gesicht. «Du hast die Zeitung gerettet.»

Sie … was?

Er schüttelte sie leicht. «Keine Ahnung, wie lange es halten wird, aber du hast die *Gazette* gerettet.»

Ihr lag der Widerspruch bereits auf der Zunge. Sie wollte sagen, dass sie es gemeinsam geschafft hatten, die Zeitung zu retten, aber er zog sie zu sich. Oder sie lehnte sich vor. Irgendwas war jedenfalls passiert. Jeder vernünftige Gedanke in ihrem Kopf löste sich in Wohlgefallen auf. Millimeter. Mehr Abstand gab es nicht mehr zwischen ihren Lippen. *Millimeter.* Sie atmeten dieselbe Luft, und ihr wurde schwindelig.

«Verdammt.» Er riss diese unglaublich faszinierenden Augen auf. Dann hob er abrupt die Hände und zog sich zurück. «Entschuldige bitte. Das war unangebracht. Ich bin dein Boss. Wir arbeiten zusammen. Es tut mir wirklich aufrichtig leid.»

Aus irgendeinem Grund war sie atemlos, obwohl sie sich gar nicht bewegt hatte. Er wirkte gleichzeitig entsetzt und schuldbewusst und musterte sie flehend, die Zähne in der Unterlippe vergraben, während ihr Herz sich bemühte, wieder einen normalen Takt zu finden.

Schweigen. Eine bedeutungsvolle Stille lag zwischen ihnen, bis sie das Erste murmelte, was ihr in den Sinn kam.

«Mir nicht.»

Ein fragender Blick. «Wie bitte?»

«Mir tut es nicht leid.» Es tat ihr nicht leid, dass er sie berührt oder fast geküsst hatte. Aber da er durchaus nicht unrecht hatte – sie arbeiteten zusammen, und er war ihr Vorgesetzter –, schob sie ihren Stuhl zurück und stand auf. Die Zurückweisung versetzte ihr einen Stich. «Ich werde an meinen Artikeln für die Montagsausgabe arbeiten, solange es ruhig ist.»

Unendlich langsam senkte er die Arme und umklammerte die

Stuhllehnen, als müsste er sich davon abhalten aufzuspringen. Er sah ihr tief in die Augen, beschwörend, fragend. Irgendwann nickte er … aber er wirkte immer noch verwirrt.

Willkommen im Club.

Sie schob den Stuhl wieder auf die andere Seite des Schreibtisches, dann ging sie zu ihrem Arbeitsplatz. Twain folgte ihr und legte seine Schnauze auf ihrem Knie ab, während sie den Computer aus dem Stand-by holte. Mit einem Lächeln kraulte sie den Hund geistesabwesend – und wäre kurz darauf fast aus ihrem Stuhl gekippt.

Hundertfünf Mails. Wäre das anatomisch möglich gewesen, hätte sie ihre eigene Zunge verschluckt.

Sie verbrachte den Rest ihrer Mittagspause damit, die Mails zu überfliegen, ein paar Fragen zu beantworten und Spam zu löschen, während sie einen Müsliriegel aß. Mehr als einmal spürte sie Grahams Blick auf sich, und jedes Mal pushte es auf eine seltsam verdrehte Art ihr Ego, sodass ihr ganz schwindelig wurde.

Der Nachmittag war ruhiger als der Vormittag, aber es schauten immer noch hin und wieder Leute vorbei. Um ihre Nerven zu beruhigen, legte Rebecca Ordner für den *Künstler des Tages*, das tägliche Wetter und die Rezepte an und nummerierte die Beiträge in den Ordnern, um sie besser zuordnen zu können. Außerdem legte sie eine Liste mit Ankündigungen an, die verschiedene Schulen und ein paar Einwohner an sie geschickt hatten, um sie an Graham weiterzuleiten. Sobald sie die Mails für die Montagsausgabe an ihn abgeschickt hatte, wechselte sie zu den Accounts in den sozialen Medien, um wie besprochen Posts für das Wochenende mit Teasern als Einstieg zur Website zu terminieren. Sie hatten erstaunliche fünfhundert neue Follower auf Twitter und Facebook.

Ohne sich umzudrehen, rief sie Graham die Updates zu.

«Super! Tolle Arbeit!»

Sie lächelte zufrieden und öffnete ein leeres Word-Dokument.

Hinter sich hörte sie Graham tippen. «Hey, ich habe die Wortsuche sowie die Garten- und Gesundheitstipps fertig.»

«Toll. Ich schreibe jetzt schnell eine Buchbesprechung. Sobald der Buchclub wieder läuft, könnten die Besprechungen eine gemeinsame Einschätzung werden.»

«Clever. Joan und Jefferson haben ebenfalls geliefert. Ich brauche noch den Wetterbericht sowie die Horoskope.»

«Geht klar.» Sie wechselte zu ihrem Browser und kopierte, was sie brauchte. «Erledigt. Ist in deinem Posteingang.»

«Danke!»

Sie streichelte das vielfarbene Fell des Hundes und flüsterte: «Ist wirklich schön, zur Abwechslung mal wertgeschätzt zu werden.» Und das war es wirklich. Nach sieben Jahren in einer Ecke einer geschäftigen Redaktion – ständig übersehen, ständig unterfordert und erfüllt von einem Gefühl tiefer Einsamkeit – war sie wahrhaft glücklich darüber, nun das Gegenteil zu erfahren.

Twain seufzte, als hätte er sie verstanden, während er aus braunen Augen bewundernd zu ihr aufsah.

«Du bist ein ganz Lieber, nicht wahr? Ja, das bist du.»

Ein Schwanzwedeln.

Grahams Tippen verstummte. «Wie bitte?»

«Nichts. Ich rede mit deinem Hund.»

Er lachte. «Antwortet er? Falls ja, nehme ich dich zu hart ran.»

«Kein Kommentar.»

Noch ein Lachen.

Sie schrieb eine kurze Rezension über einen Frauenroman von einer Autorin aus Georgia, den sie letzte Woche gelesen hatte, und schickte sie an Graham.

Nachdem sie damit für heute alles auf ihrer Liste erledigt hatte, öffnete sie ein leeres Dokument und legte eine Liste für zukünftige Themenbereiche der Wortsuche an. Das würde ihm hoffentlich an geschäftigen Tagen helfen. Sie ordnete den Monaten Feiertage und

Jahreszeiten zu, ergänzte eine Spalte für allgemeine Themen, dann startete sie eine Google-Suche, um die Tabelle weiter zu füllen. Auch wenn sie am Ende noch nicht ganz zufrieden war, schickte sie die Liste erst an Graham, dann an den Drucker und stand auf.

Twain folgte ihr in Grahams Büro.

«Ja, du bist ein ganz Feiner.»

Hinter ihr lachte Graham erneut, ohne sein Tippen zu unterbrechen. «Er mag dich lieber als mich. Ich glaube, ich bin eifersüchtig.»

«Keine Sorge. Ich rieche einfach besser», witzelte sie, mit dem Rücken zu ihm, während sie darauf wartete, dass der Drucker seine Arbeit tat.

«Das tust du auf jeden Fall.» Tipp, tipp. «Jasmin, mit einem Hauch Orange», grummelte er vor sich hin.

Er wusste, wie ihr Parfüm roch?

Sie sah Twain an, doch der würde ihr diesen Kommentar genauso wenig erklären wie der Mann, der ihn von sich gegeben hatte. Also warf sie einen Blick über ihre Schulter zu Graham, aber der beachtete sie gar nicht. «Soll ich stattdessen etwas mit Rose oder Gardenie verwenden?»

Er hielt inne, wandte den Blick aber nicht vom Bildschirm ab. «Nein.»

Sie hatte das Parfüm vor ein paar Jahren gekauft, weil es sie an ihr Zuhause erinnerte, und der Duft war nicht aufdringlich. «Aber du magst es nicht.»

«Das habe ich nie behauptet.» Tipp, tipp. Und er weigerte sich weiterhin, sie anzusehen.

«Für mich klang das, als würdest du es nicht mögen.»

«Tue ich aber.»

«Bist du dir sicher?»

«Klar.»

Grinsend nahm sie die Seiten aus dem Drucker und befestigte sie mit Reißzwecken an dem schwarzen Korkbrett an der Wand.

«Was ist das?»

Aha, er achtete also doch auf sie. «Themen für Wortsuchen.»

«Mh. Danke.»

«Gern geschehen.» Amüsiert von ihrem Wortwechsel, kehrte sie an ihren Schreibtisch zurück.

Twain folgte ihr.

Sie druckte einige der Archivartikel, die sie gerahmt verkauft hatten, erneut aus, um ihre Vorräte wieder aufzufüllen, und sah schließlich auf die Uhr. Es war erst drei.

«Macht es dir etwas aus, wenn ich um vier Uhr verschwinde? Der Buchclub trifft sich heute Abend bei Scarlett, und ich bin für die Snacks verantwortlich. Wenn ich schon unterwegs bin, kann ich auch gleich neue Rahmen kaufen.»

«Kein Problem.»

«Danke.»

Seine Antwort beschränkte sich auf ein Brummen.

Mit einem Seufzen schüttelte sie den Kopf. «Mürrische Männer.»

Es kamen weitere Besucher ins Büro, sahen sich um und kauften ein paar Ausdrucke in Folien. Danach goss Rebecca die Pflanzen im Schaufenster, stellte sicher, dass Plucky II genug Futter und Wasser fürs Wochenende hatte, und säuberte den Boden des Käfigs.

Sobald sie wieder am Schreibtisch saß, kontrollierte sie erneut die sozialen Medien und las ein paar Blogs. Dabei kam ihr eine Idee. «Kann ich dir noch einen Artikel für Montag schicken?»

«Klar. Hauptsache, ich habe ihn bis fünf.»

Sie würde den Text vor vier Uhr liefern, weil sie dann gehen wollte, aber okay.

Wenn die *Gazette* erfolgreich bleiben sollte, durften die Stadtbewohner nicht das Interesse verlieren, also mussten sie verschiedenste Themen und Trends abdecken. In einem der Blogartikel, die sie gelesen hatte, ging es darum, wie man alte Kleidung upcyceln konnte und welche Modetrends gerade wieder auflebten.

Der Blog lieferte ihr die Basis, aber sie gab dem Ganzen ihre persönliche Note, recherchierte noch andere Anregungen und fügte sie ihrem Artikel hinzu. Es war kein wirklich langer Artikel, aber mal etwas Neues. Sie las ihn noch einmal Korrektur, dann schickte sie die Datei an Graham.

Sie fuhr ihren Computer herunter, dann schnappte sie sich ihre Laptoptasche und eine Mappe mit kopierten Archivartikeln und stand auf. «Ich habe dir den Artikel geschickt. Soll ich noch etwas erledigen, bevor ich gehe?»

«Nein, nicht nötig. Danke für alles. Ich wünsche dir ein schönes Wochenende.»

«Ich dir auch.» Stirnrunzelnd streichelte sie ein letztes Mal den Hund.

Graham hatte sie immer noch nicht angesehen, und sie fragte sich, ob das etwas mit dem Beinahekuss zu tun hatte. War er wütend auf sich selbst? Auf sie? War es ihm peinlich?

Nachdem Rebecca nicht wusste, wie sie diese seltsame Stimmungsänderung zwischen ihnen ansprechen sollte, ging sie, wenn auch mit einem unguten Gefühl im Magen.

Sie schaute beim Trödelladen vorbei und kaufte alle Rahmen, die sie noch auf Lager hatten, dann rief sie auf dem Heimweg Scarlett an. «Hey, mit wie vielen Leuten rechnest du heute Abend?»

«Keine Ahnung, Süße.» Sie hörte gedämpfte Stimmen im Hintergrund. «Aden Abner, du könntest selbst den Papst auf die Palme bringen. Verschwinde hier.» Scarlett seufzte. «Dieser Mann sorgt dafür, dass mein Hintern kribbelt.»

Rebecca lachte, als sie vor ihrem Haus anhielt. Adens Familie arbeitete schon für Scarletts Familie, bevor die beiden geboren wurden. Er war im selben Jahrgang gewesen wie sie und hatte quasi einen Abschluss darin gemacht, Scarlett in den Wahnsinn zu treiben. Manchmal waren sie Freunde, manchmal beste Feinde, sodass zwischen ihnen eine seltsame Hassliebe bestand, die außer den beiden niemand wirklich verstand. Mit Scarletts Segen und ihrer Unterstützung hatte er auf dem Land ihrer Familie seine eigene Firma gegründet, die Kutschfahrten für Touristen und Events anbot.

«Auf jeden Fall», meinte Scarlett mit einem weiteren, höchst dramatischen Seufzen, «hatte Mamas ursprünglicher Buchclub dreiundvierzig Mitglieder. Ich habe ihnen allen eine Mail geschrieben, außer natürlich den beiden, die inzwischen verstorben sind. Nur eine Handvoll Leute haben geantwortet, darunter Dorothys Mutter. Keine Ahnung, wie viele Leute aufgrund deiner Ankündigung in der *Gazette* auftauchen werden.»

Rebeccas Mom gehörte zu den zwei Mitgliedern, die gestorben waren. Sie fragte sich, wer die andere Person war, fragte aber nicht nach. «Was glaubst du, welche Snacks ich besorgen soll? Obst und eine Rohkostplatte? Vielleicht Chips und Salsa?»

«Wäre für mich in Ordnung. Ich werde noch ein paar Packungen Kekse aus der Bäckerei mitbringen.»

«Alles klar.» Rebecca stieg aus dem Auto und schloss die Vordertür auf. «Ich muss mich nur kurz umziehen und beim Supermarkt halten. Ich komme bald.»

Eine halbe Stunde später fuhr sie am Peach Park vorbei und durch den historischen Teil der Stadt. Der Vallantine-Friedhof lag links von ihr, und rechts erstreckten sich weitläufige Plantagen. Lange gepflasterte Zufahrtsstraßen, weitläufige Ländereien, gepflegte Gärten und hundert Jahre alte Eichen, die mit Spanischem Moos überwuchert waren, säumten ihren Weg. Einige Einwohner nannten es schwarzes oder langes Moos, aber die Älteren, wie Gammy, hatten es immer Pferdehaar genannt. Rebecca konnte durchaus nachvollziehen, dass es an eine grünlich graue Version einer Pferdemähne erinnerte.

In der Highschool hatte sie ein Referat über dieses Moos gehalten, und mit dieser Erinnerung kam ihr eine Idee für einen Artikel. Die meisten Touristen und einige Einwohner wussten absolut gar nichts darüber, abgesehen davon, dass es hübsch aussah. Das Lustige daran war, dass es gar nicht aus Spanien kam, und es war auch kein Moos. Tatsächlich war es eine Bromelie, eine Aufsitzerpflanze mit winzigen Blüten, die sich an Ästen festklammerte und nach unten wuchs. Feuchtigkeit und Nährstoffe filterte die Pflanze aus der umgebenden Luft und dem Regen.

Sie lachte in sich hinein, überrascht, dass sie sich tatsächlich an diese Details erinnerte. Gammy hatte immer gesagt, Rebecca sei ein Tresor nutzlosen Wissens, und ihr Gedächtnis sei wie ein Schwamm.

Himmel, wie sehr sie Gammy vermisste. Rebecca fürchtete, dass dieses Gefühl niemals vergehen würde. Sie rieb sich die schmerzende Brust und sah zu den Grabsteinen auf dem Friedhof. Dort lag Gammy in einem der neueren Bereiche, genau wie Rebeccas Eltern, neben unzähligen anderen Bewohnern der Stadt, einschließlich William und Katherine Vallantine. Einige Grabsteine waren groß, fast barock in ihrer Opulenz, und vom Alter dunkel verfärbt. Andere waren einfache Stelen mit Blumen davor.

Seufzend richtete sie den Blick wieder nach vorne. Dieser Teil von Vallantine war wunderschön, das hatte sie fast vergessen. Als Jugendliche hatten Rebecca und ihre besten Freundinnen ihre Zeit häufig in Gammys Haus oder in der Bibliothek verbracht. Nicht ständig, aber meistens. Dorothys Eltern waren in den Augen der Teenagerinnen langweilig gewesen, weil ab elf Uhr Bettruhe in ihrem Haushalt herrschte, die auch streng eingehalten wurde. Scarletts Eltern waren ziemlich hochtrabend, und Pyjamapartys waren für ihren Geschmack stets viel zu viel Zirkus. Außerdem war das Anwesen auf der Plantage quasi ein Museum. Gammy hingegen war es egal gewesen, wie lange sie wach blieben, solange die drei Freundinnen sie nicht weckten, und sie hatte immer selbst gebackene Cookies im Schrank gehabt. Und damit war Rebeccas Zuhause immer ihre bevorzugte Anlaufstelle gewesen.

Es war einige Jahre her, dass Rebecca über diese Straßen gefahren war. Tagsüber erinnerte das dünne Moos, das von den Bäumen hing, an vergangene, romantischere Zeiten, an die alten Südstaaten und ihre verborgenen Schätze, an Menschen, die auf der vorderen Veranda saßen, Eistee tranken und den Passanten zuwinkten, ohne irgendwelche Sorgen außer der Frage, ob es wohl regnen würde. Aber nachts wirkte das Moos eher gespenstisch und beschwor eine unheimliche Atmosphäre herauf. Plötzlich liefen einem bei dem Anblick kalte Schauer über den Rücken, die knorrigen, bewachsenen Äste schienen nach einem greifen zu wollen. Eine Erinnerung daran, dass im Schatten Gefahren lauerten. Die Nacht ebnete den Weg für wirklich gruselige Fantasien.

Rebecca jedoch fand, dass die Eichen mit dem herabhängenden Moos einfach tieftraurig wirkten.

Scarletts Plantage war das erste Anwesen an einer Ecke – eine gute Lage für ihre Event-Agentur. Mehrere andere Gebäude an dieser Allee waren in B&Bs oder Boutiquehotels umgewandelt worden, aber die Häuser dahinter befanden sich weiterhin in Privatbesitz.

Rebecca bog in die lange, gewundene Einfahrt ab, die von riesigen Eichen gesäumt wurde, deren knorrige Äste über den Weg ragten und freundlich zu winken schienen. Als sie endlich das Herrenhaus erreichte, parkte sie am hinteren Ende des kreisförmigen Vorplatzes neben dem Brunnen statt auf dem Parkplatz, den Scarlett vor einigen Jahren für Besucher hatte anlegen lassen. Das würde ihren Aufbruch später beschleunigen.

Sie stand neben ihrem Auto und schüttelte den Kopf, während ihr eine nach Blüten duftende Brise in die Haare fuhr.

Verflixt, die Plantage war wirklich riesig. Und atemberaubend. Das Gebäude war vor dem Bürgerkrieg errichtet worden und in einem Topzustand. Zwei Stockwerke, weiße Fassade und schwarze Fensterläden. Kastenförmig und symmetrisch. Eine echte Südstaaten-Vorkriegsvilla mit neoklassizistischer Architektur, zwanzig korinthischen und zehn dorischen Säulen. Es gab einen gusseisernen Balkon um den kompletten ersten Stock herum und einen Säulenvorbau über der Veranda, die sich über die gesamte Vorderseite des Gebäudes erstreckte, außerdem dreieckige Giebel und hübsche Dachgauben. Im Inneren gab es dreizehn eingerichtete Räume, fünf davon für Events.

Die Taylors waren Baumwollfarmer gewesen, und wie die meisten Plantagenbesitzer im Süden hatten sie Sklaven besessen. Scarletts Großmutter hatte die umliegenden Felder dann in gepflegte Gartenanlagen mit Pavillons und großzügigen Sitzbereichen für den Empfang von Gästen umgewandelt. Die ehemaligen Sklavenunterkünfte waren abgerissen und die Scheunen ausgebaut worden. Als Scarlett das Anwesen geerbt hatte, hatte sie für ihre Gäste und Kunden einen Raum in ein kleines Museum für Schwarze Geschichte verwandelt. Viele andere, die Führungen über ihre Südstaatenplantagen anboten, beschönigten die Grausamkeit der Sklavenhaltung und konzentrierten sich stattdessen darauf, das Leben der Sklavenhalter, die in den Herrenhäusern gewohnt hatten, in den romantischsten Farben zu zeichnen. Scarlett hatte sich geweigert, diesen Weg einzuschlagen. Sie hatte für ihre Ausstellung so viele alte Fotos und Feldwerkzeuge wie nur möglich ausgegraben.

Wenn Rebecca ehrlich war, erfüllte sie dieser Ort einfach nur mit tiefer Traurigkeit. Sie konnte nicht benennen, warum sie so empfand – abgesehen von bruchstückhaften Erinnerungen an ihre Jugend, als sie und ihre besten Freundinnen sich ihre zukünftigen Hochzeiten ausgemalt hatten. Anders als Scarlett stammten Dorothy und Rebecca aus der Mittelschicht, und all diese Pracht war nur ein Traum, den sie nie erreichen konnten. Und so wunderschön und atemberaubend das Anwesen auch sein mochte, Scarlett hatte genau das umgesetzt, was sie immer vorgehabt hatte. Sie hatte einen Teil ihrer Familiengeschichte in etwas Fantastisches verwandelt. Das Gebäude war nicht einfach ein Privathaus, das man nur aus der Ferne bewundern konnte, sondern ein Teil von Vallantine, wo jeder willkommen war. Rebecca empfand dabei das seltsame Gefühl, sie selbst hätte sich mit zu wenig zufriedengegeben oder ihr volles Potenzial nicht ausgeschöpft.

Es war dumm, eifersüchtig auf die beste Freundin zu sein. Mit einem Seufzen öffnete sie den Kofferraum ihres Autos, in dem sie die Snacks verstaut hatte.

Jemand rief ihren Namen. Sie drehte sich um und schirmte mit einer Hand ihre Augen gegen die Sonne ab.

Aden Abner kam gerade aus Richtung der Scheunen auf sie zu. Sein Gang war genau wie damals – lange, lässige Schritte, in seiner eigenen entspannten Geschwindigkeit. Er würde ankommen, wenn er eben ankam. Kein Grund zur Eile. Er trug abgewetzte Jeans und ein blaues T-Shirt, das eng an seinem durchtrainierten Oberkörper anlag. Sein Bizeps war so muskulös, dass der Stoff darüber spannte. Ein Produkt körperlicher Arbeit mit seinen Pferden. Sein sandblondes Haar, das schon lange keinen Friseur mehr gesehen hatte, war wild zerzaust, und sein Grinsen konnte Höschen zum Schmelzen bringen.

«Verdammt, du bist es wirklich.» Er joggte die letzten paar Schritte zu ihr, zog sie in eine Umarmung und wirbelte sie im Kreis. «Immer noch so bildhübsch.»

Sie lachte, als er sie wieder abstellte. «Oooh, danke dir. Und du bist immer noch ein charmanter Südstaatenjunge, wie ich sehe.»

«Perfektion lässt sich eben nicht verbessern.» Er zuckte lässig mit den Achseln. «Wie läuft es bei der *Gazette*? Ich höre, zwischen dir und dem Yankee bahnt sich eine Romanze an.»

Hmmm. Kleinstädte und ihr Tratsch. «Es läuft gut, und wo hast du das gehört?»

«Hier und da.» Ah, dieses schelmische Grinsen. Jetzt fiel ihr wieder ein, warum er Scarlett so in den Wahnsinn trieb. Die strahlend blauen Augen waren ein einziges Ausrufezeichen. «Stimmt es?»

«Nein. Und wag es nicht, Gerüchte zu verbreiten.»

«Schwer zu verhindern, wenn sie bereits kursieren, Liebes.»

Egal! «Willst du mir helfen, das Zeug nach drinnen zu tragen?» Sie deutete auf den Kofferraum. «Heute Abend trifft sich der Buchclub.»

«Ich habe schon gehört, dass er wiederauferstanden ist. Ich habe mich angemeldet.»

Lachend sah sie zum Haus. Scarlett stand auf der Veranda, lehnte mit verschränkten Armen an einer der Säulen, die Augenbrauen hochgezogen und die Lippen geschürzt.

«Du bist dem Buchclub nicht zufällig nur beigetreten, um eine ganz bestimmte Belle zu ärgern, oder?»

Er beugte sich vor, schnappte sich ein Tablett und zwinkerte ihr zu. «Mein liebster Zeitvertreib.»

10

Graham hatte gerade die Dateien für Montag hochgeladen, als ein Klopfen an der Vordertür ihn zusammenzucken ließ. Er warf einen Blick auf Twains gespitzte Ohren, dann sah er zum Schaufenster der *Gazette* hinaus. Er konnte niemanden entdecken, aber aus seinem Blickwinkel hatte er auch nicht freie Sicht auf die Straße. Rebecca war vor Stunden gegangen, und außerdem hätte sie nicht geklopft, weil sie einen eigenen Schlüssel besaß. Die Bürozeiten waren vorbei. Tatsächlich war bereits die Dunkelheit hereingebrochen, ohne dass er es bemerkt hatte. Er war auch nicht mit Forest verabredet.

Graham stand auf und verließ sein Büro. Da entdeckte er Gunner Davis, der die Briefkästen musterte, die Graham und Rebecca unter der Markise neben der Tür aufgehängt hatten. Er trug ein weißes Poloshirt, das über seinem beachtlichen Bauch spannte, und eine Kakihose, die von dem Gürtel kaum an Ort und Stelle gehalten wurde, was vermuten ließ, dass er direkt von der Arbeit kam. Gunner gehörte zu den wenigen Anwälten in der Stadt, praktizierte aber kaum noch, seitdem er vor zwanzig Jahren zum Bürgermeister gewählt worden war. Oder zumindest hatte man Graham das erzählt. Der Mann unterhielt immer noch eine Kanzlei an der Belle Street, auch wenn der Großteil seiner Klienten die Jugend zur Zeit des Vietnamkrieges erlebt hatte. Aber er verbrachte mehr Zeit im Büro des Bürgermeisters als vor Gericht.

Was konnte er um diese Uhrzeit wollen?

Graham schloss die Tür auf und öffnete sie. «Mr Davis. Wie geht es Ihnen?»

«Nennen Sie mich Gunner, mein Sohn.» Er fuhr sich mit seinen breiten Fingern durch das schüttere weiße Haar. «Es geht mir gut, danke der Nachfrage. Macht es Ihnen etwas aus, wenn ich reinkomme?»

Es war sein Gebäude, also bitte. «Sicher. Ich wollte gerade Feierabend machen.» Graham sah kurz auf die Straße hinaus, als Gunner sich an ihm vorbeischob.

Er schloss die Tür wieder, dann beobachtete er seinen Boss dabei, wie er durch die Redaktion schlenderte, sich die Magazinständer, Regale, Tische und Bilder ansah, die sie aufgehängt hatten. Sein unablässiges Nicken wirkte zustimmend … aber in den wenigen Monaten, die Graham jetzt hier arbeitete, hatte Gunner kein einziges Mal in der Zeitung vorbeigeschaut.

«Sieht toll aus. Jede Menge Veränderungen.» Er deutete auf die Comicboxen mit den Kopien der alten Ausgaben. «Stammen die alle aus dem Lagerraum oben?»

«Ja. Das war Rebeccas Idee.» Und es war ein guter Einfall gewesen.

«Das wäre mir nie in den Sinn gekommen. Genauso wenig wie einen Teil der Redaktion in einen Laden zu verwandeln. Ist auf jeden Fall besser, als das Zeug oben verstauben zu lassen. Mir gefällt auch das Schaufenster mit den Hinweisen auf die Geschichte der Zeitung.» Er zog seine Hose nach oben. «Die Leute vergessen hin und wieder ihre Wurzeln, und das ist eine verdammte Schande. All das hier schlägt einen Bogen zu den Anfängen der *Gazette*.»

Graham brummte zustimmend, unsicher, ob Gunner hier war, um ihm über die Schulter zu schauen oder um sicherzustellen, dass er die *Gazette* nicht in den Ruin führte. «Das waren ebenfalls Anregung von Rebecca. Sie besitzt eine Kreativität, die mir nicht gegeben ist. Tatsächlich ist sie ein Marketing-Genie.» Zufälligerweise konnte dadurch die Zeitung wiederbelebt werden.

Ein kehliges Lachen. Gunner schob die Hände in die Hosentaschen. «Freut mich, dass Sie sie angestellt haben. Ich wollte es selbst vorschlagen, aber Sie sind mir zuvorgekommen. Denn was ihre Marketing-Fähigkeiten angeht, haben Sie absolut recht. Sie sind ein ehrlicher Mann, weil Sie zugeben, wie viele Ideen von ihr stammen.»

«Ich würde nie den Ruhm anderer Leute einheimsen.» Aber das konnte Gunner ja nicht wissen. In Anbetracht der Tatsache, wie Grahams Job in Minnesota geendet hatte, konnte er Gunner ein paar Vorurteile nicht übel nehmen. In Grahams Kopf begannen Warnglocken zu schrillen, und seine Schultern verkrampften sich. Er hatte einen Vertrag für sechs Monate, und davon waren zweieinhalb vorbei. Wollte Gunner ihn feuern? «Sie ist gut in dem, was sie tut, und sie denkt über den Tellerrand hinaus. Ich kann mich glücklich schätzen, sie zu haben.»

Gunner nickte, dann schlenderte er zum Schaufenster und musterte den Vogel im Käfig. «Auch ihre Idee?»

Das Gespräch gefiel Graham nicht besonders, und er legte eine Hand an seinen Bauch, um das nervöse Flattern darin zu beruhigen. «Ja, das gesamte Schaufenster. Sie hat das meiste in einem Trödelladen gefunden. Alles außer dem Vogel.»

«Mr Forester hatte vor Jahren auch einen Vogel. Ich bin mir sicher, Miss Rebecca hat das erwähnt.»

«Das hat sie.» Graham wollte Gunner mit Fragen und vielleicht sogar Anschuldigungen bombardieren, hielt es aber für klüger, die Klappe zu halten – trotz der seltsamen Atmosphäre dieser Unterhaltung. Also wartete er einfach auf die Hiobsbotschaft.

Schönes Wetter, nicht wahr? Wie ist es Ihnen so ergangen? Die neuen Bilder gefallen mir.

Sie sind gefeuert.

Gunner zog eine Ausgabe der aktuellen Zeitung aus einem der Stahlkörbe vor ihm und musterte die Titelseite. «Es hat mir wehgetan zu sehen, was aus der *Gazette* geworden war. Niemand schien sich mehr einen feuchten Kehricht darum zu scheren. Wir haben sie einfach aufgegeben. Aber auf genau das hier hatte ich gehofft.»

Er drehte sich um und wedelte leicht mit der Zeitung. «Ich hatte gehofft, wenn ich Sie anstelle, gibt es wieder Schlagzeilen und wirklichen Inhalt.» Er starrte Graham ausdruckslos an. «Die Abonnentenzahlen steigen. Die Zahlen verbessern sich.»

«Das tun sie.» Ziemlich sogar. «Sowohl bei der Printausgabe als auch bei der digitalen Version. Die Verkäufe hier in der Redaktion werden nicht viel einbringen, aber trotzdem sind es zusätzliche Einnahmen.»

«Absolut richtig.» Gunner legte die Zeitung wieder in den Korb und ging zur Tür. Dann hielt er inne, die Hand bereits am Türknauf. «Ich habe gehört, Sie und Miss Rebecca sind ein Paar.»

Scheiße. Was? «Sind wir nicht.»

Die buschigen Augenbrauen des Bürgermeisters schossen nach oben. «Aber Sie wären es gerne.»

Keine Frage. Die Äußerung einer Tatsache.

Graham öffnete den Mund, um ihn dann eilig wieder zu schließen. Nachdem er die Aussage nicht leugnen konnte, hielt er einfach den Mund und bewies so, dass er zumindest ein paar Hirnzellen besaß.

«Dachte ich mir. In den Gerüchten der Stadt steckt meistens ein Körnchen Wahrheit. Ziemlich viele Leute drücken Ihnen die Daumen.» Gunners Lippen verzogen sich zu so etwas Ähnlichem wie einem Grinsen. «Aber passen Sie auf Rebeccas Herz auf. Es wurde schon zu oft gebrochen.»

Und dann nickte der Bürgermeister ihm zu und ging.

Graham wartete darauf, dass Gunner das Schaufenster passiert hatte, dann beugte er sich vor, stützte die Hände auf die Knie und stieß heftig den Atem aus.

Was zur Hölle war das gewesen? Er wusste nicht, ob er gelobt, auf Bewährung gesetzt oder bedroht worden war. Verflixt, nach dieser Achterbahnfahrt hatte er ein Schleudertrauma.

Das Klappern eines Halsbandes mischte sich in Grahams trommelnden Herzschlag, dann streckte der Hund den Kopf aus dem hinteren Büro.

Graham richtete sich wieder auf und seufzte. «Vielen Dank auch für deine vornehme Zurückhaltung, du Feigling. Du hast mich hier draußen mit dem großen bösen Wolf ganz allein gelassen.»

Twain setzte sich, als wollte er sagen: *Tut mir leid, aber tut mir nicht leid.*

«Diesmal werde ich dir verzeihen.» Graham ging in sein Büro, um seine Sachen zu holen, und streichelte im Vorbeigehen den Hund. «Das kam total aus dem Nichts, oder? Das gesamte Gespräch. Seltsam, irgendwie.»

Twain legte den Kopf schief, als hätte er verstanden.

Nachdem Graham Schlüssel und Handy eingesteckt hatte, blieb er reglos neben seinem Schreibtisch stehen. Er war immer noch aufgewühlt. Wenn er diesen Job verlor, würde er in seiner Branche wahrscheinlich keinen anderen mehr finden. Aber er konnte nichts anderes. Wenn er sich beruflich tatsächlich umorientieren müsste, hatte er keine Ahnung, was er tun sollte. Als ihm nach dem Skandal klar wurde, dass wirklich niemand ihn einstellen wollte, hatte er verschiedene Möglichkeiten erwogen, ohne zu irgendeinem Ergebnis zu kommen. Aber er hatte sich diese Suppe selbst eingebrockt, und jetzt musste er sie auslöffeln. Er konnte sich wirklich glücklich schätzen, dass sich ihm diese Gelegenheit geboten hatte.

Bis Rebecca auf der Bildfläche erschienen war, hatte er kaum mehr gemacht als Dienst nach Vorschrift. Sie hatte ihm einen Tritt in den Hintern verpasst und das Interesse der Stadt geweckt. Sie hatte Veränderungen angestoßen, die funktionierten. Zur Hölle, Graham selbst spürte wieder diesen Funken in sich und hatte wieder eigene Ideen. Heute Abend, nachdem sie gegangen war, hatte er seinen ersten Artikel seit Monaten geschrieben, statt nur die Texte anderer Leute zu korrigieren oder die Druckausgabe zu layouten. Hoffnung war dummerweise in ihm aufgeblüht.

Der Besuch von Gunner hatte bei Graham den deutlichen Eindruck hinterlassen, dass sein Boss wusste, dass Rebecca allein für alles verantwortlich war. Und damit hatte er völlig recht. Aber warum war er vorbeigekommen? Um herauszufinden, ob Graham lügen und sich mit fremden Federn schmücken würde? Um anzudeuten, dass Gunner sich bewusst war, was hinter den Kulissen ablief, und Graham vorsichtig sein musste? War es eine Warnung gewesen oder ein Vorbote für etwas anderes?

Er … wusste es einfach nicht. Und die Unsicherheit nagte an ihm. Er war nicht Hunderte Kilometer von seiner Familie und seinem vertrauten Umfeld weggezogen, um eine Anstellung in einer winzigen Stadt in den Südstaaten anzunehmen und hier eine Arbeit zu machen, die er früher abgelehnt hätte, nur um den Job gegen die Wand zu fahren. Wäre da nicht eine freche Blondine gewesen, die ihm den Hintern gerettet hatte, wäre er in vier Monaten wegen Erfolglosigkeit gefeuert worden. Und nach dem spontanen Besuch heute Abend war er sich nicht mal mehr sicher, ob die Rettung der Zeitung auch seine Karriere retten würde … nachdem er quasi nichts damit zu tun gehabt hatte.

Vor lauter Angst raste sein Puls, und die Sorgen verursachten ihm Kopfschmerzen.

Da er nicht wusste, was er mit dieser ruhelosen Energie anfangen sollte, pfiff er nach seinem Hund, verschloss das Büro und wanderte die Main Street entlang in Richtung zu Hause. Wie gewöhnlich war es ruhig auf dem Marktplatz, und er blieb allein mit seinen Gedanken. Allmählich begann er, seine eigene Gesellschaft zu hassen.

Vielleicht würden ihm die frische Luft und ein Spaziergang guttun. Es war Freitagabend. Er könnte Forest anrufen und mit ihm etwas trinken gehen. Oder sich umziehen, sobald er zu Hause war, und laufen gehen. Den Roman lesen, den er vor Kurzem gekauft hatte. Passende Themen für Kleinstadtzeitungen und georgiabezogene Artikel recherchieren. Sinnlos fernsehen. Den Riegel an der

Hintertür reparieren, der nicht richtig einhakte. Noch mehr lächerliche Cookies für den Postboten backen. Den Rest der Kisten aus seiner alten Wohnung auspacken. Das Gästezimmer streichen. Seine Eltern anrufen. Dem Gras, das er gerade erst gemäht hatte, beim Wachsen zusehen …

«Hey, ist alles okay?»

Er saß auf der obersten Stufe zu seiner Veranda, schaute irritiert auf und blickte in ihm nur allzu vertraute blaue Augen. Rebecca. Man konnte sich gut mit ihr unterhalten, sie urteilte nicht, motivierte, statt zu demotivieren, bestärkte und beruhigte seinen Wahnsinn, roch unglaublich gut, tanzte auf der Linie zwischen süß und supersexy, war schlau wie ein Fuchs und hatte einen tollen Humor. Er wollte verdammt sein, wenn sie nicht genau das war, was er brauchte. Woher hatte sie das gewusst?

Tatsächlich bemerkte er nach einem kurzen Rundumblick, dass er nicht wusste, wie er nach Hause gekommen war … und warum er auf *ihrer* Türschwelle saß. Anscheinend war sein Unterbewusstsein für ihre Begegnung verantwortlich, nicht ihre Intuition.

Er war ein Idiot. Ein schwer abgelenkter Idiot.

Twain seufzte neben Graham, als wollte er diese Einschätzung bestätigen.

Sie hatte sich umgezogen, nachdem sie das Büro verlassen hatte, denn sie trug jetzt enge Jeans, Sandalen mit Absätzen und eine weite grüne Bluse, die eine Schulter frei ließ. Ihr Haar war nicht länger zu ihrem üblichen Arbeitsdutt zurückgebunden, sodass ihre karamellfarbenen Strähnen ihr Gesicht locker umrahmten. Sie stand vor ihm und sah auf ihn herunter, die Stirn sorgenvoll gerunzelt. Wahrscheinlich, weil er ihr nicht geantwortet hatte – allerdings konnte er sich auch nicht erinnern, was sie gefragt hatte.

Sie schob die Tasche von ihrer Schulter, stellte sie auf die unterste Stufe und ging vor ihm in die Hocke. «Was ist passiert?»

Alles. Nichts.

«Du siehst toll aus.» Das war eigentlich keine Antwort auf ihre Frage, aber auf jeden Fall war es die reine Wahrheit. Sie hatte so ein schönes, außergewöhnliches Gesicht und dazu diese riesigen, unendlich ausdrucksvollen Augen.

«Danke.» Ihre Miene verriet, dass sein ausweichender Kommentar sie nicht überzeugte, aber sie spielte mit.

«Gern geschehen. Wie war das Treffen des Buchclubs?»

«Lustig, größtenteils.» Sie schob Twain zur Seite und setzte sich neben Graham. «Scarletts Mama hat deutlich ihre Missbilligung gezeigt wegen ein paar Veränderungen an der Plantage und weil sich Aden Abner zum Buchclub angemeldet hat.»

«Wer ist Aden?»

«Ein alter Klassenkamerad.» Sie strich sich eine Strähne aus dem Gesicht und lächelte versonnen. «Seine Familie hat früher für die Taylors gearbeitet. Vor ungefähr fünf Jahren hat Scarlett Aden den Teil des Anwesens verkauft, auf dem die Stallungen stehen. Er hat dort ein Haus gebaut und eine Firma gegründet, die eine gute Ergänzung zu ihrer Agentur bietet. Kutschenfahrten und so was.»

Er hatte gedacht – oder vermutet –, dass Scarlett solo war. «Wie lange sind sie schon zusammen?»

«Scarlett und Aden?» Sie lachte auf diese volltönende Art, nach der er bereits süchtig war. «Sind sie nicht. Sie bringen sich gegenseitig auf die Palme und holen sich wieder herunter. Quasi stündlich. Sie sind befreundet. Irgendwie.»

«Irgendwie, hm?» Sie war wirklich amüsant, wenn sie nicht über sich selbst sprechen musste. Offener, weniger reserviert.

«Ja. Es ist nicht so leicht, ihre Beziehung in Worte zu fassen. Er würde so gut wie alles für sie tun, und sie hat tiefen Respekt vor ihm. Sie war diejenige, die erkannt hat, dass er seine eigene Firma führen sollte, statt sich nur um ihre Pferde zu kümmern. Sie streiten sich wie rothaarige Stiefgeschwister.»

In seinen Ohren klang das nach Vorspiel. Dennoch war es wirklich großartig von Scarlett gewesen, Adens Fähigkeiten anzuerkennen und ihm zudem noch die Chance auf Unabhängigkeit zu schenken.

«Du würdest Aden mögen. Wir Mädels laden demnächst mal ein paar Leute ein und stellen ihn dir vor. Wäre vielleicht keine schlechte Idee, wenn du dich auch zum Club anmeldest. Dabei könntest du ein paar Einwohner kennenlernen.»

«Vielleicht.» Treffen am Freitagabend könnten schwierig werden, weil er da das Layout für Montag fertig machen musste. Andererseits konnte er das auch irgendwann am Wochenende erledigen. «Wir werden sehen.»

«Auf jeden Fall», meinte sie seufzend, «sind sehr viel mehr Leute gekommen als erwartet. Vermutlich waren sie neugierig auf Neuigkeiten über die Bibliothek und den neuesten Klatsch. Es waren überwiegend Frauen, aber auch zehn Gentlemen. Für diesen Monat haben wir uns für einen netten Krimi entschieden.»

Er nickte, weil er dazu nicht viel sagen konnte. Er wollte ihr sowieso lieber zuhören. Da sie ihm so nahe war, wirkte sich ihr verführerischer Duft verheerend auf seine Konzentration aus – bis sie quasi nicht mehr vorhanden war. Stattdessen spielte sein Hirn die Vorkommnisse des Nachmittags in Dauerschleife ab: den Beinahekuss, ihre Worte.

«Es gab Gezicke und Diskussionen darüber, mit welchem Genre wir starten sollen, also haben wir schließlich abgestimmt und …»

«Welche Zeitspanne umfasst eine heiße Minute?»

Sie klappte den Mund zu, richtete sich auf und runzelte wieder verwirrt die Stirn.

Mist. Er hatte sie nicht unterbrechen wollen, aber diese Frage trieb ihn fast in den Wahnsinn. Mit Rebecca hatte er von Beginn an Probleme gehabt, die Grenze zwischen persönlich und professionell nicht zu überschreiten. Anscheinend dachte die halbe Stadt – der Bürgermeister eingeschlossen –, dass Graham und Rebecca miteinander ausgingen – und es störte niemanden. Gunners heutiger Besuch hatte Graham gleich doppelt zugesetzt, zuerst wegen der Angst um seinen Job, dann mit dem Kommentar über Rebecca.

«Ähm …» Sie schürzte nachdenklich die Lippen. «In den Südstaaten bedeutet das einfach eine lange Zeit, vermute ich. Es können Wochen, Monate oder Jahre sein, je nach Kontext. Warum?»

Okay. Das half ihm absolut nicht weiter.

Diese nervöse Energie kehrte mit einem Mal zurück, also erhob er sich und tigerte auf dem Gehweg vor der Veranda auf und ab. «Neulich beim Abendessen hast du gesagt, es sei eine heiße Minute her, dass du mit jemandem geschlafen hast.»

«Oh. Das.»

Mmh-hmm, *das*. «Welchen Zeitraum umfasst eine heiße Minute also in diesem Kontext?»

Sie starrte ihn mit ausdrucksloser Miene an. «Meine letzte Beziehung hat ungefähr elf Monate gehalten. Wir haben uns vor fast einem Jahr getrennt.»

Ein Jahr? Er hatte gedacht, seine Dürre von sieben Monaten wäre schlimm. Er war zwei Jahre mit Felicia zusammen gewesen, aber sie hatte ihn verlassen, sobald seine Karriere den Bach runterging. Was nur bewies, dass er ihr ziemlich egal gewesen war. Aber ehrlich gesagt war er nicht allzu traurig darüber gewesen, und seine Überraschung hatte sich auch in Grenzen gehalten.

Er lief weiter auf und ab, während in seinem Kopf ein ziemlicher Aufruhr herrschte. «Heute im Büro hätte ich dich fast geküsst, und dann habe ich mich entschuldigt.»

Sie starrte ihn wieder nur an. Wie sehr er sich wünschte, ihre sonst so ausdrucksvollen Augen würden ihm einen Hinweis auf ihre Gedanken liefern. Aber er hatte keine Ahnung, was in ihrem Kopf vorging.

Na schön. Dann würde er eben mit seinem bipolaren Ausbruch weitermachen. «Du hast gesagt, es täte dir nicht leid, dass ich es versucht habe.» Zu diesem Zeitpunkt hätte es ihn nicht mal mehr schockiert – oder überrascht –, wenn sie einen Lapdance in einem Dinosaurierkostüm hingelegt hätte. «Was genau hast du damit gemeint? Könntest du das vielleicht etwas genauer ausführen?»

Das war eine sehr heikle Situation. Er war ihr Vorgesetzter. Und obwohl er sich niemals, nicht in tausend Jahren, einer Frau aufzwingen würde und ihr auf keinen Fall das Gefühl geben wollte, sie würde sexuell belästigt werden, so musste er sich doch auch selbst schützen. Seine Karriere hatte bereits einen K.-o.-Schlag einstecken müssen. Alles Weitere wäre der Todesstoß. Andererseits musste sie erfahren, dass sie ihm trauen konnte, dass er sie respektieren würde und dass die Entscheidung bei ihr lag. Ohne negative Folgen.

Sie atmete einmal tief ein, ohne eine Sekunde den Blick von ihm abzuwenden, und als sie endlich sprach, klang ihre Stimme sanft, fast kraftlos. «Ich bin nicht besonders gut in so was, Graham.»

Egal, wie viele Antworten er sich ausgemalt hatte, diese war nicht dabei gewesen. «Nicht gut in was genau?»

Sie biss sich auf die Unterlippe, und er musste sich mit aller Kraft beherrschen, nicht zu ihr zu gehen und diese Lippen mit seinen zu bedecken. Seine Haut brannte, seine Muskeln verkrampften sich. Seine Finger zuckten vor Verlangen, sie zu berühren.

Sie blinzelte, dann senkte sie den Kopf und kraulte geistesabwesend den Hund. Dieses Verhalten passte so gar nicht zu ihrer temperamentvollen, direkten Persönlichkeit, dass selbst die Schwerkraft ihm plötzlich unwirklich vorkam.

Er brauchte ein Aspirin. «Rebecca?»

«Dating.» Sie verzog das Gesicht, schüttelte den Kopf, als schimpfte sie innerlich mit sich selbst. «Ich bin nicht gut in Dating oder Beziehungen oder dem Flirten, das alldem in der Regel vorausgeht. Ich habe nicht viel Erfahrung in diesem Bereich. Als Jugendliche in einer Kleinstadt, in der es keine Geheimnisse gibt, gab es nicht besonders viele Optionen. Ein paar natürlich schon, aber du verstehst sicher, was ich sagen will. Alle Männer hier haben schon mit mir im Sandkasten gespielt. Im College gab es ein paar Interessenten, aber mit keinem hat es länger gehalten. Ich war zu sehr auf mein Studium konzentriert. Dasselbe gilt für die Zeit nach meinem Abschluss. Ein paar Männer hier und da, aber ich war vor allem mit meiner Arbeit beschäftigt. Diese elfmonatige Beziehung, die ich erwähnt hatte? Sie war die längste, die ich je hatte.»

Rebecca war schonungslos ehrlich. Gewöhnlich war sie sehr taktvoll, aber wenn man sie herausforderte, schreckte sie nicht davor zurück, offen ihre Meinung zu sagen. Sie schien nicht fähig zu sein, wirklich zu lügen. Als er also vor ihr stand, die Hände in die Hüften gestemmt, den Kopf schief gelegt, weil er sich nicht sicher war, ob er sie wirklich richtig verstanden hatte, und sich fühlte, als hätte ihn irgendwer in Willy Wonkas Schokoladenfabrik versetzt, musste er sich an diese Charaktereigenschaften erinnern. Denn er konnte es einfach nicht glauben, dass bisher kein Mann versucht hatte, ihr einen verdammten Ring an den Finger zu stecken. Sie war atemberaubend. Freundlich. Schlagfertig und witzig und kreativ und so wahrhaftig wie diese Anziehung, die er vom ersten Moment an verspürt hatte.

Ganz davon abgesehen … «Du hast meine Frage nicht beantwortet.»

«Habe ich doch gerade.»

«Hast du eben nicht.» Der Hund sah zwischen ihnen hin und her, als beobachtete er ein irres Tennisspiel. «Wir können später noch mal über deine Beziehungshistorie reden. Ich versichere dir, dich erwartet eine hitzige Diskussion. Aber für den Moment sei so nett und beantworte meine Frage.» Er biss die Zähne zusammen. «Bitte.»

Sie richtete den Blick zum Himmel, als müsste sie Gott um Geduld anflehen. «Welche Frage, Graham? Ich habe dir gerade erklärt, dass ich schlecht in so was bin.» Sie wedelte mit der Hand zwischen ihnen hin und her. «Ich weiß nicht, was du von mir hören willst.»

Okay. Es wurde Zeit, dieses Karussell zu stoppen. Er wollte aussteigen.

Er hob die Hände und sprach in präzisen, deutlichen, sehr kurzen Sätzen – nicht weil er sie für dumm hielt, sondern weil sein Verlangen nach ihr *ihn* langsam dumm machte. «Ich habe dich fast geküsst. Ich habe mich entschuldigt. Du hast gesagt, es tue dir nicht leid. Was hast du damit gemeint?»

«Ähm, dass es mir nicht leidgetan hat, dass du versucht hast, mich zu küssen», gab sie langsam zurück, weil sie nun offensichtlich mitbekommen hatte, dass dieses Gespräch ihn geistig überforderte.

«Okay.» Jetzt kamen sie einen Schritt voran. «Bedeutet das, dass es für dich in Ordnung gewesen wäre, wenn ich die Tat vollendet hätte?»

«Ja.»

«Du hättest gewollt, dass ich dich küsse?»

«Ja.»

«Hast du seit heute Nachmittag deine Meinung geändert?» Sag Nein. Bitte, sag …

«Nein.»

Gott sei Dank. «Fühlst du dich auf irgendeine Weise unter Druck gesetzt oder unwohl bei dem Gedanken an diesen besagten Kuss?»

«Nein.»

«Nur um das noch mal klarzustellen: Es war in Ordnung, dass ich versucht habe, dich zu küssen, du wolltest es, du willst es immer noch, und ich zwinge dich nicht, Ja zu sagen.» Plötzlich konnte er wieder atmen. «Habe ich das korrekt zusammengefasst?»

«Ja. Du benimmst dich seltsam und …»

«Warte. Mehr brauche ich nicht.» Er brauchte mehr, aber das würde er gleich in Ordnung bringen.

Mit zwei großen Schritten überbrückte er den Abstand zwischen ihnen, stemmte die Hände auf die oberste Stufe neben ihren Hüften und presste den Mund auf ihren.

Jubel erhob sich über dem gesamten Erdball.

Engel stürzten aus dem Himmel.

Das Universum fand sein Gleichgewicht wieder und …

Vergesst das. Nein. Schon nach fünf Sekunden hatte sie seine Welt aus den Angeln gehoben, sodass er hilflos durchs All trieb.

Ihre vollen, weichen Lippen öffneten sich, und ein köstliches kleines Stöhnen entschlüpfte ihrem Mund, und er nahm es auf. Sein Puls raste, und Schmetterlinge tanzten in seinem Bauch. Er legte den Kopf zur Seite und küsste sie leidenschaftlicher, fand ihre Zunge. Langsam, genüsslich. Berauschend.

Das war immer der beste Teil. Nun, nicht unbedingt der beste, aber der aufschlussreichste. Der erste Kuss war dafür da, eine Frau und ihren Stil kennenzulernen und ihre Technik zu testen, um herauszufinden, ob sie kompatibel waren und zusammenpassten. Ob die Chemie zwischen ihm und ihr vielleicht nur eine Täuschung gewesen war.

Und sie beide? Sie waren das Periodensystem der Elemente. Passten sie zusammen? Rebeccas Puzzlestücke fügten sich so perfekt an seine, dass ihm kurz der verrückte Gedanke durch den Kopf schoss, ob sie vielleicht allein für ihn erschaffen worden war.

Sie nahm und gab gleichermaßen und begegnete ihm auf Augenhöhe, um dann ein Katz-und-Maus-Spiel zu beginnen. Zuerst folgte sie gehorsam seiner Führung, dann – *bumm* – nahm sie wieder die Zügel in die Hand. Ihm wurde schwindelig vor Verlangen, seine Hose war mit einem Mal viel zu eng, und sein Herz raste unkontrolliert. Sie schmeckte nach Minze und roch nach einem warmen Sommernachmittag. Jasmin und warme Frau.

Sie drängte sich ihm entgegen, vergrub die Finger in seinem Haar und … oh, verdammt. Er stöhnte. Die Lust schoss wie ein Stromschlag durch seine Adern, seine Nackenhaare stellten sich auf. In seinem Kopf herrschte Krieg.

Nimm sie.

Wag es nicht.

Ja.

Nein.

Zu schnell.

Es kann gar nicht schnell genug gehen.

Ein Jaulen durchschnitt die Stille und zerstörte die Intensität des Moments. Rebecca und Graham lösten sich voneinander.

Sie war das nicht gewesen. Oder er. Wer dann? Sie waren allein.

Etwas Kaltes, Nasses presste sich gegen sein Kinn.

Sie zog sich mit einem kehligen Lachen von ihm zurück. «Hi, Twain.» Sie drehte den Kopf und grinste den Hund an, der ihr Gesicht ableckte. Dann tat sie etwas für ihn völlig Unbegreifliches, denn sie löste die Hände aus Grahams Haar, um … stattdessen den *Hund* zu streicheln. «Ja, du bist ein ganz lieber Kerl. Ein ganz lieber.»

«Ich bin auch ein lieber Kerl», witzelte Graham.

«Fühlst du dich ausgeschlossen?», flötete sie, als wäre es der Hund, der getröstet werden musste.

«Ja.» Graham stieß mit der Nase ihre Wange an.

Sie warf lachend den Kopf in den Nacken. Ihr Haar fiel über seine Hand, die er an ihren Rücken gelegt hatte.

Als wäre eine weitere kalte Dusche nötig, leckte Twain nun auch Graham das Gesicht ab.

11

Die ganze Stadt summt vor Aufregung wegen dir und Graham wie ein Bienenstock.» Scarlett wackelte mit den Augenbrauen.

Seufzend lehnte sich Rebecca gegen ihr Auto, das auf dem Parkplatz der Bibliothek stand. Sie warteten auf Forest, mit dem sie verabredet waren. Die Sonne badete das Anwesen in hellem Licht, und eine schwüle Brise strich über ihre Haut. Kardinäle flogen von Baum zu Baum, und eine Rotspottdrossel sang aufgeregt ihr Lied. Es gab eine Sache an Vallantine, die sie wahrlich nicht vermisst hatte: den Tratsch.

Sie verdrehte die Augen. «Einfach toll, wie alle uns bereits verheiratet sehen, mit eins Komma fünf Kindern, obwohl wir noch nicht mal ein Date hatten.»

Scarlett lachte. «Ihr habt letzte Woche zusammen zu Abend gegessen.»

«Das war ein *Arbeitsessen*.»

Dorothy hob die Hände. «Wie bekommt man eins Komma fünf Kinder? Das ist mathematisch unmöglich.»

«Das ist alles, was du zu der Situation zu sagen hast?» Scarlett stemmte die Hände in die Hüften.

«Nein. Aber ich meine ja nur, als Buchhalterin verstehe ich das einfach nicht.»

Rebecca richtete den Blick gen Himmel. «Ich ziehe meinen Kommentar zurück. Ich will ja überhaupt keine Kinder.»

Wenn sie nicht gerade mit ihren Freundinnen sprach, gab Rebecca diesen Fakt nur selten laut zu. Die meisten Leute sagten dann Dinge wie: *Du wirst deine Meinung noch ändern*, oder dachten bei sich: *Was stimmt nicht mit ihr?* Die Gesellschaft kritisierte Frauen wie sie oft ... als könnte sie ohne Kinder keine Erfüllung im Leben finden. Das machte sie unglaublich wütend. Aber ehrlich, Kinder kamen in ihren Zukunftsplänen einfach nicht vor. Sie liebte Kinder. Sie wollte nur einfach keine eigenen.

Scarlett grinste. «Aber du stehst auf deinen Chef.» Als Rebecca nicht antwortete, drängte Scarlett. «Komm schon. Erzähl uns alles. Wir sind deine besten Freundinnen.»

Gutes Argument, da hatte sie recht.

Na schön. Rebecca verschränkte die Arme vor der Brust. «Ja, ich mag ihn. Ja, ich glaube, er mag mich auch. Nein, wir gehen nicht offiziell miteinander aus. Aber er hat mich gestern Abend geküsst.» Und wow, der Kuss wirkte immer noch nach in ihr.

Dorothy lächelte.

Scarlett sprang ihr sofort an die Kehle. «Ich wusste es. Ich wusste es einfach. Wie war der Kuss? Ich wette, heißer als ein Frosch in einer Bratpfanne.»

Lachend rieb Rebecca sich die Stirn. «Ich sage nur so viel: Es war gut, dass ich saß. Meine Beine hätten mich nicht mehr getragen.»

«Sehr gut.» Dorothy schenkte ihr ein Grinsen. «Du hast etwas Schönes in deinem Leben verdient.»

«Das finde ich auch.» Scarlett warf sich die Haare über die Schulter, offensichtlich noch nicht fertig mit ihrem Verhör. «Also war der Kuss so gut, dass du dich gefühlt hast wie Alice, die ins Kaninchenloch fällt?»

Forests Truck fuhr auf den Parkplatz und stoppte.

«Ja. Und jetzt sei still.» Rebecca warf Scarlett einen mahnenden Blick zu, dann beobachtete sie, wie Forest aus dem Truck stieg.

Die Beifahrertür schwang ebenfalls auf und ... Graham stieg aus.

Herr im Himmel, er sah verdammt sexy aus in diesen Jeans und dem grauen T-Shirt. Zur Arbeit trug er gewöhnlich einen Anzug ... was völlig in Ordnung war. Ein gut angezogener Mann war in jedem Fall attraktiv. Aber ihr war legere Kleidung trotzdem lieber. Sein Hintern füllte den Jeansstoff, als wäre die Hose für ihn maßgeschneidert worden, und das Shirt betonte seinen schlanken, muskulösen Körperbau. In der Sonne glänzte sein ebenholzschwarzes Haar ein wenig bläulich, und diese zerzauste Frisur, als wäre er gerade erst aufgestanden, war hinreißend. Seine Augen leuchteten lebhaft grün, als er seinen Blick auf sie richtete.

«Wow. Na, wen haben wir denn da?», meinte Scarlett grinsend.

Dorothy rammte ihr den Ellbogen in die Seite. Heftig.

Plötzlich wusste Rebecca nicht mehr, wie sie sich in seiner Nähe verhalten sollte. Gingen sie normal miteinander um? Ihr Magen rebellierte nervös. Sie befanden sich in der Gesellschaft von Freunden. Vielleicht sollte sie einfach abwarten.

Sie schwieg, nachdem sie sich nicht sicher war, wieso er überhaupt hier war. Graham hatte nicht erwähnt, dass er Forest begleiten wollte. Andererseits war das Treffen auch sehr kurzfristig angesetzt worden. Es ging offenbar um die Entscheidung der Historischen Gesellschaft in Bezug auf die Renovierungen. Sie saß seit dem Anruf vor einer Stunde wie auf glühenden Kohlen. Tatsächlich galt das für sie alle. Ihre Pläne für die Bibliothek hingen von diesem Urteil ab.

«Ich hoffe, es ist okay, dass ich dabei bin.» Graham lächelte, und Rebeccas Hirnzellen quittierten den Dienst. «Ich habe die berüchtigte Bibliothek bisher noch nicht aus der Nähe gesehen.»

«Du bist jederzeit willkommen.» Scarlett zwinkerte ihm zu.

«Achte nicht auf sie», sagte Dorothy. «Sie hatte heute Morgen zu viel Kaffee in ihrem Zucker. Sie flirtet nicht wirklich. Und natürlich führen wir dich gerne herum.»

«Ich glaube, du meintest zu viel Zucker in meinem Kaffee.»

«Nein, ich meinte genau das, was ich gesagt habe.» Dorothy warf ihrer Freundin einen strengen Blick zu.

Graham nickte mit einem amüsierten Grinsen. «Vielen Dank für die Gastfreundlichkeit.»

Scarlett spielte an ihrem kurzen blauen Sommerkleid herum. «Ich habe in zwei Stunden eine Babyparty auf der Plantage. Wie lautet das Urteil?»

«Nun …» Forest seufzte und sah stirnrunzelnd auf die Papiere in seinen Händen herunter.

Oh, Scheiße. Rebecca rutschte das Herz in die Hose. Die Historische Gesellschaft hatte offensichtlich ein Veto gegen die Veränderungen eingelegt. Sie würden all ihre Ideen und Pläne nicht umsetzen können und neue Pläne zeichnen müssen, sie erneut einreichen … und auch dann gab es keine Garantie, dass ihre Veränderungen genehmigt würden. Diese Baupläne waren die optimale Lösung gewesen. All ihre Mühen in den letzten sechs Monaten …

«Sie haben alles genehmigt.»

Stille. Dann grinste Forest breit.

«Nein», hauchte Dorothy und starrte ihn mit großen Augen an. «Ernsthaft?»

«Ernsthaft.» Er zuckte mit den Achseln. «Ich habe meinen Senf dazugegeben, indem ich ihnen erklärt habe, die Veränderungen wären absolut notwendig und unsere Belles würden stets respektvoll mit der Geschichte unserer Bibliothek umgehen. Ich glaube, Rebeccas Artikel in der Zeitung hat ihnen zusätzlich bewusst gemacht, wie offen ihr mit den Renovierungen umgeht.»

Rebecca zweifelte keinen Moment daran, dass die Sache ohne Forests Einsatz für sie vollkommen anders gelaufen wäre. Er war Vallantines Goldjunge, und sein Wort hatte Gewicht.

«Ja!» Scarlett riss die Faust in die Luft. «Hätte ich nicht dieses Kleid an, würde ich an dir hochklettern wie an einer Eiche, Forest Truman.»

«Ich trage kein Kleid.» Rebeccas Brust kribbelte vor überschwänglicher Freude. «Ich komme!»

Forest musste geahnt haben, was sie vorhatte, denn als sie losrannte, warf er Graham seine Papiere zu und öffnete die Arme, um sie zu fangen. Sie schlang die Beine um seine Hüfte, die Arme um seine Schultern und drückte ihn mit aller Kraft.

«Vielen, vielen Dank.»

Er lachte. «Wirklich gerne geschehen.»

Sie sah über seine Schulter und bemerkte Grahams mürrische Miene, bevor Scarlett und Dorothy für eine Gruppenumarmung dazukamen. Forest stieß ein leises Grunzen aus, dann lachte er wieder. «Hätte ich gewusst, dass so was ausreicht …»

Scarlett hob den Kopf. «Los, komm dazu, Graham.»

«Ähm.» Er schüttelte den Kopf. «Forest und ich führen nicht die Art Freundschaft, bei der wir uns umarmen.»

Forest brummte. «Er ruht einfach nicht so sehr in seiner Männlichkeit.»

Rebecca verdrehte die Augen, dann streckte sie den Arm aus, packte den Stoff seines Shirts und zog Graham in die Gruppe. Die Papiere fielen zu Boden.

Die Wange gegen Forests Hemd gepresst, seufzte Graham. «Schön, dann eben ein flotter Fünfer.»

Schließlich zog Scarlett sich zurück und legte ein kleines Freudentänzchen hin. «Das ist fantastisch!»

Forest stellte Rebecca ab, als die anderen ebenfalls zurücktraten. Er sammelte die Papiere vom Boden auf, während Graham mit geröteten Wangen sein T-Shirt glatt strich.

«Ich werde sofort die Handwerker anrufen.» Dorothy wirbelte zu ihrem Auto herum, dann hielt sie inne. «Oder brauchst du noch irgendwas?»

«Nein, Ma'am. Alles in Ordnung.» Scheinbar aus einem Impuls heraus strich Forest Dorothy eine Strähne aus dem Gesicht. Dorothys Augen wurden groß, und Forest erstarrte. «Tut mir leid. Die Haare hingen da einfach und … tut mir leid.»

Dorothy schüttelte den Kopf, sichtlich atemlos. «Absolut in Ordnung. Danke. Ich geh jetzt mal.»

«Oh!» Rebecca schnippte mit den Fingern. «Habt ihr heute Abend schon was vor? Vielleicht könnten wir uns auf einen Drink treffen oder so. Auch mit Aden, damit Graham ihn kennenlernt?»

«Das klingt nach einer schrecklichen Idee.» Scarlett kniff lächelnd die Augen zusammen. «Um wie viel Uhr?»

Dorothy lachte. «Ich habe Zeit.»

Forest und Graham nickten.

Scarletts Daumen huschten über ihr Smartphone. «Graham, deine Telefonnummer?»

Er ratterte die Zahlen herunter.

«Ich werde euch eine Gruppeneinladung schicken, dann können wir über das Wann und Wo entscheiden.»

«Klingt gut. Dann mal ciao, ihr alle.» Dorothy winkte. «Wir sehen uns heute Abend.»

Ein paar Minuten später brach auch Scarlett auf.

Rebecca seufzte selig, unfähig, ihr dämliches Lächeln zu unterdrücken. Endlich fügte sich alles, und ihr wurde ganz warm ums Herz. Die Bibliothek, ihre Karriere … und dann entwickelte sich da auch noch etwas mit Graham. Es fühlte sich surreal an.

«Willst du die Bibliothek sehen?», fragte sie ihn.

Er grinste breit. «Auf jeden Fall.»

«Tut euch keinen Zwang an.» Forest wedelte mit seinen Papieren. «Ich werde die neu ordnen und im Truck warten.»

Graham schüttelte den Kopf. «Ich werde zu Fuß nach Hause gehen. Fahr nur los. Wir sehen uns ja heute Abend.»

Sie warteten, bis Forest aufgebrochen war, dann nahm Rebecca den Schlüssel aus ihrer Handtasche.

«Nur als Vorwarnung: Die Bibliothek ist in einem schlechten Zustand, aber jetzt, wo die Historische Gesellschaft grünes Licht gegeben hat, können wir bald alles in Ordnung bringen.»

Er musterte mit einem sanften Lächeln ihr Gesicht. «Du wirkst wirklich glücklich.»

«Das bin ich.» Die Emotion fühlte sich fremd an, weil es so lange her war, dass sie echtes Glück empfunden hatte.

Er hob die Hand und tippte ihr leicht auf die Nase. «Du rümpfst schon wieder die Nase. Das tust du immer, wenn du aufgeregt oder verlegen bist.»

«Mh.» Sie hielt sich die Hand vor den verräterischen Körperteil. «Ich habe kein Pokerface.»

Sein Lächeln wurde zärtlich, sein Blick warm. «Es gibt Schlimmeres als Ehrlichkeit, Rebecca.»

«Das stimmt.» Sie deutete auf die Bibliothek und wandte sich um. «Komm, ich zeige dir den Zufluchtsort meiner Kindheit.»

Er nickte, dann stiegen sie die Stufen zur Veranda hinauf. Als sie den Schlüssel ins Schloss stecken wollte, legte er seine Hand auf ihre, um sie aufzuhalten.

«Warte eine Sekunde.»

Und bevor sie wusste, wie ihr geschah, hatte er ihre Taille umfasst, sie herumgewirbelt und mit dem Rücken gegen die Tür gedrückt. Er schob eine Hand in ihre Haare und presste die Lippen auf ihre.

Und wow. Der Kuss gestern Abend war kein Glückstreffer gewesen. Fest, warm, verlockend. Seine Küsse passten zu seiner Persönlichkeit. Er kam direkt zum Punkt, wollte aber auch Feedback. Ein Teamplayer, der seine Stärken zeigt. Zärtlich und direkt.

Und du lieber Himmel, dieser Bergamotteduft. Sie wäre nur zu gerne darin ertrunken.

Ein Kribbeln überlief ihren Körper, und sie drängte sich ihm entgegen. Eine Hitze, die nichts mit der Wärme des Tages zu tun hatte, schoss durch ihre Adern. Niemals in ihrem Leben hatte sie so heftig auf einen Kuss reagiert. Es war, als wäre Graham in ihren Kopf eingedrungen und hätte all ihre Schalter gefunden. Eine leichte Liebkosung ihrer Lippen. Ein kurzer Kontakt mit ihrer Zunge. Seine Hände glitten an ihrem Rücken herab, dann zuckten seine Finger, als wollte er noch viel mehr mit ihnen anstellen. Sie vergrub ihre

Hände in seinem dichten, weichen Haar und klammerte sich daran fest. Er schnappte nach Luft. Heftig. Ihr schwirrte der Kopf. Es war zu viel und doch nicht genug.

Ein Stöhnen, dann drückte er sie fester gegen die Tür und presste seinen Oberkörper an ihren. Hart und unnachgiebig hielt er sie gefangen. Und sie wollte niemals wieder freigelassen werden.

Er murmelte etwas, was sie nicht verstand, bevor er die Lippen über ihre Kieferlinie gleiten ließ, dann über ihre Kehle.

Sie zitterte unter diesem erneuten Angriff auf ihre Sinne. «Was auch immer du sagst.»

Er lachte leise an ihrer Haut. «Hast du mich überhaupt gehört? Ich glaube nicht, dass das verständlich war.»

«Nein», keuchte sie, die Augen fest geschlossen. «Aber es ist mir egal. Die Antwort lautet Ja.»

Lächelnd hob er den Kopf, bis sie dieselbe Luft atmeten. «Ich habe gesagt: Das wollte ich schon den ganzen Tag tun.»

«Wieso hast du so lange gewartet?»

Lachend ließ er den Daumen über ihre Unterlippe gleiten. «Keine Ahnung, was ich mir dabei gedacht habe. Schande über mich.» Er stieß den Atem aus und suchte ihren Blick. «Heißt das, wir gehen miteinander aus? Sind wir ein Paar? Sind wir zusammen? Mir sind die Rahmenbedingungen noch nicht ganz klar.»

Sie war sich ebenfalls nicht sicher, aber sie lächelte. «Das fände ich schön, wenn du interessiert bist.»

«Ich bin definitiv interessiert.» Er hielt inne, musterte sie prüfend. «Ich glaube, die Stadt ist bereits davon überzeugt, dass wir ein Paar sind.»

«Mmm-hmmm. Willkommen in Vallantine, wo alle ihre Nase in deine Angelegenheiten stecken.» Die Einwohner besaßen die unheimliche Fähigkeit, Gerüchte so lange anzufachen, bis sie zur Tatsache wurden oder zu einer tiefen Überzeugung. «Aber so schlimm ist es gar nicht.»

«Ich bin nur noch nicht daran gewöhnt.» Er machte eine wegwerfende Handbewegung. «Wir haben noch nicht über Vorlieben gesprochen.» Er kratzte sich nachdenklich am Kopf. «Gibt es Regeln?»

Der arme Kerl wirkte noch verwirrter als sie bei der Frage, wie es mit ihnen weitergehen sollte. «Du meinst, wie die Regel, dass man zweihundert Dollar bekommt, wenn man über Los geht?»

«Klugscheißer. Ich dachte eher daran, wie wir die *Geh direkt ins Gefängnis*-Karte vermeiden.»

Sie hatte nicht nur Spaß an den Monopoly-Anspielungen, sondern wusste auch die Geste zu schätzen. «Wieso verbringen wir nicht einfach Zeit miteinander und schauen, wo es hinführt? Wir improvisieren?» Rebecca hatte Graham zwar bereits erklärt, dass sie nicht viel Erfahrung mit Beziehungen hatte, aber er schien eine grobe Richtschnur zu brauchen … und das respektierte sie. «Aber wir sind exklusiv und gehen nicht gleichzeitig mit jemand anderem aus. Außerdem dürfen wir nicht zulassen, dass es unsere Arbeit beeinträchtigt. Und wenn es nicht funktioniert, bleiben wir respektvoll.»

Er nickte mit einem leichten Lächeln. «Okay.»

«Bereit, dir die Bibliothek anzuschauen?»

«Ist wahrscheinlich ein besserer Plan, als der Stadt eine Show hier auf der Veranda zu liefern.» Mit einem Nicken trat er zurück. «Geh voran.»

Sie drehte den Schlüssel, öffnete die Tür und spürte sofort, wie eine überwältigende Euphorie sie erfüllte. Wie sehr sie diese Bibliothek liebte, auch wenn das Gebäude momentan so heruntergekommen war. Schimmel und Staub kratzten in ihrer Kehle, als sie in die Mitte des Raums trat, hinter den Tresen.

Sein Blick huschte über die deckenhohen Regale zu beiden Seiten, den Kronleuchter und das Loft, bevor er die Arme vor der Brust verschränkte. «Sie ist größer, als sie von außen wirkt.»

Vermutlich stimmte das, aber die Bibliothek enthielt keine Möbel oder Bücher mehr, sodass der erste Eindruck trügen konnte. «Wir werden an der hinteren Wand dort einen Anbau hinzufügen, um mehr Raum zu schaffen.» Sie deutete in die angegebene Richtung. «Oben soll ein Buchladen eingerichtet werden, aber die untere Etage bleibt eine Bibliothek.»

Er nickte anerkennend. «Toller Plan. Es gibt nur zwei Läden in der Stadt, die Bücher verkaufen. Einer davon hat sich auf seltene Ausgaben spezialisiert, und der zweite verkauft nicht nur Bücher.»

Genau den gleichen Gedanken hatten Rebecca und ihre Freundinnen auch. Sie lächelte. «Wir werden hauptsächlich neuere Romane bestimmter Genres verkaufen. Und es soll eine Abteilung für Indiebooks geben.»

Sein Blick glitt weiter durch den Raum. «Das ist ein tolles Gebäude. Wirklich schön. Ich verstehe, wieso die Gesellschaft Mitspracherecht haben wollte und sich Sorgen wegen eventueller Veränderungen gemacht hat. Solche Orte gibt es kaum noch.»

Es war sexy, wie sehr er auf ihrer Wellenlänge lag.

Sie wanderten durch den Raum, und sie erzählte ihm ihre schönsten Erinnerungen von sich und ihren besten Freundinnen.

Er schob die Hände in die Hosentaschen und brummte. «Ist das der Grund, wieso ihr drei die Bibliothek bekommen habt? Weil ihr so viel Zeit hier verbracht habt?»

«Zum Teil.» Sie legte den Kopf schief. «Als wir in der achten Klasse waren, war Miss Fillmore unsere Lieblingslehrerin. Sie war ziemlich zurückhaltend, aber sie verstand uns besser als die meisten Erwachsenen. Sie hat uns stets ermutigt. Wir wollten, dass sie glücklich ist, und als Teenager haben wir natürlich zuerst an die Liebe gedacht, als es darum ging, wie wir uns bedanken könnten. Mr Brown war auf charmante Weise unbeholfen. Er hat mit uns gesprochen, als wäre unsere Meinung wichtig, und wir durften uns ständig hier herumtreiben. Also haben wir ein Date für die beiden organisiert … und bald darauf haben sie geheiratet. Eine Ehe, die im Himmel gestiftet wurde. Oder vielmehr in einer Bibliothek.»

Sie seufzte, plötzlich wehmütig – sowohl wegen des Ortes als auch wegen der Erinnerungen. «Über die Jahre haben sie sich sehr bemüht, diesen Ort zu retten. Einmal hat Mr Brown uns erklärt, es sei, als versuchte er mit einem Verband eine Amputationswunde zu versorgen. Er war der letzte lebende Nachkomme der Vallantine-Familie. Ihm war deutlich anzumerken, wie hin- und hergerissen er war zwischen der Verpflichtung gegenüber diesem Vermächtnis und dem Wunsch, sein eigenes Leben zu leben. Ich glaube, eines Tages konnte er einfach nicht mehr. Und bevor wir wussten, wie uns geschah, hat Gunner Davis ein Treffen mit Dorothy angesetzt, um ihr die Besitzurkunde zu überreichen. Mr und Mrs Brown hatten ihr Haus verkauft und Vallantine verlassen, um in einem Wohnwagen durchs Land zu ziehen. Ich war zu dieser Zeit in Boston und wurde über Zoom informiert.»

Mit hochgezogenen Brauen schüttelte Graham den Kopf. «Das ist unglaublich und eine tolle Geschichte.»

«Das ist es. Aber es ist auch wahr.» Sie zuckte mit den Achseln. «In ihrem Brief stand, wir hätten ihnen geholfen, die Liebe zu finden, und sie seien überzeugt davon, dass niemand sich besser um diese Bibliothek kümmern würde als wir. Und jetzt gehört sie uns», flüsterte sie. Sie konnte es selbst nicht glauben. «Wir hatten als Mädchen so verrückte, alberne Träume. Und wir hätten nie gedacht, dass dieser Traum sich einmal erfüllen würde.»

«Ich kenne die Browns nicht. Aber allein, wie du über die Bibliothek sprichst, verrät mir, dass die beiden die richtige Entscheidung getroffen haben.»

Rebecca schloss die Augen, weil eine Welle der Gefühle sie plötzlich überwältigte. Ihre Kehle war wie zugeschnürt, und ihr kamen die Tränen. Aus irgendeinem Grund hatte sie das hören müssen, und zwar nicht von Einwohnern der Stadt, die sich für die Geschichte der Bibliothek interessierten und gespannt darauf warteten, wie es weitergehen würde. Graham war nicht in Vallantine aufgewachsen.

Seine Meinung war frei von jeglicher Sentimentalität. Ohne sich dessen bewusst zu sein, hatte er den einen Satz ausgesprochen, auf den sie irgendwie gewartet hatte, um das Geschenk, das man ihr und ihren besten Freundinnen gemacht hatte, wirklich akzeptieren zu können. Bisher hatte sie immer auch ein schlechtes Gewissen gehabt, aber nun fielen diese Schuldgefühle von ihr ab.

Sie wandte ihm den Rücken zu, um die runde Wendeltreppe zum Loft eingehend zu betrachten und sich dabei zu sammeln. Dann räusperte sie sich und lächelte. «Danke.»

«Gern geschehen.»

Falls er ihren Gefühlsansturm bemerkt hatte, sprach er es nicht an, und dafür war sie ihm unglaublich dankbar. Rebecca hatte sich nie wohl damit gefühlt, der Welt ihre verletzliche Seite zu zeigen. Sogar vor Scarlett und Dorothy verbarg sie ihre wahre Stimmung meistens, obwohl ihre Freundinnen sie nie verurteilen würden.

«Wie viel Wahrheit steckt in den Gerüchten, dass es hier Geister gibt?»

Sie legte eine Hand an die Stirn und lachte. Er schien nicht der Typ zu sein, der an paranormale Erscheinungen glaubte, daher fand sie seine Frage witzig. Tatsächlich hatte er ihr das vor ein paar Tagen selbst gesagt.

«Ich glaube, die Gerüchte kamen in der Generation unserer Eltern erstmalig auf. Aber wenn man Gunner Davis Glauben schenkt, lebt der Geist schon lange hier.» Sie stemmte die Hände auf den Tresen, hüpfte hinauf und ließ die Beine baumeln. «Die Geschichten über Katherine Vallantine sind keine typischen Spukgeschichten, eher ein märchenhafter Mythos.»

«Inwiefern?» Er musterte sie interessiert und lehnte sich gegen ein leeres Bücherregal.

«Nun, nimm zum Beispiel Miss Katie. Der Pfirsichbaum, der in der Mitte der Stadt wächst, erfüllt angeblich Wünsche. Er war der erste Pfirsichbaum, der in der Stadt je gepflanzt wurde, einfach nur, weil Katherine diese Früchte liebte. William und Katherine verband eine epische Liebesgeschichte. Wirklich, sie war einfach sagenhaft. In einer Zeit, in der Frauen wenige Rechte und kaum Kontrolle über ihr eigenes Leben besaßen, waren sie und ihr Glück der Antrieb für fast all seine Handlungen. Das ist so romantisch, wie ihr Tod tragisch war. All die kleinen Dinge ihres Lebens, die sie hinterlassen haben, sind eine stete Erinnerung an diese Liebe.»

Graham lächelte verschmitzt. «Und lässt Miss Katie wirklich Wünsche wahr werden?»

Sie hatten dieses Gespräch vor ein paar Tagen schon einmal geführt, aber heute wirkte er aufgeschlossener.

Sie dachte an all die Momente, in denen sie sich in ihrer Kindheit an den Baum gewandt hatte. «Ich weiß es nicht. Meine jedenfalls nicht.» Zumindest bis jetzt.

Ein Brummen, dann deutete er mit dem Kinn auf sie. «Und die Bibliothek?»

«William hat sie für Katherine erbaut, weil sie eine begeisterte Leserin war. Das Gebäude hat den Hurrikan überlebt, der die beiden getötet hat.» Sie zuckte mit den Achseln, weil er das schon wusste. «Sie treibt sich nicht hier herum und erschreckt Leute, eigentlich zeigt sie sich nie als Person. Der Legende zufolge hilft sie denjenigen, die die Bibliothek betreten und auf der Suche sind. Ich bin mir nicht sicher, ob das stimmt, aber als Sheldon und Rosemary Brown während eines Hurrikans in der Bibliothek festsaßen – noch vor ihrer Heirat –, da waren sie auf der Couch eingeschlafen. Und als sie aufgewacht sind, lag Katherine Vallantines Tagebuch vor ihnen auf dem Boden. Es hatte auf dem obersten Regalbrett gestanden.» Sie deutete auf das gut sechs Meter hohe Regal. «Dort stand es bereits zu der Zeit, da Sheldons Großvater die Bibliothek geführt hatte. Seltsamerweise hatte Sheldon das Tagebuch am Abend zuvor erwähnt, als er Rosemary die Geschichte des Gebäudes erzählt hat, um sie vom Sturm abzulenken.»

«Mh.» Er kratzte sich am Kinn. «Coole Geschichte … wenn sie stimmt.»

«Hast du mal von dieser Challenge im Internet gehört, bei der man bei einem Date eine Wahrheit, eine Lüge und etwas, wovon man hofft, dass es entweder wahr oder falsch ist, miteinander teilen soll?»

«Ja, hab ich.» Er verschränkte die Arme. «Instagram oder irgendwas, richtig? Auf die Art soll man den Partner besser kennenlernen.»

«Korrekt.» Sie hielt inne. «Etwas Ähnliches gab es schon zu Katherines und Williams Zeiten. Die Tradition wurde weitergeführt. Sheldon und Rosemary haben dieses Spiel in der Nacht gespielt, als das Tagebuch aufgetaucht ist.»

«Okay.» Er runzelte die Stirn. «Und wie ist dann irgendein Blogger darauf gestoßen?»

«Es war einer meiner Kontakte in Boston. Ich habe ihr die Geschichte erzählt, um auf mich aufmerksam zu machen. Aber die Hintergrundgeschichte des Paares hat sie nie erzählt. Sie hat sich nur auf das Spiel konzentriert.»

«Ist vielleicht besser so.» Er zwinkerte ihr zu. «So bleibt es ein Vallantine-Geheimnis.»

«Ja, wahrscheinlich.» Sie sprang mit einem Lachen vom Tresen. «Bereit zum Aufbruch?»

Sie war heute Morgen mit stärkeren Schmerzen als üblich aufgewacht. Daher wollte sie eine zusätzliche Dosis ihres Medikaments nehmen und sich danach kurz hinlegen, weil sie ja an diesem Abend ausgehen würde. Selbst Kaffee konnte im Moment nichts gegen ihre tiefe Erschöpfung ausrichten.

«Sicher.» Er ging zur Tür und wartete, bis sie beide wieder auf der Veranda standen, bevor er weitersprach. «Wir sollten auch mal diese Challenge spielen.»

«Warum nicht? Bei unserem ersten Date.»

12

Sie hatten sich entschieden, den Abend in einer Bar am Stadtrand zu verbringen statt im *Tipsy Turtle*. Die Kneipe lag am Flussufer, mit nur einer einsamen gelben Laterne davor, und auf dem Parkplatz herrschte das pure Chaos, denn die Autos und Trucks hielten sich an keinerlei Parkordnung. Die Bar hieß *Backwater* und machte ihrem Namen alle Ehre. Anscheinend gab es den Laden seit dreißig Jahren, und er wurde ausschließlich von Einheimischen besucht.

Von außen erinnerte das Gebäude an einen großen Fischerschuppen, und auch das Innere konnte Graham nicht von diesem Eindruck abbringen, denn es roch nach stehendem Wasser und schalem Bier. Es gab keine Klimaanlage, dafür überall abgenutztes dunkles Kiefernholz und einen rissigen weißen Linoleumboden. Eine lange Bar an der rechten Wand, eine kleine Bühne mit einer Tanzfläche davor im hinteren Teil und zerkratzte Tische im Rest des Raums. Oh, und ausgestopfte Tiere. Seltsame ausgestopfte Tiere. Eichhörnchen, ein Eber, Welse, Hirsche und ein Krokodil, alle an der rechten Wand montiert. Willkürlich an der Decke verteilt hingen Glühbirnen unter billigen grünen Plastikschirmen. Trotzdem war es dunkel und zudem ziemlich verraucht. Und es war laut. Wirklich ohrenbetäubende Countrymusik schallte aus den Lautsprechern.

Aber hey, Samstag war nun mal Karaokeabend.

Hätte ihm jemand vor sechs Monaten erzählt, dass er mit einem Haufen Südstaatler in eine solche Bar gehen würde – und sich dort auch noch amüsieren würde –, hätte Graham wahrscheinlich hysterisch gelacht, bis er in Ohnmacht gefallen wäre. Er hatte es sich zur

Regel gemacht, Kneipen zu meiden, die er nicht ohne eine aufgefrischte Tetanusimpfung betreten konnte … oder wo er damit rechnen musste, beim Verlassen ermordet zu werden. Und dennoch saß er nun hier an einem Tisch, mit einem alten Freund und vier neuen, wartete auf frittierten Fisch und Pommes und trank warmes Bier. Etwas anderes gab es im *Backwater* nicht: ein Gericht und eine Sorte Bier aus dem Zapfhahn.

Rebecca hatte recht gehabt. Graham mochte Aden. Er war ehrlich, entspannt und kompromisslos. Er war als Letzter aufgetaucht, hatte sich sofort auf den Stuhl neben Graham gesetzt, ihm fest die Hand geschüttelt und ihn schief angegrinst. Seitdem unterhielten sie sich über die unterschiedlichsten Themen, von ihrer Verachtung für Golf über ihr Interesse an Videospielen bis hin zu den schlechtesten Filmen, die sie je gesehen hatten. Aden wirkte auf Graham wie eine entspanntere, sozialere Version von Forest.

«Bin gleich zurück», verkündete Rebecca und erhob sich von ihrem Stuhl.

Sie trug ein eng anliegendes blaues Oberteil und Jeans, und er wollte ihr den Stoff am liebsten vom Körper reißen. Alle Schichten. Während er sie den halben Abend dabei beobachtet hatte, wie sie sich gut gelaunt und ganz entspannt mit ihren Freunden unterhalten hatte, war sein Pulsschlag stetig angestiegen. Sie hatte so ein wunderbares Lachen. Mehr als einmal hatte ein Lächeln ihre babyblauen Augen zum Leuchten gebracht und damit ihre sonst so zurückhaltende Miene völlig verändert. Tatsächlich hatte er dieses Strahlen schon in der Bibliothek bemerkt, und es war seither nicht verblasst.

Scarlett stand ebenfalls auf, dann gingen die beiden gemeinsam zur Bar. Wahrscheinlich wollten sie neues Bier für alle holen. Es gab keine Bedienung, also hatten sie reihum Getränke besorgt.

Sein Blick fiel auf Rebeccas Colaglas. Sie war die Einzige, die kein Bier trank.

«Sie musste vorhin eine Schmerztablette nehmen.» Dorothy schenkte ihm ein verständnisvolles Lächeln, als hätte sie seine Gedanken gelesen. «Dann darf sie keinen Alkohol trinken.»

Schmerztablette? Weswegen? Besorgnis dämpfte seine Laune. Aber bevor er nachfragen konnte, wurden Dorothys Lippen schmal, da ihr offensichtlich gerade ein Gedanke kam.

«Sie hat dir nichts davon erzählt?» Als er den Kopf schüttelte, schaute sie kurz über seine Schulter zur Bar, bevor sie ihn wieder ansah. «Sie hat Fibromyalgie. Das ist eine Schmerzerkrankung, die sich auf Muskeln und Sehnen auswirkt. Eigentlich sollte ich den Mund halten, damit sie es dir selbst erzählen kann. Ich dachte, das hätte sie bereits, weil du ihr Chef bist.»

Aden zuckte mit den Achseln. «Ist doch kein Geheimnis. Sie hat die Diagnose … wann noch mal bekommen? Vor fünf Jahren?»

«Ja. Sie kommt ziemlich gut damit zurecht.»

Graham ließ diese Information sacken. Vor Sorge verkrampfte sich sein Magen. Er hatte den Namen der Krankheit schon mal gehört, wusste aber so gut wie nichts darüber. War das eine behandelbare Krankheit oder ein chronischer Zustand? War es … «Es ist nicht tödlich, oder? Ich meine, sie kann damit leben, richtig?»

«Oh.» Dorothy legte mit gerunzelter Stirn beruhigend eine Hand auf seine. «Nein, die Krankheit ist nicht tödlich. Bisher weiß man nicht viel darüber, aber es gibt einige Ähnlichkeiten zu Lupus. Sie verursacht Schmerzen und Erschöpfung. Manche Leute haben Schlafprobleme, andere bekommen Migräneschübe oder Verdauungsprobleme. Viele Patienten fühlen sich häufig benommen und haben Konzentrationsschwierigkeiten. Es gibt die unterschiedlichsten Symptome, und nicht alle Patienten zeigen alle davon.»

Graham versuchte, diese Informationen zu verarbeiten, aber sie klangen wirklich nicht gut. Außerdem passte all das nicht zu der Rebecca, die er kennengelernt hatte. Seine Großmutter hätte sie als «wirbelnden Derwisch» bezeichnet – ständig einsatzbereit und aktiv. Sie half Leuten, arbeitete ständig und war blitzgescheit. Und kein einziges Mal hatte sie sich anmerken lassen, dass sie Schmerzen hatte.

Er kratzte sich am Kinn, sein Magen rebellierte. «Also hat sie häufig Schmerzen?»

Dorothy nickte, aber es war Forest, der antwortete.

«Immer. An manchen Tagen ist es besser als an anderen, und es gibt Trigger, aber ja … So wie sie es beschreibt, ist sie nie völlig schmerzfrei.»

Verdammt. Sie litt *immer* unter chronischen Schmerzen? Wie konnte sie damit leben? Und Forest hatte es gewusst, war aber nicht auf die Idee gekommen, Graham davon zu erzählen? In seinem Kopf kämpfte Wut mit Besorgnis.

«Frag sie später danach.» Aden leerte sein Bierglas. «Es ist wirklich bitter, aber sie spricht ganz offen darüber. Scarlett hat es mir damals erzählt, als Rebecca gerade die Diagnose bekommen hat, also habe ich ihr aus Sorge eine Nachricht geschrieben. Natürlich lebte sie damals noch im Norden. Wir haben telefoniert und uns eine gute Stunde unterhalten. Klar ist das Ganze schlimm, aber nachdem ich ihre Erklärung gehört hatte, habe ich mich besser gefühlt.»

Graham bezweifelte, dass irgendwas diese Sache für ihn besser machen konnte. Schließlich litt jemand, der ihm sehr am Herzen lag, und er konnte rein gar nichts dagegen unternehmen.

Zugegeben, die Leute an diesem Tisch waren Rebeccas Freunde. Sie kannte sie schon seit ihrer Kindheit. Sie vertraute ihnen. Graham war gerade erst in ihrem Leben aufgetaucht. Aber er wünschte sich wirklich, irgendwer – am liebsten Rebecca – hätte diese Bombe früher platzen lassen. Dann hätte er auf keinen Fall zugelassen, dass sie Kisten aus dem Speicher schleppte oder auf eine Leiter stieg, um das Schaufenster zu dekorieren, oder auch nur ihren eigenen Rasen mähte, verdammt noch mal. Musste sie ihre Arbeitsstunden auf Teilzeit reduzieren?

Jemand hinter der Bar brüllte Forests Namen.

«Das ist unser Essen.» Er stand auf und verschwand in der Menge.

Wenige Augenblicke später kehrten Scarlett und Rebecca mit einem Pitcher Bier und frischen Gläsern zurück. Graham sprang auf und nahm ihr eilig das Tablett ab, um es auf den Tisch zu stellen.

«Danke.» Rebecca schob sich eine Strähne hinters Ohr und sah ihn an, als wäre ihm plötzlich ein zweiter Kopf gewachsen. «Geht es dir gut?»

«Klar.» Aber ihr nicht. Sie hatte Schmerzen. Nachdem er einfach nicht still sitzen konnte, erklärte er der Gruppe, dass er Forest helfen würde, und zog los.

Nach ein paar Minuten ließen sich die anderen ihre Fish and Chips schmecken, während Graham nur in seinen Korb starrte. Er war sich nicht sicher, ob er überhaupt etwas essen konnte, geschweige denn etwas Frittiertes.

Stattdessen beobachtete er Rebecca mit ganz neuem Blick. Jede Regung, jedes Mienenspiel. Aber nein. Sie wirkte genau wie immer. Sie aß und lachte, unterhielt sich und schwelgte in Erinnerungen. Sie nippte an ihrer Cola, weil sie eine Schmerztablette genommen hatte und kein Bier trinken durfte …

Er war kurz davor, gleich hier in dieser Bar vollkommen auszuticken, bevor er noch die Chance bekam, unter vier Augen mit ihr zu sprechen.

«Ich halte das für eine tolle Idee.» Dorothy schob ihren halb leeren Korb zur Seite und starrte Rebecca an. «Aber bist du wirklich bereit dafür?»

Bereit wofür? Er war so in seinen eigenen Gedanken gefangen gewesen, dass er nicht mitbekommen hatte, worüber sie sprachen.

«Ich glaube schon, ja.» Rebecca hob die Arme über den Kopf, um sich zu strecken. «Es ist nur … ich weiß nicht. Einerseits ist es Gammys Haus. Ein tröstlicher Ort. Aber andererseits ist es Gammys Haus … und alles darin erinnert mich ständig an sie.»

«Ich bleibe bei meinem Vorschlag.» Scarlett hob die Hände. «Stell die Möbel anders, streich die Wände neu und mach es zu deinem Haus. Du kannst Erinnerungsstücke und persönliche Gegenstände aufbewahren und den Rest spenden. Das hat mir wirklich geholfen, nachdem Miss Maureen gestorben ist und ich die Plantage geerbt habe.»

Graham runzelte die Stirn. «Wer ist Miss Maureen?»

«Meine Großmutter.» Scarlett verdrehte die Augen. «Sie wollte nie an ihr Alter erinnert werden und hat deswegen darauf bestanden, dass alle sie mit ihrem Vornamen ansprechen.»

Interessant.

Aden stemmte die Ellbogen auf den Tisch und lehnte sich vor. «So ungern ich es auch zugebe, Scarlett könnte recht haben. Wenn du Hilfe brauchst, ich hätte morgen Zeit.»

Alle am Tisch riefen in unterschiedlichen Tonlagen: «Ich auch!» Graham eingeschlossen.

Wenn er das richtig verstanden hatte, fühlte sich Rebecca unwohl im Haus ihrer Großmutter. Gefangen in Nostalgie und unfähig, den nächsten Schritt zu machen, obwohl sie wusste, dass sie das irgendwie schaffen musste. Trauer war etwas Schreckliches. Wenn er helfen konnte, würde er sich tausendmal freiwillig melden.

«Das würde euch wirklich nichts ausmachen?» Tränen glitzerten in ihren Augen, und der Anblick traf ihn wie ein Dolchstoß in die Brust.

«Süße, ich bitte dich …» Scarlett warf sich die langen kakaofarbenen Locken über die Schulter. «Wenn es etwas mit Dekoration zu tun hat, bin ich immer dabei.»

Aden schnaubte.

«Ich habe keine Ahnung von Inneneinrichtung, aber ich kann einen Pinsel schwingen.» Forest zuckte mit den Achseln. «Und schwere Dinge herumtragen.»

Rebecca stieß ein zittriges Lachen aus, und dieses Messer, das zwischen Grahams Rippen zu stecken schien, drehte sich einmal um. «Vielen, vielen Dank.»

Die Frauen berieten, ob sie heute Nacht gleich bei Rebecca übernachten sollten – zur moralischen Unterstützung und um gleich damit anzufangen, Mavis' Sachen auszusortieren –, und erstickten damit seine Hoffnung, später allein mit Rebecca sprechen zu können. Dorothy, Scarlett und Aden waren mit dem Auto zur Bar gefahren. Graham hatte sich von Forest mitnehmen lassen. Vielleicht …

«Würde es dir etwas ausmachen, mich nachher mit nach Hause zu nehmen?»

Rebecca stützte ihr Kinn in die Hand. «Ich weiß nicht … Schließlich müsste ich dann einen Umweg von ganzen zehn Metern fahren.»

Klugscheißerin. Selbst ihr Sarkasmus war sexy.

Sie teilten sich die Rechnung, zahlten und gingen zu ihren Autos.

Sobald sie losgefahren waren und hinter Scarlett und Dorothy zu ihrem Haus fuhren, hielt er ganze fünf Sekunden auf dem Beifahrersitz durch, bevor er mit unzähligen Fragen herausplatzte.

Sie lachte. «Ich vermute, eine meiner Freundinnen hat die Krankheit erwähnt?»

Das war ihre Antwort? Nicht hilfreich. «Ich wünschte, *du* hättest mir davon erzählt.»

Sie nickte bestätigend, dann entschuldigte sie sich. «Das hätte ich tun sollen, ja. Aber es ist kein Thema, das ich gerne in ein allgemeines Gespräch einfließen lasse.»

Okay, das konnte er verstehen. Sie hatten sich erst vor Kurzem kennengelernt. «Also, was … ist das genau?» Er hatte bereits vergessen, wie die Krankheit wirklich hieß.

«Fibromyalgie. Niemand kennt bisher die Ursache für die Krankheit. Die meisten Ärzte halten sie für eine Überreaktion des Nervensystems oder eine Art Autoimmunkrankheit, bei der das Immunsystem aus Versehen gesunde Zellen angreift. Manche Leute bemerken die ersten Symptome nach einem psychischen Trauma oder einem heftigen Unfall mit körperlichen Schäden, aber auf jeden Fall ist Fibromyalgie schwer zu diagnostizieren. Sie erscheint in keinem bildgebenden Verfahren, und es gibt auch keinen Blutwert dafür. In meinem Fall waren ein paar Jahre und unzählige Tests und Untersuchungen nötig, bei denen andere Krankheiten ausgeschlossen wurden, bis ich schließlich eine Diagnose erhielt.»

Das klang schrecklich. Er hasste schon seine regelmäßigen Gesundheitschecks, ganz zu schweigen von Krankenhäusern. Rebecca war in Boston gewesen, während all ihre Freunde und Familie in Vallantine gelebt hatten. Der Gedanke, dass sie das allein durchgemacht hatte, zerriss ihn innerlich.

«Welche Art von Tests?»

«Überwiegend Blutuntersuchungen. Sie haben Lupus, MS, rheumatische Arthritis, Spondylitis, das Sjögren-Syndrom und Morbus Cushing ausgeschlossen, weil all diese Krankheiten ähnliche Symptome verursachen können. Aber sie haben auch nach anderen Dingen Ausschau gehalten, wie Diabetes und Krebs. Irgendwann haben sie mich zu einer Endokrinologin geschickt, die Hand in Hand mit einem Rheumatologen arbeitete, und zusammen haben die beiden herausgefunden, was mit mir nicht stimmt.»

Das war völlig verrückt. «All das, nur um dir sagen zu können, dass du Fibromyalgie hast?»

Sie zuckte mit den Achseln und wirkte viel gelassener, als er es in ihrer Situation gewesen wäre. «All diese Krankheiten müssen ausgeschlossen werden, bevor man sagen kann, ob es Fibro ist. Tatsächlich ist das – neben den Symptomen – der einzige Weg, um die Krankheit zu diagnostizieren.»

Was ihn direkt zu seiner zweiten Sorge brachte. «Welche Symptome?»

Sie brummte nachdenklich, als sie in ihre Straße abbog. «Jeder Patient zeigt andere Symptome, aber die meisten leiden unter Erschöpfung und dumpfen Schmerzen im ganzen Körper. Andere haben Kopfschmerzen, einen Reizdarm, Erinnerungsprobleme, leiden an Schlaflosigkeit … so was eben. Bisher hatte ich Glück. Ich habe nur Schmerzen und leide an Erschöpfung.»

Nur. Sie hatte *nur* diese Probleme … als wäre das keine große Sache.

Sie bog in seine Einfahrt ab und stellte den Motor aus. «Es gibt Medikamente, aber da die Krankheit an eine Autoimmunkrankheit erinnert, ist ihre Wirkungsweise ähnlich. Ich arbeite mit Menschen, also wollte ich mein Immunsystem nicht runterfahren. Ich gehe eher ganzheitlich vor, weil das für mich am besten funktioniert. Vitamine, Yoga, Massagen und Kräuter, die mir nachts beim Schlafen helfen.» Sie suchte seinen Blick, und er konnte keine Verzweiflung in ihren Augen entdecken. Wieder zuckte sie mit den Achseln. «Ich kenne meine Grenzen und höre auf meinen Körper. Ich versuche, Stress zu vermeiden, meine Muskeln nicht zu überanstrengen und mir ausreichend Ruhe zu gönnen.»

Aber in den letzten Wochen hatte sie genau das nicht getan. Sie hatte ihre Großmutter beerdigt, war nach Hause gezogen, hatte einen neuen Job angetreten, Kisten geschleppt und die Redaktionsräume neu eingerichtet. Das war alles ziemlich stressig und mit körperlicher Anstrengung verbunden gewesen.

Graham seufzte, den Blick auf die Einfahrt nebenan gerichtet. Er beobachtete, wie Scarlett und Dorothy die Tür zu Rebeccas Haus aufschlossen. In seinem Kopf herrschte Chaos, und er hatte noch so viele Fragen.

«Geht es dir gut?»

Er lachte trocken. Sie litt unter ständigen Schmerzen und fragte *ihn*, ob es ihm gut ging? «Wird das je weggehen? Oder … wird sich dein Zustand verschlechtern?»

Sie schüttelte schon den Kopf, bevor er seine Frage ganz ausgesprochen hatte. «Es ist eine chronische, lebenslange Krankheit, aber nicht fortschreitend.»

Das zumindest beruhigte ihn ein wenig.

Er nickte, dann musterte er sie – das wunderschöne ovale Gesicht, die riesigen blauen Augen, ihre vollen Lippen, ihren eleganten Hals und das blonde Haar, das ihr bis über die Schultern fiel. Niemals hätte er vermutet, welchen Herausforderungen sie sich täglich stellen musste oder welche Bürde sie trug. Ohne ihre Freunde hätte er nicht mal geahnt, dass irgendetwas nicht stimmte. Eine unsichtbare Krankheit.

Da er seine überwältigenden Emotionen selbst nicht verstand, umfasste er einfach Rebeccas Gesicht mit beiden Händen. Sie war erst vor kurzer Zeit in sein Leben getreten. Sicher, er respektierte sie, fühlte sich von ihr angezogen und fand es wunderbar, wie ihre Persönlichkeiten trotz aller Unterschiede zusammenpassten … aber er kannte seinen Zahnarzt länger, als Rebecca und er Nachbarn oder Kollegen waren. Ihre Probleme sollten ihn nicht derart aus der Bahn werfen, dass er am liebsten ihre metaphorischen Dämonen für sie getötet hätte. Er hatte fast zwei Jahre lang eine Beziehung mit Felicia geführt und war nie an diesen Punkt gekommen. Verdammt noch mal, er hatte Rebecca erst *gestern* zum ersten Mal geküsst.

«Ich bin nicht schwach.» Sie lächelte. «Ich werde nicht zerbrechen.»

Vielleicht lag es daran. War das der Ursprung des Problems? Der Schein trog. Sie war von Natur aus schlank, wirkte fast filigran. Aber sie war alles andere als schwach. Das Leben und die Umstände hatten ihr übel mitgespielt, doch sie stand immer noch aufrecht. Ein Beweis für ihren Charakter und ihre Stärke.

Sie schluckte schwer. «Falls du es doch bei einer Arbeitsbeziehung belassen willst, könnte ich das verstehen.»

«Das will ich nicht.»

Sie musterte intensiv sein Gesicht, und das fühlte sich intimer an, als hätte sie ihn berührt. «Was willst du dann?»

Ehrlich? Er wollte sich um sie kümmern. Ein Konzept, das Graham so fremd war, dass er den Gedanken selbst kaum verarbeiten konnte. Zumal sie niemanden brauchte, der sich um sie kümmerte. Sie konnte gut auf sich allein aufpassen.

Er entschied sich für Tür Nummer zwei. «Ich möchte dich ins Haus tragen und die halbe Nacht lang lieben.»

Ihre Augenbrauen schossen nach oben, denn mit dieser Antwort hatte sie sicher nicht gerechnet.

Er konnte sein Grinsen nicht unterdrücken. «Eine Schande, dass du heute Abend Gesellschaft hast.» Er stieß den Atem aus und ließ den Daumen über ihre glatte Wange gleiten. «Nur fürs Protokoll: Deine Krankheit ändert nichts an meinem Verlangen nach dir oder dem Wunsch zu schauen, wie sich das mit uns entwickelt.» Er hatte das seltsame Gefühl, dass andere Männer sich wegen der Krankheit von ihr abgewandt hatten. Vielleicht war das der Grund, warum sie ihm erst einmal nichts davon erzählt hatte … aber je mehr er über sie erfuhr, desto mehr faszinierte sie ihn. «Ich mag dich, Rebecca.»

Sehr sogar. Wahrscheinlich mehr, als wirklich klug war.

«Ich kann dich auch ganz gut leiden, Graham.» Sie sah über seine Schulter aus dem Fenster, dann richtete sie den Blick wieder auf sein Gesicht. «Aber du solltest mich jetzt küssen, damit ich danach aussteigen kann. Meine besten Freundinnen warten auf mich.»

Er drehte den Kopf und entdeckte besagte Freundinnen auf der vorderen Veranda. Beide starrten zu ihnen herüber.

Lachend sah er erneut in ihre blauen Augen. «Jawohl, Ma'am.»

«Oooh, schau nur, der Südstaatencharme hat bereits …»

Er küsste sie und erstickte damit ihre neckenden Worte. Aber er war sich sicher, dass es ihr nichts ausmachte. Sie schob die Finger in sein Haar und öffnete sofort die Lippen für ihn. Ein paar selbstsüchtige Sekunden lang verlor er sich in ihr und dieser Chemie zwischen ihnen.

Dann löste er sich mit einem Stöhnen von ihr, bevor die Sache entgleiste und er ihre Freundinnen einfach vergaß.

Sie lächelte an seinen Lippen und war so hinreißend, dass es ihn fast zerstörte.

«Gute Nacht, Graham.»

Buhu. «Gute Nacht.» Er öffnete die Tür, winkte und ging zu seiner Haustür.

Er wartete, bis sie aus seiner Einfahrt gesetzt und in ihrer eigenen geparkt hatte, bevor er ins Haus ging.

Nachdem er Twain gefüttert und in den Garten gelassen hatte, ließ Graham sich auf die Couch sinken und öffnete Google auf seinem Handy. Er brauchte drei Anläufe, um Fibromyalgie richtig zu schreiben.

Für eine Krankheit, zu der es bisher nur wenige wissenschaftliche Erkenntnisse gab und von der er kaum etwas gehört hatte, gab es erstaunlich viele Leute, die daran litten. Ungefähr vier Millionen diagnostizierte Fälle in den USA – das waren zwei Prozent der Bevölkerung. Frauen waren häufiger betroffen als Männer, egal, welcher ethnischen Gruppe sie angehörten oder wie alt sie waren, auch wenn die meisten Fälle im mittleren Lebensalter auftraten.

Seufzend öffnete er einen Link, um einen Artikel zu lesen.

Darin stand vieles, was Rebecca ihm bereits erklärt hatte – nur dass sie nicht erwähnt hatte, dass viele Ärzte die Schmerzen ignorierten und den Menschen unterstellten, sie wären drogensüchtig und wollten nur an Schmerzmittel herankommen. Es gab Gruppen von Medizinern, die Fibromyalgie immer noch als Witz behandelten.

Er schüttelte den Kopf, dann ließ er ihn nach hinten auf die Lehne sinken. Wenn man bedachte, wie viele Tests Rebecca hatte über sich ergehen lassen müssen, um zu erfahren, was ihre Symptome bedeuteten, während andere Betroffene ihre Ärzte nicht mal dazu bringen konnten, ihnen zu glauben.

Unfassbar.

Twain kam ins Wohnzimmer getrabt und legte den Kopf in Grahams Schoß. «Sie hat Schmerzen, Kumpel. Sie hat *immer* Schmerzen.» Allein schon die Vorstellung verursachte *ihm* Schmerzen.

Twain jaulte, als hätte er Graham verstanden.

Da er sich von dem ablenken musste, was er gerade herausgefunden hatte, rief er seine Mom an.

«Ist alles okay, Schatz?»

Nein. «Ja. Kann ich nicht einfach mal meine Mutter anrufen?» Der Klang ihrer Stimme beruhigte seine angespannten Nerven.

«Natürlich kannst du das, aber gewöhnlich rufst du nicht so spät an.»

Er sah aufs Display und verzog das Gesicht. Es war nach zehn Uhr. «Mein Fehler. Aber ich weiß ja, dass du noch wach bist und liest.»

«Natürlich.» Im Hintergrund konnte er seinen Vater schnarchen hören. «Hast du Heimweh?»

Bisher hatte er diese Frage immer mit *Ja* beantwortet, wann immer seine Mutter sie gestellt hatte. Seltsamerweise war es heute Abend anders, und Graham war sich nicht sicher, was er davon halten sollte. Er war in Minnesota aufgewachsen, hatte dort das College besucht und auch, wenn er viel gereist war, hatte er den Großteil seiner Karriere dort verbracht. Familie. Freunde. Seine Wohnung. Sein gesamtes Leben. Minnesota und Georgia hätten nicht unterschiedlicher sein können. Zum Teufel, wenn man das Wort Gegenteil im Lexikon nachschlagen würde, ständen dort wahrscheinlich diese zwei Staaten als Beispiel aufgeführt. Er vermisste sein Zuhause, all die Leute und Orte. So würde es immer sein. Aber er konnte nicht mehr behaupten, Heimweh zu verspüren.

Er brummte nachdenklich und fragte sich, wann diese Veränderung eingetreten war.

«Gut», antwortete Mom, obwohl er im Grunde gar nicht geantwortet hatte. «Freut mich, dass du dich endlich einlebst.»

Typisch für seine Mom, dass sie ihn durchschaute, ohne dass er ein Wort sagen musste. «Wie geht es Dad?»

«Prima. Ich bin mir sicher, du kannst ihn bis zu dir schnarchen hören.»

Er lachte und rieb sich mit der freien Hand übers Gesicht. «Und ich dachte, das wäre euer zahmes Nashorn.» Als er klein war, hatte sein Vater Graham und seine Geschwister davon überzeugt, dass im Garten ein Nashorn lebte und dass alle Geräusche, die sie nachts hörten, von diesem Tier stammten – nicht von ihrem schnarchenden Dad.

Sie lachte, und sofort überkamen ihn schöne Erinnerungen. «Wie läuft es bei der Arbeit? Macht diese neue Reporterin sich gut?»

Ah, Rebecca. «Um ehrlich zu sein, hat sie mir den Arsch gerettet.»

Er nahm sich die Zeit, seiner Mom zu erzählen, was Rebecca alles getan hatte und wie seitdem die Abonnentenzahlen stiegen.

«Klingt, als solltest du dafür sorgen, dass sie bleibt.»

«Ja», meinte er seufzend und kraulte Twain geistesabwesend die Ohren. Rebecca war auf mehr als eine Weise unersetzlich. Noch nie war ihm eine so ehrliche, authentische Person begegnet. «Sie ist auch hübsch. Freundlich. Witzig.» Er hatte seiner Mom gegenüber bisher nicht angedeutet, dass er sich auch privat für Rebecca interessierte, aber jetzt, wo sie miteinander ausgingen, hielt er es für angebracht.

Doch seine Mom blieb verdächtig still.

«Ich bin vorsichtig, und sie ist kein Mensch, der mich den Wölfen zum Fraß vorwerfen würde. Wir halten Beruf und Privates getrennt.»

«Okay», sagte sie schließlich. «Du bist klug, Graham. Wir haben dich anständig erzogen. Was bei der Zeitung passiert ist, war nicht deine Schuld. Ich möchte nur nicht, dass du deinem neuen Boss einen Grund lieferst, dich zu feuern.»

«Da stimme ich dir absolut zu.» Er rieb sich das Kinn. «Es ist seltsam, aber ich habe das Gefühl, dass die ganze Stadt darauf hofft, dass wir ein Paar werden. Mein Chef eingeschlossen.»

Laut ausgesprochen klangen die Worte noch verrückter als in seinen Gedanken.

«Sieh an, sieh an. Du lebst wirklich in einem Kitschfilm.» Sie lachte amüsiert. «Meine Eltern sind in einer Kleinstadt wie Vallantine aufgewachsen. Es fällt mir schwer, mir das vorzustellen, aber es freut mich, dass du deinen Platz dort findest. Es klingt nach einem vollkommenen Ort.»

Vollkommen. Das war definitiv eine gute Umschreibung von Vallantine.

«Ich glaube, wir werden in ein paar Wochen runterkommen und dich besuchen. Es wäre schön, Forest mal wiederzusehen. Ich würde mir gerne diese entzückende Stadt ansehen und deine Rebecca kennenlernen.»

Seine Rebecca. Es war nur eine Phrase, aber es steckte ein gewisser Besitzanspruch in dieser Formulierung, und normalerweise hätten sich seine Nackenhaare sträuben müssen.

Aber dem war nicht so.

«Okay, Mom.»

13

Rebecca saß an ihrem Küchentisch, die Knie an die Brust gezogen und eine Tasse Kaffee in den Händen. Die Sonne ging gerade erst auf, und Scarlett und Dorothy schliefen noch, aber Rebecca hatte nicht länger liegen bleiben können. Sie hatte die halbe Nacht schlaflos verbracht.

Leuchtend gelber Sonnenschein drang durch das geöffnete Fenster herein, zusammen mit dem Duft von frisch geschnittenem Gras und Frühlingsblumen. Sie starrte mit leerem Blick die Staubpartikel an, die im Licht der Sonnenstrahlen tanzten, während sie unter der Anspannung in ihrem Hals und ihren Schultern litt. Schlafmangel sorgte stets dafür, dass sich ihre Fibromyalgie verschlimmerte.

Nachdem sie vom *Backwater* nach Hause zurückgekehrt waren, hatten ihre besten Freundinnen es für eine gute Idee gehalten, Gammys Kleidung zu verpacken, um sie spenden zu können. Die Säcke standen nun in der Küche und starrten Rebecca an. Die gesamten Kosmetika und Duschprodukte ihrer Großmutter lagen im Müll, und einige Dekoartikel, die nicht Rebeccas Geschmack entsprachen, waren in Kisten verpackt. Zusätzlich hatten sie mögliche Einrichtungsideen besprochen.

All das musste getan werden. Das wusste Rebecca. Es war ihre Idee gewesen. Trotzdem verkrampfte sich ihr Magen, und sie hatte einen dicken Kloß im Hals. Gammy war für immer weg. Sie würde nicht zurückkommen. Bedürftige konnten die gespendete Kleidung brauchen, während sie hier nur ungenutzt in den Schränken hing. Und Rebecca würde es mehr zu ihrem Haus machen, wenn sie die Wände neu strich und die Möbel umstellte. Und genau das brauchte sie, um hierbleiben zu können. Doch die widersprüchlichen Gefühle nagten an ihr.

Tapsende Schritte näherten sich der Küche, also trank sie einen Schluck Kaffee, um sich zu sammeln.

«Sie würde wollen, dass du dein Leben lebst.» Dorothy lehnte sich an den Türrahmen, nur bekleidet mit dem riesigen T-Shirt, in dem sie geschlafen hatte. Ihr zerzaustes rotbraunes Haar stand unordentlich von ihrem Kopf ab, und ihre ernste Miene wies darauf hin, dass sie wusste, was Rebecca gedacht hatte. «Ich weiß, dass es schwerfällt, aber sie hat dir das Haus aus gutem Grund vermacht.»

Rebecca stieß ein gepresstes Schluchzen aus und legte sich eine Hand vors Gesicht. Sie hatte das Gefühl, ihr Brustkorb würde aufbrechen und all die Dunkelheit aus ihrem Inneren herausströmen. All die Gewissensbisse und das Leid der vergangenen Monate pulsierten schmerzhaft in ihrem Kopf. Die Trauer war so allumfassend, dass sie ihr die Luft zum Atmen nahm und sie lähmte.

Dorothy sank neben ihr auf die Knie, nahm ihr die Tasse aus den zitternden Fingern und zog sie in eine Umarmung, um sie zu stützen, so wie sie es schon unzählige Male in ihrem gemeinsamen Leben getan hatte. «Lass es raus. Es wird wieder gut.»

Manchmal konnte Rebecca einfach nicht glauben, dass irgendwas jemals wieder gut werden würde. Mit schmerzender Brust und brennender Kehle umklammerte sie Dorothys Arme, und ihr Schluchzen erschütterte ihren gesamten Körper.

Nach langen Minuten streichelte ihre Freundin ihr den Rücken. «Wir können warten, wenn es noch zu früh für dich ist. Es herrscht keine Eile.»

«Nein.» Rebecca richtete sich schniefend auf, wischte sich die Tränen von den Wangen und stieß die Luft aus. «Ich kann ihre Sachen nicht hierlassen, als käme sie noch mal zurück.» Sie hatten viele Erinnerungsstücke behalten, und das Haus selbst war ein Zeugnis für Gammys Leben. Das würde reichen müssen. Rebecca konnte nicht länger in stoischer Untätigkeit verharren und darauf warten, dass irgendetwas geschah. Es war so schlimm geworden, dass sie sich fast davor gefürchtet hatte, nach Hause zurückzukehren. «Die Veränderungen werden helfen, es zu meinem Haus zu machen, und trotzdem Gammys Andenken in Ehren halten.»

Mit einem sanften Lächeln setzte Dorothy sich auf den zweiten Stuhl.

Scarlett schlurfte in den Raum. Sie trug Jeans und ein weißes T-Shirt, das glatte braune Haar zu einem hohen Pferdeschwanz gebunden. Rebecca hätte schwören können, dass sie schon beim Aufstehen aussah wie eine mit Photoshop bearbeitete Version einer echten Südstaaten-Belle. Im Vorbeigehen umarmte Scarlett sie flüchtig mit einem Arm, bevor sie zielstrebig auf die Kaffeekanne zusteuerte.

Mit der Tasse in der Hand lehnte sie sich gegen die Arbeitsfläche. «Zweifel?»

Seufzend schüttelte Rebecca den Kopf. «Irrationale Schuldgefühle.»

«Solange du weißt, dass sie irrational sind, ist alles okay.» Scarlett nippte an ihrer Tasse. «Der Tod deiner Großmutter war nicht deine Schuld, und es ist absolut nicht schlimm, das Haus zu verändern.»

Rebecca nickte, bevor sie nach ihrer fast vergessenen Kaffeetasse griff. «Ich weiß. Du hast recht.» Aber Gefühle waren Gefühle – man kam ihnen nicht immer mit Vernunft bei. «Ich glaube, ich werde mich besser fühlen, wenn alles erledigt ist.»

«Okay.» Scarlett stieß sich vom Schrank ab. «Ich werde zum Laden fahren, um Farbe zu kaufen, bevor die Jungs auftauchen.» Sie sah auf die Uhr. «Aden meinte, sie kommen in ungefähr einer Stunde.»

«Danke.» Erneut traten Rebecca heiße, unwillkommene Tränen in die Augen. «Euch beiden.» Sie hatte keinen Schimmer, wie sie ihr Leben, die Liebe und den Verlust ohne die beiden durchstehen sollte. Die unerträgliche Einsamkeit war in letzter Zeit überwältigend. Gäbe es die beiden nicht, hätte sie niemanden.

«Das ist nicht nötig.» Scarlett wedelte wegwerfend mit der Hand. «Also, bist du wirklich damit einverstanden, dass ich die Farben auswähle?»

Rebecca lachte schnaubend. «Auf jeden Fall. Zieh los und gib dein Schlimmstes. Ich vertraue dir.» Ihre Freundin hatte ein gutes Auge für Inneneinrichtung und war dafür bekannt, dass sie aus wenig viel machen konnte. Rebecca überließ all das nur zu gern ihrer fähigen Freundin. «Brauchst du meine Kreditkarte?»

«Nein.» Sie stellte die Tasse in die Spüle. «In Ordnung. Bis später dann.»

Sobald Scarlett verschwunden war, seufzte Dorothy. «Wir sollten uns wahrscheinlich anziehen und die Bilder von den Wänden nehmen.»

«Erwachsensein ist ätzend. Wieso wollten wir als Kinder unbedingt groß werden?»

«Ich hab keinen blassen Schimmer, aber daran lässt sich jetzt nichts mehr ändern.»

Neunzig Minuten später strich Graham Rebeccas altes Zimmer in einem fliederfarbenen Ton, Forest strich Gammys altes Schlafzimmer hellblau und Aden das Wohnzimmer in hellem Gelb. Bisher waren alle Wände elfenbeinweiß gewesen. Dorothy und Rebecca verpassten der Küche einen hellgrauen Anstrich – eine Farbe, die sie mit Skepsis betrachtet hatten, bis sie eine größere Fläche fertig gestrichen hatten. Aber sie passte gut zu den blauen Schränken und der grau melierten Arbeitsplatte.

Scarlett hatte im Bad den schlichten grünen Duschvorhang gegen einen mit einem Muster mit Ästen und Blättern ausgetauscht. Irgendwie veränderte das sofort den gesamten Raum. Dann war sie losgezogen, um noch mehr «notwendige Dinge» zu kaufen. Rebecca hatte keine Ahnung, was in ihren Augen «notwendig» war.

Bis zum Mittagessen waren alle Wände zweimal gestrichen, und Rebecca bestellte Pizza. Sie war überrascht, wie schnell sie vorangekommen waren. Wäre sie allein gewesen, wäre sie vermutlich noch nicht mal mit dem ersten Raum fertig – und wahrscheinlich hätte sie die Farben gehasst, die sie ausgesucht hätte. Sie setzten sich auf die hintere Veranda – alle außer Scarlett, die noch nicht wieder aufgetaucht war – und aßen direkt aus dem Karton.

Rebecca beobachtete die lachenden Männer mit den bunten Farbflecken auf ihren Armen und seufzte. Sie hatte in Boston so viel Zeit in ihrem winzigen Apartment allein verbracht, dass sie ganz vergessen hatte, wie gut ihre engsten Freunde sich verstanden. Graham, der Neue in der Gruppe, war sofort akzeptiert worden und fügte sich ein, als hätte er immer schon dazugehört. Ihr wurde warm ums Herz. Nach allem, was er durchgemacht hatte, hatte er Freundschaft und Zuspruch verdient.

Er sah wirklich teuflisch gut aus, und sein Grinsen konnte Städte in Schutt und Asche legen. Aber von seinem Äußeren einmal abgesehen war er einfach liebenswert und auf eine Weise verständnisvoll, zu der die meisten Männer nicht fähig waren. Er besaß ein irgendwie altmodisches Taktgefühl, das sie für ausgestorben gehalten hatte. Er war intelligent und witzig, und wenn sie nicht aufpasste, würde sie sich Hals über Kopf in ihren Nachbarn und Chef verlieben.

Während Rebecca ihr letztes Pizzastück kaute, fragte sie sich, ob das wirklich so schlimm wäre. Er schien ebenfalls an ihr interessiert zu sein, und die Chemie zwischen ihnen stimmte definitiv. Sie konnten gut zusammenarbeiten. Ihre Freunde mochten ihn. Gammy hatte ihn offensichtlich auch geschätzt, wenn sie ihm Kuchen gebacken und zugelassen hatte, dass er ihren Rasen mähte.

Und dennoch … Sie konnte nicht genau benennen, woran es lag, aber eine innere Stimme riet ihr zur Vorsicht. Nicht zum ersten Mal fragte sie sich, was wohl geschehen würde, wenn man ihm wieder einen Job bei einem großen Verlagshaus anbot. Würde eine Großstadtzeitung ihn irgendwann anwerben, wenn Gras über den Skandal gewachsen war? Und noch wichtiger: Würde er ein solches

Angebot annehmen, einfach verschwinden und Vallantine im Rückspiegel zurücklassen?

Graham ertappte sie dabei, wie sie ihn anstarrte. Er hielt ihren Blick fest, doch dann schüttelte sie den Kopf, um ihre Verlegenheit zu verbergen.

Sie dankte allen noch mal überschwänglich für ihren Einsatz, aber alle versicherten ihr, das sei nicht nötig. Dafür hatte man Freunde, dachte sie mit einem Lächeln. Das hatte sie vermisst. Sie hatte *sie* vermisst. Diese Menschen, die sich gegenseitig halfen und sich den Rücken stärkten, wenn das Leben schwierig wurde. Familie – nicht blutsverwandt, sondern frei gewählt. Gammy hätte gesagt, ihre «Tasse wäre übervoll».

Die Hintertür wurde fast aus den Angeln gerissen, und Scarlett erschien auf der Veranda. Sie blies sich eine Strähne aus dem Gesicht. «Ich brauche Hilfe.»

Aden ließ sich brummend in seinem Stuhl nach hinten sinken und streckte die Beine von sich. «Süße, keiner von uns ist in der Lage, dir die Hilfe zu geben, die du wirklich brauchst.»

Forest lachte, aber Graham reichte ihr das letzte Stück Pizza. «Was sollen wir tun?»

Sie folgten ihr ins Wohnzimmer, wo unzählige Einkaufstüten auf dem Boden standen.

Rebecca verzog das Gesicht. Natürlich war sie dankbar … aber gleichzeitig fragte sie sich auch, wie sie das alles bezahlen sollte. Die Farbe allein würde ihre Rücklagen fast auffressen. Gestern war ihr erstes Gehalt von der *Gazette* auf ihr Konto überwiesen worden, aber sie hatte Rechnungen zu bezahlen. So wie sie Scarlett kannte, würde sie ihr Geld ablehnen, aber damit fühlte Rebecca sich nicht wohl.

Während sie in Gedanken versunken dastand, hatte Scarlett die Jungs bereits gebeten, den Geschirrschrank an eine andere Wand zu schieben. Bisher hatten darin hauptsächlich kleine Figuren gestanden, die sie letzte Nacht in eine Kiste gepackt hatten. Die Weingläser und die Weinkaraffe hatte sie behalten. Sobald der Schrank an der richtigen Stelle stand, reichte Scarlett Dorothy eine Tüte mit Alkoholika und bat sie, die Flaschen einzuräumen.

Rebecca nickte. Ehrlich, das Möbelstück hatte ziemlich nutzlos gewirkt, nachdem sie die Figurinen entfernt hatten. Die Vitrine in eine improvisierte Bar zu verwandeln, war eine clevere Idee.

Letzten Endes sorgte Scarlett dafür, dass sie *alle* Möbel anders arrangierten. Gammys gold-weiß karierte Couch und die gelben Ohrensessel bekamen einen neuen Platz, und obwohl nichts Neues dazukam, sorgten die frische Farbe und die neue Anordnung der Einrichtung dafür, dass das Wohnzimmer wie ein ganz anderer Raum wirkte.

«Wow.» Rebecca stemmte die Hände in die Hüfte. «Du hattest recht. Das sieht toll aus.»

Es waren nach wie vor Gammys Haus und überwiegend ihre Sachen, sodass die Räume in gewisser Weise immer noch Gammys Geist verströmten und ihr Trost spendeten, aber trotzdem war es Scarlett gelungen, alles so zu verwandeln, dass es sich für Rebecca mehr wie *ihr* Zuhause anfühlte.

«Danke.» Scarlett verschwand um die Ecke und kehrte mit Bildern zurück, die im Flur gehangen hatten. Sie lehnte sie dort an die Wände, wo sie sie haben wollte, und bat Aden, die Nägel in die Wand zu schlagen.

«Jawohl, Ma'am.» Aden salutierte sarkastisch.

Der Rest folgte Scarlett in Gammys altes Schlafzimmer, das jetzt Rebeccas sein sollte. Sie war sich nicht sicher, wie sie sich damit fühlte, aber sie würde es ausprobieren.

Erneut erklärte Scarlett den Jungs, wie sie die Möbel haben wollte, und wieder gelang es ihr, durch die Farbe und die Veränderung, eine ganz eigene, frische Atmosphäre zu schaffen. Abgesehen davon hatte sie eine neue Überdecke und dazu passende Vorhänge besorgt.

Gammys Tagesdecke war ein bunter Quilt gewesen, die Vorhänge weiß. Jetzt gab es eine blaue Decke mit Paisleymuster und marineblaue Vorhänge.

Rebecca hatte sich schreckliche Sorgen gemacht, dass sie in diesem Raum kein Auge zutun könnte, aber sie hätte ihrer Freundin vertrauen sollen. Gammy hatte in einem Doppelbett geschlafen, während Rebeccas Bett etwas kleiner war, und außerdem war Gammys Schlafzimmer größer als Rebeccas. Scarlett hatte es in einen ganz neuen Raum verwandelt.

Rebecca umarmte sie, einen Kloß in der Kehle.

«Ich habe es dir doch gesagt: Ich kümmere mich darum.»

Rebecca kämpfte mit den Tränen. «Danke. Ich schreibe dir gleich einen Scheck.»

«Nicht nötig.» Scarlett zuckte mit den Achseln. «Die Vorhänge und die Überdecke lagen seit Ewigkeiten nur im Schrank herum. Ich hatte sie für die Gästezimmer gekauft, aber letztendlich haben sie einfach nicht zum Farbschema gepasst. Die Cocktailausstattung schenke ich dir.»

Was für eine Erleichterung. «Vielen lieben Dank.»

Als Nächstes verschoben sie die Möbel in Rebeccas altem Raum. Währenddessen trug Dorothy Rebeccas Kleidung in das neue Schlafzimmer.

Im Verlauf des Nachmittags hatte Scarlett für alle alten Bilder einen neuen Platz gefunden. Alle Dinge, die Rebecca immer Trost geschenkt hatten, waren noch da, aber durch die Veränderung konnte sie sich daran erfreuen, statt bei deren Anblick Trauer zu empfinden. Besonders liebte sie die Familienfotos, die nun im gesamten Flur hingen.

«Oh.» Scarlett sah Aden an. «Auf der Rückbank meines Autos sind noch zwei Stühle. Könntest du sie bitte holen?»

Aden verschwand durch die Haustür, aber Rebecca runzelte die Stirn. «Wofür sind die Stühle?»

«Für den Küchentisch. Du hattest nur zwei. Im Trödelladen habe ich zwei gefunden, die zu deinen passen, also habe ich sie gekauft.»

Darüber hatte Rebecca noch nie nachgedacht. Früher hatten dort immer nur sie und Gammy gesessen, aber sie würde die neuen Stühle brauchen, wenn sie mal Gäste hatte.

«Vielen Dank.» Am späten Nachmittag stand sie von Gefühlen überwältigt im vorderen Flur, eine Hand an die Stirn gepresst. «Ich meine es ernst, Leute. Das ist toll. Es sieht aus wie ein ganz anderes Haus.»

Graham musterte sie ernst. «Aber gleichzeitig immer noch wie das Haus deiner Großmutter.»

Genau. Er verstand exakt, wie sie sich fühlte, als hätte er in ihren Kopf geschaut und die passenden Worte gefunden.

Sie bot an, als Dankeschön etwas zum Abendessen zu bestellen, aber alle lehnten ab und ließen sie in ihrem neuen Zuhause allein. Alle außer Graham, der darauf bestand, ihr etwas zu kochen. In ihrem Haus. Sie vermutete, er wollte die Küche mit neuen Erinnerungen füllen. Oder er spürte einfach, dass sie sich noch nicht bereit fühlte, wirklich allein zu sein. Auf jeden Fall war sie ihm dankbar.

«Lass mich kurz nach Hause gehen und duschen. Ich bringe dann alles mit, was ich brauche.»

Eigentlich hatte auch sie fest vorgehabt zu duschen, sobald er weg war, aber stattdessen ging sie ihre Kisten aus Boston durch und stellte ein paar ihrer eigenen Erinnerungsstücke auf. Dann ergänzte sie Gammys Küchenausstattung aus ihrem eigenen Bestand für den Fall, dass er etwas davon brauchte. Als Graham mit Twain zurückkehrte, hatte sie gerade ihre dritte und letzte Kiste ausgeräumt.

Er grinste sie aus der Tür ihres alten Schlafzimmers an. «Ich habe den Chaoten hier mitgebracht. Ich hoffe, das ist in Ordnung.»

«Natürlich.» Twain leckte ihr begeistert das Gesicht ab. «Hallo, mein Lieber.»

«Irgendwann werde ich es schaffen, dich dazu zu bringen, mich auch so begeistert zu begrüßen.» Graham seufzte, dann ging er den Flur entlang. «Das Abendessen ist in einer halben Stunde fertig.»

Sie hockte auf dem Boden, die Hände immer noch in Twains Fell vergraben, und starrte den leeren Türrahmen an. Ein vorsichtiges Glücksgefühl erwachte in ihrer Brust, und ihre Wangen glühten. Irgendwie waren die Gewissensbisse vom Morgen verschwunden. Es war lange her, dass sie in ihrem Leben zufrieden gewesen war oder Hoffnung empfunden hatte. Gammys Haus war wieder ein Zuhause, diesmal Rebeccas – wegen ihrer Freunde und des ziemlich tollen Mannes von nebenan, der gerade Abendessen für sie kochte. In ihrer Küche. Sowohl in Boston als auch hier, in diesem leeren Haus, hatte sie sich unendlich einsam gefühlt, und das schon seit sehr, sehr langer Zeit. Aber jetzt lebte das Haus wieder.

Und wie es aussah, nahm auch Rebecca ihr Leben wieder in die Hand und lebte es.

Verwirrt sah sie den Hund an. «Ich bin mir nicht sicher, was ich jetzt tun soll.»

Eine alberne Bemerkung, aber es stimmte. Sie war offiziell und endgültig in dieses Haus eingezogen, das jetzt ihrem Stil entsprach. Sie hatte sich einen Job bei der *Gazette* gesichert und dabei geholfen, der Zeitung neues Leben einzuhauchen. Bald würden die Renovierungsarbeiten in der Bibliothek anfangen, also würden sie hoffentlich in sechs oder zehn Monaten die Neueröffnung feiern. Und sie hatte eine vielversprechende Beziehung mit Graham begonnen.

Konnte es wirklich sein, dass sie ihr Leben endlich auf die Reihe bekam? Verflixt, so hatte sie sich nicht gefühlt, seit sie Vallantine verlassen hatte, um aufs College zu gehen. Vor zehn Jahren. Eine traurige, jämmerliche Erkenntnis.

Aber egal. Sie würde sich davon nicht die Laune vermiesen lassen.

Sie stand auf und ging in die Küche, wo sie mit einem Mal weiche Knie bekam.

Graham stand mit dem Rücken zu ihr und rührte in einem Topf.

Sehnige Muskeln an den Armen. Breite Schultern. Sein Haar war noch feucht von der Dusche, sodass die Enden sich lockten. Er trug eine graue Jogginghose und ein weißes T-Shirt. Nackte Füße. Das allein machte sie schon an. Himmel, nackte Füße waren sexy. Ganz zu schweigen von dem attraktiven Mann in ihrer Küche. Er kochte. Für sie.

Schweig still, mein Herz.

Als hätte er ihre Gegenwart gespürt, sah Graham über die Schulter zu ihr. Sein Grinsen war unfair. «Ich dachte, du bist noch unter der Dusche.»

Sie wollte ihn lieber anschauen. «Das mache ich noch. Was kochst du?» Es roch fantastisch. Sie trat näher, um über seine Schulter zu schauen.

Dann korrigierte sie ihren letzten Gedanken. *Er* roch fantastisch.

«Gumbo. Die Basis hatte ich bereits im Tiefkühler. Ich muss nur noch den Rest hinzufügen.» Er drehte sich um, schlang einen Arm um ihre Taille und strich ihr mit dem Finger über den Nasenrücken. «Du hast noch überall Farbe.»

«Dabei habe ich versucht, sie an die Wände zu streichen.»

Sie spürte sein amüsiertes Lachen an ihren Rippen. «Bezaubernd.» Er drückte ihr einen schnellen Kuss auf die Lippen und wandte sich wieder dem Topf zu. «Das Essen ist bald fertig. Geh duschen.»

Sie seufzte. Sie hätte ihm lieber weiter zugesehen, aber okay.

Im Flur bog sie aus reiner Gewohnheit in ihr altes Zimmer ab, nur um dann wieder umzudrehen. Sie brauchte eine Weile, um herauszufinden, wie Dorothy ihre Kleidung in den Schränken verteilt hatte.

Nach der Dusche ließ sie ihr Haar offen, um es an der Luft zu trocknen, und kehrte in die Küche zurück. Graham hatte die Schüsseln mit Gumbo bereits auf den Tisch gestellt, ein Teller mit geschnittenem Baguette daneben.

«Ich könnte mich daran gewöhnen, dass du für mich kochst.»

Lachend wandte er sich vom Herd ab, dann erstarrte er. Langsam glitt sein Blick über ihren gesamten Körper. «Verdammt.»

«Was ist?» Sie sah an sich selbst herunter. Sie hatte enge, pinkfarbene Boxershorts und ein weißes T-Shirt mit einem Cupcake auf der Brust angezogen. Sie warf ihm einen fragenden Blick zu, weil sie einfach nicht wusste, warum er geflucht hatte.

«So wie du aussiehst, will ich dich auf der Stelle vernaschen. Das ist alles.»

«Oh.» Himmel. Nun fehlten ihr die Worte. Sein heiseres Geständnis wirkte zu aufrichtig, um ein höfliches Kompliment zu sein.

Er legte die Topflappen zur Seite und kam langsam auf sie zu. Lässig. Verführerisch. Wie ein Raubtier auf Beutezug. Er blieb vor ihr stehen, und mit einem Mal herrschte Sauerstoffmangel in der Luft zwischen ihnen, während er auf sie heruntersah.

«Hi», sagte sie schwach, weil sie nicht wusste, was er vorhatte, sich aber ziemlich sicher war, dass sie ihm jede Bitte erfüllen würde. Ihr Herz raste.

«Du bist eine unglaublich schöne Frau, Rebecca.»

Ooh. «Danke schön.» Die Worte drangen als gepresstes Flüstern über ihre Lippen, aber daran war nur er allein schuld.

«Gern geschehen.» Er deutete mit dem Kinn Richtung Tisch. «Wir sollten essen, bevor ich noch auf andere Ideen komme.»

Ob nun aus Neugier oder in einem Anflug von Verwegenheit fragte sie herausfordernd: «Was für Ideen?»

Er atmete tief ein. Seine Augen sprühten Funken, während er sie musterte. «Ideen, die man in anständiger Gesellschaft nicht ausspricht.»

«Ich sehe keine Gesellschaft.» Himmel, was war denn in sie gefahren? Bis zum heutigen Tag war sie unfähig gewesen zu flirten, selbst wenn ihr Leben davon abgehangen hätte.

Twain bellte, als wollte er sich auf die Seite seines Herrchens schlagen.

Sie warf lachend den Kopf in den Nacken. «Du hast gewonnen.»

Sie setzten sich und ließen sich das Gumbo schmecken.

Sie hatte diese herzhafte Suppe – oder Eintopf, je nachdem – schon in unzähligen Varianten gesehen. Korrekt und falsch. Graham schien die richtigen Zutaten für ein makelloses Südstaaten-Gumbo verwendet zu haben, was sie sehr überraschte. Zwiebeln, Paprika, Sellerie, Okraschoten, Shrimps, Würstchen und Huhn. Oh, und der Geschmack? Köstlich und perfekt gewürzt. Gammy hatte immer schwarzen Pfeffer und Cayennepfeffer verwendet, Senfmehl, scharfe Paprika, Salbei, Kumin, Lorbeerblätter, Thymian und Petersilie. Rebecca hatte ihr unzählige Male beim Kochen zugesehen. Grahams Version kam dem ziemlich nahe, auch wenn sie gewohnt war, es mit Reis zu essen statt mit Weißbrot.

«Das ist köstlich.» Sie sah ihn aus großen Augen an.

Sein Mundwinkel zuckte. «Du klingst schockiert.»

«Nimm es mir nicht übel, aber das bin ich. Ich habe in Boston und Umgebung unzählige Male Gumbo gegessen, aber es hat nie gut geschmeckt.»

Er nickte mit einem leisen Lächeln, dann griff er nach einer Scheibe Brot. «Wir haben in meiner Kindheit einmal Urlaub in New Orleans gemacht. Dad hat dort zum ersten Mal Gumbo gegessen und sofort erklärt, er müsse lernen, wie man das macht.» Er lachte. «Er hat dann in fünf verschiedenen Restaurants seine Überredungskünste eingesetzt, um eine kurze Kochstunde in der Küche zu bekommen. Das ist sein Rezept.»

«Die Geschichte ist ja witzig.» Sein Vater hatte wirklich Einsatz gezeigt. «Ich mag deinen Vater jetzt schon.» Sie aß noch ein paar Löffel. «Bitte richte ihm aus, dass ich beeindruckt bin und er jederzeit in den Süden ziehen darf, um uns zu bekochen.»

Grahams Brauen schossen nach oben. «Ich sehe schon. Kein Lob für den eigentlichen Koch.» Er zwinkerte ihr zu. «Ich habe all seine Rezepte. Sag nur ein Wort, und ich koche für dich.»

«Nur ein Wort.»

Er lachte. Rau, heiser und aus tiefstem Herzen. Augenblicklich wurde ihr warm im Inneren … und das hatte nichts mit dem Eintopf zu tun.

Einen Augenblick später seufzte er. «Ich würde alles geben für das Pfirsichkuchenrezept deiner Großmutter. Sie hat mir ihr Geheimnis nie verraten.»

Gesättigt schob sie ihre Schüssel zur Seite. «Nicht viele Leute kennen ihr Geheimnis. Irgendwo in einem ihrer Notizbücher hat sie es aufgeschrieben, aber ich kenne es auch so. Eines Tages werde ich es dir zeigen.»

Er deutete mit dem Löffel auf sie. «Darauf werde ich zurückkommen.» Er stand auf und stellte die Schüsseln in die Spüle. «Meine Eltern kommen mich nächste Woche besuchen.»

«Wirklich? Ich wette, du freust dich schon, sie zu sehen.» Er musste vieles zurücklassen, als er den Job in Vallantine angenommen hatte. Wäre sie an seiner Stelle – und vor nicht allzu langer Zeit war sie genau in dieser Position gewesen –, hätte sie die Leute und Orte von zu Hause vermisst.

«Ja, das tue ich.» Er stellte den großen Topf auf einen Untersetzer und füllte die Spüle mit Seifenwasser. «Ich kenne ein paar Touristenattraktionen in der Gegend, aber vielleicht könntest du mir helfen, sie herumzuführen?»

«Das mache ich gerne. Und wag es nicht, den Abwasch zu machen. Du hast gekocht. Ich räume auf.»

«Jawohl, Ma'am.» Er drehte das Wasser ab und warf einen Blick in den Topf. «Das muss noch abkühlen, bevor wir es in den Kühlschrank stellen können.»

«Okay.» Ein Kribbeln überlief ihren Körper. Irgendwie war es sexy, wenn er sie Ma'am nannte wie ein Südstaatenjunge. «Hast du Lust auf einen Film? Oder musst du nach Hause?»

«Ich habe Zeit.» Er richtete sich auf, als ihm scheinbar etwas einfiel. «Du hast einen Fernseher in deinem alten Schlafzimmer auf dem Boden stehen. Soll ich ihn in deinem neuen Zimmer für dich anschließen? Im Wohnzimmer hast du ja schon einen.»

Richtig. Den hatte sie ganz vergessen. «Ich habe ihn aus Boston mitgebracht. Bisher bin ich nicht dazu gekommen, ihn aufzustellen. Und das macht dir wirklich nichts aus?»

«Nein.» Er schenkte ihr ein verschmitztes Lächeln. «Zeig mir dein Schlafzimmer, Rebecca.»

14

Rebecca lag auf dem Bett und kuschelte mit seinem verdammten Hund, während Graham die entsprechenden Kabel mit dem Flatscreen auf der Kommode verband. Nachdem er das erledigt hatte, sah er über seine Schulter. «Versuch es mal.»

Sie griff nach der Fernbedienung und drückte einen Knopf. «Jippie.» Sie drückte einen weiteren Knopf, und Netflix erschien auf dem Bildschirm. «Irgendwann muss ich auch meinen Blu-ray-Player auspacken, aber ich bin mir sicher, wir finden auch hier etwas.»

Das bedeutete offenbar, dass sie in ihrem Schlafzimmer bleiben würden.

Graham ging zur anderen Seite des Bettes und legte sich neben Rebecca, die Beine an den Knöcheln überschlagen. Die Intimität der Situation war ihm durchaus bewusst, aber sie wirkte ganz entspannt, als sie durch das Filmangebot scrollte. Als sie vorhin nach der Dusche in knappen Shorts und einem engen T-Shirt aufgetaucht war, hätte er sich fast an seiner eigenen Zunge verschluckt. Seitdem er Rebecca vor ein paar Wochen auf dem Gehweg vor ihren Häusern zum ersten Mal begegnet war, fühlte er sich heftig zu ihr hingezogen, und dieses Verlangen war nur stärker geworden, je besser er sie kennengelernt hatte.

Aber in diesem Outfit? Zur Hölle. Er war auch nur ein Mensch, um Himmels willen.

«Worauf hast du Lust?»

Er drehte den Kopf, um sie anzusehen, weil er sich fragte, ob das eine Fangfrage war. Aber sie bezog sich auf Filme, nicht auf seine schmutzigen Fantasien. Schade eigentlich.

Er räusperte sich, um eine akzeptable Antwort zu formulieren. «Für mich ist alles okay.»

Seine Aussage war durchaus wörtlich gemeint, da sie so nah neben ihm auf einem Bett lag und so verführerisch nach Jasmin duftete. Lange Beine. Helle, glatte Haut, so weit sein Auge reichte. Blonde Locken, die noch feucht waren von der Dusche. Verdammt, noch nie in seinem Leben hatte er eine Frau so sehr begehrt. Er konnte sich kaum noch zurückhalten. Sauerstoff rauschte durch seine Adern. Sein Herz pochte heftig.

Die Anspannung würde ihn noch umbringen.

«Alles, hm?» Sie lächelte und äscherte damit seine Hirnzellen ein. «Gefährliche Aussage.»

Sie hatte ja keine Ahnung.

Seufzend richtete er den Blick auf den Fernseher. «Okay, Klugscheißer. Action, Horror oder eine Komödie. Deine Wahl.»

«Alle drei Genres sind für mich in Ordnung. Ich persönlich liebe eine gute Geistergeschichte.»

Ausgezeichnet. Vielleicht würde sie sich fürchten und sich Schutz suchend an ihn kuscheln. Rebecca konnte auf sich selbst aufpassen, aber er war verzweifelt genug, um zu hoffen.

Sie startete irgendeinen Film über ein Spukhaus, dann stand sie vom Bett auf. Ihr perfekter runder Hintern wackelte, als sie die Vorhänge schloss, um dann auf seine Seite des Bettes zu kommen. Sein Puls drehte durch, aber sie schaltete nur die Lampe aus, statt sich über ihn zu beugen. Seine Fantasien verpufften.

Unheimliche Musik begleitete den Vorspann, und Graham versuchte, sich auf den Bildschirm zu konzentrieren. Obwohl die Sonne fast schon untergegangen war, hatte Rebecca den Raum vollständig verdunkelt, sodass die gespenstische Atmosphäre des Films noch verstärkt wurde. Gleichzeitig wirkte der gemütliche Raum nun noch intimer.

Sie legte sich wieder neben ihn, sodass der Hund jetzt neben ihr statt zwischen ihnen beiden lag. «Ich kenne diesen Film nicht, aber er wirkt so unheimlich, dass mein Herz schneller schlagen wird, als Gras durch den Magen einer Gans wandert.»

Er konnte einfach nicht anders, er legte einen Arm vor sein Gesicht und lachte. Lieber Himmel, immer wenn sie einen Southernism verwendete – was nicht häufig vorkam –, kam er aus dem Lachen gar nicht mehr heraus. Sein Bauch tat schon richtig weh.

«Lachst du mich aus?»

«Nein, Ma'am.» Er hatte sich das *Jawohl, Ma'am* und *Nein, Ma'am* des Südens noch nicht generell angewöhnt, aber Rebecca schien es zu gefallen, wenn er das sagte, auch wenn er es bisher nur sarkastisch und neckend gemeint hatte. Sie hatte mit geröteten Wangen und leicht geöffneten Lippen darauf reagiert, und er war bereit, jede Waffe in seinem Repertoire zu seinem Vorteil einzusetzen. «Würde mir nicht im Traum einfallen.»

«Mh-hm. Zwing mich nicht, ‹Gott segne dich› zu dir zu sagen.»

«Ach, da wir gerade dabei sind …» Er rollte sich auf die Seite und stützte den Kopf in die Hand. «Erklär mir bitte, wie diese Phrase gleichzeitig eine Beleidigung und ein Ausdruck des Mitgefühls sein kann.»

Sie lachte sinnlich und volltönend, dann rollte sie sich ebenfalls herum, um seine Haltung zu spiegeln. «Es hängt ganz vom Kontext ab. Es gibt die ‹Oh, ich empfinde aufrichtiges Mitgefühl für dich / das ist schrecklich›-Version von ‹Gott segne dich›, die einfach allgemeines Mitgefühl ausdrückt. Und dann wird der Ausdruck auch noch quasi synonym zu ‹Fick dich› verwendet.»

Bisher hatte er sie noch nie fluchen gehört. Er fand es auf seltsame Art süß. «Das ergibt absolut keinen Sinn.»

«Außer du stammst aus dem Süden.»

Kein Witz. «Also willst du damit sagen, dass ich die allgemeine Stimmung und die Körpersprache lesen muss, um die wahre Bedeutung zu entschlüsseln.»

«Genau.» Ihr warmes Lächeln brachte ihre blauen Augen zum Leuchten. «‹Küss meine Grütze› ist eine andere Art, ‹Leck mich am Arsch› zu sagen.»

Er schüttelte den Kopf und grinste so breit, dass seine Wangen schmerzten. «Ich kann einfach nicht verstehen, wie ihr Südstaatler Grütze essen könnt. Das Zeug ist so ekelig.» Das Gericht bestand aus fein gemahlenem Mais, war irgendwie klumpig und erinnerte an Haferbrei, nur mit weniger Geschmack. Igitt.

«Ein weiterer regionaler Unterschied. Leute aus dem Norden mögen Grütze gewöhnlich nicht, weil sie erwarten, dass ein Gericht einen eigenen Geschmack hat. Aber im Süden hat Grütze Tradition, vor allem in der Nähe des Meeres. Fischer fanden, dass Grütze ein schnelles, aber sättigendes Frühstück ist, und haben oft Shrimps hinzugefügt. Andere essen sie nur mit Butter, wieder andere streuen Rohrzucker darüber. Es gibt unzählige Arten, sie zuzubereiten. Ursprünglich kommt sie von den amerikanischen Ureinwohnern. Die Stämme haben die Kolonisten damit verköstigt.»

«Dein Verstand ist faszinierend.» Er schüttelte den Kopf, aber gleichzeitig wurde ihm heiß. Er fand Intelligenz und Wissen einfach wahnsinnig sexy – besonders bei Rebecca. «Ich liebe diese kleinen Infos, die du mir einfach so erzählst.» Seit sie sich kannten, fand sie Wege, ihm gewisse Dinge logisch zu erklären, sodass er sie verstehen und nachvollziehen konnte.

Sie kniff fast misstrauisch die Augen zusammen.

«Entspann dich. Das war ernst gemeint.»

Sie stieß ein Brummen aus, das er nicht deuten konnte. «Als Kind hat mir Lernen einfach Spaß gemacht. Ich liebe nutzlose Fakten. Gammy meinte, ich würde sinnloses Wissen aufsaugen wie ein Schwamm. Meistens bemerke ich gar nicht, dass ich Vorträge halte. Ich glaube, ich habe in Boston damit angefangen, um die Eigenheiten der Südstaatler zu erklären, weil meine Kollegen sich darüber lustig gemacht haben. Mein Ex fand das irritierend.»

«Nun», meinte er seufzend. «Mir macht es nichts aus. Und der Typ kann deine Grütze küssen.»

Ihr Lachen ging ihm unter die Haut.

«Wieso habt ihr euch getrennt?» Graham hatte schon darauf gewartet, ihr endlich persönlichere Fragen stellen zu können, und jetzt hatte sie ihm eine Gelegenheit geboten.

«Ach.» Sie rollte sich auf den Rücken und legte abwehrend einen Arm übers Gesicht. «Wir hatten eigentlich nicht viel gemeinsam. Ich glaube, er hatte damit gerechnet, dass ich meine Karriere vorantreibe, und wurde sauer, als ich das nicht getan habe. Außerdem wollte er Kinder und ich nicht.»

Hmmm. Sie befanden sich noch ganz am Anfang ihrer Beziehung, aber wahrscheinlich hätten sie das Thema noch früher anschneiden sollen. «Ich auch nicht.»

Sie sah ihn an. «Wirklich?»

«Ja. Ich meine … letztendlich stehe ich der Idee wohl einfach zwiegespalten gegenüber, statt absolut dagegen zu sein. Es ist nur …» Er runzelte die Stirn auf der Suche nach den richtigen Worten. «Keine Ahnung. Ich habe einfach nie den Drang verspürt, eine Familie zu gründen.»

«Und was hältst du von der Ehe?»

Er fragte sich, ob sie auf den Busch klopfte oder einfach sehr gut kommunizieren konnte. «Ich bin absolut für Eheglück, solange es wirklich Glück ist. Beziehungen erfordern, dass man an ihnen arbeitet. Das ist mir klar. Aber ich glaube, dass ich den Sprung nur wagen würde, wenn ich die richtige Frau dafür gefunden habe.»

Sie nickte. «Für mich gilt dasselbe, nur eben mit einem Mann.» Sie zwinkerte.

Absolut bezaubernd. «Dein Ex hatte also unrealistische Erwartungen an deine Karriere und deine Gebärmutter, daher die Trennung. Gab es noch andere Faktoren? Was hat er beruflich gemacht?»

«Er war eine große Nummer in einer Marketingfirma. Und was die Trennung angeht, ich vermute, dass ich …»

Sie würden später noch über ihren Job reden, aber jetzt wollte er, dass sie diesen Satz zu Ende führte. «Was vermutest du?»

«Das ist peinlich.» Sie rieb sich mit einem Stöhnen das Gesicht. Nach einem unangenehmen Moment des Schweigens ließ sie die Arme wieder sinken. «Ich glaube, ich habe ihn nicht befriedigt.»

Ähm, nein. Das konnte nicht sein. Zugegeben, bisher hatten sie sich nur leidenschaftlich geküsst, aber Rebecca war warmherzig und zärtlich. Auf keinen Fall konnte es sein, dass sie einem lebenden, atmenden Mann keine Befriedigung geschenkt hatte.

Sie musste sein Schweigen als Zustimmung gedeutet haben, weil sie Anstalten machte aufzustehen.

Er packte ihre Hand und hielt sie fest, bis sie ihn wieder ansah. Er zog sie näher an sich und hielt sie in seinen Armen gefangen. Sollte sie irgendwelche Anzeichen zeigen, dass sie sich in dieser Situation nicht wohlfühlte, würde er sie loslassen. Aber für den Moment musste er ein paar Dinge klarstellen.

Er musterte ihr schönes Gesicht. Allein die Art, wie sie sich auf die Unterlippe biss, erregte ihn. Allein ihre Gegenwart, ihr Duft und das verrückte Geräusch ihres Lachens. Ihr Körper. Ihre Intelligenz. Die Schlagfertigkeit, mit der sie ihn so gerne in seine Schranken wies …

«Falls er in der Beziehung keine sexuelle Befriedigung gefunden hat, hätte er mit dir darüber reden sollen, um das in Ordnung zu bringen. Aber davon einmal abgesehen möchte ich schwer bezweifeln, dass du das Problem warst.»

Sie starrte ihn so lange an, dass die Erde sich weiterdrehte und vier Jahreszeiten kamen und gingen. Der Film erfüllte den Raum mit dramatischer Musik, aber Graham ignorierte es.

Er zog die Augenbrauen hoch. «Du glaubst nicht, dass ich recht habe?»

«Vergib mir, aber nein, das glaube ich nicht. Ich war ein Teil dieser Beziehung. Eine Frau merkt, wenn ein Kerl gelangweilt ist.»

Er nickte in stummer Zustimmung. «Wenn der Sex langweilig wird, kann das verschiedene Gründe haben. Einen Mangel an zwischenmenschlicher Chemie kann man nicht dir allein vorwerfen. Das ist einfach Natur. Manche Leute sind kompatibel, andere nicht.» Und nachdem er das unangenehme Gefühl hatte, dass sie einen Mangel an weiblicher Verführungskraft ihrerseits für die Trennung verantwortlich machte, entschied er sich für brutale Offenheit. «Mich erregst du an sechzehn von vierundzwanzig Stunden am Tag.»

Sie blinzelte, blieb aber stumm.

«Ich weiß, was du denkst.» Ehrlich gesagt wusste er es nicht. «Wieso sechzehn Stunden? Weil ich die restlichen acht Stunden schlafe. Dafür kannst du schlecht verantwortlich sein.»

Blinzel, blinzel.

«Dein Duft hat einen völlig unschuldigen, süßen Geruch der Natur in eine nicht jugendfreie Fantasie verwandelt, der man sich nur hinter geschlossenen Türen hingeben darf.»

Blinzel, blinzel. Und noch ein Blinzeln.

«Ich finde dich höllisch attraktiv, dein Hirn eingeschlossen. Ganz zu schweigen von deinem Temperament.» *Oooh*, ihr Temperament. «Ich will dich ständig aufziehen, einfach um zu hören, wie sich die Südstaaten in deinen Tonfall schleichen, wenn du wütend wirst.»

Blinzeln. Schweigen.

«Wenn wir uns küssen, explodiert mir fast der Kopf.» Er würde alles dafür geben, damit sie das jetzt täte. Genau in dieser Sekunde. Sie sollte ihn küssen, bis sein Hirn sich verflüssigte.

Doch sie blieb weiterhin stumm.

«Glaubst du mir jetzt?»

Sie öffnete und schloss mehrfach den Mund, bevor sie Worte fand. «Wirklich nett von dir, dass du das sagst.»

Nett? Nett von ihm? Keine einzige Silbe aus seinem Mund hatte etwas mit Nettigkeit zu tun. Er war ein höflicher Mensch und war zu Rücksichtnahme erzogen worden, ja. Respektvoll war er auch. Aber all das hatte nichts mit seinen Geständnissen zu tun. Lust? Definitiv. Wahrheit? Zweifellos.

«Ich wollte nicht *nett* sein.» Sie trieb ihn auf die Palme und wieder nach unten, und dann begann das Ganze von vorne, ohne dass sie auch nur einen Finger rührte. Dafür hatte sie ein echtes Talent.

«Bitte, fühl dich nicht verpflichtet …»

«Verpflichtung hat nichts damit zu tun.» Er atmete einmal tief durch. «Aber ich fühle etwas. Mit diesem Wort lagst du richtig.»

«Okay.» Sie schluckte. «Was fühlst du?»

Er wollte es ihr lieber demonstrieren. Also presste Graham die Lippen auf ihre, vergrub die Finger in ihrem feuchten Haar und rollte sich auf sie. Sie stieß vor Überraschung ein kleines sexy Stöhnen in seinen Mund aus.

Er stützte sich auf den Unterarmen ab, dann küsste er sie mit der Geduld eines Heiligen, während er auf ihre Reaktion wartete. Seine Haut kribbelte, und seine Muskeln zitterten vor Verlangen. Es half wenig, dass sie in ihrem Bett lagen, ihr Körper an seinen gepresst. Er fragte sich vage, ob dieses allumfassende Verlangen, das sie in ihm auslöste, je ein Ende finden würde.

Ihre Zungen tanzten auf eine Weise, die an Salsa erinnerte. Rhythmisch. Neckende, auffordernde Bewegungen, um den anderen zu verlocken. Mehr nicht. Eine Vorstufe. Vorspiel. Doch er hoffte verzweifelt auf mehr. Er hoffte, dass sie genauso verzaubert war wie er und ihn genauso heftig begehrte. Falls dem nicht so war, würde er vielleicht nie darüber hinwegkommen.

Das Bett bewegte sich, also war der Hund von der Matratze gesprungen. Das Klacken von Krallen verriet zudem, dass Twain den Raum verlassen hatte. Der Film lief weiter. Aber für Graham trat all das in den Hintergrund.

Ihre Finger glitten über seine Seite, die erste Berührung, seitdem ihre Lippen sich gefunden hatten. Seine Muskeln zitterten wie bei einem gefangenen Tier, das freigelassen werden wollte. Rebecca hatte nicht viele Beziehungen oder Liebhaber gehabt. Laut ihrer Erklärung hatte das teilweise an ihrer Lebenssituation gelegen ... und den Rest verbuchte er unter unangenehmer Unerfahrenheit. Sie hatte behauptet, sie wäre nicht gut darin.

Dem musste er widersprechen. Mit jeder Faser seines Seins. Als ihre Hände weiterwanderten – über seinen Rücken nach oben, an seinen Seiten nach unten, über seinen Bauch –, vibrierte er fast vor Verlangen.

Graham vertiefte den Kuss, dann erkundete auch er ihren Körper. Glatte, straffe Haut. Leichte Rundungen. Und sie reagierte auf seine Berührungen, indem sie sich ihm entgegenhob und schweigend um mehr bat.

Nur zu gerne.

Er löste sich von ihren Lippen, presste den Mund stattdessen auf ihren Hals, ließ die Zunge über ihren Hals gleiten und verlor sich in ihrem süßen Duft. Er umfasste ihre feste Brust, klein genug, um sich perfekt in seine Hand einzufügen, und irgendetwas daran zerstörte ihn fast. Seine Selbstkontrolle hing an einem unendlich dünnen Faden, als ihr Nippel sich unter seiner Handfläche aufrichtete. Er ließ die Lippen über ihr Schlüsselbein gleiten, bevor er kurz nach oben schaute, um ihre Reaktion zu sehen.

Sie stöhnte, den Kopf nach hinten gelegt, die Lippen leicht geschwollen von ihrem Kuss. Ermutigt saugte er durch die Baumwolle ihres Shirts den Nippel in seinen Mund. Wieder wölbte sie sich ihm entgegen, einfach so. Sie reagierte wie eine Marionette ... doch zugleich hielt sie die gesamte Macht in ihren Händen. Sie vergrub die Finger in seinem Haar, um ihn an Ort und Stelle zu halten, die Lippen leicht geöffnet, und dann sahen sie sich an. Und er erkannte die Lust in ihrem verschleierten Blick.

Er wandte sich dem anderen Nippel zu, wiederholte die Liebkosung. Sofort sanken ihre Lider flatternd nach unten. Sie packte den Stoff seines Shirts und zerrte daran, eine stumme Aufforderung, es auszuziehen.

Okay. Sie würden das hier wirklich tun.

Halleluja.

Er zog ihr das Shirt über den Kopf, bevor er sich um seines kümmerte, und enthüllte damit einen Spitzen-BH in einem Blau, das ein wenig dunkler war als ihre Augen. Ihr Haar lag wie ein Fächer um ihren Kopf, als sie seine Brust anstarrte. Ihre Fingernägel glitten sanft über seine Bauchmuskeln, wobei sie ihre eigenen Berührungen mit den Augen verfolgte. Sein Schwanz pulsierte.

«Ich bin froh, dass du mir deine Gefühle anvertraut hast.»

Er hörte ihre Worte nur halb, weil ihre Fingerspitzen gerade den Saum seiner Jogginghose entlangfuhren. Keuchend, auf die Ellbogen über ihr aufgestützt, runzelte er verwirrt die Stirn.

«Ich habe dich gefragt, was du empfindest.» Sie packte seine Schultern. In einer Bewegung, für die er ihr später sicherlich seine Hochachtung aussprechen würde, zog sie die Knie an, hakte ihre Zehen in seinen Hosenbund und zog die Jogginghose über seine Beine nach unten. «Ich bin froh, dass du es mir gesagt hast.»

Dieses geschickte kleine Biest.

Wie du mir, so ich dir. Er schob seine Hose ganz nach unten, dann tat er dasselbe mit ihren Shorts. Gnade, ihr Höschen passte zum BH, wenn es auch aus viel weniger Stoff bestand.

Rebecca setzte sich auf und öffnete ihren BH, um ihn kurzerhand auf den Boden zu werfen. Und zusammen mit dem Stoff verschwand ein Teil seiner Zurückhaltung. Kleine, blasse, freche Brüste. Pinkfarbene, harte Nippel. So verdammt schön. Als sie nach ihrem Höschen griff, schüttelte er den Kopf.

«Das mache ich.» Er umfasste ihre Hüften und hob sie von der Matratze, sodass sie in die Kissen fiel, mit den Füßen in der Luft. Langsamer, als er eigentlich ertragen konnte, schob er dieses blaue, spitzenbesetzte Foltergerät über ihre Beine nach unten. Dann landete es neben dem BH auf dem Boden.

Er kniete zwischen Rebeccas Beinen und sah sie unverwandt an, als er sich vorbeugte und ihr einen Kuss auf den Nabel drückte.

Sie schnappte nach Luft, die Augen halb geschlossen, die Wangen gerötet.

Oh ja. Er liebte ihre leidenschaftlichen Reaktionen auf ihn. Ohne sie aus den Augen zu lassen, küsste er sich weiter hinunter. Ihre Pupillen wurden groß. Die Innenseite der Schenkel – er küsste erst eine, dann die andere. Ihre Lippen öffneten sich, als enthielte die Luft nicht genug Sauerstoff.

Und dann vergrub er das Gesicht in ihren kurzen, blonden Locken.

Mit einem Keuchen krallte sie die Finger in die Matratze.

Lächelnd ließ er die Zunge über das kleine Nervenbündel gleiten, teilte ihre feuchten Falten und stöhnte an ihrer Haut. Sie drängte sich ihm entgegen, forderte mehr. Und das gab er ihr nur zu gerne. Er lernte ihren Körper kennen, ihre Vorlieben, und genoss jedes Stöhnen, jedes Keuchen und jedes Zittern, bis ihr Körper sich versteifte. Ein kurzer Aufschrei, dann warf sie den Kopf in den Nacken und kam zitternd zum Höhepunkt.

Er war steinhart, sein Schwanz pulsierte. Graham zog seine Unterhose aus, während sie sich erholte. Er kletterte über sie, bevor sie die Augen wieder geöffnet hatte, dann sog er einen harten Nippel in den Mund und verwöhnte ihn mit der Zunge. Ein weiterer Schauder überlief ihren Körper, dann vergrub sie die Hände erneut in seinem Haar und packte zu. Stöhnend presste er ihr einen Kuss hinters Ohr, schob die Hände zwischen ihren perfekten Hintern und das Laken und rieb sich an ihre feuchte Spalte. Sie stieß das köstlichste, zerstörerischste Geräusch der Lust aus, das er je gehört hatte.

Er musste sie einfach um sich spüren, also presste er den Mund auf ihren, zog sich leicht zurück und stieß in sie hinein.

Sterne. Er sah tatsächlich Sterne, bis ihm klar wurde, dass er die Augen geschlossen hatte. Verdammt, sie war … eng. Heiß. Und schien nur für ihn geschaffen zu sein, so perfekt umhüllte sie ihn.

Er hielt inne, gab ihr einen Moment Zeit. Oder vielleicht brauchte auch er diesen Augenblick, um sich wieder zu fangen. Er vergrub sein Gesicht in ihrem Haar und bemühte sich mit aller Kraft, nicht Dummes zu sagen oder zu tun. Schwer atmend strich er mit der Hand über ihren Oberschenkel und genoss, wie Rebecca sich unter ihm anfühlte. Um ihn herum. *In* ihm, denn so fühlte es sich jetzt an, da sie diesen Schritt gegangen waren. Sie war alles, was er atmen, hören oder sehen konnte, was er schmecken und fühlen konnte.

Aber dann bewegte sie sich. Die letzten Reste seiner Selbstbeherrschung flogen über Bord, als sie die Beine um ihn legte, die Arme um seinen Hals schlang und auf der Suche nach mehr die Hüften anhob.

Ihm schoss kurz der Gedanke durch den Kopf, dass er ihr alles geben würde, als er sich langsam aus ihr zurückzog. Erst als er erneut in sie stieß, schien er Halt in dem Sturm zu finden, der in seinem Kopf tobte. Absolute Erfüllung flutete seinen Körper, stärker als alles, was er bisher in seinem Leben empfunden hatte. Die Verbindung zwischen ihnen verstärkte die Lust noch und brachte sie in Einklang. Es war zu viel und nicht genug.

Sie küsste sein Kinn, ließ die Lippen dann zu dieser empfindlichen Stelle zwischen Hals und Schulter gleiten. Er stieß härter in sie, kippte die Hüfte, um ihre Klit zu reiben, während sie seine Nerven in Flammen setzte. Wie sie sich bewegte, war einfach unfassbar. Sinnlich und elegant. Fast unterwürfig, aber gleichzeitig hatte sie alle Macht über ihn. Sie nahm und gab.

Sie schienen zu verschmelzen, und das galt nicht nur für ihre Körper. Sie wurden eins, aber ohne einander gleich zu werden. Sie ergänzten einander, vereinigten sich.

Gerade als Graham überzeugt war, sich nicht länger zurückhalten zu können, wölbte sie sich ihm entgegen, sodass er noch tiefer in sie eindringen konnte, dann umklammerte ihr Inneres ihn wie ein Schraubstock. Sie zitterte und stieß einen befriedigten Schrei aus, der in seinem Kopf widerhallte.

Ein Kribbeln schoss seine Wirbelsäule entlang, dann kam auch er zum Höhepunkt. Seine Muskeln verspannten sich, und er keuchte an ihrem Mund. Seine Arme gaben nach, sodass er auf ihr zusammenbrach und nach Atem rang.

Sekunden vergingen, in denen er sich nur langsam erholte. Sie hielt ihn in den Armen. Warme Hände streichelten seinen Rücken, ihre Beine miteinander verschlungen. Es hätte andersherum sein sollen. Er hätte sie halten müssen, aber sie schenkte ihm ein Gefühl von Frieden, das er nicht mehr empfunden hatte, seit sein Leben in Minnesota aus den Fugen geraten war. Trost, Sicherheit und Frieden. Erfüllung. Selbstsüchtig, wie er war, kostete er das Gefühl mit all seinen Sinnen aus für den Fall, dass es ihm nicht noch mal vergönnt sein würde.

Er spielte mit ihren Haarspitzen, während er versuchte, sich zu erinnern, worüber sie gesprochen hatten, bevor sie auf die brillante Idee gekommen war, ihn zu fragen, was er dachte. Moment. Nein, sie hatte gefragt, was er *fühlte*. Ein träges Lachen stieg rumpelnd aus seiner Brust auf.

Sie drehte den Kopf und presste die Lippen an seine Stirn. «Was ist so witzig?»

«Du bist nicht schlecht im Bett. Dein Ex ist ein Idiot. Der größte Idiot des ganzen Landes.»

Ihre Hand erstarrte auf seinem Rücken, und er konnte quasi hören, wie die Zahnräder in ihrem Kopf sich drehten. «Danke.» Sie strich mit den Fingern durch sein Haar, dann seufzte sie leise. «Vielleicht bist du einfach besser.»

Wie bitte? Er hob den Kopf. «Vielleicht?»

Sie grinste und hätte damit Schiffe zum Kentern bringen können. «Ganz sicher.» Sie strich mit den Fingerknöcheln über den Bartschatten an seinem Kinn, folgte der Bewegung mit den Augen. «Auch wenn ich abgedroschen klinge und dafür in der Reporterhölle lande: Das war ziemlich fantastisch.»

Sein innerer Höhlenmensch wollte sich selbstgefällig auf die Brust trommeln. Er gab sich damit zufrieden, das Kompliment zu akzeptieren, so wie sie es auch getan hatte. «Danke dir.»

«Gern geschehen. Die meisten Männer ziehen den Schwanz ein und fliehen, wenn man sie fragt, was sie empfinden.» Die Erheiterung in ihrem neckenden Tonfall, die auch aus ihren Augen leuchtete, war süß. Spielerisch, aber mit einem gewissen Biss.

Doch eigentlich hatte er seine Gefühle nicht ausgesprochen. Stattdessen hatte er sie ihr demonstriert. Und dabei waren definitiv Gefühle im Spiel. Wie genau diese Emotionen aussahen, konnte er noch nicht sagen, aber es gab sie. Sie schwebten am Rand seiner Wahrnehmung und pulsierten in seiner Brust. «Klischees sind die Schlagzeilen von gestern.»

Lachend schlug sie sich eine Hand vors Gesicht.

Er rollte sie beide auf die Seite, sodass sie sich weiterhin ansahen, dann strich er ihr eine Haarsträhne aus dem Gesicht. Es war still im Raum. Als er zum Fernseher sah, entdeckte er dort den Menü-Bildschirm. Der Film war zu Ende.

Graham brummte. «Toller Film.»

Sie lachte wieder. Ihm schoss der Gedanke durch den Kopf, dass er kein Problem damit hätte, eine Ewigkeit damit zu verbringen, ihr dieses Geräusch zu entlocken. Stunde um Stunde. «Ja, wirklich fantastisch. Wir sollten ihn noch mal schauen.»

«Andeutung verstanden, Rebecca.» Sie war wirklich ein Schatz. «Ich muss den Hund rauslassen. Gib mir ein bisschen Zeit, um mich zu erholen.»

Sie zogen sich an und gingen auf die hintere Veranda, wo sie Twain dabei zusahen, wie er im Garten herumtollte. Eine kühlere, aber immer noch schwüle Brise trug die Gerüche vom Fluss und der blühenden Magnolienbäume heran. Unzählige Sterne funkelten am Himmel. Hier waren sie sichtbar ohne die Lichter der Stadt, wie Graham es gewohnt war. Grillen zirpten, aber sonst war es still.

«Es ist so ruhig hier», sinnierte er.

Sie summte zustimmend und setzte sich auf einen Liegestuhl. «Ich bin mir nicht sicher, woran ich mich schwerer gewöhnt habe: den Stadtlärm oder die Stille.»

«Für mich ist es die Stille, aber ich bin auch in einer Stadt aufgewachsen.» Er setzte sich auf den Stuhl neben ihrem, den Blick zum Himmel gerichtet. «Ich bilde mir ein, ich hätte mich daran gewöhnt, aber dann trifft die Ruhe mich wie ein Schlag.»

«Mir ging es auf dem College ähnlich. Immer wenn ich gerade gedacht hatte, ich hätte mich eingewöhnt, heulten die Sirenen der Feuerwehr oder Polizei los, oder irgendwo auf dem Stockwerk gab es eine Party.»

Das Gespräch erinnerte ihn an eine Frage, die er ihr noch stellen wollte. Ihren Ex hatten sie bereits abgehakt. «Du hast erwähnt, dass deine Karriere in Boston stagniert ist.» Sie hatte sich im Vorstellungsgespräch um das Thema herumgedrückt, aber jetzt waren sie sich viel nähergekommen. «Was ist passiert?»

Sie legte den Kopf an die Lehne des Stuhls, zog die Beine an die Brust und starrte in den Himmel. «Ich bin mir nicht sicher, ob es ein Punkt war oder viele, wenn ich ehrlich bin. Es war mein erster Job direkt nach dem College. Ich war einfach davon ausgegangen, dass die Traueranzeigen und Nachrufe der erste Schritt sein würden. In meiner ersten Arbeitswoche war ich gerade auf der Toilette, als zwei Frauen in höheren Positionen ebenfalls den Raum betraten. Sie haben über mich geredet und sich über mich und meinen Akzent lustig gemacht. Das Schlimmste war, dass ich mich im College wirklich sehr bemüht hatte, den Südstaatendialekt hinter mir zu lassen.»

Aber sie hatte es nicht ganz geschafft. Er hatte ihn auch hin und wieder in normalen Gesprächen bemerkt, und wann immer sie begeistert oder wütend war, verstärkte sich der Singsang. Aber warum sollte sie das vor irgendwem verbergen müssen? Das fragte er sie auch.

Sie zuckte nur mit den Achseln. «Viele Leute assoziieren den Süden mit Dummheit. Nach dem ersten Jahr habe ich mich auf drei Positionen in drei verschiedenen Redaktionen beworben. Keine davon hat sich auch nur die Mühe gemacht, mich in die engere Wahl zu nehmen. Es war ein riesiger Verlag mit jeder Menge Angestellten, aber ich vermute, es hatte sich herumgesprochen. Manchmal habe ich eine gute Story entdeckt und sie geschrieben, um den Artikel dann an den jeweiligen Chefredakteur weiterzuleiten. Ich habe nie eine andere Antwort erhalten als höfliche Ablehnung. Ich habe einfach nie … reingepasst.»

Twain kam zu ihr, und sie streichelte den Hund gedankenverloren. «Ich hatte ein paar Bekannte in meinem Apartmenthaus und bei der Arbeit, aber niemanden, den ich als Freund oder Freundin bezeichnet hätte.»

In seinen Ohren klang das schrecklich, und er konnte sich damit identifizieren. Er war hierhergezogen, ohne den Ort vorher ein einziges Mal gesehen zu haben, am Tiefpunkt seines Lebens. Aber zumindest hatte er Forest gehabt. «Wieso bist du nicht gegangen und hast dich bei anderen Zeitungen beworben?»

«Das habe ich. Ich hätte es wahrscheinlich früher tun sollen, aber ich habe mich an die Hoffnung geklammert, dass sie mein Talent eines Tages erkennen und mich befördern würden.» Sie schüttelte den Kopf. «Im ersten Jahr habe ich mich eingewöhnt. Das zweite war einfach nur bitter. Das dritte Jahr habe ich überwiegend damit verbracht, die Entscheidung zu verschleppen. Ich habe Bewerbungen an ein paar Zeitungen geschickt, aber nachdem sie gesehen hatten, dass ich für einen der größten Verlage in den USA arbeitete und bisher nicht befördert worden war, haben sie mich abgelehnt.

Kleine Blogger und Verlage konnten mir nicht das zahlen, was ich zu diesem Zeitpunkt verdient habe. Ich konnte mir mein Apartment ohnehin kaum leisten, also konnte ich die wenigen Jobs, die mir für weniger Gehalt angeboten wurden, nicht annehmen.»

Sie musterte ihn aus den Augenwinkeln. «Himmel, wie sehr ich diesen Ort gehasst habe. Den Job und die Wohnung. Es war eine Einzimmerwohnung mit einer Kitchenette. Gerade mal vierzig Quadratmeter.»

Er verzog das Gesicht. «Autsch.»

Ihn schmerzte der Gedanke, dass Rebecca allein, geschlagen vom Leben und glücklos keine Chance bekommen hatte, ihr Talent zu nutzen. Sie war offenherzig, freundlich und klug. Eine seltene, atemberaubend schöne Blume, gefangen zwischen wucherndem Unkraut, das sie erstickt und ihr jede Energie geraubt hatte. Nicht zum ersten Mal wünschte er sich, er hätte sie damals schon kennengelernt. Oder sogar früher.

«Würdest du zurückgehen?» Er kratzte sich am Kinn, sah zu seinem Haus hinüber und fragte sich, wie seine Antwort wohl lauten würde, sollte sie ihm dieselbe Frage stellen. Noch vor einem Monat hätte er voller Überzeugung Ja gesagt. Er wäre glücklich in die Stadt zurückgekehrt, zu seiner Familie, zu seinem Leben und seiner Karriere, wenn sich die Chance geboten hätte. Jetzt zögerte er bei dem Gedanken … und das überraschte ihn. «Wenn sie dir eine bessere Position und mehr Gehalt bieten würden, würdest du das Angebot annehmen?»

Gedankenverloren schüttelte sie den Kopf, aber ihr Tonfall war entschieden. «Nein. Ich bin dankbar für die Gelegenheit und Erfahrung. Ich habe eine Menge über die Welt und mich selbst gelernt. Ich habe mir selbst lange Vorwürfe gemacht, weil ich versagt habe und meine Träume nicht verwirklicht habe. Aber ich glaube, das Leben hat mich aus gutem Grund wieder hierhergeführt, selbst wenn ich nicht damit gerechnet hatte.»

15

Rebecca kehrte zurück ins Schlafzimmer und glitt unter die Bettdecke. Graham lag leise schnarchend neben ihr, die Decke bis zur Hüfte gezogen.

Er hatte die Nacht bei ihr verbracht … und in ihrem Bett geschlafen. Nach einer fantastischen Nacht voller Sex und Gesprächen.

Es mochte irre klingen, aber bisher hatte sie das so nie erlebt. Sicher, sie hatte Beziehungen geführt und Liebhaber gehabt, aber das hier war anders. Es fühlte sich anders an. Zum einen war der Sex fantastisch gewesen. Er schien ihren Körper so gut zu verstehen, dass er sie mühelos befriedigen konnte – ohne nachdenken oder nachfragen zu müssen. Und dann waren da ihre Gespräche. Vorher und hinterher. Intime, offene Gespräche ohne Verurteilungen, ohne jegliche Scham. Selbst wenn sie nicht einer Meinung waren, waren ihre Diskussionen respektvoll. Rebecca hatte Dinge preisgegeben, die sie bisher nicht mal gegenüber ihren besten Freundinnen geäußert hatte. Sie hatte Details enthüllt, die sie bisher in den dunklen Tiefen ihres Geistes verborgen hatte.

Kopfschüttelnd lächelte sie. Graham war warmherzig und ehrlich. Offen und zuvorkommend. Aufmerksam und talentiert. Ihre Beziehung hatte in kurzer Zeit einen Tiefgang entwickelt, der ihr mit anderen Partnern immer versagt geblieben war. Zwischen ihnen hatte es einfach … geklickt. Es wirkte fast zu einfach. Na ja, vielleicht nicht einfach … aber schnell. Vielleicht war sie zynisch, aber sie fragte sich, ob das die Flitterwochenphase war – und wenn ja, wie lange sie wohl anhalten würde. Graham hatte nicht mehr viel gesprochen, nachdem sie seine Frage beantwortet hatte, ob sie in die

Großstadt zurückkehren würde, falls man ihr eine bessere Position anbot. Würde *er* gehen? Wenn der Skandal in Vergessenheit geriet und sich ihm die Chance bot, würde er sie ergreifen? Würde er einfach seine Sachen packen und verschwinden? Der Gedanke war ihr schon mehr als einmal durch den Kopf gegangen.

Egal. Sie wollte nicht zulassen, dass Zweifel ihre Euphorie zerstörten.

Sie verdrängte ihre Skepsis und beobachtete ihn beim Schlafen. Früher hatte sie das unheimlich gefunden, aber jetzt verstand sie die Faszination daran. Im Schlaf fielen jegliche Schutzmauern automatisch von einem Menschen ab. Im Schlaf konnte niemand etwas vortäuschen. Somit sah sie nur ihn, Graham. Und er wirkte auch im Schlaf wie er selbst. Das verriet eine Menge über seinen Charakter, denn es bedeutete, dass er nichts verbarg und keine Gedanken zurückhielt. Er verfolgte keine verborgene Agenda.

Meistens konnte Rebecca Grahams Miene gut deuten, wenn sie zusammen waren, und darüber war sie sehr froh. Zumindest galt das, seitdem sie ihn besser kennengelernt hatte. Ihr gesamtes Erwachsenenleben über hatte sie Probleme mit Beziehungen gehabt, weil es ihr schwergefallen war, die Bedürfnisse ihres Partners wirklich zu erkennen. Die meisten Männer tendierten zu einer Weltsicht in Schwarz und Weiß, aber Rebecca wurde zögerlich, sobald Schattierungen von Grau auftauchten. Selbst wenn sie versucht hatte nachzufragen, hatte sie versagt – und die Beziehungen waren zerbrochen.

Graham rührte sich. Er drehte leicht den Kopf, öffnete aber nicht die Augen. Seine langen Wimpern würden jede Frau neidisch machen. Sie ließ ihren Blick hinabwandern, seine breite Brust entlang zu dem dünnen Streifen schwarzer Haare, der sich über seine Bauchmuskeln nach unten zur Intimzone zog … definitiv ein Hingucker.

Sie lächelte und fragte sich, ob er wohl ein Morgenmensch war.

Sie brauchte gewöhnlich zwei Tassen Kaffee, bevor sie ansatzweise funktionierte. Sie hätte darauf gewettet, dass er ein Morgenmuffel war, aber ein charmanter.

Er stieß ein leises Stöhnen aus und rollte sich auf die Seite. Dann streckte er den Arm aus, schlang ihn um ihre Taille und zog sie an sich. *Hmmm.* Das hatte er gestern Abend während des Films auch getan. Die Handlung eines Alphamännchens, die sie trotzdem nicht schwach wirken ließ. Sie war von Natur aus schlank, das wusste sie. Aber die Art, wie er ihren Körper in die Position brachte, in der er sie haben wollte, erregte sie jedes Mal.

Er vergrub das Gesicht an ihrem Hals und murmelte etwas, das sie nicht verstand.

Sie schob die Finger in sein Haar. «Wie bitte?»

«Ich habe gesagt, du riechst gut.»

«Danke.» Dasselbe galt für ihn. Warmer Mann mit dem letzten Hauch seines Bergamotte-Parfüms. «Könnte der Kaffee sein, den ich gekocht habe.»

«Du bist die perfekte Frau.»

Lachend drückte sie ihm einen Kuss auf die Schläfe.

«Wie lange bist du schon wach?»

«Erst ein paar Minuten. Ich habe den Kaffee aufgesetzt und den Hund in den Garten gelassen.» Und sie war im Bad gewesen, um sich zu erleichtern, hatte ein paar Yoga-Dehnübungen gemacht und sich davon überzeugt, dass ihr Haar nicht aussah, als hätte sie einen Finger in die Steckdose gesteckt.

Er hob den Kopf, dann ließ er ihn mit einem Brummen wieder sinken. «Ich werde demnächst nach Hause gehen müssen, um ihn zu füttern. Aber erst einmal …»

Er zog Rebecca mit sich, während er sich auf den Rücken rollte, sodass sie auf ihm lag. Sie hatte das T-Shirt und die Shorts wieder angezogen, nachdem sie gestern wieder ins Haus gegangen waren, aber er hatte nackt geschlafen. Wunderbar, köstlich nackt. Als sie sich rittlings aufsetzte, spürte sie seine lange, dicke Erektion an ihrer Mitte … und wurde augenblicklich feucht.

Seine großen Hände glitten über ihren Bauch und weiter nach oben. «Du bist overdressed.»

«Bin ich das?»

«Auf jeden Fall.»

Und weg war ihr T-Shirt. Graham setzte sich auf und knabberte sanft an ihrem Hals. Diese erstaunlich geschickten Hände strichen über ihren Körper, als hätte er eine Karte dafür – in ihr Haar, über ihre Wirbelsäule nach unten zu ihrem Hintern. Ihre Sinne waren überlastet, und doch war es noch nicht genug. Ihre Haut begann zu brennen, ihre Mitte pulsierte, und sie spürte eine Sehnsucht tief in sich, die sie so bisher nicht kannte.

«Wie sehr hängst du an dem hier?» Seine Finger fanden den Saum ihres Höschens.

«Ähm …»

«Ist egal. Ich werde dir ein Neues kaufen.»

Das Geräusch reißenden Stoffs erfüllte den Raum, als er ihr Höschen einfach an den Nähten aufriss.

Dann hob er sie leicht an und senkte ihren Körper wieder ab, um sich tief in ihr zu versenken. Ihr blieb kaum Zeit, seine wunderbar harte Länge zu genießen, weil sein Mund im gleichen Moment den ihren fand. Die fordernden, fast verzweifelten Berührungen seiner Zunge glichen sich dem Rhythmus seiner Hüftbewegungen an.

Oh, ja. *So verdammt gut.* Wie schon letzte Nacht rieb er sich mit jedem Stoß an ihrer Klit. Blitze jagten durch ihre Nervenbahnen und Lust durch jede Körperzelle, vom Kopf zu den Zehenspitzen und zurück. Diese wunderbare Reibung. Sie betete darum, dass er niemals aufhörte, sodass sie dieses wunderbare Gefühl bis in alle Ewigkeit genießen konnte. Sie wollte für immer an diesem Ort bleiben, an den nur Graham sie führen konnte. Seine sehnigen Muskeln lagen an ihren weicheren Kurven wie zueinanderpassende Puzzlestücke.

Die letzte Nacht war kein Zufallstreffer gewesen. Sie passten wirklich so gut zusammen. Harmonie und Glück.

Die Erregung in ihrem Unterleib wuchs, und sie löste sich aus dem Kuss, um den Kopf in den Nacken zu werfen. Sie schnappte nach Luft und bewegte die Hüften im selben Takt wie er. Mit durchgedrücktem Rücken ritt sie ihn immer schneller, härter.

Er legte eine Hand in ihren Nacken, schwer atmend, während seine andere Hand sich um ihre Brust schloss und zärtlich drückte. Er spielte mit einem Nippel, bis er brannte – und der leichte Schmerz verstärkte nur ihre Erregung. Graham stöhnte lustvoll, scheinbar ohne sich dessen bewusst zu sein, und auch das war Zunder für das Feuer in ihr.

Ihr Orgasmus baute sich langsam auf, einfach perfekt, und als sie schließlich kam, zitterte sie und sah Sterne mit geschlossenen Augen. Sie verlor die Bodenhaftung und wurde von den Wellen der Lust hin und her geschleudert, statt sie zu reiten. Ihr gesamter Körper bebte, aber bevor sie nach hinten fallen konnte, zog Graham sie an sich und hielt sie an seine Brust gepresst.

«Du fühlst dich so verdammt gut an», murmelte er, dann spannte sich sein Körper an, als er zum Höhepunkt kam.

Ja, sie fühlte sich verdammt gut. Toll, um genau zu sein. Fantastisch. Sie lächelte an seiner Halsbeuge, denn natürlich hatte er etwas ganz anderes gemeint.

Noch ein paar Stöße, dann stöhnte er, zuckte und hauchte ein befriedigtes Geräusch in ihre Haare. Seine Arme schlossen sich enger um ihren Körper, während er leicht zitterte. Dann wurde er für einen Moment ganz still.

Keuchend löste er seine Umklammerung und drückte einen Kuss auf ihre Schulter.

Träge Befriedigung überkam sie, jeder Muskel entspannte sich. Glücklich küsste sie seinen Hals. «Guten Morgen.»

Ein raues Lachen, dann sog er Luft in seine Lunge, als hätte er seit dem Aufwachen nicht geatmet. «Ein verdammt guter Morgen, in der Tat.»

Und dann … dann tat er etwas unfassbar Wunderbares. Er hob den Kopf, lächelte sie sanft an, strich ihre Haare nach hinten und umfasste ihr Gesicht, als wäre sie ein kostbarer Schatz. Es war eine liebevolle, zärtliche Geste, die sie noch nie in ihrem Leben erfahren hatte, und ihre Schlichtheit traf sie bis ins Mark.

Sie konnte ihn nur anstarren, die Augen feucht, die Kehle wie zugeschnürt, während sie mit ihren Emotionen kämpfte.

Er runzelte besorgt die Stirn. «Geht es dir gut?»

Sie nickte, weil sie ihrer Stimme nicht traute. Es war so unendlich lange her, dass jemand sie so gehalten oder sie auf diese Weise gewürdigt hatte. Abgesehen von Gammy und ihren besten Freundinnen hatte niemand sie wirklich geschätzt.

Wenn es hier denn um Wertschätzung ging.

«Habe ich dir wehgetan? Wegen deiner Fibro, meine ich. Ich habe keine Ahnung, welche Auswirkungen die Krankheit hat oder was sie auslöst. Du würdest mir doch sagen, wenn …»

«Du hast mir nicht wehgetan, und ich werde dir immer sagen, wenn es ein Problem gibt.» Himmel, dieser Mann. Womit hatte sie dieses Glück verdient? Ihr Ex hatte keinerlei Interesse an ihrer Krankheit gezeigt und mit seinen Unmutsbekundungen nicht hinter dem Berg gehalten, wann immer sie zu müde oder körperlich zu angeschlagen gewesen war, um auszugehen oder Sex zu haben. In Boston hatte es sie an den meisten Tagen schon ihre gesamte Kraft gekostet, sich zur Arbeit zu schleppen, weil das Wetter, der Stress und ihre depressiven Phasen immer wieder Schübe ausgelöst hatten.

Graham griff nach der Decke und wickelte sie um sie beide, blieb aber sitzen. Sein Blick wanderte forschend über ihr Gesicht, dann seufzte er. «Wie fühlt es sich an? Also der Schmerz? Wo ist er am schlimmsten?»

«Meistens sind mein oberer Rücken, die Schultern und der Hals betroffen. Selten auch meine Oberschenkel. An einem durchschnittlichen Tag fühlt es sich an wie die ersten Vorboten einer Grippe. Ich bin müde und spüre einen allgemeinen dumpfen Schmerz. Während eines Schubs ist es eher ein Pulsieren. Hattest du je einen Muskelkrampf?» Als er nickte, zuckte sie mit den Achseln. «An schlechten Tagen fühlt es sich so an, nur am ganzen Körper.»

Seine Augen wurden groß. «Das ist … Scheiße, Rebecca. Das ist ja schrecklich.»

Wahrere Worte wurden nie gesprochen. «Ja, manchmal. Man gewöhnt sich nie wirklich daran, aber ich habe mich angepasst. Ich versuche, Situationen zu vermeiden, die Schübe auslösen, und konsequent vorzubeugen.»

«Wie sieht das aus?»

«Das Klima hier hilft. Meine Fibro mag keine schnellen Wetterumschwünge. Die Kälte und der Schnee in Boston waren schrecklich. Ich muss genug schlafen, lasse mich regelmäßig massieren, dehne die Muskeln, nehme Nahrungsergänzungsmittel mit Antioxidantien und versuche, Stress zu vermeiden.»

Er stieß ein humorloses Lachen aus. «Als könnte man Stress wirklich vermeiden.»

Auch in diesem Punkt hatte er recht. «Es ist, wie es ist.»

Er presste die Stirn an ihre und seufzte. «Das ist wirklich bitter. Ich wünschte, du hättest es mir früher erzählt. Dann hätte ich nicht zugelassen, dass du im Büro all diese Kisten schleppst.»

«Ich kenne meine Belastungsgrenze, und ich weigere mich, dass die Krankheit mein gesamtes Leben bestimmt. Alles, was wir in der Redaktion getan haben, hat der *Gazette* geholfen und lag innerhalb meiner Möglichkeiten. Hinterher habe ich mich ein wenig erschlagener gefühlt als üblich, aber es war keine große Sache.»

Er musterte sie erneut, als versuchte er einzuschätzen, wie ehrlich ihre Antwort war. «Du sagst oft ‹wir›, wenn du über die *Gazette* redest.»

Ähm, ja. «Weil wir ein Wir sind. *Wir* haben Dinge geschleppt, haben aus dem, was wir hatten, das Beste gemacht und die Zeitung wieder zum Leben erweckt.»

«Das warst alles du. Ich war nur zufällig dabei.»

Dieser sture Kerl. «Hast du es mir verboten? Mir erklärt, ich solle mich um meine eigenen Angelegenheiten kümmern? Hast du die Bosskarte ausgespielt? Nein, hast du nicht», sagte sie, bevor er erneut widersprechen konnte. «Ein guter Chef hört seinen Angestellten zu, berücksichtigt ihre Wünsche und ist offen für konstruktive Kritik. Du wusstest, dass ich die Stadt und ihre Bewohner besser kenne und damit auch ihre Interessen besser einschätzen kann. Du hast auf mich gehört und die Vergangenheit der Zeitung respektiert. Du hast auch eigene Ideen entwickelt, die wir miteinbezogen haben. Seit den ersten Veränderungen hast du tolle Artikel geschrieben, die auf der Webseite die meisten Klicks bekommen. Außerdem editierst du alles, bevor es veröffentlicht wird, und designst das Layout, damit wir rechtzeitig erscheinen können.»

Sie stieß den Atem aus, dann sackten ihre Schultern nach unten. «Also ja. Ich sage *wir*, weil wir ein *Wir* sind.»

Die fast entgeisterte Miene, die er am Anfang ihres Vortrages gezeigt hatte, hatte sich kurzzeitig in puren Schock verwandelt. Doch nun starrte er sie fast ehrfürchtig mit großen Augen und leicht geöffnetem Mund an, als hätte sie gerade singend mit brennenden Kegeln jongliert.

Er schwieg – lange.

Vielleicht sollte sie das Thema wechseln? «Ich habe Hunger. Wollen wir im *Busy Bean* frühstücken gehen? Sie haben fantastische Croissants. Und Kaffee.»

Er starrte sie weiter an, blinzelte nur langsam.

«Wollen wir die Weltherrschaft an uns reißen?» Sie grinste.

Immer noch keine Reaktion.

Was genau hatte sie gesagt, um ihn in diesen katatonischen Zustand zu versetzen? War er wütend? Das war eine der seltenen Gelegenheiten, in denen sie ihn nicht deuten konnte. Ihr Magen verkrampfte sich, und vor Sorge kribbelte ihr Nacken.

Okay. Genug. «Geht es dir gut?»

«Ja. Ich ...» Mit einem Seufzen senkte er kurz den Blick. «Manchmal weiß ich einfach nicht, was ich zu dir sagen soll.»

Was sollte das bedeuten? «Bist du sauer auf mich?» Sie hatte versucht, ihn aufzubauen, nicht, ihn zu verletzen.

«Nein.» Er strich ihr eine Haarsträhne hinters Ohr und schüttelte den Kopf, bevor er in fast entschuldigendem Tonfall sagte: «Nein, absolut nicht. Im Journalismus herrscht gewöhnlich ein mörderischer Konkurrenzkampf. Aber deine Persönlichkeit ist quasi das Gegenteil. Ich will ehrlich sein: Die meisten Leute in deiner Position hätten den Vorteil genutzt, hätten sich meinen Job unter den Nagel gerissen und keinen Moment gezögert, mich in einer Staubwolke zurückzulassen. Aber du gibst dein Bestes, mir meinen eigenen Wert vor Augen zu führen und mich zu unterstützen. Ich hatte ... einfach nicht mit jemandem wie dir gerechnet.»

Oh mein Gott. «So was würde ich niemals tun ... selbst wenn wir keine intime Beziehung hätten.»

«Ich weiß.» Seine Mundwinkel hoben sich zu einem Lächeln. «Genau das meine ich ja.»

Bevor sie antworten konnte, presste er ihr einen schnellen Kuss auf die Lippen. Dann stand er auf und zog sie ebenfalls hoch. «Lass uns ein Croissant essen gehen.»

Okay. Diskussion beendet.

Sie zogen sich an und brachten Twain nach nebenan, um ihn zu füttern. Rebecca wartete vor dem Haus und genoss den Sonnenschein auf ihrem Gesicht. Eine schwüle Brise glitt durch die Straße, und Vögel sangen in den Bäumen. Der Geruch von frisch geschnittenem Gras gepaart mit Blütenduft erfüllte die Luft und erinnerte sie an ihre Kindheit. An solchen Tagen hätte sie sich ein Buch geschnappt, wäre auf einen Baum geklettert und hätte dort den halben Tag lang gelesen. Das sollte sie bald mal wieder tun. Aber vielleicht sollte sie sich das Klettern sparen und sich einfach unter den Baum setzen.

Sie spazierten in einträchtigem Schweigen Richtung Marktplatz, und die Einwohner, die ihnen begegneten, nickten ihnen zu und lächelten vielsagend. Als wüssten sie etwas, was Rebecca und Graham nicht wussten, und als wollten sie ihnen mit ihren fröhlichen Mienen eine Spur aus Brotkrumen legen. Rebecca hatte diese Aspekte des Kleinstadtlebens fast vergessen, als sie von der Großstadt verschluckt worden war. Diese Gemeinschaft. Freunde, Nachbarn. Ein Teil von ihr hatte genau dem entkommen wollen. Sie war den Mangel an Privatsphäre und die ständigen Gerüchte so leid gewesen, dass sie aus Vallantine geflohen war.

Doch im Anschluss hatte sie fast ihre Identität verloren.

Vor dem *Busy Bean* hielt Graham an. «Okay, mal ehrlich: Hast du mir mit Marker einen Schnurrbart ins Gesicht gemalt, während ich geschlafen habe? Warum starren und lächeln uns alle an? Das ist echt unheimlich.»

Lachend fuhr sie sich durchs Haar. «Das ist ihre Art, uns zu sagen, dass sie von unserer Beziehung wissen und sie gutheißen.»

«Mh.» Er kratzte sich am Kinn. «Das ging schnell.»

«Könnte schlimmer sein.» Sie zuckte mit den Achseln. «Nimm es als Kompliment. Sie mögen dich, sonst würden sie uns als Paar nicht akzeptieren.» Er war nicht in Vallantine geboren, sondern ein Yankee, der in die Kleinstadt gezogen war. So rückständig diese Sichtweise auch wirken mochte, sie entsprach der Wahrheit. Doch ihre Mitbürger waren freundlich, wenn sie jemanden erst mal kennengelernt hatten. Nicht nur Graham musste sich erst akklimatisieren.

«Alles klar. Das kann ja wohl nicht sein.» Er stemmte stirnrunzelnd die Hände in die Hüften. «Wir brauchen keine Zustimmung, von niemandem. Wenn wir zusammen sein wollen, dann sind wir zusammen.»

Ah, da war ja wieder der mürrische Kerl, den sie am ersten Tag auf dem Gehweg getroffen hatte. Der Nordstaatler, der die Gebräuche des Südens nicht kannte und deswegen tief frustriert war.

«Wieso lächelst *du* mich jetzt so an?»

Ihr war gar nicht bewusst gewesen, dass sie das tat, aber sie ließ sich auch nicht davon abhalten. «Kein besonderer Grund.»

Er sah sie herausfordernd aus schmalen Augen an.

«Okay», meinte sie seufzend. «Auf die Gefahr hin, herablassend zu wirken: Du bist süß, wenn du wütend bist. Und ja, du hast recht. Wir sollten die Zustimmung anderer nicht brauchen. Aber es ist trotzdem gut, dass sie dich mögen. Das bedeutet, dass sie deine Persönlichkeit und dein Auftreten gutheißen und dich als Partner für mich akzeptieren. Dieser Ort ist jetzt dein Zuhause. Ich möchte, dass du dich wohlfühlst. Außerdem ist es quasi damit vergleichbar, die Familie des anderen kennenzulernen. Muss man sie mögen, damit die Beziehung hält? Nein … aber es macht alles einfacher.»

Er verschränkte mit einem Brummen die Arme vor der Brust. «Kapiert. Es ist trotzdem archaisch.»

Sie lachte, dann öffnete sie die Tür des Cafés. «Wir brauchen Koffein.»

«Tu das nicht.» Er sah sich eilig um, als hielte er nach Spionen Ausschau. «Wenn sie sehen, dass du mir die Tür aufhältst, werde ich zum Ausgestoßenen.»

Er hielt die Tür mit dem Fuß auf und schob sie mit der Hand am Kreuz sanft hindurch, bevor er theatralisch aufatmete.

«Du bist genau auf die richtige Art albern, Graham.» Lachend hängte sie sich bei ihm ein und sah auf die Karte über dem Tresen. «Mich deucht, du brauchst einen doppelten Espresso.»

«Einen dreifachen, Mylady.»

Das Café war nicht besonders groß – wie die meisten Geschäfte und Läden am Marktplatz –, aber es war geschmackvoll eingerichtet, mit italienischen Fliesen, gerahmten Bleistiftzeichnungen von Kaffeetassen und cappuccinofarbenen Wänden über einer weißen Zierleiste. Weiße Tische standen im Raum verteilt, fast alle von ihnen bereits belegt.

Candy, die Besitzerin des Cafés, war zwei Jahre älter als Rebecca und lächelte höflich, als sie sie an den Tresen winkte. Robust gebaut mit engelsgleichem Gesicht, das Haar zu einem kurzen Bob geschnitten, erinnerte sie Rebecca an eine nettere, subtilere Version von Janice aus der Fernsehserie *Friends*.

«Was bei allen Schundfilmen geht denn hier vor sich?» Sie sah zwischen Rebecca und Graham hin und her. «Meine Ohren haben mich nicht getäuscht. Ihr beide seid *wirklich* ein Paar!»

«Hi, Candy. Ja, das sind wir.» Rebecca nahm ihren Geldbeutel aus der Tasche. «Wie geht es dir?»

«Prima.» Sie straffte die Schultern und sah sie mit großen Augen begeistert an. «Ich liebe eure neue Gesundheitsserie in der *Gazette*. Hab schon viel gelernt. Wirklich hilfreich. Oh, und der Veranstaltungskalender auch. Ist wirklich toll, sich die Informationen nicht mehr auf zehn verschiedenen Seiten zusammensuchen zu müssen. Und die Rezepte? Ich habe neulich eines davon ausprobiert. Köstlich!»

Rebecca warf Graham einen Blick zu und hob vielsagend die Augenbrauen.

«Vielen Dank.» Er räusperte sich.

«Was kann ich euch bringen?»

«Ich brauche ungefähr drei Millionen Croissants und einen Karamell-Cappuccino.» Rebecca sah Graham an. «Was möchtest du?»

Er schüttelte lachend den Kopf. «Sie meint zwei Croissants, und ich hätte gerne einen Espresso, bitte.»

Er schob Rebecca hinter sich und verwehrte ihr den Zugang zum Tresen, als sie bezahlen wollte, während er gleichzeitig seinen Geldbeutel aus der hinteren Hosentasche zog.

Sie schmollte. «Ich habe wirklich drei Millionen gemeint. Candys Croissants sind das Beste, was du jemals gegessen hast.»

Er murmelte etwas Unverständliches, aber sie hätte darauf gewettet, dass es ein anzüglicher Kommentar gewesen war.

Amüsiert von ihren Sperenzchen tippte Candy grinsend die Bestellung ein. «Ihr seid wirklich süß.»

«Nimm das zurück.» Rebecca schnaubte. «Du wirst noch meinen Ruf ruinieren.»

«Dein Geheimnis ist bei mir sicher.» Candy reichte Graham die Tüte mit den Croissants, dann machte sie sich daran, die Getränke zuzubereiten. Nach einer Minute reichte sie Rebecca die Becher. «Ich wünsche euch einen schönen Tag.»

«Ebenso.» Rebecca deutete mit dem Kinn auf die Tür. «Wollen wir draußen essen?»

«Sicher.»

Sie aßen im Gehen, und er brummte immer wieder anerkennend.

«Verdammt, die sind toll.»

«Nicht wahr? Ich habe es dir doch gesagt. Wir hätten doch drei Millionen kaufen sollen.»

Er lachte, dann warf er den Müll in einen Eimer am Wegesrand.

Die Stiefmütterchen in den Blumenkästen neben den gusseisernen Laternen waren Begonien und Veilchen gewichen – eine blühende Farbenpracht aus Rot, Purpur, Gelb und Weiß am Rande der Kopfsteinpflasterstraße. Die pink blühenden Kirschbäume hatten bereits eine dünne Schicht Blütenblätter auf dem Gehweg verteilt, und es leuchteten die ersten grünen Blattansätze an den Zweigen. Verschiedene Essensdüfte vermischten sich in der Brise mit dem Blumenduft. Selbst die Kolibris waren schon zurückgekehrt und nippten an den Futterspendern, die unter einigen Markisen hingen.

Geschäftige kleine Wesen, die brummten wie Bienen, aber zweimal hektischer wirkten. Es war unterhaltsam, ihnen zuzusehen.

Gammy hatte auch immer einen Zuckerwasserspender aufgehängt. Rebecca würde später im Schuppen danach suchen. Außerdem wollte sie sich um Gammys vernachlässigte Beete im Garten kümmern, die viel zu lange ignoriert worden waren.

«Wenn ich dich nur mit Croissants und Cappuccino beliefern muss, um dich zum Lächeln zu bringen, werde ich das jeden Tag tun.»

Er war einfach hinreißend. «Deine Gesellschaft beim Frühstück ist auch nicht schlecht. Oder die morgendlichen Aktivitäten nach dem Aufwachen.»

Sie erreichten das Ende des Marktplatzes, nicht weit von der Bibliothek entfernt. Graham schlang den Arm um Rebeccas Taille und zog sie an seine Seite. «Dem kann ich nur zustimmen.» Sein Blick glitt über ihr Gesicht, und sein Lächeln verblasste. «Bist du glücklich? Jetzt gerade, meine ich. Mit uns? In Vallantine?»

Unsicher, was diese Frage ausgelöst hatte, hob sie die Hand und strich mit dem Daumen über seine Unterlippe. «Ich bin ziemlich glücklich.» Sie kaute auf ihrer Wange. «Und du?» Er hatte doch sicher aus gutem Grund gefragt. Sie überlegte, ob es daran lag, dass er nicht glücklich war. Oder zufrieden …

«Sehr.» Er atmete einmal tief durch. «Zum ersten Mal seit langer Zeit habe ich das Gefühl, wirklich glücklich zu sein.»

«Nach einem Umzug braucht es einige Zeit, bis man sich eingelebt hat.» Sie allerdings hatte sich in Boston nie eingelebt – und sie hatte es viel zu lange versucht.

Er schüttelte leicht den Kopf, dann starrte er mit gedankenverlorener Miene über ihre Schulter. «Es geht nicht nur um den Umzug. Jeder Erfolg, den ich in meinem alten Job hatte, wirkte bedeutungslos, weil ich niemanden hatte, mit dem ich ihn teilen konnte. Ich war einfach ein Reporter unter vielen, der Storys geliefert hat, bis einer meiner Artikel Probleme bereitet hat. Dann war ich verzichtbar. Ähnliches galt für meine Beziehungen. Ich meine damit nicht meine Familie, sondern meine Liebesbeziehungen. Das hier … ich weiß nicht … fühlt sich einfach anders an.»

Erfolge und Errungenschaften bedeuteten mehr, wenn man jemanden hatte, der einen liebte und unterstützte. Dasselbe galt, wenn man gerade vom Glück verlassen war und alles schiefging. Die Leute um einen herum waren wichtig. Aber vielleicht wollte er ihr sagen, dass er anfing, Vallantine und seine Bewohner als sein Zuhause zu betrachten. Egal, wie weit sie gereist oder wo sie gewohnt hatte, für sie war Vallantine immer ihre Heimat gewesen.

Sie lächelte. «Anders ist nicht unbedingt schlecht.»

Einer seiner Mundwinkel hob sich, bis er sie schief anlächelte. «Nein, ist es nicht.»

16

Grahams Eltern landeten um halb acht Uhr abends in Atlanta und hatten sich für die eineinhalbstündige Fahrt nach Vallantine ein Auto gemietet. Graham hatte sie Rebecca am Morgen im Büro vorgestellt. Sie hatte darauf bestanden, im Büro die Stellung zu halten, damit er mit seinen Eltern Mittagessen gehen konnte. Den Großteil des Tages hatten sie in der Redaktion damit verbracht, seinen Eltern dabei zuzuhören, wie sie Geschichten aus Grahams Jugend erzählten. Rebecca hatte sich köstlich amüsiert. Und wenn er gearbeitet hatte, hatte er weder Gesprächspausen noch Langeweile bei den dreien bemerkt.

Seine Eltern mochten Rebecca. Sie schienen sie *wirklich* zu mögen.

Im Lauf der Jahre waren Freundinnen und Geliebte gekommen und gegangen – und seine Familie hatte überwiegend leidenschaftslos auf diese Frauen reagiert. Besonders Mom. Der Umgang war höflich gewesen, fast schon distanziert, aber immer freundlich. Seine Eltern hatten ihm nie Vorschriften gemacht, sondern ihn immer seine eigenen Entscheidungen treffen lassen und ihm nur Ratschläge gegeben, wenn es angebracht war oder er darum gebeten hatte. Grundsätzlich hatten sie sich aus seinem Liebesleben herausgehalten. Falls sie bei früheren Freundinnen geahnt hatten, dass die Beziehung nicht halten würde, hatten sie das nicht laut ausgesprochen.

Das hier war anders. Vollkommen anders. Er war sich nicht ganz sicher, wie er damit umgehen sollte, weil es vollkommenes Neuland für ihn war. Einerseits empfand er tiefe Erleichterung, dass Mom und Dad sich so gut mit Rebecca verstanden, ihre Gesellschaft genossen und offenbar genauso vernarrt in sie waren wie er. Andererseits fühlte er sich, als wäre er in eine *Mayberry*-Episode der *Twilight Zone* katapultiert worden.

Nun schauten seine Eltern im Wohnzimmer irgendetwas im Fernsehen und verwöhnten dabei den Hund, während Graham am Küchenfenster stand und Rebecca in ihrem Garten beobachtete. Sie hatte das Angebot eines gemeinsamen Abendessens abgelehnt mit der Erklärung, sie müsse sich um ihren Garten kümmern. Aber bisher hatte er sie kein einziges Mal bei der Gartenarbeit beobachtet, seit sie in Gammys Haus gezogen war. Er hätte es für eine fadenscheinige Ausrede gehalten, wäre da nicht die Tatsache, dass sie … na ja, im Garten arbeitete.

Ihre beiden bescheidenen Hundert-Quadratmeter-Gärten ließen nicht viel Spielraum für Kreativität, und ihr Garten stieg nach hinten auch noch leicht an. Mavis hatte dort, schon lange bevor er nebenan eingezogen war, ein Beet in drei Terrassen angelegt, das sich über die gesamte Breite des Gartens zog. Bis heute war es jedoch vollkommen verwildert gewesen.

Rebecca hatte schon einiges geschafft, seitdem sie die Redaktion der *Gazette* nach Feierabend verlassen hatte. Im Grunde überraschte ihn das nicht. Diese verdammte Frau konnte härter arbeiten als zehn Männer. Auf jeden Fall war das Unkraut verschwunden und füllte jetzt eine Mülltonne an der Seite des Hauses. Leere Plastiktöpfe lagen im Garten verteilt, weil sie die obersten zwei Terrassen bereits mit verschiedenen Büschen und Blumen bepflanzt hatte. An der Seite stapelten sich an die zwanzig Säcke Mulch.

Er fragte sich, wie sie das alles in ihrem Auto untergebracht hatte. Vielleicht hatte das Gartencenter geliefert, aber falls nicht, hatte sie mindestens fünfmal fahren müssen.

Ihre blonden Locken waren zu einem unordentlichen Dutt gebunden, und ihre pinkfarbenen *Gott erbarme dich*-Shorts schmiegten sich an ihren perfekten Hintern. Außerdem trug sie ein weißes

Tanktop, das – hätte er sie von vorne gesehen – wahrscheinlich dafür gesorgt hätte, dass er seine Eltern allein gelassen hätte, um sich nach nebenan zu schleichen und ihr die Klamotten vom Leib zu reißen. Lieber hätte er im metaphorischen Sinne schmutzige Dinge mit ihr angestellt, statt tatsächlich im Schmutz zu wühlen.

Die leuchtenden Orange- und Rottöne des Sonnenuntergangs hüllten Rebecca in ein romantisches Licht, das jeden Fotografen begeistert oder einen Poeten zu Gedichten inspiriert hätte. Wie aus dem Nichts wurde Graham von Gefühlen überrollt, die ihm die Kehle zuschnürten und in seiner Brust widerhallten. Er hielt sie für Zuneigung, aber verdammt, sie gingen tief. Verwirrt versuchte er, das Geheimnis dieser kleinen Southern Belle zu entschlüsseln.

Liebenswert und witzig. Offensichtlich. Klug, kreativ und geduldig. Was denn sonst? Alles Gründe, sich für eine Frau zu interessieren oder sich von ihr angezogen zu fühlen. Aber was machte Rebecca Moore so anders? Warum schmolz er in ihrer Nähe geradezu dahin und war Wachs in ihren Händen, wenn sie nur lächelte? Oder einen sarkastischen Kommentar machte oder seufzte? Zur Hölle, wenn sie einfach nur atmete?

Normalerweise mochte er Rätsel. Er widmete sich ihnen, bis er zu ihrem Kern vorgestoßen war. Doch dieses Mysterium trieb ihn an den Rand der Verzweiflung, zumal er keine Ahnung hatte, wo genau ihre Beziehung hinführen sollte.

Unsicherheit war nicht unbedingt sein liebster Gemütszustand.

Jeder von ihnen konnte jederzeit ein Jobangebot außerhalb von Vallantine erhalten. Rebecca hatte erklärt, dass sie lieber hierbleiben wolle. Er dagegen hatte nicht gewusst, wie er die Frage beantworten sollte. Das einzige Zuhause, das er je gekannt hatte, lag Hunderte Kilometer weiter im Norden … aber dort hatte er mit der Zeit immer weniger Trost und Sicherheit gefunden. Dort hatte er versagt. In jeder Hinsicht. Vallantine war nicht gerade ein Ort zum Leben, den er sich für seine Zukunft selbst ausgesucht hätte. Vielleicht würde ihn dieser Skandal für immer verfolgen, aber reichte das als Grund aus, sich in einer Kleinstadt niederzulassen?

«Du wirst noch ein Loch ins Glas brennen, wenn du sie weiter so anstarrst.»

Lächelnd musterte er das Profil seiner Mutter neben sich mit den schulterlangen schwarzen Haaren, dem spitzen Kinn und den runden Wangen. Er hatte sie nun längere Zeit nicht gesehen, aber sie sah aus wie immer. Das Alter machte sich langsam bemerkbar, doch die Falten in ihren Augen- und Mundwinkeln waren Zeugnis eines Lebens voller Lachen und Liebe. Mehr konnte man sich nicht wünschen.

«Vielleicht», meinte er seufzend, als er den Blick wieder nach draußen richtete. Rebecca hatte die letzten Pflanzen auf der untersten Terrasse in die Erde gebracht und starrte jetzt mit in die Hüften gestemmten Händen die Mulchsäcke an. Wahrscheinlich sammelte sie Kraft, um den ersten davon zu öffnen. Besorgnis lag wie ein Stein in seinem Magen. «Sie wird sich noch übernehmen.»

«Ein bisschen Gartenarbeit hat noch nie jemandem geschadet. Außerdem macht sie das wunderbar. Der Garten sieht toll aus.»

Das tat er wirklich. Rebecca hatte auf der obersten Ebene rote und rosafarbene Rosenbüsche mit weißen Gardenien gemischt, auf der zweiten Ebene gelben Jasmin gepflanzt sowie Geißblatt mit pinkfarbenen Blüten an Rankhilfen gebunden und die unterste Ebene mit blauem Rittersporn gefüllt. Die mehrjährigen Pflanzen waren eine kluge Wahl, weil sie jedes Jahr wieder aufblühen würden und sie dann nur ein wenig Unkraut jäten und den Mulch erneuern musste. Zudem war das Arrangement farbenfroh und auffällig. Sie hatte auf allen Terrassen kleine immergrüne Stechpalmenbüsche zwischen die Blumen gesetzt, damit das Beet das ganze Jahr über interessant war. Er erkannte all diese Pflanzen nur, weil sein Vater einen grünen Daumen hatte und er vorhin dem Gespräch zwischen ihm und Rebecca gelauscht hatte.

Es überraschte ihn nicht mal mehr, wie viel er sich davon gemerkt hatte, ohne sich dessen bewusst zu sein.

Und «ein bisschen Gartenarbeit» mochte für eine gesunde Person in Ordnung sein, aber *Rebecca* könnte Probleme bekommen.

Er wog sorgfältig ab, ob er seiner Mutter von ihrem Leiden erzählen sollte, und beschloss, dass es Rebecca nichts ausmachen würde. Sie schämte sich wegen ihrer Krankheit nicht – wofür es auch gar keinen Grund gab –, und sie nutzte sie auch nicht als Ausrede. Seine Mutter würde ihr dafür sicherlich Respekt zollen. Und soweit Graham wusste, ging sie bei Nachfragen sehr offen damit um, was darauf hinwies, dass ihre Diagnose kein Geheimnis war.

«Sie hat Fibromyalgie.» Verrückt, wie schnell er sich den Begriff, die richtige Aussprache und die Definition der Krankheit gemerkt hatte. Schließlich war das ein ziemliches Wortmonster. «Hast du je davon gehört?»

Mom nickte, den Blick aus dem Fenster gerichtet. Ihre Mundwinkel sanken leicht nach unten. «Eine der Anwaltsgehilfinnen in der Kanzlei hat letztes Jahr diese Diagnose bekommen. Wenn sie nichts gesagt hätte, wäre ich gar nicht auf die Idee gekommen, dass ihr etwas fehlt. Derartige unsichtbare Krankheiten sind schwer zu diagnostizieren und werden von Medizinern oft ignoriert oder unterschätzt.»

Er brummte zustimmend. «Genau das Gleiche hat Rebecca auch gesagt. Die Ärzte haben ewig lange und unzählige Untersuchungen benötigt, nur um ihr schließlich mitzuteilen, dass sie nichts tun können.» Oder fast nichts. «Sie sieht so gesund aus.»

Aber das war sie nicht. Irgendwann musste er einen Weg finden, damit umzugehen. Bisher gelang ihm das nicht gerade gut. Jetzt zum Beispiel kribbelte seine Haut, weil er den überwältigenden Drang verspürte, in den Nachbargarten zu stürmen und die Arbeit für sie zu erledigen. Rebecca würde ihn dafür kreuzigen. Und das zu Recht.

Mom nickte erneut. «Ich war vor ein paar Wochen mit Janice

essen, weil wir einen Fall besprechen mussten. Das ist die Anwaltsgehilfin, die ich erwähnt habe. Wir haben uns auch über ihre Krankheit unterhalten, und da hat sie etwas gesagt, was mir danach nicht aus dem Kopf gegangen ist. Ich glaube nicht, dass ich es je vergessen werde.» Sie drehte sich zu ihm um, die Arme vor der Brust verschränkt, und beim Anblick der besorgten Wachsamkeit in ihren Augen rutschte ihm das Herz in die Hose. «Sie hat gesagt, die Schmerzen, mit denen sie jeden Tag lebt, würden die meisten Leute zerstören, aber niemand bemerke auch nur, dass etwas nicht stimmt.»

Oh … *Scheiße.* Wieso hatte sie ihm nicht einfach mit einem Vorschlaghammer ins Gesicht geschlagen? Das hätte wahrscheinlich weniger wehgetan.

Graham presste die Stirn gegen die Scheibe und schloss die Augen. Aber es half nicht. Er konnte nichts anderes mehr sehen als seine wunderbare, freche, liebenswerte Rebecca, *die Schmerzen hatte.* Und dadurch litt er selbst ebenfalls unter Schmerzen. In seinem Kopf. Seiner Brust. Überall.

«Weißt du, Mom, ich hätte gut den Rest meines Lebens ohne diese Information verbringen können, vielen Dank auch.»

Sie sprach einfach weiter, als wäre er nicht ohnehin schon am Boden zerstört. «Ich habe sie gefragt, wie sie damit umgeht, und sie hat mir eine unglaubliche Antwort gegeben. Sie hat einfach mit den Achseln gezuckt und gemeint: ‹Was habe ich schon für eine andere Wahl?› Sie kann entweder ihr Leben leben oder es sich von der Krankheit wegnehmen lassen. Menschen haben Jobs und Hobbys, Freunde und Familie. Wenn sich die Betroffenen nur auf die Symptome konzentrieren, würden sie nie aus dem Bett aufstehen.»

Genau. «Klingt definitiv wie Rebecca.»

Eine warme Hand legte sich an seinen Rücken und beschrieb dort beruhigende Kreise. Ihr leichter Geruch nach Rosmarin versetzte ihn zurück in seine Kindheit, wenn sie ihn auf die gleiche Art getröstet hatte. «Erinnerst du dich an die Zeit vor ein paar Jahren, als dein Dad Brustschmerzen hatte und sie im Krankenhaus all diese Tests durchgeführt haben?»

Er lachte schnaubend. «Ich erinnere mich daran, dass du gedroht hast, das Krankenhaus bis auf den letzten Cent zu verklagen, wenn er stirbt.»

«Nicht unbedingt mein bester Moment», murmelte sie, dann schüttelte sie den Kopf. «Was ich eigentlich sagen wollte, ist: Wenn wir jemanden lieben, ist ihr Schmerz unser Schmerz. Ihre Kämpfe, ihre Erfolge. Liebe besteht nicht nur aus reiner Freude, aber wenn du Glück hast, gibt es mehr gute als schlechte Zeiten. Manchmal kann man jemanden nur unterstützen und der Person zeigen, dass sie nicht allein ist, vielleicht Hilfe anbieten, wenn das möglich ist.»

Er stieß ein tiefes Seufzen aus, dann rieb er sich die Augen. «Ich kann mich nicht erinnern, gesagt zu haben, dass ich Rebecca liebe.»

«Mmm-hmmm.»

«Ich habe es auch nicht angedeutet.»

«Mmm-hmmm.»

Er verengte die Augen zu Schlitzen. «Ist das einer dieser Umgekehrte-Psychologie-Elterntricks? Mir ist klar, dass du Rebecca magst, aber das hier ist unter deiner Würde.»

In diesem Moment schlenderte sein Dad in die Küche, den Hund auf den Fersen. Er sah aus dem Fenster, ließ den Blick durch die Küche schweifen und sah im Anschluss seine Frau und seinen Sohn an. Dann kratzte er sich am Kopf, sodass seine grau melierten Haare abstanden. «Halten wir einen Familienrat ab?»

«Nein. Unser Sohn denkt, ich würde Tricks anwenden, um dafür zu sorgen, dass er sich in Rebecca verliebt.» Sie lächelte Dad an, hängte sich bei ihm ein und zwinkerte ihm zu.

«Das wäre eine ziemliche Leistung. Mal ganz abgesehen davon, dass man Liebe nicht erzwingen kann, war er schon in sie verliebt, bevor wir überhaupt hier angekommen sind.»

Sie hob triumphierend die Hand. «Sag ich doch.»

«Wirklich, mein Sohn. Deine Mutter ist ein toller Mensch, aber du überschätzt ihre Fähigkeiten.»

Seufzend starrte Graham an die Decke. «Ihr seid wirklich ein Fass voller Gelächter.»

«O Mann.» Dad räusperte sich. «Er ist schon zu lange im Süden. Er fängt an, ihre Sprache zu sprechen.»

Mist. Wirklich? Graham ging seine Antwort noch mal im Kopf durch und … tatsächlich. Sein Dad hatte recht.

Aber egal … Man musste mit den Wölfen heulen.

«Ich glaube, er ist gerade lang genug hier.» Mom grinste nicht mehr, sondern lächelte liebevoll. Sie musterte Grahams Miene, dann nickte sie, als hätte sie gefunden, wonach sie gesucht hatte – auch wenn er keine Ahnung hatte, wonach sie Ausschau gehalten hatte. «In der Tat.»

***

Rebecca blies sich eine Strähne aus den Augen und betrachtete die verbliebenen fünf Säcke Mulch, dann die Terrassenbeete. Sie sahen jetzt wirklich so viel besser aus. Aber Himmel, ihr Körper ließ gerade keinen Zweifel daran, was er von dieser ganzen Aktion hielt. Ihre Schultern waren verspannt, die Muskeln hart wie Stein, dasselbe galt für ihre Schenkel und ihre Lendenwirbelsäule. Sie hatte sich eindeutig überanstrengt, bis auf die Knochen. Sie fühlte sich so schlapp, dass sie sich am liebsten einfach auf den Boden gelegt hätte.

Aber es war absolut nötig gewesen. Gammys Garten hatte zu lange zu traurig ausgesehen. Rebecca war es leid, ständig niedergeschlagen zu sein. Die lebendigen Farben im Beet hätten Gammy unglaublich glücklich gemacht, und all diese Pflanzen brauchten kaum Pflege – sobald sie fertig war. Sie musste sich diese Mühe nur einmal machen.

Die Dämmerung war hereingebrochen, am Himmel leuchteten unzählige Sterne, und eine leichte Brise strich über ihre Haut. Der Duft der Rosen, Gardenien und Geißblattblüten erfüllte die Luft. Rebecca fürchtete, wenn sie sich jetzt hinsetzte oder eine Pause machte, würde sie nie wieder aufstehen. Angesichts ihres aktuellen Schmerzlevels wirkten fünf Säcke wie fünfhundert.

Sie hielt sich selbst eine aufmunternde Rede, in der sie sich erklärte, dass schließlich *nur* noch fünf Säcke übrig waren, und zwar für die unterste Terrasse. Dann beugte sie sich vor und öffnete den ersten Sack. Sie atmete einmal tief durch, dann schleppte sie ihre Last zum Beet.

Da hörte sie das Klappern einer Fliegengittertür aus der Richtung von Grahams Haus und sah kurz hinüber.

Seine Mutter kam auf Rebecca zu, ein Lächeln im Gesicht. Nicht zum ersten Mal heute bemerkte sie die Ähnlichkeit mit Graham in den Augen und der Form des Kinns. Rebecca hatte es sehr genossen, heute Zeit mit ihnen zu verbringen. Grahams Eltern waren witzig, freundlich und bodenständig. Sie hatten in der Redaktion vorbeigeschaut, aber da Rebecca sich nicht wie das fünfte Rad am Wagen fühlen wollte, hatte sie die Einladungen zum Mittag- und Abendessen abgelehnt. Außerdem sollte es den Rest der Woche regnen, daher hatte sie den Garten fertigstellen wollen. Sie hoffte nur, dass sie seine Mutter damit nicht vor den Kopf gestoßen hatte.

Im Moment sah Rebecca aus wie eine Leiche auf Urlaub: verschwitzt, dreckig und gekleidet in Klamotten, in denen man niemandem begegnen wollte.

«Du hast das wirklich großartig gemacht. Die Beete sehen toll aus.» Mrs Roberts nickte in Richtung der neuen Pflanzen, als sie die letzten Schritte zu Rebecca ging.

«Danke.» Sie lächelte, den Blick auf ihr Werk gerichtet. «Es war ziemlich anstrengend, aber ich glaube, Gammy würde die Pflanzenauswahl gefallen. Sonnenhüte mochte sie besonders.» Sie seufzte. «Wie war das Abendessen?»

«Oh, sehr lecker. Ich bin ziemlich voll.»

Sie lachte. «*Pizza My Heart* hat bei mir schon mehr als einmal für ein Fresskoma gesorgt, also kann ich das nachvollziehen.»

Mrs Roberts nickte mit schwer zu deutender Miene. «Mein Beileid zum Tod deiner Großmutter.»

«Danke. Ich vermisse sie.»

«Hast du sonst noch Familie, die dich unterstützt?»

Rebecca wusste, dass Grahams Mutter es gut meinte, und danach zu urteilen, wie sie den Blick durch den Garten schweifen ließ, hatte Graham ihr wahrscheinlich von ihrer Fibromyalgie erzählt. Dieses Gespräch fühlte sich an, als wollte Mrs Roberts sie besser kennenlernen, und das konnte Rebecca gut nachvollziehen. Sie war mit dem Sohn dieser Frau zusammen, der vor ein paar Monaten seine Heimat verlassen hatte. Sie wollte wahrscheinlich nur sicherstellen, dass Rebecca gut genug für ihn war.

«Habe ich nicht, nein. Meine Eltern sind bei einem Unfall gestorben, als ich noch klein war. Gammy hat mich großgezogen. Und ich bin ein Einzelkind.»

Das Funkeln in Mrs Roberts' Augen verblasste. Sie presste sich eine Hand an die Brust, die Augen weit aufgerissen und voller Mitgefühl. Es war, als stände sie einer älteren, femininen Version von Graham gegenüber. «Das tut mir unglaublich leid. Graham hatte das nicht erwähnt.»

«Es ist okay. Ganz Vallantine ist quasi meine Familie, und ich kenne meine besten Freundinnen seit der Geburt. Ich habe mein ganzes Leben lang nur Liebe erfahren.» Abgesehen von der Zeit, die sie nicht zu Hause verbracht hatte. Manchmal hatte es sich angefühlt, als hätte sie jegliche Liebe zurückgelassen, um ihre Träume zu jagen. Nicht zum ersten Mal fragte Rebecca sich, warum sie so lange gezögert hatte, nach Hause zurückzukehren. Reine Sturheit, vermutete sie. Tatsächlich war es fast jämmerlich, wie sehr sie sich an die Einsamkeit gewöhnt hatte, als sie in der Stadt gewohnt hatte. Jeder Mensch brauchte jemanden, aber sie hatte niemanden gehabt. Zumindest nicht in der Nähe.

«Das ist eine schöne Sichtweise.» Mrs Roberts nickte, als hätte Rebecca eine Testfrage richtig beantwortet. «Eines Tages würde ich deine Freundinnen gerne kennenlernen.»

«Das lässt sich einrichten. Scarlett ist allerdings mit ein bisschen Vorsicht zu genießen.» Sie lachte über ihren eigenen Scherz, weil sie mit einem Mal etwas nervös war, ohne dass sie wusste, warum.

«Graham hat etwas Ähnliches erwähnt. Er meinte, sie sei wie eine neue Scarlett O'Hara, nur weniger selbstsüchtig.»

Rebecca stieß ein Lachen aus, dann wischte sie sich mit dem Unterarm den Schweiß von der Stirn. «Das ist eine gute Beschreibung.»

Mrs Roberts summte, dann lächelte sie. «Und Dorothy?»

Interessant, dass sie sich nach Rebeccas Freundinnen erkundigte. Vielleicht machte sie sich Sorgen um sie? «Dorothy hat allen Mut, der in Oz nötig war, aber die Geduld einer Heiligen. Sie tut immer das Richtige, selbst wenn es einfachere Wege gäbe.»

«Ha. Klingt, als hätten eure Eltern euch die passenden Namen gegeben, wenn auch mit einer persönlichen Note.» Sie legte den Kopf schräg. «Tom Sawyers Rebecca war schön, clever und entschlossen. Du hast nicht ihre zimperliche Art und neigst auch nicht zu übermäßigen Gefühlsausbrüchen. Es ist, als hättet ihr die wichtigsten Eigenschaften eurer fiktionalen Vorbilder verinnerlicht, die weniger guten aber weggelassen.»

Das war … herrje, das war unglaublich freundlich. «Ich bin mir nicht sicher, ob wir wirklich eine Wahl hatten, aber vielen Dank. Ich habe noch nie eine so treffende Beschreibung von uns gehört. Vielleicht hätten Sie Schriftstellerin werden sollen.»

«Ach nein.» Sie wedelte mit der Hand. «Das Schreiben überlasse ich dir und meinem Sohn.» Sie zog einen Terrassenstuhl heran und setzte sich, als wollte sie eine Weile bleiben.

Ähm … «Kann ich Ihnen etwas zu trinken anbieten?»

«Nein, aber vielen Dank. Mach nur mit dem weiter, was du tun wolltest. Wir können uns gleichzeitig unterhalten.»

Erleichtert, weil sie die Aufgabe hinter sich bringen konnte, packte Rebecca den Sack, den sie aufgeschnitten hatte. «Wann fahren Sie zurück nach Minnesota?»

«Versuchst du, mich loszuwerden?»

Nachdem ihr Tonfall scherzhaft war, lachte Rebecca. «Nein, Ma'am. Ich mag Sie beide sehr gerne.» Mit einem Stöhnen kippte sie den Sack und verteilte den Inhalt um die Pflanzen vor ihren Füßen. Der Staub der Holzspäne juckte an ihren Beinen, aber sie würde später duschen. «Ich habe mich gefragt, ob Sie morgen Abend Zeit haben? Ich könnte uns ein Abendessen kochen. Ich bin nicht so gut wie Graham oder sein Vater, aber soweit ich weiß, habe ich bisher noch niemanden vergiftet.»

Sie hörte ein leises Lachen hinter sich, als sie nach dem nächsten Sack griff.

«Ich verstehe allmählich, wieso mein Sohn so vernarrt in dich ist. Wir mögen dich auch sehr gerne, Rebecca. Wir fliegen übermorgen wieder zurück, und ein Abendessen klingt wunderbar. Wie wäre es, wenn wir etwas bestellen? Nicht, weil du uns sonst vielleicht vergiftest, sondern weil du morgen wahrscheinlich Schmerzen haben wirst, nachdem du den ganzen Nachmittag und Abend heute im Garten gearbeitet hast.»

Sie richtete sich so abrupt auf, um Mrs Roberts anzusehen, dass sie fast das Gleichgewicht verloren hätte. Graham hatte seiner Mutter offensichtlich von ihrer Fibromyalgie erzählt, was Rebecca nicht störte. Aber nicht viele Leute hatten eine Ahnung, wie die Krankheit sich auswirkte. Also war Mrs Roberts entweder besser informiert als die meisten Menschen, oder sie wollte eine Reaktion provozieren.

In der Miene von Grahams Mutter entdeckte Rebecca jedoch nur Mitgefühl und Verständnis, sodass sie nicht recht wusste, was sie antworten sollte. Es war lange her, dass jemand außerhalb ihres engsten Kreises sich so rücksichtsvoll gezeigt hatte, ohne dabei gleichzeitig Misstrauen auszustrahlen. Plötzlich hatte sie einen Kloß in der Kehle, und ihr kamen die Tränen.

Dämliche Fibro. Während eines Schubs war sie immer übermäßig emotional … und sie hasste es.

Wütend auf sich selbst drehte sie sich um und leerte einen weiteren Sack aus. Sie räusperte sich, um die Rührung zu vertreiben. «Wenn Ihnen das lieber ist, können wir gerne bestellen. Aber Kochen macht mir nichts aus. Ich werde die Entscheidung einfach Ihnen überlassen. Aber ich weiß Ihr Angebot auf jeden Fall zu schätzen.»

«Dann schauen wir einfach, wie du dich morgen fühlst. Wir sind flexible Menschen, und dasselbe gilt für Graham. Du kannst uns gegenüber ehrlich sein. Wir würden dich nie verurteilen oder um etwas bitten, was du nicht leisten kannst. Solltest du je Hilfe bei irgendetwas brauchen, musst du nur fragen.»

Schon ungefähr in der Hälfte der Ansprache von Mrs Roberts fühlte Rebecca sich, als würde ihr Brustkorb aufbrechen. Heiße, lächerliche Tränen rannen ungebeten über ihre Wangen. Sie hatte diese Leute erst vor wenigen Stunden kennengelernt und bisher kaum mit ihnen geredet, und sie behandelten sie bereits, als wäre sie ein Teil der Familie.

Und das tat weh. Schrecklich weh. Ja, Vallantine mit seinen Einwohnern war ihr Zuhause und ja, sie hatte ihre besten Freundinnen. Aber sie besaß keinerlei Familie mehr. All ihre Verwandten waren tot. Sie lagen auf dem Friedhof von Vallantine beerdigt, in Gesellschaft der Stadtgründer und aller, die früher Teil dieser Gemeinschaft gewesen waren. Manchmal fühlte sich die Leere in ihr an wie ein tiefer Abgrund. Bodenlos. Hoffnungslos.

Überwältigend.

Tröstende Arme legten sich um ihre Schultern, so wie Gammy es früher getan hatte. Sie nahmen den Schmerz auf, statt ihn zu vertreiben oder achselzuckend abzutun. Der Duft nach Rosmarin hüllte sie ein, als Schluchzer ihren müden, schmerzenden Körper erschütterten.

Nach einer gefühlten Ewigkeit richtete sie sich peinlich berührt auf. «Tut mir leid. Keine Ahnung, was in mich gefahren ist.»

Mrs Roberts lächelte, strich Rebecca sanft eine Strähne hinters Ohr und wischte ihr das Gesicht mit einem Taschentuch ab, das sie aus irgendeiner Tasche gezaubert hatte.

«Du musst dich nicht entschuldigen. Du hast nichts falsch gemacht. Wir alle müssen hin und wieder mal richtig weinen.» Sie trat einen Schritt zurück, um Rebecca Luft zum Atmen zu lassen. «Außerdem war das mein Fehler. Ich habe in Wunden gestochert, und das, obwohl du dich hier draußen vollkommen verausgabt hast.» Sie sah nach nebenan, bevor sie den Blick wieder auf Rebecca richtete. «Ich glaube, mein Sohn rastet gerade ein wenig aus.»

Rebecca sah ebenfalls zum Nachbarhaus und … es stimmte. Graham stand mit verschränkten Armen am Rand des Grundstücks, mit einer Miene irgendwo zwischen *Wen muss ich umbringen?* und *Oh verdammt*. Der arme Mann.

Sie hob ihre Hand zu einem jämmerlichen Winken. «Alles in Ordnung. Deine Mama foltert mich mit Geschichten über deine ersten schriftlichen Werke. Es ist schrecklich. Bitte hol sie nach Hause.»

Mrs Roberts lachte, dann tätschelte sie Rebeccas Wange. «O ja, ihr beide werdet das gut machen.» Damit ging sie zurück in Grahams Garten, sagte im Vorbeigehen etwas zu ihm, was Rebecca nicht verstehen konnte, und verschwand dann im Haus.

Es vergingen einige Augenblicke. Lange Augenblicke, in denen Graham so angespannt wirkte, als könnte er jeden Moment in Stücke brechen.

Schließlich schüttelte er den Kopf und kam auf sie zu. Er musterte kurz ihre Miene, bevor er erneut den Kopf schüttelte. «Geh ins Haus. Ich mache das hier fertig.»

«Aber …»

«Geh. Ich komme in zehn Minuten nach.»

«Ich kann das selbst machen.»

«Ich weiß.» Er schluckte schwer. «Ich bin mir ziemlich sicher, dass du die Energieprobleme der Welt lösen oder Stonehenge versetzen könntest, falls du dir das in den Kopf setzen solltest. Aber können und müssen sind zwei unterschiedliche Dinge … und in diesem Fall musst du es nicht tun. Ich bin hier. Ich mache das fertig.»

Mit einem Seufzen sackten ihre Schultern nach unten. Schuldgefühle kämpften in ihrer Brust mit ihrem Stolz, bis ihr klar wurde, dass sie einfach zu müde war, um sich zu wehren. «Danke.»

«Absolut kein Problem.»

«Mein Held.»

«Vergiss das nie. Aber lass uns nicht übertreiben.»

«Ich mag deine Mom.»

«Sie hat dich auch ins Herz geschlossen.»

«Und deinen Dad.»

«Noch mal dieselbe Antwort.»

Rebecca kaute auf ihrer Unterlippe, immer noch unentschlossen. Sie konnte seine Stimmung nicht deuten. Er schien zwischen wütend, müde und verwirrt zu schwanken. «Bist du sauer auf mich?»

Er schloss die Augen, seine Stirn gerunzelt. Erneut schüttelte er den Kopf, dann öffnete er die grünen Augen wieder und durchbohrte sie mit einem stechenden Blick. «Ich bin vieles. Aber sauer bin ich nicht.»

Jede weitere Nachfrage hätte ihn nur gereizt, also ging sie ins Haus. Aber statt zu duschen, Schmerzmittel zu nehmen oder sich unter ihre Heizdecke zu legen, um ihre Muskeln zu entspannen, trat sie ans Fenster, um Graham zu beobachten.

Und da verliebte sie sich in ihn.

Direkt in diesem Moment. Aber vielleicht war das auch schon vor Wochen geschehen. Sie wusste es nicht … doch in dieser Sekunde wurde sie sich dieser Tatsache bewusst. Sie hatte sich in Graham verliebt. Ohne irgendwelche Fragen zu stellen, hatte er darauf bestanden, die Arbeit im Garten zu übernehmen, weil er erkannt hatte, dass sie sich überanstrengt hatte. Er hatte Nachforschungen zu ihrer Krankheit angestellt, um ihre Trigger besser zu verstehen. Er hatte sie eingestellt und ihr im Büro freie Hand gelassen, damit sie gemeinsam eine einst große Zeitung wiederbeleben konnten. Er verstand sich gut mit ihren Freunden, und sie hatten viele gemeinsame Interessen. Er war witzig. Ehrlich. Klug. Sexy. Charismatisch, mutig und aufrichtig. Wann immer er sich in ihrer Nähe aufhielt, wurde ihr warm ums Herz. Und er konnte mit nicht mehr als einem Blick oder einer Berührung dafür sorgen, dass ihre Lust geweckt wurde. Er kümmerte sich um sie, erlaubte ihr aber gleichzeitig, auf eigenen Beinen zu stehen.

Sie hatte noch nie einen Mann geliebt. Tatsächlich fand sie das Gefühl ziemlich unheimlich. Aufschlussreich, aufregend, befreiend … und beängstigend. Was sollte sie jetzt tun?

Graham trat durch die Hintertür ins Haus und verriegelte sie hinter sich. Er musterte sie von Kopf bis Fuß, dann seufzte er. «Hast du schon etwas gegen die Schmerzen genommen?»

«Nein.»

Er nickte, dann ging er mit großen Schritten durch die Küche, öffnete den Schrank, schüttelte eine der Schmerztabletten aus einem und ihr Antioxidans aus einem anderen Döschen und gab sie ihr.

Wie betäubt nahm sie die Pillen und schluckte sie, nachdem er ihr ein Glas Wasser gereicht hatte.

«Warte hier.»

Er verschwand, dann hörte sie das Plätschern von Wasser in der Badewanne. Kurz darauf kehrte er zurück, nur noch bekleidet mit Boxershorts.

«Hoch mit dir.» Er legte einen Arm in ihren Rücken und schob den anderen unter ihre Beine, dann hob er sie hoch und trug sie durchs Wohnzimmer, den Flur entlang und ins Bad, wo er sie sanft abstellte.

Schweig still, mein Herz.

Er hatte ihren Pyjama auf die Kommode gelegt und ein Schaumbad ins Wasser gegeben.

Verflixt, ihre Brust wurde schon wieder eng, und fast hätte sie erneut geweint. Er umsorgte sie. Wie ihre Eltern es früher getan hatten. Wie Gammy es immer getan hatte. Natürlich konnte Rebecca sich um sich selbst kümmern. Wenn einer das wusste, dann Graham. Aber manchmal war es einfach schön, wenn jemand anderes diese Aufgabe übernahm. Oder wenn man jemandem wichtig genug war, dass diese Person es versuchen wollte.

Durch einen Tränenschleier starrte sie ihn an. «Danke dir.»

Er nickte ernst, und seine Miene entspannte sich leicht.

Er zog sie aus, hob sie ins Wasser, stieg aus seinen Boxershorts und kletterte hinter ihr in die kleine Wanne. Es war eng, aber die Intimität ging ihr unter die Haut. Und als sie sicher war, keine weiteren Überraschungen mehr verarbeiten zu können, wusch er ihr das Haar und ihren schmerzenden Körper, half ihr im Anschluss, den Pyjama anzuziehen, und kuschelte mit ihr, bis sie vollkommen erschöpft in einen tiefen Schlaf sank.

17

Ein paar Tage später starrte Rebecca auf ihren Bildschirm in der Redaktion der *Gazette*, um letzte Verbesserungen an dem Artikel vorzunehmen, den sie auf Mrs Roberts' Vorschlag hin über ihre Fibromyalgie geschrieben hatte. Laut Grahams Mutter sollte sie die Stadt über die Krankheit aufklären und somit ein besseres Verständnis erreichen. Graham hatte das auch für eine gute Idee gehalten und Zitate von mehreren Medizinern aus der Gegend um Atlanta eingeholt.

Sie rollte den Kopf, um ihren Nacken zu dehnen. Ihr Körper hatte sich von dem Nachmittag im Garten erholt, aber gewisse Schmerzen vergingen einfach nie. Leider sollte es heute Nachmittag auch noch wieder regnen. Frühling im Süden – immer noch besser als der Herbst, Winter oder Frühling im Norden.

Graham benahm sich normal, seitdem seine Eltern gestern nach Minnesota abgereist waren. Er war weniger mürrisch und grüblerisch, sondern zeigte mehr sein umgängliches Selbst. Sie war sich nicht sicher, welches Gespräch mit seinen Eltern ihn so beeinflusst hatte, aber er hatte nicht den Eindruck erweckt, als wollte er darüber reden.

Also hatten sie es nicht getan.

Aber die Erkenntnis, dass sie ihn liebte, beschäftigte sie seitdem. Rebecca fühlte sich, als warte diese Emotion darauf, zum Thema gemacht zu werden. Sie hatte diese drei Worte schon in früheren Beziehungen zu Partnern gesagt, aber – ganz ehrlich – jetzt wusste sie, dass sie gelogen hatte, und sei es nur aus Unwissenheit. Ihre Gefühle für Graham und ihr Umgang miteinander machten ihr bewusst, dass sie bisher in Beziehungen quasi mit geschlossenen Augen herumgelaufen war. Trotzdem wollte sie ihn nicht bedrängen oder unter Druck setzen, die Worte ebenfalls auszusprechen.

Bei dem Gedanken, er könnte nicht dasselbe für sie fühlen, wurde ihr übel.

Vielleicht sollte sie ihre besten Freundinnen anrufen und sich heute Abend mit ihnen treffen. Dann könnte sie zuerst mit ihnen darüber sprechen.

Die Glocke an der Eingangstür bimmelte, also sah sie von ihrem Computer im hinteren Teil des Raums auf. Graham konnte noch nicht vom Essenholen zurück sein, und sie hatte das Schild an der Tür für ihre Mittagspause auf GESCHLOSSEN gedreht.

Gunner Davis stapfte in die Redaktion, zog seine Hose hoch und sah sich um.

Interessant.

Rebecca erhob sich, während sie sich die Frage stellte, was der Bürgermeister mitten am Tag bei der *Gazette* wollte. «Hallo, Sir. Wie kann ich Ihnen helfen?»

Er wischte sich mit einem Taschentuch den Schweiß von der Stirn und schob es auf dem Weg zu ihrem Schreibtisch wieder in die Hosentasche. «Hallo, Darling. Ist Graham da?»

«Nein, er ist gerade unterwegs, um ein paar Sandwiches von *What a Pickle* zu holen.» Der Laden hatte wahrscheinlich gerade gut zu tun, und außerdem machte Graham in der Mittagspause gerne noch einen Spaziergang. Sie sah an Gunner vorbei aus dem Fenster. Es sah immer noch nach Regen aus, aber noch war es trocken. «Das könnte noch eine Weile dauern.»

Plucky II zwitscherte, als wollte er ihre Aussage bestätigen.

«Gut.» Gunner zog einen Stuhl von Joans und Jeffersons Tisch heran und stellte seine Aktentasche auf den Boden. «Ich wollte kurz etwas mit Ihnen besprechen.» Er ließ seinen korpulenten Körper auf den Stuhl sinken, dann stemmte er atemlos die Hände auf die Knie.

Okay … Sie setzte sich wieder, wobei sie betete, dass es nicht darum ging, ihn für einen Artikel zu interviewen. Es gab keine Menschenseele in Vallantine, die den Bürgermeister und seine Lebensgeschichte nicht kannte. Sie konnte Gunners «Damals, in meiner Zeit»-Vorträgen nicht mehr zuhören, ohne sich die Ohren vom Kopf reißen zu wollen.

«Ich habe über die *Gazette* nachgedacht und darüber, was ich damit machen soll.»

Ihr rutschte das Herz in die Hose. Gunner hatte Graham sechs Monate gegeben, um die *Gazette* zu retten. Noch blieb über einen Monat Zeit, aber er hatte getan, was Gunner wollte. Graham hatte die Abonnentenzahlen und die Einnahmen erhöht und das Interesse an der Zeitung neu entfacht. Die Werbeeinnahmen der kleinen Läden ließen die Kassen klingeln. Was gab es da zu diskutieren?

Da sie nicht wusste, was sie sagen sollte – oder ob sie überhaupt ein Wort rausbringen würde –, blieb sie stumm. Sie starrte Gunners schütteres, ordentlich gekämmtes weißes Haar an, das grüne Polohemd, das über seinem Bauch spannte, und sein glatt rasiertes Kinn und fragte sich, wieso er die Tatsache, dass Graham sich nicht in der Redaktion aufhielt, mit Erleichterung aufgenommen hatte.

Das passte alles nicht zusammen und klang auch nicht besonders optimistisch. Ihr Magen verkrampfte sich.

«Geht es mit der Renovierung der Bibliothek voran?»

Ernsthaft? Was würde als Nächstes kommen? Ist das Wetter nicht angenehm? «Dorothy organisiert die Handwerker. Sieht aus, als ginge es irgendwann in den nächsten sechs Wochen los.»

Er nickte, denn offensichtlich war er darüber bereits informiert. Forest hielt im Namen der Historischen Gesellschaft Kontakt mit dem Rathaus. Rebecca wünschte wirklich, Gunner würde zum Punkt kommen.

«Haben Sie vor, bei der *Gazette* zu bleiben, sobald die Bibliothek wieder eröffnet ist?»

«Ja.» Sie atmete erleichtert auf und ließ sich in ihrem Stuhl nach hinten sinken. Darum machte er sich also Sorgen: dass sie kündigen und die Zeitung damit unterbesetzt zurücklassen könnte. «Wir drei klären gerade ab, wie wir unsere jeweiligen Jobs mit der Bibliothek in Einklang bringen können.»

Er nickte erneut. «Und was wäre, wenn ich Ihnen die Zeitung zum Kauf anbieten würde?»

Er wollte ihr die Zeitung … «Wie bitte?»

Graham war der Chefredakteur. Nicht sie. Was zur Hölle ging hier vor? Gunner schien nicht zu wissen, ob er auf seinen Hintern schauen oder seine Uhr kratzen sollte, wenn er wirklich dachte, sie würde Graham seinen Job wegnehmen.

«Ich glaube, Sie haben mich schon verstanden, Miss Rebecca.» Seine Brauen wanderten nach oben.

«Erklären Sie das genauer. Was meinen Sie damit?»

«Genau das, was ich gesagt habe.» Er richtete sich auf und sah sich einmal in der Redaktion um, bevor sein Blick wieder auf ihr landete. «Sie haben all das getan, von den gerahmten Titelseiten bis hin zu dem Kanarienvogel.»

«Ich habe geholfen.»

«Laut Graham war so gut wie alles Ihre Idee.»

Sie hatte das schreckliche Gefühl, dass sie bereits wusste, wo dieses Gespräch hinführte, und daher versuchte ihr Magen gerade, den Kaffee loszuwerden, den sie heute Morgen getrunken hatte.

Sie atmete einmal tief durch. «Ich hatte einige Ideen. Genau wie Forest, Scarlett, Dorothy und Graham – und Letzterer war derjenige, der all diese Ideen genehmigt hat. Er besitzt Geschäftssinn und ein gutes Auge für Artikel. Ich bin kreativer. Beides wird in der Redaktion gebraucht.»

Der Bürgermeister wandte den Blick keinen Moment von ihr ab. Er nickte nur mit dem Kopf wie diese albernen Spielzeuge auf den Armaturenbrettern von Autos. «Sie sind eine von uns.»

Darum ging es hier? Dass Graham ein Yankee war? «Genau wie er, wissen Sie? Ihm gehört ein Haus in der Stadt, er unterstützt die einheimische Wirtschaft und zahlt in Vallantine Steuern. Diskriminierung steht niemandem gut, aber vor allem nicht dem Bürgermeister. Ich war fast zehn Jahre weg. Heißt das, dass ich nicht mehr in diese Stadt gehöre? Die Welt da draußen ist groß, und an einer Kleinstadtmentalität festzuhalten, würde der *Gazette* schaden, besonders im Hinblick auf den Tourismus. Jahrelang hat die Zeitung rote Zahlen geschrieben, und Graham hat sie da rausgeführt. Die *Gazette* floriert wieder.»

Gunner grinste überheblich. Offenbar hatte er mit ihrer Antwort gerechnet, und sie gefiel ihm. Oder aber er fand Rebecca amüsant. Was zur Hölle sollte das? Wieso war er hier? Ihre Schläfen pulsierten vor Ärger, als sie den Bürgermeister aus zusammengekniffenen Augen musterte.

«Und was passiert, wenn Ihre kleine Affäre schiefgeht?»

Jetzt überspannte er den Bogen wirklich, und das ging ihr schwer gegen den Strich. «Mein Privatleben geht Sie nichts an. Ich mache meinen Job, und zwar gut. Und dasselbe gilt für Graham.» Sie beugte sich vor. «Unsere Beziehung wird nicht schiefgehen. Aber falls wir irgendwann in der Zukunft getrennte Wege gehen sollten, sind wir beide erwachsen genug, um uns professionell zu verhalten.»

Gunner räusperte sich, dann blies er die Wangen auf. Einen Augenblick später stand er auf und stellte den Stuhl an seinen Platz zurück. «Es gab mal eine Zeit, Miss Rebecca, in der Sie mich für eine Frage wie diese paniert und frittiert hätten.»

Sie biss die Zähne zusammen. «Ich versichere Ihnen, dass ich immer noch darüber nachdenke.»

«Gut zu wissen.» Er lächelte, und zum ersten Mal, seit Gunner die Redaktion betreten hatte, erreichte das Lächeln auch seine Augen. «Sie waren als Mädchen ein ziemlicher Hitzkopf. Ich habe Sie Ihr Leben lang beobachtet und gehofft, dass die Welt Ihr Feuer nicht löschen wird. Aber egal, welche Steine Ihnen das Leben in den Weg gelegt hat, Sie haben sich immer wieder aufgerappelt. Einige Leute könnten viel von Ihnen lernen. Ich bin sehr stolz auf Sie … und Mavis wäre es auch.»

Verdammter Mist! Wie sollte sie jetzt wütend bleiben? Ihre Emotionen schnürten ihr die Kehle zu, also starrte sie auf den Tisch und ordnete ein paar Stifte.

Gunner sah sich noch mal um, einen Arm auf eine der Trennwände gelegt. «Ich vermute, das bedeutet, Sie lehnen mein Angebot ab?»

Er hatte ihr den Job eigentlich nicht angeboten, oder? Er war um das Thema herumgeschlichen, als wollte er ihre Reaktion abschätzen. Trotzdem …

«Das ist ein entschiedenes Nein. Und ich will noch etwas klarstellen, damit es keine Missverständnisse gibt: Falls Graham entlassen wird, gehe ich auch. Wenn er bleibt, bleibe ich auch. Und das hat absolut nichts mit meinem Privatleben zu tun.»

* * *

Die braune Tüte mit den Sandwiches in der Hand, trat Graham aus dem Deli auf die Straße und sah zum Himmel. Finstere schwarz und fast grün wirkende Wolken verhüllten den Himmel über der Stadt wie ein Leichentuch. Den ganzen Tag schon sah es nach Gewitter aus. Glücklicherweise nicht nach schlimmen Stürmen, aber es war ein Knistern in der Luft spürbar. Hoffentlich klärte sich der Himmel, bevor Rebecca und er nach Hause gingen. Sie waren heute beide zu Fuß gekommen.

Die Gehwege leerten sich angesichts des heraufziehenden Wetters, aber ein paar Leute waren noch unterwegs, unter anderem Mrs Boone. Die Sekretärin des Bürgermeisters sah von ihrer Tasche auf, in der sie offenbar etwas suchte, und lächelte Graham an. Ihr limettengrünes Kleid sorgte dafür, dass ihr ordentlich frisiertes grau meliertes Haar ebenfalls grünlich wirkte. Aber vielleicht lag das auch an den Wolken am Himmel.

«Kann ich Ihnen irgendwie helfen?», fragte Graham, weil sie nervös wirkte.

«Nein, aber Sie sind wirklich *zu* nett. Mr Davis hat mich gebeten, ihm für die Zeit nach seinem Treffen mit Rebecca etwas zu essen zu besorgen. Ehrlich, ich verstehe nicht, warum er das nicht selbst tun kann, wenn er doch schon unterwegs ist. Dieser Mann!»

«In Ordnung», murmelte Graham abgelenkt. Gunner Davis' roter Sportwagen parkte vor dem Büro der *Gazette* auf der anderen Straßenseite, ungefähr fünf Läden entfernt. Rebecca hatte kein Treffen erwähnt.

«Was wollte er denn mit ihr besprechen?»

Er machte sich mehr als nur ein paar Sorgen, dass Gunner sich wichtigmachen könnte. Der Bürgermeister hatte Graham versichert, dass er nichts mit der Leitung der Zeitung zu tun haben wollte, dass er sich aus dem Tagesgeschäft heraushalten würde, aber nach diesem spontanen Besuch neulich war sich Graham da nicht mehr so sicher. Der Bürgermeister hatte kryptische Kommentare gemacht und sich … na ja, seltsam benommen. Seitdem beschäftigte Graham der Gedanke immer wieder.

«Oh, die Übernahme der *Gazette* natürlich!» Sie wühlte weiter in ihrer Handtasche herum und murmelte etwas von ihrem Geldbeutel, während ihm das Herz in die Hose und dann noch tiefer rutschte. «Da ist er ja. Ich wünsche Ihnen einen schönen Tag. Bleiben Sie trocken, junger Mann!»

«Sie auch», gelang es ihm zu sagen, während er zum Fenster der *Gazette* starrte.

Graham stand so lange regungslos auf dem Gehweg, dass die Erde einmal um die Sonne wandern und ein Heilmittel gegen Krebs gefunden werden könnte. Ein seltsamer Schmerz breitete sich in seiner Brust aus.

Ein Treffen hieß, dass ein Termin vereinbart worden war. Also hatte Rebecca gewusst, dass Gunner vorbeischauen würde – und zwar zur Mittagszeit, wenn Graham das Büro gewöhnlich verließ.

Die Übernahme der *Gazette*? Sein schlimmster Albtraum. Graham kämpfte seit Monaten mit der Furcht, dass Gunner ihn ersetzen oder die Zeitung einfach dichtmachen könnte. Wenn das hier nicht klappte, konnte er nirgendwo mehr hin. Niemand würde ihn anstellen. Was hatte Gunners Sekretärin gemeint? Würde er seinen Job verlieren und von Rebecca ersetzt werden?

Hatte sie davon gewusst?

Das Schlimmste – das absolut Schlimmste – daran war die Möglichkeit, dass Rebecca von Anfang an Bescheid gewusst hatte. Hatten die beiden ihn und seine Fähigkeiten benutzt, um die Zeitung wieder in die schwarzen Zahlen zu bringen, mit dem festen Vorsatz, ihn hinterher auf die Straße zu setzen? War ihre romantische Beziehung nur ein Teil ihrer Intrige?

Nein. So war Rebecca einfach nicht. Diesen fehlgeleiteten Gedanken verwarf Graham sofort wieder. Sie war nicht dazu fähig, eine andere Person zu verletzen, und Hinterhältigkeit lag nicht in ihrer Natur. Rebecca war ehrlicher als beliebige zehn Leute zusammengenommen, denen er im Verlauf seiner Karriere begegnet war. Und die Gefühle, die sie verbanden, waren echt und eindeutig und mächtig. Aber …

Aber … würde sie den Job als Chefredakteurin annehmen, wenn er ihr tatsächlich angeboten würde?

Er dachte noch eine Weile darüber nach. Und die Antwort, die er sich selbst gab, lautete Nein. Und er ging auch nicht davon aus, dass sie vor dem heutigen Tag gewusst hatte, was Gunner plante. Sie hatte seit Beginn ihrer Einstellung nichts anderes getan, als Graham zu verteidigen. Sie hatte draußen in der großen, bösen Welt keinen Erfolg gehabt. Ihre Karriere war auf niedrigster Stufe stagniert.

Aber wenn es hart auf hart kam, war sie eine Einheimische, während Graham nur ein Außenseiter war – und für Gunner würde das eine Rolle spielen.

Scheiße. Es gab nur einen Weg, herauszufinden, was hier wirklich vor sich ging, aber seine Füße schienen Wurzeln geschlagen zu haben.

Aber es half ja nichts. Er sah sich nach Autos um, überquerte die Straße, ging zum Büro und riss die Tür auf.

Rebecca, die immer noch an ihrem Schreibtisch saß, schaute über ihren Monitor hinweg. Neben ihr stand Gunner, einen Arm auf eine Trennwand gelehnt, und sah Graham mit gleichgültiger Miene entgegen.

Er stellte die Tüte mit den Sandwiches auf den Eingangstisch. «Was ist hier los?»

Rebecca stand auf und öffnete den Mund, aber Gunner kam ihr zuvor.

«Ich wollte ein paar Dinge in Bezug auf die *Gazette* besprechen.»

Graham legte den Kopf schräg, obwohl sein Magen sich zu einem schmerzhaften Knoten verkrampfte. «Hätte ich dann nicht ebenfalls anwesend sein müssen?»

«Nicht in diesem Fall.»

Mit pochenden Schläfen sah Graham zu Rebecca, um ihre Reaktion abzuschätzen. Normalerweise konnte er in ihrer Miene wie in einem offenen Buch lesen, wenn sie es zuließ, und er brauchte es, dass sie ihn beruhigte. Doch die Art, wie sie auf der Unterlippe kaute und die Stirn runzelte, vermittelte ihm den Eindruck, als fühlte sie sich in flagranti bei etwas ertappt.

Stück für Stück zerbrach seine Welt ein weiteres Mal. Doch diesmal hatte er nichts falsch gemacht. Er musterte Gunner schweigend und wartete darauf, dass er weitersprach.

«Junger Mann.» Gunner senkte den Arm und kam ihm entgegen, bis er auf Höhe der Magazinständer stoppte. «Ich bin gekommen, um Miss Rebecca zu fragen, ob sie Interesse daran hätte, die *Gazette* zu übernehmen.»

Graham nickte einmal. Das hatte er schon von der Sekretärin des Bürgermeisters erfahren. Er hatte es nur nicht direkt aus der Quelle gehört. Wie armselig, unreif und hinterhältig.

Und Rebecca? Sie hatten miteinander geschlafen. Sie waren Kollegen und – soweit es ihn anging – Freunde. Nachbarn. Liebhaber. Ihr Verrat traf ihn heftiger als die Tatsache, dass ihm seine ehemalige Chefredakteurin keine Rückendeckung gegeben hatte, dass seine Karriere ein abruptes Ende gefunden hatte und dass die Frau, mit der er zu dieser Zeit ausgegangen war, ihn verlassen hatte, statt ihn zu unterstützen.

Er schluckte schwer, dann richtete er seinen wütenden Blick auf Rebecca und sagte gefährlich leise: «Und was hast du geantwortet?»

Es kostete ihn nur fünf Sekunden, um seinen Fehler zu erkennen.

Sie richtete sich so kerzengerade auf, dass Graham der Rücken wehtat bei dem Anblick. Ihre Miene veränderte sich auf eine Weise, dass er die liebenswerte, mitfühlende Frau, die er in den letzten Monaten kennenlernen durfte, nicht wiedererkannte. Sie schüttelte ungläubig den Kopf und musterte ihn mit unverhohlener Wut aus schmalen Augen, die Lippen fest zusammengepresst.

Ihre erste Reaktion auf Gunners verdecktes Geständnis hatte nichts mit Schuldgefühlen zu tun gehabt, wie Graham angenommen hatte. Es war Sorge gewesen, Sorge um Graham und seinen Job – keine Schuldgefühle, weil sie Graham in den Rücken fallen wollte. Er war zu überrascht und wütend gewesen, um das zu erkennen oder ihre Reaktion richtig zu deuten.

Aber jetzt war es zu spät. Der Schaden war bereits angerichtet. Er hatte seine Frage in eine Anklage verpackt, in einem Tonfall, der deutlich gemacht hatte, dass er ihr sowieso nicht glauben würde, egal, was sie auch antwortete.

Er war ein verdammter Idiot.

«Rebecca …»

Sie hob die Hand und stoppte damit jede jämmerliche Erklärung, die er vielleicht abgeben könnte.

Sie schloss ihren Laptop, schob ihn in ihre Tasche, griff nach ihrer Handtasche und ging um den Schreibtisch herum. Sie hielt kurz vor ihm an, um ihn mit einem eiskalten Blick aus ihren blauen Augen zu durchbohren, und sagte: «Gott segne dich!»

Die Tür fiel mit einem leisen Klicken hinter ihr ins Schloss, das genauso gut ein Donnerschlag hätte sein können. Das Bedürfnis, ihr zu folgen, kämpfte mit dem überwältigenden Wunsch, die Sache bei seinem Arbeitgeber klarzustellen. Nichts von alledem war okay. Absolut nichts an Gunners Vorgehen.

Graham schloss mit einem Seufzen die Augen.

«Sie hat gesagt: ‹Falls er geht, gehe ich auch. Wenn er bleibt, bleibe ich auch.›»

Graham öffnete die Augen wieder und starrte Gunner an, während in ihm ein Kampf tobte, wen er zuerst schlagen sollte – seinen Boss oder sich selbst. Aber das würde das Problem nicht lösen und auch die letzten fünf Minuten nicht ungeschehen machen.

Der Mann zuckte die Achseln, als hätte er lediglich erklärt, Gras sei grün. «Für den Fall, dass Sie nicht verstanden haben: Das war die Antwort, die sie mir gegeben hat, als ich sie gefragt habe, ob sie die Zeitung übernehmen will.»

Graham hatte die Nase voll. Sollte er doch zur Hölle fahren. «Ich habe Ihnen alles gegeben. Meine gesamte Erfahrung, meine Zeit, mein Wissen. Zugegeben, Sie sind ein Risiko eingegangen, als Sie mich eingestellt haben, und das weiß ich mehr zu schätzen, als Ihnen wahrscheinlich bewusst ist. Aber ich bin aus einem anderen Bundesstaat hierhergezogen, um den Job anzunehmen. Ich habe genutzt, was mir zur Verfügung stand, habe Rat gesucht und mir Hilfe geholt und diese Zeitung wieder zum Leben erweckt. Die Verkaufs- und Abonnentenzahlen sehen gut aus. Der Inhalt ist genau das, was die Stadt braucht, und mehr. Die Werbeeinnahmen sind stabil. Ich bleibe lange und komme jeden Tag früher in die Redaktion, als ich eigentlich müsste.»

Er stieß heftig den Atem aus. «Und Sie vergelten es mir, indem Sie mich hintergehen und hinter meinem Rücken mit der Frau sprechen, mit der ich eine Beziehung führe und die ich eingestellt habe, um ihr *meinen* Job anzubieten, ohne mir den Respekt zu erweisen, mich vorher persönlich zu feuern? Zur Hölle, ich kann Ihnen die Entscheidung nicht mal übel nehmen. Rebecca ist blitzgescheit und wahrscheinlich besser für den Job geeignet als ich. Sie hat die Beförderung verdient. Mein ganzer Erfolg wäre ohne sie nicht möglich gewesen. Aber verdammt, ich habe Ihnen alles gegeben, was ich noch hatte, Gunner.»

«Also, mein Sohn … Ich habe nie gesagt, dass Sie gefeuert werden.»

Haarspalterei. Graham hatte sich verbal hinreißen lassen, und dieser Kerl reagierte mit Haarspalterei.

Er schnappte sich die Tüte mit den Sandwiches und marschierte in sein Büro. Der Vorfall hatte ihm den Appetit verdorben. Rebecca war weg. Sein Job war weg. Was zur Hölle sollte er jetzt tun?

Als er neun Jahre alt war, hatte er eine Zeit lang Astronaut werden wollen. Vielleicht suchte die NASA Leute?

Er schmiss die Tüte in den Kühlschrank und knallte die Tür zu.

Gunner war ihm gefolgt. Er lehnte im Türrahmen, die Hände in den Hosentaschen vergraben. «Und ich habe Sie auch nicht hintergangen.»

Zutiefst erschöpft ließ Graham sich in seinen Stuhl fallen und legte die Beine auf den Schreibtisch, die Knöchel überschlagen. Ihn kümmerte nichts mehr.

«Meine Nerven liegen wirklich blank, Bürgermeister.»

Gunner lachte schnaubend, dann stieß er sich vom Türrahmen ab und ging zu Rebeccas Schreibtisch, wo er eine Mappe aus einer

Aktentasche holte. Damit kehrte er in Grahams Büro zurück und setzte sich auf einen der Stühle auf der anderen Seite des Schreibtisches.

«Ich hatte meine Bedenken in Bezug auf Sie.» Gunner räusperte sich. «Sie hatten Erfahrung, aber ich wusste nicht, ob Sie gut in die Stadt passen würden oder fähig wären, den Job zu erledigen, weil Sie nicht aus Vallantine stammen. Manchmal muss eine Person einen Tiefpunkt erreichen, bevor es wieder bergauf gehen kann. Dort waren Sie, als ich Sie angestellt habe. Am absoluten Tiefpunkt, mein Sohn. Sie haben angefangen, sich da herauszukämpfen, als Sie unsere Rebecca eingestellt haben.»

Er zog ein Taschentuch heraus, wischte sich die Stirn ab und verstaute es wieder in seiner Hosentasche. «Ich habe immer wieder über diesen Abend nachgedacht, als ich hier in der Redaktion vorbeigeschaut habe. Sie haben Rebeccas Leistung nicht als Ihre eigene ausgegeben, als ich mich nach den Veränderungen in der Redaktion erkundigt habe. Aber wissen Sie, was Sie auch nicht getan haben? Sie haben Rebeccas Vorschläge nicht ignoriert oder sie kleingehalten. Die Großstadt hat unser Mädchen verschluckt und wieder ausgespuckt … aber statt weiter auf ihr herumzutrampeln, haben Sie sie aufgebaut. Das hat mir gezeigt, dass Sie ein guter Mann sind.»

Verdammt. Verlegen – und plötzlich auf seltsame und alberne Art gerührt – rieb Graham sich das Gesicht. Seine Kehle war wie zugeschnürt, seine Brust eng, also starrte er an die Decke, um sich wieder zu fangen.

«Rebecca hält sich sehr zurück, bis jemand so viel Glück hat, sich ihr Vertrauen zu verdienen. Ich vermute, das hat damit zu tun, dass ihre Eltern so früh gestorben sind.» Gunner rutschte auf seinem Stuhl hin und her. «Ich wollte allein mit ihr sprechen, um ihr auf den Zahn zu fühlen, ohne dass Sie im Hintergrund lauern. Deswegen bin ich heute vorbeigekommen, und sie hat genau so reagiert, wie ich erwartet hatte.»

Er beugte sich vor und warf die Mappe, die er geholt hatte, auf Grahams Schreibtisch, bevor er mit dem Kinn darauf deutete.

«Was ist das?» Graham griff nach der Aktenmappe und öffnete sie.

Fast wäre er vom Stuhl gekippt. Er blinzelte, dann blinzelte er noch mal. Auf keinen Fall konnte er wirklich sehen, was er zu sehen glaubte.

«Ich wollte die *Gazette* nie. Ich habe sie gekauft, weil es keine anderen Interessenten gab und eine Zeitung mit so viel Geschichte es wert ist, erhalten zu werden. Ich feuere Sie nicht, Graham. Ich schenke Ihnen die Zeitung. Ihnen und Rebecca.»

Heilige Scheiße.

Graham blätterte durch die Seiten mit juristischem Kauderwelsch, das er sich später noch einmal genauer ansehen musste, aber ja. Anscheinend hatte Gunner die nötigen Dokumente aufgesetzt, um die *Gazette* auf Graham und Rebecca zu überschreiben – alle Unterlagen, das Archiv, Besitztümer und sogar das Gebäude.

Und das Dokument war auf gestern datiert, was bedeutete, dass er mit seiner ersten Annahme richtiggelegen und Rebecca nichts von alldem gewusst hatte. Eine Sekunde. Er hatte sich selbst und sie für *eine* Sekunde infrage gestellt, aber dieser kurze Moment könnte ihn vielleicht alles kosten. Ohne Rebecca bedeutete der Besitz der Zeitung nichts, genauso wenig wie die Tatsache, dass er in Vallantine bleiben würde.

Gunner stand auf und holte seine Aktentasche, dann kehrte er in Grahams Türrahmen zurück. «Sie beide sollten die Dokumente gemeinsam durchgehen und sich dann bei mir melden. Falls Sie zu einer Einigung kommen, unterschreiben Sie auf der letzten Seite.» Er schenkte Graham ein schiefes Lächeln. «Natürlich nur, wenn Sie Rebecca dazu bringen können, mit Ihnen zu reden. Sie sollten Ihre Rede am besten mit den Worten *Es tut mir leid* beginnen. Blumen könnten auch nicht schaden. Oder betteln.»

Wie betäubt beobachtete Graham, wie der Mann Richtung Tür ging.

Dann hob Graham eilig die Füße vom Tisch und lehnte sich vor. «Gunner.»

Der Bürgermeister drehte sich um, die Hand bereits am Türknauf.

«Danke.» Graham wusste einfach nicht, was er sonst sagen sollte. Nicht in seinen wildesten Träumen hätte er mit einer solchen Geste gerechnet. Damit bot sich ihm nicht nur ein Neuanfang, sondern eine echte Chance. Er bekam etwas geschenkt, was nur ihm gehören würde, sodass er niemandem mehr Rechenschaft schuldig war. «Vielen Dank.»

18

Rebecca hatte es gerade mal bis zum Ende des Marktplatzes geschafft, als der Himmel seine Schleusen öffnete. Heftiger, prasselnder Regen durchnässte sie innerhalb von Sekunden, die Main Street stand sofort unter Wasser. Das Gewitter, das über die Stadt hereinbrach, dröhnte in ihren Ohren, und eine drückende Schwere legte sich auf ihre Brust.

Fluchend bog sie nach links zur Bibliothek ab statt in ihr Viertel, weil die Bibliothek einfach näher lag. Überall hatten sich bereits knöcheltiefe Pfützen gebildet, weil zu viel Wasser in zu kurzer Zeit vom Himmel fiel, um vom Boden aufgenommen zu werden. Ihre Schuhe quietschten im Gras, als sie den Rasen überquerte, um dann die Verandastufen hinaufzueilen. Ungeschickt schob sie den Schlüssel ins Schloss, trat ein, schlug die Tür hinter sich zu und … *schrie.*

Sie stieß ein frustriertes, wütendes, tiefes Brüllen aus, weil sie nur so den Druck in sich loswerden konnte. Sie schrie lange und laut, so laut, dass ihr Brustkorb vibrierte, bis ihr schlichtweg die Luft ausging.

Zum Teufel mit Graham Roberts.

Schwer atmend sah sie sich um. Das schwache Licht, das durch die wenigen Fenster hereinfiel, wurde vom Gewitter nochmals gedimmt, sodass die Schatten Schatten warfen. Das Echo des prasselnden Regens hallte von der hohen, gewölbten Decke und den leeren Regalen wider. In Vorbereitung auf die Renovierung war der Strom abgeklemmt worden, daher konnte sie den Kronleuchter nicht anschalten. Manche Leute hätten sich jetzt wahrscheinlich gefühlt wie in einem Horrorfilm, aber Rebecca fühlte sich sicher und geborgen.

Das Gebäude war aus Liebe erbaut worden, und Liebe hielt es nach wie vor aufrecht.

Sie stellte ihre Handtasche und den Laptop auf den Ausleihtresen, wischte sich das Wasser aus den Augen und zog ihr Handy heraus. Mit zitternden Händen entsperrte sie das Gerät, dankbar, dass es in ihrer hinteren Hosentasche vor dem Regen geschützt gewesen war.

Sie schickte eine SOS-Nachricht an ihre besten Freundinnen. *Emotionaler Notfall: Bin in der Bibliothek und koche vor Wut. Bitte bringt Alkohol und trockene Kleidung.*

Sie hielt kurz inne, nachdem sie auf «Senden» gedrückt hatte, dann schrieb sie noch eine Nachricht hinterher. *Wenn ihr könnt. Falls ihr beschäftigt seid, auch kein Problem. Ich komme schon klar.*

Im schlimmsten Fall würde sie ihr Handy wieder einstecken und zu Fuß nach Hause gehen. Dort würde sie eine heiße Dusche nehmen und lesen, bis ihre Wut und das Gewitter verklungen waren.

Aber sie wollte eigentlich nicht nach Hause. Sie wusste nicht genau, warum … abgesehen davon, dass Graham sie dort finden konnte. Falls er sich überhaupt die Mühe machte, nach ihr zu suchen. Wenn sie danach urteilte, wie er sie gerade in der *Gazette* behandelt hatte, dann würde das vielleicht gar nicht geschehen.

Sie biss die Zähne zusammen und tigerte auf den knirschenden Dielen hin und her, zitternd vor Wut. Wie konnte er es wagen? Wie konnte er ihr nur unterstellen, sie hätte es auf seinen Job abgesehen und würde hinter seinem Rücken mit dem Bürgermeister mauscheln? Als wäre sie jemals so hinterhältig und heimtückisch. Er hatte sie angesehen, als hätten sie sich nicht gerade erst ihre dunkelsten Geheimnisse anvertraut, hätten sich nicht gegenseitig das Herz geöffnet und im selben Bett geschlafen. Er hatte sie angesehen, als wäre sie eine Fremde.

Ihr Handy piepte mehrmals.

Scarlett: *Wem muss ich in den Hintern treten?*

Dorothy: *Sind in weniger als einer halben Stunde da.*

Scarlett: *Wie Dorothy schon sagte.*

Sie tippte ein *Danke*, legte ihr Handy ab und nahm ihre frustrierte Wanderung wieder auf.

Achtundzwanzig Minuten später, als ihre Freundinnen durch die Tür eilten – beide klug genug, Regenmäntel zu tragen –, hatte sie sich immer noch nicht beruhigt.

Ein Blitz zuckte über den Himmel, gefolgt vom Grollen des Donners. Rebecca hasste Gewitter. Ihre Eltern waren in einem solchen Unwetter umgekommen. Seitdem fühlte sie sich unwohl bei Gewitter, sie machten sie nervös – und das konnte sie zusätzlich zu ihrer aktuellen Laune wirklich nicht auch noch brauchen.

«Was ist passiert?» Dorothy stellte eine Thermoskanne auf den Tresen und zog ihren Regenmantel aus. «Wieso bist du nicht bei der Arbeit?»

Bevor Rebecca antworten konnte, reichte Scarlett ihr eine kleine Tasche. «Genau, erzähl schon. Wir machen uns wirklich Sorgen.»

Trockene Klamotten, Gott sei Dank. Nass und kalt war keine gute Kombination für Rebeccas Fibro.

«Tut mir leid.» Sie stellte die Tasche auf den Boden, schälte sich aus den nassen Stoffschichten und ließ sie klatschend zu Boden fallen. «Graham Roberts ist passiert. Und er ist auch der Grund, wieso ich nicht in der Redaktion bin.» Sie schlüpfte in eine pinkfarbene Jogginghose und einen dazu passenden Kapuzenpulli, dann balancierte sie abwechselnd auf einem Bein, um Socken anzuziehen. Sie wühlte in der Tasche herum und entdeckte dankbar, dass ihre Freundinnen auch an Schuhe gedacht hatten. Ihre waren vollkommen durchnässt, wie alles andere auch. «Ich könnte ihn ermorden.»

«Ich habe viel Land, auf dem wir eine Leiche vergraben können», verkündete Scarlett.

Verlockend.

Als sie sich umdrehte, sah sie, dass Scarlett eine Decke auf dem Boden ausgebreitet und eine batteriebetriebene Laterne in die Mitte gestellt hatte. Gedämpftes gelbes Licht erschuf eine kleine Oase in der Dunkelheit.

Dorothy goss den bereits gemixten Cocktail in Pappbecher und verteilte sie.

Rebecca leerte ihr Getränk in einem langen Zug, ohne den Georgia-Sun-Cocktail wirklich zu schmecken.

«Ach herrje.» Dorothy nahm ihr den leeren Becher ab und füllte ihn erneut. «Muss wirklich schlimm sein.»

Sie setzte sich neben Scarlett auf die Decke, während Rebecca erneut auf und ab tigerte. Von der Tür zur hinteren Wand, vorbei an den deckenhohen Regalen, dann wieder zurück. Ihre Haut kribbelte, ihr Gesicht brannte, und sie zitterte vor Wut.

Wo sollte sie anfangen? «Zuerst ist Gunner Davis ins Büro gekommen, genau zu der Zeit, zu der Graham gewöhnlich Mittagessen für uns holt, und hat mir die *Gazette* angeboten …»

«Stopp.» Scarlett legte den Kopf schief. «Was meinst du mit ‹Er hat dir die *Gazette* angeboten›?»

Rebecca riss die Arme in die Luft und ließ sie wieder fallen. «Ich habe absolut keine Ahnung. Das kam völlig aus dem Nichts. Sein Auftreten hat bei mir aber den Eindruck hinterlassen, dass er eher meine Reaktion abschätzen wollte. Ich vermute, er will, dass ich Grahams Job als Chefredakteurin übernehme.»

Dorothy brummte missbilligend. «Als würdest du das jemals tun.»

Rebecca wirbelte mit ausgestrecktem Zeigefinger zu ihr herum. «Danke! Ich würde Graham nie seinen Job streitig machen, selbst wenn er ihn nicht anständig erledigen würde. Aber das tut er. Er ist ein toller Chefredakteur.»

Dorothy schlug die Beine übereinander. «Was hast du Gunner geantwortet?»

«Dass er sich sein Angebot sonst wohin stecken kann. Nicht in diesen Worten, aber trotzdem.» Sie nahm ihre Wanderung wieder auf. «Ich habe *Nein danke* gesagt und ihm mitgeteilt, dass ich ebenfalls gehen werde, falls er Graham feuert.»

Scarlett nickte anerkennend. «Damit hast du deine Position absolut klargestellt. Gut gemacht. Ihr beide habt wirklich tolle Arbeit geleistet und die *Gazette* vor dem Untergang bewahrt.»

«Wieso bist du dann wütend auf Graham?»

Rebecca stoppte am Fenster und beobachtete, wie der Regen auf den Marktplatz prasselte. «Gegen Ende des Gesprächs ist Graham in die Redaktion zurückgekommen.»

«Uh-oh.» Scarlett nippte an ihrem Cocktail. «Lass mich raten. Graham hat gehört, wie Gunner das Angebot ausgesprochen hat?»

«Schlimmer. Als Graham gefragt hat, was vor sich geht, hat Gunner es einfach zugegeben. *La, la, la, ich habe Ihrer Freundin und Angestellten Ihren Job angeboten. Hatten Sie einen guten Morgen?*» Sie stieß ein Knurren aus. «Der arme Graham sah aus, als würde ihm jeden Moment der Kopf explodieren, nachdem er ungefähr zehn Sekunden so ausgesehen hatte wie ein getretener Welpe.» Bei der Erinnerung daran wurde ihr gleich wieder übel. «Dann», sie stieß ein humorloses Lachen aus, «hat er mich stinksauer gefragt, wie ich denn auf das Angebot reagiert hätte. Und glaubt mir, es war eine rein rhetorische Frage.»

Dorothy sog scharf die Luft ein. *Autsch* sollte das bedeuten.

«Oh, zur Hölle, nein.» Scarlett warf ihre Haare über die Schulter nach hinten, offensichtlich genauso entsetzt wie Rebecca.

«Oh, zur Hölle, ja.» Sie leerte ihren Becher und stellte ihn auf die Fensterbank. Körperlich und geistig vollkommen erschöpft lehnte sie sich gegen den Türrahmen und sackte in sich zusammen. «Wie konnte er das nur von mir denken? Nach allem, was wir durchgemacht haben? Wie konnte er glauben, ich würde ihn verraten? In unserer Branche herrscht ein solcher Konkurrenzkampf. Er hat es selbst erlebt. Ich habe es erlebt. Keiner von uns mochte diesen Aspekt des Jobs, und wir haben geschworen, uns gegenseitig zu unterstützen und zusammenzuarbeiten statt gegeneinander. Es gab nur uns beide, ohne irgendwen, mit dem wir konkurrieren mussten.»

«Hast du Boston deswegen verlassen?»

Sie riss den Kopf zu Dorothy herum und sah in ihrer Miene Neugier, gepaart mit tiefem Mitgefühl. Trotzdem brachte Rebecca keine Antwort über die Lippen.

«Ist das der Grund?», hakte Dorothy sanft nach. «Ist der mörderische Konkurrenzkampf der Grund, wieso du Boston verlassen hast?»

Tränen brannten in Rebeccas Augen, aber sie versuchte, sie zurückzudrängen. «Nein. Ich bin gegangen, weil man mir im Grunde schon am ersten Tag ein Messer ins Herz gerammt hat und ich nur noch ein Geist war, der so getan hat, als wäre er ein Mensch. Aber ich war zu dämlich, um es zu bemerken.» Fast zehn Jahre lang.

Verdammt, es machte einen riesigen Unterschied, ob sie so empfand oder die Worte wirklich laut aussprach. Bisher hatte sie sich das nur in ihrem tiefsten Inneren eingestanden. Sie hatte Graham davon erzählt, aber die grausame Wahrheit so unverblümt offenzulegen, war mehr als bitter. Nahezu unerträgliche Scham überwältigte sie.

«Du bist nicht dämlich.» Scarlett warf ihr einen bösen Blick zu.

Rebecca sah erst Scarlett an, dann Dorothy. Sie konnte nur mit den Achseln zucken. Nein, sie war nicht dämlich, aber sie hatte nicht auf ihre Instinkte gehört und auch nichts aus sich gemacht. Mit dieser Erkenntnis hatte sie lange gekämpft. Sie hatte versagt. Wieder und wieder. Tag um Tag. Monat um Monat. Jahr um Jahr.

Bis sie sich selbst im Spiegel kaum noch wiedererkannt hatte.

«Es war mutig von dir, es zu versuchen.» Dorothy stellte ihren Becher neben sich auf den Boden. «Eine Kleinstadt wie Vallantine hat dich wahrlich nicht gut auf den Rest der Welt vorbereitet. Du hattest Ziele und einen Traum, und du hast versucht, ihn zu verwirklichen. Dafür waren Mut und Entschlossenheit und Schneid nötig. Wenn du keine Chance bekommen hast – weil niemand sie dir gegeben hat –, ist das ihr Verlust und unser Gewinn. Die meisten Leute hätten es nicht mal versucht.»

«Sie hat recht.» Scarlett atmete einmal tief durch und musterte Rebecca forschend. «Ich weiß, dass du enttäuscht von dir selbst bist. Aber wir sind es nicht. Das waren wir nie. Und wenn die Rebecca unserer Kindheit die Rebecca treffen könnte, die du heute bist, wäre sie das auch nicht. Du warst bei einer Zeitung angestellt und … schau dich doch jetzt an. Du bist quasi deine eigene Chefin. Man hat dir gerade einen Chefredakteurinnen-Posten angeboten. Du schreibst über Themen, die du selbst auswählst, und jeden Morgen warten zweitausendfünfhundert Einwohner dieser Stadt gespannt auf deine Worte.»

Rebecca nickte, und ihr wurde ein wenig leichter ums Herz. Ihre besten Freundinnen hatten recht, aber es würde eine Weile dauern, bis sie diese Erkenntnis wirklich verinnerlicht hatte. Solche Wunden heilten nicht einfach über Nacht – nicht mal Wunden, die man sich selbst zugefügt hatte.

«Nach allem, was du uns erzählt hast, wird Graham von seinen ganz eigenen Dämonen verfolgt.» Dorothy lehnte sich zurück und stützte sich mit den Händen ab. «Das entschuldigt sein Verhalten nicht. Aber Gunners Vorgehen hat wahrscheinlich Grahams Unsicherheit getriggert. Er hat wild um sich geschlagen und dabei dich getroffen.»

Damit hatte sie schon wieder recht.

Scarletts Augenbrauen wanderten nach oben. «Ich wette, er bereut es bereits.»

Rebecca lächelte trotz des Aufruhrs in ihrem Inneren. Sie würde später mit Graham reden, wenn sie nicht mehr so aufgewühlt war. Wenn nötig, würde sie Gunners Angebot annehmen und Graham dann anstellen, sodass sie so weiterarbeiten konnten wie bisher. Irgendwie würde sie das hinkriegen, auch wenn sie noch nicht wusste, wie genau. Sie brauchte Zeit zum Nachdenken.

«Du liebst ihn, nicht wahr?» Scarlett grinste. «Auf diese allumfassende, romantische Art, über die wir uns als junge Mädchen immer Geschichten ausgedacht haben, während Mr Brown im Hintergrund die Augen verdreht hat.»

«*Du* hast dir Geschichten ausgedacht», stellte Dorothy richtig.

Rebecca lachte kurz, dann dehnte sie den Nacken. Der Schmerz war schlimmer geworden, aber sie hatte sich auch furchtbar aufgeregt, und draußen tobte ein Gewitter.

«Na schön.» Scarlett wedelte dramatisch mit den Händen. «Du musst nicht antworten.»

«Ich liebe ihn tatsächlich.» Es fühlte sich unglaublich an, das laut auszusprechen.

Rebecca seufzte und erinnerte sich an die Happy Ends, die Scarlett sich in genau dieser Bibliothek immer so verträumt ausgemalt hatte. Fiktion, nichts anderes. Oder zumindest hatte Rebecca das geglaubt – bis sie eine Ehe zwischen ihrer Lieblingslehrerin und ihrem Lieblingsbibliothekar gestiftet hatten. Märchen hatten plötzlich nicht mehr so unglaubwürdig gewirkt, nachdem sie diesen Plan gefasst und tatsächlich erfolgreich in die Tat umgesetzt hatten. Aber bei der Liebe ging es nicht einfach darum, zwei Menschen zusammenzubringen. Es waren die richtigen Charaktere nötig, ein gewisses Kribbeln, gemeinsame Interessen und Respekt. Damit es funktionierte, musste das Paar zusammenpassen.

Sie zweifelte keinen Moment daran, dass Graham der richtige Partner für sie war, ihr fehlendes Puzzlestück. Wäre sie nicht ausgerechnet jetzt nach Hause zurückgekehrt, wäre Gammy nicht gestorben, wäre Graham nicht in diesen Skandal verwickelt worden, der nicht seine Schuld war, hätten sie sich vielleicht nie getroffen. Was für eine Schande wäre es gewesen, wenn sie sich nie begegnet oder zusammengekommen wären.

Vielleicht hatte Scarlett doch recht. Vallantine besaß seine ganz eigene Magie.

«Ich bin mir nicht sicher, ob er ebenso empfindet, aber ich liebe ihn.»

«Das tut er.» Dorothy zwinkerte ihr zu. «Als wir in der *Gazette* mitgeholfen haben beim Kopieren und so, da habe ich ihn mehr als einmal dabei ertappt, wie er dich beobachtet hat. Und als er von deiner Fibromyalgie erfahren hat … ich schwöre, er hat quasi deine Schmerzen gespürt. Er mag es noch nicht wissen, aber er liebt dich.»

Rebecca konnte es nur hoffen. Tatsächlich behandelte Graham sie liebevoll und respektvoll, als bedeute sie ihm wirklich viel. Er versuchte, sich um sie zu kümmern. Diesen Aspekt der Liebe hatte sie gerade erst neu entdeckt. Manchmal lagen die Beweise in den Details versteckt.

Scarlett sah an Rebecca vorbei. «Es hat aufgehört zu regnen.»

Ein Blick auf die Uhr verriet Rebecca, dass sie bereits eine ganze Weile mit ihren besten Freundinnen hier ausharrte. Und es war kein Wunder, dass sie nicht bemerkt hatte, dass das Gewitter weitergezogen war. Die Luft war immer noch schwül, aber das Knistern war aus der Atmosphäre verschwunden.

Sie lächelte. «Ihr könnt gehen, wenn ihr wollt. Danke, dass ihr gekommen seid.»

Die beiden standen auf.

«Bist du dir sicher?», fragte Dorothy.

«Wir können wirklich bleiben, solange du uns brauchst.»

Wie sehr Rebecca ihre Freundinnen liebte. Was würde sie nur ohne diese beiden tun? «Ja, ich weiß. Ich werde noch ein bisschen bleiben und alles aufräumen. Geht nur. Aber noch mal: Danke. Aus tiefstem Herzen.»

Eine Umarmung, noch ein wenig freundschaftliches Geplänkel, dann brachen ihre Freundinnen auf.

Plötzlich herrschte Stille, als hätte jemand einen Schalter umgelegt. Rebecca fühlte sich zuerst seltsam, doch zugleich genoss sie die Ruhe. Die Bibliothek, ihr Zufluchtsort, hüllte sie in eine tröstende Umarmung. Egal, wie lange sie auch weg gewesen war, das Gebäude verstand sie. Es würde ihre Wunden und ihr Herz heilen und noch Jahrhunderte hier stehen, auch wenn Rebecca längst verschwunden war.

Melancholisch betrachtete Rebecca die Decke auf dem Boden, wo noch die Thermosflasche mit dem Georgia-Sunset-Mix neben der Laterne stand. Sie sammelte ihre nasse Kleidung vom Boden auf und stopfte sie in eine Tüte, dann warf sie die Becher weg. Sie schaltete die Laterne aus und stellte sie neben ihre Handtasche auf den Tresen. Die Decke würde sie gleich noch zusammenfalten.

Sie fühlte sich noch nicht bereit zum Aufbruch, und schon als junges Mädchen konnte sie hier in der Bibliothek immer am besten nachdenken. All ihre Ideen und schönen Träume. Vielleicht konnte die Bibliothek die Fähigkeit zum Träumen in ihr wieder zum Leben erwecken. Die Realität war nicht nett zu ihr gewesen.

Rebecca ging erneut zum Fenster und sah über das Stadtzentrum hinweg. Bald würde die Dämmerung hereinbrechen, und die Laternen würden die feuchten Pflastersteine in romantisches gelbes Licht tauchen. Noch war der Himmel dunkelblau im letzten Tageslicht, und ein paar Wolken zogen im Nachklang des Gewitters über den Himmel. Auf den Blumen in den Kübeln am Straßenrand und auf den Blättern der Kirschbäume leuchteten Wassertropfen in den letzten Sonnenstrahlen. Die ersten Leute wagten sich wieder auf die Straße und unterhielten sich auf den Gehwegen.

Sie fragte sich, wie oft Katherine Vallantine hier am Fenster der Bibliothek gestanden hatte, die ihr Ehemann für sie gebaut hatte, um dem geschäftigen Treiben der Einwohner zuzusehen. Es gab Zeichnungen der Stadt, wie sie damals ausgesehen hatte, aber Rebecca hat diese Darstellungen seit Jahren nicht mehr gesehen. Wenn sie sich richtig erinnerte, verwahrte die Historische Gesellschaft sie irgendwo im Büro des Bürgermeisters. Aber mit Sicherheit hatte es damals nicht so viele Läden, farbenfrohe Markisen und Blumendekoration an der Straße gegeben. Die Zeit war vorangeschritten.

Und genau das musste Rebecca auch tun. Ihre alten Träume aufgeben und neue finden. Sich selbst treu bleiben, aber sich trotzdem weiterentwickeln. Wachsen. Vallantine fühlte sich nicht mehr so klein an wie damals, als sie die Stadt verlassen hatte. Ihre Freundinnen hatten recht. Sie sollte nicht so streng mit sich ins Gericht gehen. Sie hatte das meiste erreicht, wovon sie geträumt hatte, aber sie hatte es zu Hause erreicht statt woanders. Und ihr Blickwinkel heute war nun der einer Erwachsenen, nicht mehr der eines altruistischen Kindes.

Aber wie sollte sie weitermachen? Wie konnte sie die Zweifel und das Bedauern abschütteln, um alte und neue Träume miteinander zu verbinden?

Sie hörte ein Geräusch hinter sich. Kaum wahrnehmbar. Ein Rascheln, das sie nur hörte, weil es ansonsten völlig still in der Bibliothek war. Ein Geräusch, das sie auch noch erkennen würde, wenn sie taub, blind oder stumm wäre.

Das Rascheln von Papier.

Sie bekam eine Gänsehaut auf den Armen, als sie sich langsam umdrehte.

Mindestens zwanzig Notizbuchseiten lagen auf der Decke hinter ihr verteilt.

Und sie waren aus dem Nichts erschienen.

Rebecca stieß zitternd den Atem aus, dann trat sie näher an die Decke und sah sich um. Kein weißer Nebel, keine huschenden Schatten, kein unheimliches Gefühl. Sie war allein, und die Stimmung war friedlich. Aber der leichte Duft von Rosen lag über dem Geruch von Staub und Schimmel.

«Katherine?» Sie schluckte schwer. Ihr Puls raste. «Katherine Vallantine?»

Sie musste es sein. Rosemary und Sheldon Brown hatten etwas Ähnliches erlebt, wie schon viele Generationen von Vallantine-Nachkommen vor ihnen. Jedes Mal war ein Buch oder etwas Ähnliches erschienen, wenn es gerade am meisten gebraucht wurde. Eine Antwort auf ihre Fragen. Rebecca war sich nie sicher gewesen, ob sie die Legenden glauben sollte oder nicht, doch das hier war schwer zu leugnen. Sie war allein gewesen, hatte vor dem Fenster gestanden, direkt neben dem einzigen Ein- und Ausgang. Und diese Seiten hatten vorhin definitiv nicht dort gelegen.

Vollkommen surreal.

«Sie hilft allen, die auf der Suche nach Erkenntnis in die Bibliothek kommen», flüsterte sie leise. Was wollte Katherine Rebecca mitteilen?

Sie ging in die Knie und hob eine der Seiten auf.

Warum Kätzchen bessere Haustiere sind als Hunde, von Rebecca Moore.

Oh, oh. Sie hatte diesen Text in ihrer Blogging-Phase geschrieben. Gammy hatte damals das Geld gefehlt, um einen Computer zu kaufen, also hatte Rebecca ihre «Artikel» auf Blöcke geschrieben und die Seiten überall in der Bibliothek in Büchern versteckt. In althergebrachten Medien. Sie konnte noch den Falz erkennen, wo sie die Seiten geknickt hatte. Das Papier war inzwischen leicht vergilbt, die Tinte etwas verblasst. Himmel, sie musste damals zwölf gewesen sein, vielleicht dreizehn. Das hatte sie vollkommen vergessen.

Lachend sammelte sie alle Seiten ein, las die Überschriften und schüttelte den Kopf angesichts der Handschrift. Die Punkte über den «i» waren kleine Herzchen, und immer wieder hatte sie zur Betonung Worte unterstrichen. Innerlich wand sie sich, weil die Artikel so kindlich waren. Sie hatte ihren Schreibstil wirklich weiterentwickelt. Diese Geschichten waren offensichtlich besser für Blogs geeignet und konnten kaum als Journalismus gelten, da sie persönliche Ansichten über dies und das zum Inhalt hatten, ergänzt von ein paar handfesten Informationen.

Rebecca setzte sich auf ihre Fersen und starrte ins Leere, die Seiten in der Hand. Als sie aufs College gegangen war, hatte sie große Ziele verfolgt. Sie hatte davon geträumt, Journalistenpreise zu bekommen, sich einen Namen zu machen und Artikel zu schreiben, die die Zeit überdauern würden. Mehrere ihrer Professoren hatten versucht, sie in Richtung kreatives Schreiben zu lenken, aber dafür fehlten ihr das Interesse und die Fähigkeiten. Und doch erinnerten die Artikel, die sie am College veröffentlicht hatte, an die Texte, die sie jetzt in der Hand hielt. Wenn sie so darüber nachdachte, galt dasselbe für die Artikel, die sie an die Redakteure in Boston geschickt hatte. Sie waren modern und originell, aber sie besaßen zu viel … Herz.

Hatte sie von Anfang an das falsche Ziel anvisiert? Zugegeben, sie hasste den Konkurrenzkampf im investigativen Journalismus. Die Tatsache, dass man quasi über Leichen gehen musste, um voranzukommen. Die Hinterhältigkeit, die dafür nötig war. Sie war einfach nie dazu fähig gewesen, jemanden zu betrügen. Das mochte einer der Gründe sein, warum sie nie über die Nachrufe hinaus befördert worden war. Sie wollte informieren und aufklären, aber ohne sich selbst dabei zu verlieren und schon gar nicht auf Kosten anderer. Im Journalismus ging es oft um Versachlichung, aber nachdem sie aus einer Kleinstadt in den Südstaaten stammte, war es ihr nie wirklich gelungen, ihre Persönlichkeit aus der Story herauszuhalten.

Vielleicht hatte sie gar nicht versagt. Vielleicht war sie einfach nur sich selbst und ihrer Natur treu geblieben und hatte auf ihre eigenen Instinkte gehört.

Als sie und ihre besten Freundinnen erfahren hatten, dass sie jetzt stolze Besitzerinnen der Bibliothek waren – als Rebecca noch in Boston gelebt hatte –, hatte Rebecca eine Bekannte kontaktiert und ihr von dem Mythos um das Gebäude erzählt. Sie war eine erfolgreiche Bloggerin mit Tausenden Followern. Rebecca hatte ihr erzählt, wie William und Katherine das Wahrheit-Lüge-Spiel gespielt hatten, während er um sie geworben hatte. Es ging darum, eine Person besser kennenzulernen. Man sollte eine Wahrheit, eine Lüge und etwas erzählen, wovon man sich wünschte, es wäre Wahrheit oder Lüge. Die andere Person musste daraufhin raten, was was war. Ihre Bekannte hatte dafür gesorgt, dass das Spiel viral ging, zuerst auf Instagram, dann auch in anderen sozialen Medien.

Seinerzeit war Rebecca ziemlich wütend gewesen, dass ihre Bekannte in ihrem Blog den Fokus auf das Spiel gelegt hatte und nicht auf die Geschichte dahinter. Weder die Liebesgeschichte von William und Katherine war angesprochen worden noch wie es zum Bau der Bibliothek gekommen war. Auch dass Katherines Geist immer noch hier verweilte und es den Wunschbaum Miss Katie in der Stadtmitte gab, hatte sie mit keinem Wort erwähnt. Ihre Freundinnen hatten ihr geraten, die Geschichte selbst zu schreiben, damit alle davon erfuhren, aber sie hatte den Vorschlag abgetan. Damals war sie nicht fähig gewesen, sich auf etwas anderes als die reine Existenz zu konzentrieren.

Aber jetzt hatte sie die Kraft dafür.

Rebecca kaute auf ihrer Unterlippe, während sie darüber nachdachte, wie sie das am besten bewerkstelligen konnte. Sie könnte selbst einen Blog starten, den Hype um das Spiel nutzen, indem sie darüber schrieb, wo es herkam, und dadurch Follower gewinnen. Danach konnte sie über alles schreiben, worauf sie Lust hatte, wenn sie nicht gerade für die *Gazette* arbeitete. Über Bücher, die Stadt, ihre Krankheit. Was auch immer. Der Blog würde einen Namen brauchen, der ihre ganze Bandbreite abbildete, oder einen griffigen Titel, der allgemeiner war und viel Spielraum ließ.

Seufzend senkte sie den Blick auf die Seiten in ihrer Hand. Bisher hatte Katherine sich nie geirrt. Alle Hinweise hatten Rebecca an diesen Punkt geführt. Es wurde Zeit, dass sie zuhörte.

Sie stand auf, ging zum Ausleihtresen, um ihre Laptoptasche zu holen, und machte es sich erneut auf der Decke gemütlich. Während der Computer hochfuhr, ging sie im Kopf die Vor- und Nachteile einer richtigen Webseite gegenüber einem Blog durch und entschied sich für das Erste.

In den nächsten paar Stunden erstellte sie einen Internetauftritt mit einer Vorstellungsseite und Links zu ihren sozialen Medien. Da es ein Blog war, änderte sie auch den Namen auf Instagram zu ihrem neuen Blognamen und machte einen professionellen Account daraus. Als ihre Finger über die Tastatur huschten, um ihren ersten Eintrag zu schreiben, überkam sie pure Euphorie. Endlich war sie zur richtigen Zeit am richtigen Ort und tat, wozu sie bestimmt war. Es war verrückt, wie viel Frieden ihr diese Entscheidung schenkte.

Lachend schloss sie den Laptop und stand auf, um sich zu strecken.

Und erst da wurde ihr klar, wie dunkel es inzwischen in der Bibliothek geworden war. Es war stockfinster.

Sie blickte zum Fenster und presste sich eine Hand an die Stirn. Ohne dass sie es gemerkt hatte, war die Nacht hereingebrochen.

Sie packte ihre Sachen ein und sah auf ihr Handy. Ihre Freundinnen hatten ihr vor einer Stunde geschrieben, um zu fragen, ob es ihr gut ging. Sie schrieb zurück und entschuldigte sich gleich dafür, dass sie erst so spät antwortete. Graham hatte ebenfalls geschrieben, ungefähr eine Stunde nachdem sie die *Gazette* verlassen hatte. Sie hatte die Nachricht bisher nicht bemerkt.

Die Sache vorhin tut mir leid. Wir müssen über die Zeitung und uns reden.

Okay, er hatte sich entschuldigt. Das war ein Anfang. Doch der zweite Satz bereitete ihr Magenschmerzen. Normalerweise war eine solch allgemeine Formulierung der Auftakt zu einer Trennung. Aber sie wollte sich nicht trennen.

Sie beschloss, nicht zu antworten. Manche Dinge erledigte man besser persönlich. Also legte sie sich die Riemen ihrer Taschen über die Schulter, um auf der Stelle bei Graham vorbeizuschauen. Wenn er noch wach war, konnten sie die Geschehnisse diskutieren und eine Lösung finden.

Hoffentlich. Ihr war übel vor Sorge, dass er ihr in Bezug auf Gunners Angebot vielleicht nicht glauben würde.

Aber wenn er das wirklich nicht tat, dann kannte er sie einfach nicht.

Auf der Türschwelle drehte sie sich noch mal um und sah in die dunkle Bibliothek zurück. «Danke, Katherine. Ich verspreche, die Renovierung wird dir gefallen.»

19

Graham stand weit vor Sonnenaufgang auf und duschte, da er so gut wie keinen Schlaf gefunden hatte. Nachdem er Twain gefüttert hatte, sah er im Wetterbericht, dass der Himmel heute klar bleiben sollte. Er konnte nur hoffen, dass das ein gutes Omen für den Tag war und nicht einfach nur die Wettervorhersage.

Er könnte den Hund mit zur Arbeit nehmen. Doch er musste streng genommen erst in sechs Stunden dort erscheinen. Drei Uhr morgens war nicht seine Uhrzeit.

Er hatte Rebecca geschrieben.

Sie hatte nicht geantwortet.

Er hatte an ihre Tür geklopft.

Sie hatte nicht reagiert.

Und ihr Haus war die ganze Nacht über dunkel geblieben. Das wusste er, weil er immer wieder aus dem Fenster hinübergespäht hatte – ohne sich dafür zu schämen. Sie hatte die Nacht wahrscheinlich bei Scarlett oder Dorothy verbracht, um ordentlich über Männer zu schimpfen.

Obwohl er sich diese rationale Erklärung die ganze Zeit vorbetete, verkrampfte sich sein Magen immer wieder vor Angst.

Rebecca hatte jedes Recht, wütend auf ihn zu sein. Er hatte ihr Hinterhältigkeit unterstellt, obwohl er es hätte besser wissen müssen. Er war mit beiden Beinen voll ins Fettnäpfchen gesprungen. Das war ihm bei ihr nun schon so oft passiert, aber damit war jetzt Schluss. Sie hatte nicht seine Fehler zu verantworten. Sie hatte ihn in Minnesota nicht den Wölfen zum Fraß vorgeworfen. Sie war kein Symbol für das Pech, das ihn verfolgt hatte.

Es wurde Zeit, seinen seelischen Ballast abzuwerfen.

Vom ersten Tag an hatte Rebecca ihn unterstützt und aufgebaut. Sie hatte ihm geraten, Cookies zu backen, um sein Problem mit dem Postboten zu lösen. Sie hatte ihm in der Bar Essen empfohlen, obwohl er kurz zuvor ihre Heimatstadt beleidigt hatte. Sie hatte ihm Ideen für die *Gazette* geliefert und war an ihre Grenzen gegangen, um ihm dabei zu helfen, die Redaktionsräume neu zu gestalten. Sie hatte ihn ermutigt und Southernisms für ihn übersetzt. Sie hatte sich unvoreingenommen seinen Bericht über den Skandal angehört. Seine Eltern waren verzaubert von ihr. Zur Hölle, sein verdammter Hund war verzaubert von ihr. Sie hatte ihm geholfen, sein Selbstbewusstsein zurückzugewinnen, und ihn ihrem Freundeskreis vorgestellt, damit er sich in der neuen Umgebung weniger allein fühlte.

Ehrlich gesagt, er wäre aufgeschmissen gewesen, hätte es Rebecca nicht gegeben. Sie hatte ihn wieder zu einem Menschen gemacht, ihn an seinen Wert erinnert und ihm sein Leben zurückgegeben.

Sie hatte ihn um den kleinen Finger gewickelt, und das störte ihn nicht im Geringsten. Er war … glücklich. Sie machte ihn glücklich. Und dieses Gefühl hatte er viel zu lange nicht mehr empfunden.

Er hatte Rebecca gestern verletzt … und das war unentschuldbar. Aber er konnte nicht Abbitte leisten, wenn sie ihn ignorierte. Das trieb ihn fast in den Wahnsinn.

Er goss Kaffee in einen Thermobecher und sah den Hund an. «Lass uns einen Spaziergang machen, bevor wir ins Büro gehen.»

Twain drehte sich aufgeregt im Kreis.

Lachend schnappte Graham sich Schlüsselbund und Handy. «Dann komm.»

Bis Sonnenaufgang würden noch ein paar Stunden vergehen. Er genoss die Stille, als sie ihr Viertel in Richtung der Innenstadt verließen. Twain trottete gut gelaunt neben ihm her. Alles war still, niemand war unterwegs – und wieder einmal bezauberte ihn Vallantine. Die Stadt bot eine interessante Mischung aus touristisch und kleinstädtisch. Sie besaß gewisse Eigenheiten … aber nicht von der Art, die er für typisch gehalten hatte.

Na ja, zum Teil doch, aber nicht nur.

Blätter raschelten in der sanften Brise, und es roch immer noch nach Regen. Frisch. Sauber. Sterne funkelten am Himmel – zu viele, um sie zu zählen. Graham überraschte es immer wieder, dass er gar nicht geahnt hatte, was er alles verpasste. In der Großstadt war ihm ein solches Himmelspanorama nie vergönnt gewesen.

Twain und er ließen die Hälfte der Main Street hinter sich und stoppten vor der *Gazette*. Er wollte noch nicht reingehen, und die Wärme der Nacht trieb ihn weiter.

«Wir werden später zurückkommen.»

Twain sah ihn an, dann richtete er den Blick nach vorne, zu allem bereit.

Am Ende der Straße hielt Graham an und betrachtete den berühmten Pfirsichbaum und den kleinen Platz, der darum errichtet worden war. Rebecca hatte ihm die Geschichte erzählt – und wenn sie die Wahrheit gesagt hatte, war es wirklich ein Wunder, dass der Baum noch hier stand.

Ach, verdammt … «Lass uns Miss Katie besuchen.»

Selbst wenn er hundert Jahre alt werden sollte, würde er sich wahrscheinlich nie daran gewöhnen, einen Baum mit einem Menschennamen anzusprechen.

Er setzte sich auf eine der Bänke und sah sich um. Twain sprang neben ihn und tat das Gleiche.

Der Platz war mit Ziegeln gepflastert, bis an das schwarze, gusseiserne Geländer heran, das den Baum auf seiner kleinen Grasfläche umgab. Kleinere Laternen standen um den Baum herum, und unauffällige Spotlights beleuchteten den Stamm, die Graham bisher noch gar nicht bemerkt hatte. Ein paar Schilder erklärten den Touristen den Mythos.

Zugegeben, sein Wissen über Belle-Pfirsiche und ihre Bäume war verschwindend gering, aber Graham vertraute darauf, dass Rebeccas Fakten stimmten. Der Baum war fast doppelt so groß wie andere dieser Sorte und zehnmal älter. Die Äste strebten dem Himmel entgegen, und die Krone war rundlich. Es hätte dekorativ gewirkt, wäre er nicht so groß gewesen. Nach der Ruhephase des Winters waren dunkelgrüne Blätter gesprossen, die ihn in ihrer Form an die der Birken im Viertel seiner Eltern erinnerten. Dazwischen leuchteten atemberaubend schöne rote Blüten. Im Sommer wäre von ihnen jedoch nichts mehr zu sehen.

Als er Rebecca danach gefragt hatte, hatte sie erzählt, dass sie als Mädchen durchaus Wünsche an den Baum herangetragen hatte – wie so viele Besucher und Einwohner der Stadt. Er hatte als Kind niemals so alberne Dinge getan. Noch nie hatte er sich beim Anblick einer Sternschnuppe etwas gewünscht oder eine Münze in einen Brunnen geworfen. Er fragte sich, ob das so ein Frauending war – aber vielleicht sollte er es auch mal versuchen. Bisher hatte Rebecca ihn noch nie in die Irre geführt.

«Was denkst du, Twain? Soll ich mir etwas wünschen?»

Der Hund streckte ihm die Pfote entgegen, als wollte er ihm die Hand schütteln, und Graham lachte. Er deutete das als Zustimmung.

Graham verschränkte die Arme, ließ sich gegen die Lehne der Bank sinken und dachte nach. Vor sechs Monaten hätte er darum gebeten, seine Karriere zurückzubekommen, oder um einen neuen Job bei einem großen Zeitungsverlag. Aber er vermisste die Hektik nicht, und erst recht nicht den anderen Mist, der mit einem solchen Job einherging. Ständiges Reisen, zehn Reporter im Rücken, die es auf seine Position abgesehen hatten, Fast-Food-Essen und Sodbrennen, schlaflose Nächte.

Hätte ihm jemand irgendwann in seinem Berufsleben erzählt, dass er tiefe Zufriedenheit dabei empfinden würde, eine Kleinstadtzeitung im Süden des Landes zu verantworten, hätte er das für einen

Scherz gehalten. Ganz zu schweigen davon, dass er das Angebot, ebendiese Zeitung zu besitzen, ernsthaft in Erwägung zog. Aber so sah es jetzt aus. Er schrieb immer noch wichtige Artikel. Es ging nur nicht mehr um drogenabhängige Politiker oder einflussreiche Industrielle, und er musste niemandem mehr Rechenschaft ablegen. Es hatte ihn eine Weile gekostet, bis er verstanden hatte, dass die Artikel, die sie in der *Gazette* veröffentlichten, den Leuten von Vallantine wichtig waren. Die dargestellten Personen mochten nicht für ein hohes Amt kandidieren oder prominent sein oder große Firmen führen, aber sie repräsentierten den durchschnittlichen Leser. Sie zählten.

Er war ein Snob gewesen – kaum besser als die Idioten, die Rebecca in Boston ignoriert hatten. Auch das gehörte ab jetzt der Vergangenheit an. Von nun an würde er alles besser machen.

Er seufzte, dann kratzte er sich am Kinn. Er wollte nicht im Lotto gewinnen, ewig leben oder der beste Freund von Jason Momoa sein, auch wenn der Schauspieler wirkte, als wäre er ein cooler Typ. Graham schüttelte den Kopf. Er hatte einen Job, ein Dach über dem Kopf, Essen im Kühlschrank, eine tolle Familie und wunderbare Freunde, die ihn immer unterstützten. Es gab absolut nichts, was er sich wünschen musste.

Außer Rebecca.

Ihre Beziehung war wunderbar, und Graham konnte nur inständig hoffen, dass er nicht alles in den Sand gesetzt hatte. Seit gestern verspürte er einen ziehenden Schmerz in der Brust. Er vermisste sie. Es waren noch nicht mal vierundzwanzig Stunden vergangen, und er vermisste sie wahnsinnig. Nach Gunners Angebot gestern hatte er zu ihr gehen und mit ihr feiern wollen. Sie würde verstehen, wie viel ihm das bedeutete – und sie hatte dieses Geschenk genauso sehr verdient wie er. Schließlich war das auch ihr Triumph. Er hatte Forest und seinen Eltern davon erzählt, aber ohne Rebecca an seiner Seite bedeutete ihm dieser Erfolg gar nichts. Sie war die Verkörperung von allem, wovon er nie gewusst hatte, dass es ihm fehlte. Eine Zukunft ohne Rebecca konnte er sich nicht vorstellen.

«Ich wünschte, sie würde mir vergeben.» Er lachte schnaubend und rieb sich das Gesicht, kaum überrascht, dass er diesen Wunsch laut ausgesprochen hatte. Er sprach mit einem Baum, weil Rebecca ihm gesagt hatte, dass dieser Wünsche erfüllen würde. «Ich wünschte, sie würde mir vergeben und zu mir zurückkommen.»

Sein Handy piepte, weil eine E-Mail in seinem Privataccount eingegangen war. Er dachte darüber nach, die Meldung zu ignorieren, doch dann zog er das Gerät aus der Tasche.

Rebecca? Sie hatten ihre E-Mail-Adressen ausgetauscht, aber bisher hatte sie ihm noch nie geschrieben. Verwirrt überflog er den Text. Sie hatte einen Blog gestartet?

Er klickte auf den Link, und die Seite öffnete sich – designt in Lavendel und hellem Grün. Der Anfang der Seite zeigte ein unglaublich entzückendes Bild von Rebecca mit schräg gelegtem Kopf, die Augen verdreht, mit der Zungenspitze zwischen den Zähnen. Wellen von karamellfarbenem Haar ergossen sich über ihre Schulter. Sie hatte den Blog *Darum, Becca!* genannt.

Er lächelte, weil er es förmlich hören konnte, wie sie sich selbst ermahnte. Er wusste, dass sie die verkürzte Form ihres Namens nicht besonders mochte, aber für den Blog war er eine gute Wahl, weil er ihr ein gewisses Maß an Distanz schenkte.

Auf der Seite mit dem Lebenslauf entdeckte Graham ihre Artikel und Links zur *Gazette* und ihren sozialen Medien. Er klickte darauf und folgte ihr. Ganz unten auf der Seite hatte sie ein paar Fotos von handgeschriebenen Seiten gepostet. Es waren ihre ersten Versuche, die sie als junges Mädchen als Blogschreiberin unternommen hatte. Sie erklärte auch, dass sie die Artikel gerade erst wiedergefunden hatte. Sie war wirklich eine Nummer. Entzückend und clever.

Der einzige Blogeintrag bisher trug den Titel «Die Geschichte von Wahrheit & Lüge». Sie erklärte, dass dieses beliebte Spiel seinen

Ursprung in Vallantine hatte, bei William und Katherine. Es war eine brillante Idee, ihren Blog damit zu starten, weil sie so eine Menge Klicks generieren würde, durch Hashtags und Mundpropaganda. Außerdem war der Artikel eloquent und witzig geschrieben – was die Leute ansprechen würde – und nicht so lang, dass die Leser das Interesse verloren.

«Schau dir das an. Unser Mädchen erobert das Internet.» Er war so verdammt stolz auf sie.

Er steckte das Handy weg und betrachtete den Baum, den Platz und den Horizont, während er seinen Hund streichelte. Die ersten Streifen Rot und Orange erschienen am Himmel. Die Vögel sangen bereits, und in der Ferne hörte er den klagenden Ruf einer Nachtschwalbe.

«Ein echtes Postkartenmotiv, wie du da mit deinem Hund sitzt und den Sonnenaufgang beobachtest.»

Er zuckte zusammen, dann wandte er sich der Stimme zu.

Rebecca. Allen göttlichen Heerscharen sei gedankt. Sie stand am Rand des Platzes, für die Arbeit gekleidet in ein blaues Sommerkleid, das ihre Augen betonte, die Laptoptasche über der Schulter. Die leichte Brise spielte mit ein paar Strähnen um ihr Gesicht, die sich aus ihrem Pferdeschwanz gelöst hatten.

Graham hatte nicht bemerkt, wie sie auf ihn zugekommen war, ebenso wenig wie Twain, aber der Chaot wedelte bei ihrem Anblick heftig mit dem Schwanz. Graham hätte das auch getan, wäre er dazu fähig gewesen.

Er versuchte, seine Stimme zu finden, und scheiterte kläglich. Fast hätte er vor purer Erleichterung geweint.

Sie kam näher, setzte sich auf Twains andere Seite, sodass der Hund zwischen ihnen war. «Du siehst aus, als wärst du hart geritten und verschwitzt in den Stall gestellt worden.»

Er schüttelte den Kopf, um seine Gedanken zu sortieren, aber … Nein. «Wie bitte?»

Lächelnd wandte sie sich ihm zu. «Du wirkst müde.»

«Oh. Ich habe nicht geschlafen. Überhaupt nicht. Ich habe dir geschrieben und an deine Tür geklopft, aber du warst nicht da.» Er wollte sie so dringend berühren, dass er die Hände zu Fäusten ballen musste, um dem Drang zu widerstehen. «Es tut mir leid. Was da gestern passiert ist, tut mir so verdammt leid.»

«Ich vergebe dir.»

Moment. Einfach so?

Plötzlich fiel ihm auf, dass sie irgendwie anders wirkte. Glücklicher. Zufrieden. Als wäre ihr eine schwere Last von den Schultern genommen worden.

«Trotzdem, mein Verhalten war nicht in Ordnung. Ich wusste *ganz genau*, dass du nichts mit Gunners Angebot zu tun hattest, aber …» Wieder schüttelte er den Kopf. Alles, was er sagen könnte, würde nach einer Ausrede klingen.

«Aber du bist ein gebranntes Kind, wurdest überrumpelt, und seitdem wartest du innerlich darauf, dass etwas Ähnliches wieder geschieht.»

Er stieß den Atem aus und rieb sich die Augen. «Ja, wahrscheinlich.» Natürlich verstand sie die Psychologie hinter seinem Verhalten. Seit einem halben Jahr fühlte er sich, als liefe er auf Eiern, und er wartete nur darauf, dass seine letzte Hoffnung auch noch zerstört wurde. «Das rechtfertigt aber noch lange nicht, dass ich meine Ängste an dir ausgelassen habe. Es tut mir leid.»

«Ich weiß.» Sie streichelte den Hund, den Blick nach vorne gerichtet. «Ich habe über Gunners Besuch nachgedacht. Vielleicht sollte ich den Job annehmen, um …»

«Nein. Warte!» Sie hatte offensichtlich keine Ahnung von den Geschehnissen, nachdem sie gegangen war, und er war sich nicht sicher, wie sie die Nachricht aufnehmen würde. «Gunner hat dir nicht die Position als Chefredakteurin angeboten. Er will die Zeitung nicht mehr. Er will sie an uns abgeben, also, uns den Besitz daran übertragen. Das war sein Angebot, und er wollte lediglich deine Reaktion auf verschiedene Szenarien abschätzen, um herauszufinden, ob er die richtige Entscheidung trifft.»

«Wie bitte?» Sie starrte ihn aus großen Augen an. «Er will uns die *Gazette* überschreiben? Einfach so?»

«Genau. Vertrau mir, ich war genauso schockiert wie du. Die ganze Zeit über dachte ich, er wartete nur darauf, mich zu feuern oder die Zeitung einzustampfen. Aber die Vertragsdokumente liegen auf meinem Schreibtisch. In drei Ausführungen. Eine, in der wir beide unterschreiben, eine, falls ich nicht will, und eine weitere, falls du aussteigst.» Er hielt inne und wartete auf ihre Reaktion, aber sie starrte ihn nur auf entzückend entgeisterte Weise an. «Was sagst du? Willst du meine Geschäftspartnerin werden?»

Sie schlug sich eine Hand vor den Mund, senkte den Kopf und lachte. Als sie ihn wieder ansah, klang ihr Lachen fast hysterisch. «Ich bin so verwirrt wie ein Furz in einer Ventilatorenfabrik. Das muss ein Witz sein.»

War das ein Nein? Verdammte Southernisms. «Ich scherze nicht.»

«Ich weiß.» Sie fächelte sich Luft zu. «Puh. Ich weiß», wiederholte sie und wurde wieder ernst. «Unser Bürgermeister ist definitiv gut darin, Leute auf die falsche Fährte zu locken. Bist du dir sicher, dass du das willst? Eine Kleinstadt im Süden? Ein winziges lokales Käseblatt?»

Er war sich niemals zuvor in seinem Leben einer Sache so sicher gewesen. «Ja.»

«Wirklich?»

«Ja. Wieso habe ich den Eindruck, dass du mir das ausreden willst?»

«So meine ich das nicht.» Rebecca zuckte mit den Achseln und musterte sein Gesicht. «Aber ich will nicht, dass du etwas verpasst, falls ein besseres Angebot des Weges kommen sollte.»

Er nickte, weil ihre Worte nun endlich Sinn ergaben. «Ich habe eine Weile gebraucht, um das zu erkennen, aber ich bin genau dort, wo ich sein soll. Es gibt nichts Besseres, als gemeinsam mit dir eine Zeitung zu besitzen und die Leute, die sie lesen, persönlich zu kennen. Unsere Leser sind Menschen, die wir jeden Tag sehen und die Teil einer Gemeinschaft sind. Und es gibt für mich nichts Besseres als dich.»

Sie richtete sich auf und presste eine Hand auf ihr Herz. «Ooh, das ist das schönste Kom…»

«Ich liebe dich.» Warum sollte er noch länger damit hinter dem Berg halten?

Ihre pinkfarbenen Lippen öffneten sich leicht, und diese großen blauen Augen wurden noch größer.

«Es stimmt. Ich liebe dich. Das hat nichts mit meiner Entscheidung für die Zeitung zu tun. Zur Hölle, hätte Gunner mich gefeuert, hätte ich mir einen anderen Job hier gesucht. Vielleicht hätte ich mich in der nächsten Wahlperiode um seinen Job beworben. Keine Ahnung. Vielleicht hätte ich auch eine Gartenfirma gegründet, aber das ist jetzt vollkommen egal. Ich liebe dich. Ich liebe den leisen Singsang in deiner Stimme, wenn du nicht auf der Hut bist, und ich liebe die Art, wie du verlegen die Nase rümpfst. Du bist die selbstloseste Person, die mir je begegnet ist. Du bist witzig, clever und mutig. Und zusätzlich bist du sexy, was auch nicht verkehrt ist.»

Sie lachte, aber in ihren Augen glänzten Tränen. Dann schüttelte sie langsam den Kopf. «Ich liebe dich auch.»

Witzig, er hatte gar nicht gemerkt, dass sein Herz bei seiner Erklärung stehen geblieben war vor lauter Angst, dass sie nicht dasselbe empfinden könnte oder einfach noch nicht so weit war. Aber jetzt donnerte es in seiner Brust gleich doppelt so heftig los.

«Vergiss nur nie, wer die Schlagzeile als Erster gebracht hat.»

Sie lachte erneut, dieses rauchige, sexy Lachen, das ihm sofort unter die Gürtellinie ging. Dann lehnte sie sich über den Hund, umfasste sein Gesicht mit beiden Händen und küsste ihn.

Zur Hölle, ja. Sie mussten die Arbeit heute schwänzen. Schließlich waren sie jetzt die Chefs, also konnten sie das einfach tun.

Er legte den Kopf schräg und vertiefte den Kuss. Ihr wunderbarer Jasminduft umhüllte ihn, und er stöhnte leise. Freude, unvorstellbar allumfassende Freude, erwachte in seiner Brust und breitete sich in seinem gesamten Körper aus.

Er hob den Arm, um sie zu umarmen und näher an sich zu ziehen, fand aber stattdessen …

Hundefell.

Er unterbrach den Kuss und warf Twain einen bösen Blick zu.

Dieser verrückte Hund leckte erst ihm, dann ihr das Kinn.

Sie lachte und kraulte Twain hinter den Ohren. Ein pinkfarbenes Leuchten fiel auf ihre Wangen, als die Sonne über den Horizont stieg und die ersten Strahlen des Tages Rebecca trafen. «Wer ist hier ein lieber Kerl?»

«Ich. *Ich* bin ein lieber Kerl.»

Sie warf den Kopf in den Nacken und lachte heftiger. «Ja, das bist du.» Sie kraulte Graham hinter den Ohren. «Du bist auch ein ganz lieber Kerl.»

Na schön. Sie wollte frech sein? Er zog sie von ihrem Platz, hob sie hoch und setzte sie seitlich auf seinen Schoß. Jetzt war nichts mehr zwischen ihnen.

Verdammt, sie war so wunderschön. Er legte eine Hand an ihre Wange und strich mit dem Daumen über die weiche Haut. «Ich mag deinen Blog. Ein toller Aufmacher, um das Ganze in Schwung zu bringen.»

Sie lächelte. «Danke. Ich hatte gestern Abend in der Bibliothek eine Offenbarung.»

«Da warst du also?» Er hätte nur ein paar Blocks weit laufen müssen, um sie zu finden?

«Ja. Ich habe die Zeit ganz vergessen.» Sie richtete sich abrupt auf. «Du wirst niemals glauben, was passiert ist.»

Sie gestikulierte aufgeregt, als sie ihm eine wilde Geschichte über lange vergessene Blogseiten und den Besuch eines Geistes erzählte. Als sie fertig war, war sie völlig atemlos.

«Willst du mir weismachen, dass Katherine Vallantines Geist die Blogartikel, die du als junges Mädchen geschrieben hast, aus verschiedenen Büchern der Bibliothek gezogen hat, um sie dir vor die Füße zu werfen?»

«Nun, wenn du es so ausdrückst, klingt es albern. Aber ja.»

Er lachte.

Sie kniff die Augen zusammen. «Du glaubst mir nicht?»

Hätte irgendwer anders ihm diese Geschichte erzählt, hätte er sie der Person nicht abgenommen. «Ich glaube dir.» Er sah zu dem Baum hinter ihr, dessen Äste im goldenen Sonnenlicht leuchteten, und brummte. Verdammt wollte er sein. «Ich habe mir vorhin etwas vom Baum gewünscht.»

Ihre Brauen wanderten höher, höher, höher. «Damit bist du jetzt ein echter Einwohner von Vallantine. Gratulation!»

Er verdrehte die Augen. «Willst du mich nicht fragen, was ich mir gewünscht habe?»

«Nein. Das ist eine Sache zwischen dir und Miss Katie.»

Vielleicht stimmte das. Graham lächelte Rebecca an und ließ den Daumen über ihre volle Unterlippe gleiten. Seine Sonne ging mit ihr auf und unter. Seine gesamte Welt drehte sich um sie. Seine kleine Bookish Belle.

«Er hat sich erfüllt.» Erneut stieg dieses seltsame Gefühl von Zufriedenheit in ihm auf, bis er sich fühlte, als müsste er jeden Moment platzen. «Mein Wunsch hat sich erfüllt.»

Gammys Pfirsichkuchen

Für den Teig:
85 g ungesalzene Butter (kalt und geschnitten)
120 g Margarine (kalt)
300 g Mehl
1 TL Salz
60 ml eiskaltes Wasser

Für die Füllung:
8–10 reife Pfirsiche
50 g Zucker
1 TL Vanilleextrakt
90 ml Wasser
1 EL Bourbon-Whiskey

1 Ei (für die Glasur)
1 TL Zucker (zum Bestäuben)

Anleitung:

- Ofen auf 200 Grad vorheizen.
- Mit einer Gabel Butter und Margarine zerdrücken. Salz und Mehl verrühren, dann den Butter-Margarine-Mix hinzufügen und alle Zutaten gründlich vermischen, bis der Teig krümelig ist. Kaltes Wasser hinzufügen und erneut mischen.
- Den Teig aus der Schüssel nehmen und ein paarmal mit den Handballen in verschiedene Richtungen kneten (wie einen Brotteig). Man wird noch Stücke von Butter und Margarine darin erkennen – das ist in Ordnung.

- Den Teig in zwei Hälften teilen, zu Kugeln formen, in Frischhaltefolie einwickeln und im Kühlschrank aufbewahren.
- Die Pfirsiche schälen und klein schneiden. In einer Schüssel zur Seite stellen.
- Zucker, Vanilleextrakt, Wasser und Whiskey in einem Kochtopf bei niedriger Stufe erhitzen und ständig rühren, bis die Mischung kocht, dann von der Platte nehmen. Über die Pfirsiche gießen und diese sanft umrühren, bis alle mit der Mischung überzogen sind.
- Auf einer mehlbestäubten Arbeitsfläche zwei Teigböden ausrollen.
- Eine der Teigflächen in eine Pie-Form mit 26 cm Durchmesser legen und die Pfirsichfüllung hineingeben. Die zweite Teigfläche als Deckel darauflegen und die beiden Böden auf dem Rand der Form leicht zusammendrücken.
- Vier Schlitze in den Deckel schneiden, um eine Luftzufuhr zu ermöglichen.
- Das Ei schlagen. Den Deckel mit einer dünnen Schicht Ei bestreichen und dann leicht mit Zucker bestäuben.
- Im vorgeheizten Ofen bei 200 Grad auf dem mittleren Rost für 45–55 Minuten backen, bis der gesamte Deckel goldbraun ist.
- Auf einem Küchenrost abkühlen lassen. Reste im Kühlschrank aufbewahren.

Besonders lecker wird der Kuchen, wenn man Himbeeren zu den Pfirsichen hinzufügt oder ihn warm mit Vanilleeis serviert.

Über die Autorin

Kelly Moran ist eine internationale Bestsellerautorin von bezaubernden Liebesromanen. Ihre Ideen zieht sie aus dem wahren Leben, und in ihrem Kopf entsteht immer schon das nächste Buch. Niemand, der sie besser kennt, zuckt auch nur mit der Wimper, wenn sie mit sich selbst redet.

Sie ist RITA-Finalistin, hat den RONE Award, den Amore Book Award und den Catherine Award gewonnen, und sie war Finalistin bei Reader's Choice, der Holt Medallion und dem Book Excellence Award. Sie wurde außerdem in den «Must Read»- & «10 Best Reads»-Listen in der Lifestyle-Rubrik von *USA Today* aufgeführt und war Mitglied der «Romance Writers of America», wo sie auch Finalistin beim Award of Excellence war. Ihre Bücher wurden ins Deutsche übersetzt (und standen auf der *Spiegel*-Bestsellerliste) und sind auch in Tschechien, Rumänien, Russland, Frankreich und den Niederlanden erschienen. Sie ist Besitzerin und Gründerin von Rowan Prose Publishing. Außerdem schreibt sie Horrorromane unter dem Namen Kelly Covic.

Sie interessiert sich für Horrorfilme und jegliche Art von Kunst und liebt es, andere in den Wahnsinn treiben und zu schlafen, wann immer es ihr möglich ist. Sie ist ein heimlicher Kaffee-Junkie und Chocoholic. Verratet das aber niemandem. Sie stammt ursprünglich aus Wisconsin, wohnt jetzt jedoch in South Carolina mit ihrer besseren

Hälfte, ihren drei Söhnen, ihren cleveren Hunden, einer Bartagame, Baumfröschen und ihren frechen Katzen. Sie liebt den Kontakt zu ihren Leser:innen.

www.AuthorKellyMoran.com

Weitere Titel

Kissing in the Rain

When you look at me

Because-Reihe

Because It's True – Tausend Momente und ein einziges Versprechen

Redwood-Reihe

Redwood Love – Es beginnt mit einem Blick

Redwood Love – Es beginnt mit einem Kuss

Redwood Love – Es beginnt mit einer Nacht

Redwood Dreams – Es beginnt mit einem Lächeln

Redwood Dreams – Es beginnt mit einem Knistern

Redwood Lights – Es beginnt mit dem Duft nach Schnee

Redwood-Love-Trilogie: 3in1-Bundle

Wild lower-Summer-Reihe

Wildflower Summer – In deinen Armen Wildflower

Summer – In diesem Moment